KB236811

경계의
언어

경계의 언어

지은이 황선열

인쇄일 초판1쇄 2008년 6월 23일

발생일 초판1쇄 2008년 6월 30일

펴낸이 정구형

　제작 박지연 한미애

마케팅 정찬용 한창남

디자인 김나경 김숙희 노재영

　관리 이은미 박종일

펴낸곳 새미

　　등록일 2005 03 15 제17-423호
　　서울시 강동구 성내동 447-11 현영빌딩 2층
　　Tel 442-4623 Fax 442-4625
　　www.kookhak.co.kr
　　kookhak2001@hanmail.net

　ISBN 978-89-5628-296-1 *93800

　가격 24,000원

* 저자와의 협의하에 인지는 생략합니다.
새미는 국학자료원의 자회사입니다.

경계의 언어

황선열 평론집

새미

머리말

경계를 넘어서 소통을 꿈꾸는 비평을 위하여

비평이란 무엇인가. 비평이 열린 담론으로 나아가기 위해서는 우선 비평 용어부터 바뀌지 않으면 안 된다. 현란하고 이론만 무성한 비평은 독자들이 외면하기 쉬울 것이다. 굳이 비평이 수용주의 태도를 따라야 할 필요가 없을지는 모르겠지만, 그렇다고 독자들이 비평을 읽지 않는다면, 그것은 공허한 담론에 머무르고 말 것이다. 그런 점에서 비평에 있어서 소통은 중요하다. 비평이 작가를 향한 것이든, 독자를 향한 것이든 생산적 담론을 형성하기 위해서는 먼저 소통이 이루어져야 한다. 작품의 경중(輕重)을 따지고, 작품의 문제점을 세밀하게 분석하면서도 작가와 독자의 경계를 넘나들 수 있는 방법을 고민해야 한다. 이것은 비평이 지향해야 할 방향이다.

비평은 작품과 독자를 연결하는 매개 역할을 한다. 이 때문에 비평은 객관성을 생명으로 하고, 그 객관성을 확보하기 위해서 정연한 논리전개가 필요하다. 그렇다고 무작정 이론의 잣대만으로 문학을 평가한다면, 관념주의에 머무르기 쉽고, 이론이 없으면 주관에 빠지기 쉽다. 비평은 객관과 주관의 팽팽한 긴장 속에서 작품을 해석하고 평가하는 것이다. 이 두 가지 관점을 견실하게 지키기 위해서 무엇보다 튼

튼한 논리를 세우지 않으면 안 된다. 그런 점에서 비평은 경계의 문학이다. 작가와 독자의 경계, 주관과 객관의 경계를 팽팽하게 유지해야 하는 것이 비평의 몫일 것이다. 비평이 감성보다는 이성을 지향하는 문학이라는 것도 이러한 이유 때문이다.

서정시의 위기, 문학의 종언이 공공연한 화두로 떠오르는 시대에 비평은 도대체 무엇을 할 수 있다는 말인가. 경계에 놓여 있는 비평은 정치와 사회, 문화의 사생아처럼 떠도는 비명인지도 모른다. 텅 빈 허공을 향해서 내뱉는 공허한 담론과 같이 비평은 이제 주관과 객관, 독자와 작가 사이를 떠도는 경계의 언어에 불과할지도 모른다. 그러나 이 경계의 언어는 또 다른 역할을 해낼 것이라 생각한다. 경계의 담론이야말로 이쪽과 저쪽을 동시에 읽어낼 수 있을 것이다. 경계 바깥에서 경계의 안을 읽어내고, 경계의 안에서 경계의 바깥을 지향할 수 있는 것이다. 비평이 문학 권력이라는 오해를 불식시키고, 제대로 된 역할을 하기 위해서는 경계의 담론을 지향해야 할 것이다. 시에 드러난 작가의 정신을 밝혀내고, 자본과 상품이 인간의 정신을 지배하는 시대에 문학이 가야할 길을 찾아야 한다. 그것은 비평이 문학의 중심에 있어야 하는 것이 아니라, 경계에 있어야 한다는 말이다.

비평이 경계를 지향해야 한다는 것은 지역과 지역, 독자와 작가의 경계에서 엄정한 판관으로 있어야 한다는 것이 아니라, 이들을 소통하게 하는 상호텍스트성을 지향해야 한다는 것이다. 지역의 특성에 매몰되어 있는 시를 지역과 지역을 소통하게 해야 하고, 작가의 정신세계에 갇혀있는 시를 독자와 소통하게 해야 한다. 비평이 문학의 권력자라는 해묵은 오해를 넘어서 작품의 본질을 깊이 탐색하여 세계와 소통하게 해야 한다. 비평이 경계의 언어라고 하는 것은 이 때문이다.

그동안 쓴 평론 중에서 지역과 지역, 작가와 독자의 소통을 위한 글들이 있어서 한 곳에 모아보니, 비평을 하면서 늘 염두에 두었던 소통의 문제가 경계의 언어로 나타나 있음을 확인할 수 있었다. 결국 처음 내가 생각했던 비평의 역할에 충실하고 있었던 것이다. 1부는 지역과 지역의 경계를 넘어서기 위한 시의 역할에 대해서 쓴 글을 묶은 것이고, 2부는 지역의 경계 저 편에 있는 시인들의 시를 살펴본 것이고, 3부는 지역 시인의 시정신을 묶은 것이다. 그러면서도 굳이 지역문학이라는 제목을 쓰지 않은 까닭은 지역이라는 용어에 벌써 중앙이라는 권력이 도사리고 있기 때문이다. 지역과 중앙은 모든 경계의 이쪽저쪽에 있을 뿐이다. 비평은 한정된 지역주의에 묶여서는 안 될 것이다. 뿐만 아니라 작가의 경계에 갇혀 있어서도 안 될 것이다. 어느 쪽으로도 기울지 않은 비평의 본질에 충실해야 할 것이다. 비평은 경계의 언어이기 때문이다. 이번 평론집을 묶으면서 비로소 비평가로서 꿈꾸어왔던 하나의 목소리를 찾을 수 있었다.

이번 평론집을 묶으면서 일부 원고는 개고를 했다. 처음 발표했을 때 제목보다 구체적인 제목을 붙이기 위해서도 그랬지만, 많은 시간이 흐른 뒤에 관점이 달라진 글들도 있어서 고쳤다. 그러면서도 발표지면을 밝힌 것은 원본의 중요성 때문이기도 하지만, 관점의 변화도 살필 수 있기 때문이다. 달팽이처럼 느리지만, 완고하게 글쓰기를 하려던 내 비평의 신념이 일관되게 흘러갔으면 하는 소망을 담아서 이 평론집을 경계의 바깥으로 내보낸다. 세간의 질정을 바란다.

2008년 6월

황선열

차례

■제1부

시와 품격
시의 소통을 위한 제언

1. 시정신과 시의 품격

시는 사람살이의 여러 풍광과 시선들을 언어로써 아름답게 표현한 양식 체계다. 그래서 시는 미적 감흥이 어울리지, 미적 환멸이라는 말과는 어울리지 않는다. 그러나 최근 시들을 읽으면 지나친 일상성과 소통 불능으로 해서 미적 환멸을 느끼는 경우가 종종 있다. 이는 현대시의 패턴화 경향과 실험성 경향 때문이라 할 수 있다. 시인들이 시에는 그들의 품격이 드러난다는 것을 자각한다면, 기교를 위한 기교의 시, 혹은 소통 불능의 시를 쓰지 않을 것이다. 시인들이 이러한 자각을 하지 않기 때문에 요즘 시들을 읽으면 미적 감흥보다는 미적 환멸이라는 말이 먼저 떠오르는 것이다. 물론 현대 서정시가 이미 시의 격률(格律)에 자유로워졌으며, 그것이 현대시 발전의 한 버팀목이 되었기 때문에 미적 감흥이든 환멸이든 그리 대수롭지 않게 여길 수 있다. 그런데 이렇게 환멸을 주는 시가 시의 소통 불능을 초래하고, 더 나아가 시의 위기까지 이르게 된 것은 문제라 하지 않을 수 없다.

서정시의 격률이 파괴되고, 자유시의 틀로 나아가면서 시 창작의 근본까지도 흔들어버리는 결과를 가져왔다면, 시인들은 자성해야 할 것이다. 이른바 모더니즘, 초현실주의, 포스트모더니즘으로 이어지는 실험시 들은 소통 불능의 경계에서 벗어나지 못한 채, 엉거주춤 답보 상태에 머무르고 있으며, 80년대 리얼리즘 시들은 인간의 문제에 천착하여 도학적 경지를 추구하는 것처럼 일상성에 매몰되거나, 환경과 생태 문제로 방향 전환을 꾀하고 있다. 그런데 문제는 실험성이든, 방향 전환이든 다양성을 통해서 독자들과 접근하는 것이 아니라, 스스로의 세계에 안주한 채, 많은 시인들이 직무유기를 하면서 시의 본질을 망각(忘却)하고 있다는 데 있다. 이는 최근의 시들에 나타나는 두드러진 현상이다. 이러한 시의 위기에 대해서 한 편에서는 '과장된 풍문' 정도로 가볍게 흘려버리기도 하지만, 최근의 시들을 꼼꼼히 따져 읽으면 이 시대의 시인들은 철저한 자기반성이 있어야 한다는 사실을 깨달을 것이다. 무엇보다도 시의 위기는 시의 품격과 격률을 지키지 못한 시인들에게 그 책임이 있다.

그렇다고 시의 위기를 전적으로 시인의 탓으로만 돌릴 수도 없다. 그 이유는 시인이라고 해서 당대 시대의 일정한 경향성과 시대의 대세를 무작정 거스를 수 없기 때문이다. 자본주의가 우리 시대의 지배 이데올로기로 자리 잡았고, 모든 것이 물질 만능주의로 급박하게 전환하고 있는 판국에 시인이라고 예외일 수는 없을 것이다. 그래서 80년대 치열한 현실 의식을 보여주었던 일부 시인들은 현실에 대한 팽팽한 긴장의 끈을 놓은 채, 삶의 문제로 발걸음을 돌렸다. 시대가 이미 자본의 논리에 휘둘리고 있으니, 시인들도 당연히 상업적 유행에 따를 수밖에 없을 것이다. 그러나 자본의 논리와 다양성이 지배하는 시대가 되었다고 해도 시적 순수성마저 버리고 일시적 유행에 편승하는 태도는 옳지 못하다. 시대의 변죽을 울리는 것이 시인의 역할이 아니라, 시대의 중심에서 새로운 패러다임을 만들어내는 것이 시인의 역할일 것이다. 80년대처럼 치열한 현실 인식은 사라졌지만, 현실을 바라보는 시인의 의식은 칼날처럼 날카로워야 하고, 급격한 시대 변화와 거대 담론으로 개성이 몰각(沒却)한 시대에도 건강한 의식과 철저한 시 정신으로 새로운 시의 변혁을 꾀해야 할 것이다. 시인들의 이러한 노력이 없는 한 시의 위기는 계속될 것이고, 마침내 시는 시대에 부합하지 못하고,

지리멸렬할 것이다. 시의 위기를 넘어서 더 극단적 최후통첩을 받기 전에 새로운 담론을 찾고, 이를 위해 과감하게 자신의 모든 것을 벗어던질 수 있는 변혁을 꾀해야만 한다. 이런 상황임에도 불구하고 여전히 시인들은 제 밥그릇 챙기기에 여념이 없으며, 변화의 시대에도 구태의연한 시작 태도를 보이고 있다. 이는 시의 위기를 가속화시키는 계기가 될 것이다.

시인이 독자들과 소통 불능의 상태로 독단에 빠져 있거나 시대의 흐름에 편승하여 새로운 변혁의 기치를 세우지 못할 때, 시인은 스스로 언어의 감옥에 갇히고 말 것이다. 그렇다고 또 무작정 새로움을 추구하다가 자기모순에 빠지는 잘못을 저질러서도 안 될 것이다. 현실과 팽팽한 긴장 관계를 유지하면서, 때로 시대를 예단(銳斷)하는 칼날 같은 시 정신을 가져야 하고, 풍부한 언어의 질감으로 세상을 통박(痛駁)하는 기지(機智)도 있어야 할 것이다. 시인의 역할이 이렇게 중요한 만큼 시인의 정신과 시의 품격을 말하지 않을 수 없다.

2. 시의 품격과 격률(格律)

시인의 품격은 시정신과 인품에 비견되지만, 시의 품격은 형식에 있어서 격률(格律)에 비견된다. 원래 품격이라는 말은 사물의 위치와 판단의 기준을 말하는데, '품'이란 사물 그 자체의 의미를 말하고, '격'이란 사물이 놓이는 바른 위상(位相)을 말한다. 사물의 본질에 해당하는 '품'은 존재하는 그대로 있는 것이니, '격'을 바르게 하는 것이야말로 사물의 존재를 결정짓는 일이 되는 셈이다. 결국 '품격'에서 '품'보다는 '격'이 더 중요하다는 말이다. 『대학(大學)』의 팔조목 중에서 '격물(格物)'이 먼저 이루어지고 난 뒤에 '치지(致知)'가 나오는 것은 사물 그 자체의 의미보다 사물을 바르게 놓는 행위가 더 중요하다는 것을 말한다. '격물치기(格物致知)'는 유교적 인식체계에서 세상을 보는 바른 이치를 말하는데, 사물을 보는 이치 중에서 '격(格)'은 모든 것에 앞서는 것이다.

시의 품격에서 '품(品)'은 시의 소재와 형식을 말하고, '격(格)'은 이들을 바르게 놓는 것을 말한다.[1] 시의 품격은 시의 격률을 바르게 하는 것인데, 이 격률이 파괴된 시는 난삽하고 혼탁한 시가 될 것이다. 현대시는 고전 시론에서 강조했던 격률이 사라지고 해체와 난해 기법이 그 자리를 대신하고 말았기 때문에 새삼 고전 시론에서 말하는 시의 격률을 말하게 되는 것이다. 시의 격률은 형식과 기법의 문제라 할 수 있다.

시에서 품격은 탁마(琢磨) 과정을 거치면서 자연스럽게 우러난다. 그런데 이 탁마는 단순한 시어의 기교적 측면만을 의미하는 것이 아니라, 시의 형식과 내용, 더 나아가서 시인의 정신까지도 포함하는 진술이다. 이 탁마 과정은 고전 시론에서 매우 중요하게 다루고 있는 시의 방법이다. 중국의 고전 시론인 『시경』에서 탁마란 '자르는 듯 미는 듯 쪼는 듯 가는 듯 위엄 있고 너그러우며 빛나고도 뚜렷한'[2] 상태를 말하는데, 이는 군자의 경지에 이른 인품을 상징한다. 특히, 『논어』에서는 탁마 과정을 군자의 인품(人品)에 비유하고 있는데, 탁마의 경지에 있는 사람은 가난해도 아첨하지 않고 부유해도 교만하지 않는 인품의 소유자이고, 더 나아가 가난하면서도 도를 즐길 줄 알고, 부유하면서도 예를 갖출 줄 아는 사람이라고 한다.[3] 여기서 말하는 군자란 유교에서 말하는 인격 완성의 단계

---

1) 왕양명(王陽明, 1472 - 1528)은 격물(格物)의 '格'을 '바로 잡는다'는 뜻으로 해석하고 있다.

2) 『시경』의 위풍(衛風) 첫 번째 시인 「기수의 물굽이(淇奧)」의 한 구절이다. '기수 가를 바라보니 푸른 대 무성하다/저 대처럼 무성한 우리 님이여/자르는 듯 미는 듯 쪼는 듯 가는 듯/위엄 있고 너그러우며 빛나고도 뚜렷하다/문채 나는 님이여 끝내 잊지 못하네 (…하략…) 瞻彼淇奧 綠竹猗猗 有匪君子 如切如磋 如琢如磨 瑟兮僩兮 赫兮咺兮 有匪君子 終不可諼兮 (…하략…) (이기동 역해, 『시경강설』, 성균관대학교출판부, 2004, 151쪽).

3) 자공이 여쭈었다.
"가난해도 아첨하지 않고 부유해도 교만하지 않다면 어떻습니까?"
공자께서 말씀하셨다.
"괜찮기는 하나 가난하면서도 낙도(樂道)하고, 부유하면서도 예를 좋아하는 것만은 못하다."
자공이 아뢰었다.
"『시경』에 이르기를 '깎고 다듬은 듯하고, 쪼고 갈은 듯하다'고 한 것은 바로 이것을 뜻하는 것이군요?"
공자께서 말씀하셨다.

인 성인의 경지 바로 앞 단계에 놓여있는 인격체이다. 결국 끝없이 시어와 시 정신을 탁마하는 과정에 있는 시인이란 성인의 경지를 향하는 인격 완성의 과정에 있다고 할 수 있다. 중국의 고전인 『시경』과 『논어』에서 말하는 탁마의 경지는 시인의 인품이며, 동시에 인격 도야의 방편이라 할 수 있다. 이는 시대의 고금을 떠나서 변하지 않는 시의 존재 이유일 것이다. 이런 이유로 시인은 맑은 정신을 바탕으로 시어와 시 정신의 탁마에 각고의 노력을 기울여야 하는 것이다.

고전시론의 경우 고려의 비평가 이규보(李奎報, 1168 - 1241)가 이 탁마 과정의 중요성을 역설하고 있다. 그는 다른 고전 비평가에 비해 유독 탁마와 시정신의 문제를 강조한 비평가인데, 그는 품격을 갖춘 시로 의기(意氣)[4]가 넘치는 시를 강조한다. 그가 말하는 '의(意)'란 시어의 '새로운 의미'를 말하며, '기(氣)'란 시인이 가진 독특한 기질, 즉 개성 있는 시작 태도를 말한다. 그의 시론에서 의기를 갖춘 시란 시어의 탁마와 시인의 독특한 기질을 표현한 것을 말하는데, 이 경지에 이르기까지 그는 용사(用事)와 환골탈태(換骨奪胎)의 과정을 거쳐야 한다고 강조한다.[5] 이처럼 고전시론은 시인이 되는 과정을 인격 완성의 과정으로 보기도 하고, 개성있는 자질을 연마하는 과정으로 보기도 한다.

"자야! 비로소 너와 『시경』을 논할 수 있게 되었구나! 이미 얘기한 것을 설명해주니까 아직 얘기하지 않은 것도 아는구나!"(김학주 해설, 『논어』, 서울대학교출판부, 1985, 111쪽).

4) 시란 의(意)가 주가 됨으로 의를 표현하기가 가장 어렵고 말을 엮는 것은 그 다음이다. 의는 또한 기가 주가 됨으로 기의 우열로 말미암아 곧 의의 천심(淺深)이 생긴다. 그러나 기는 천부의 것이어서 배워서 얻을 수는 없는 것이다. 그러므로 기가 졸렬한 사람은 글을 꾸미는 것을 능사로 삼고 전혀 의를 앞세우지 않게 된다. 대체로 글을 꾸미고 다듬어 구절을 아롱지게 해놓으면 정말 아름답기는 하나, 그 속에 심후한 의가 함축된 것이 없어서 처음에는 볼만하나 다시 씹어 보면 곧 맛이 없어진다(夫詩 以意爲主 設意最難 綴辭次之 意亦以氣爲主 由氣之優劣 乃有淺深 耳 然氣本乎天 不可學得 故氣之劣者 以彫文爲工 未嘗以意爲先也 盖彫鏤其文 丹靑其句信麗矣 然中無含蓄厚深之意 則初若可翫 至再嚼 則味己窮矣 -『白雲小說』). (전형대, 『한국고전비평 연구』, 책세상, 1987, 53쪽 재인용)

5) 용사란 사실을 끌어와 개념을 유형화하고 옛것을 빌어서 현실을 설명하는 기법으로 조어(造 語)를 교묘히 하여 '도끼로 베어낸 흔적이 없는 상태(無斧鑿之痕 - 이인로)'를 말한다. 고전시 학에서 용사는 흔히 대상이 뚜렷이 드러나지 않는 암유(暗喩)의 기법을 말하기도 한다. 반면에 환골탈태란 재능이 낮은 사람이 쓰는 시작법을 말하는데, 환골(換骨)은 다른 말을 써서 생각을 모방하는 것이고, 탈태(奪胎)는 다른 생각을 써서 말을 모방하는 것이다.

동양 고전시론에서 시인의 존재는 인격 도야 과정을 거쳐 성인(聖人)의 경지에 이르는 인격 완성의 길이었다. 이들이 추구한 시 세계는 정형의 틀 속에서 탁마한 시어를 써서 완결미를 추구하는 것이었다. 범부(凡夫)가 군자의 경지를 향해 인격을 탁마하는 과정과 시인이 정형성의 기율(紀律)에 따라 시를 완성하는 과정은 하나의 모태(母胎)라고 보는 것이다. 군자니, 정형성이니 하는 말은 이미 근대적 인격 기준과 형식의 준거이기 때문에 현대적 판단 기준이 되지 않는다고 말할 수도 있을 것이다. 그러나 군자를 향한 인격 수양의 과정이나, 정형성의 기율에 따라 시를 완성하는 탁마의 과정은 결코 근대의 개념이라고 말할 수 없다. 왜냐하면 인간의 삶이 태어나서 죽을 때까지 하나의 완성된 인격체를 향해 가는 과정이며, 시는 언어적 질서와 기법을 사용하여 완성된 언어 예술로 끌어내는 과정이기 때문이다. 고전시론에서 강조한 것 중에서 정형성의 형식적 기율보다는 정형의 기율에 따르는 시 정신의 문제에 집안(集眼)하자는 것이다. 고전시론에 충실한 시인은 시어까지도 정형의 억압과 제약이 있으니, 그 억압과 제약 속에서 시인들은 무엇보다 철저한 시어의 탁마를 추구했던 것이다. 중국 고전시론이나 이규보의 시론이 강조한 것은 정형의 기율보다는 시 정신의 기율을 강조한 것이다. 여기서 우리는 고전 시론이 강조한 탁마 과정에 귀 기울일 필요가 있는 것이다.

이규보의 시론에 따르면, 의기의 시는 허투루 씌어지지 않고 바늘을 꿰매듯한 땀씩 기워나가는 과정에서 창출되는 것이라고 한다. 그의 시론은 의기비평(意氣批評)에 집약되어 있으며, 탁마의 정신에서 그 요체(要諦)를 찾을 수 있다. 그는 시인이란 천부적인 재능만으로 기교만을 일삼는 사람이 아니라, 후천적 연마과정을 거치면서 자신을 완성해가는 사람이라는 것이다. 이 때문에 시는 시인의 인품과 정신을 드러내는 언어의 응집물인 것이다.

시인은 좋은 시를 쓰기 위해서 각고의 노력을 기울여야 하며, 인품이 살아있는 시를 쓰기 위해서 고매(高邁)한 시 정신을 가져야 한다. 탁마의 정신을 소유한 시인은 항상 시에 대한 진지한 고민을 하고, 일상에서 늘 맑고 높은 정신세계를 가지려고 노력하는 사람일 것이다. 고전 시인들이 시정신의 탁마에 고심했다면, 현대 시인들은 시어의 탁마에는 각고의 노력을 기울이고 있는지는 모르겠지만, 적어도 정신의 고매함과는 대척점에 서있는 것 같다. 현대시가 일상의 이야기를 가볍게 서술하면서도 그 시가 마치 서정시의 첩경(捷徑)인 것처럼 말하며, 소통 불능의 시를 발표하고서도 낯설고 새로운 기법으로 추켜세우고 있다. 이것이 오히려 현대시에 대한 환멸을 불러일으키는 기제가 되고 있는 것이다.

이런 현대시의 경향에 대해서도 이규보의 시론을 새겨들어야 할 것이다. 그는 시인이 탁마 과정을 무시하고 있는 경향에 대해 일침을 놓으면서 시인들이 경계해야할 일들을 아홉 가지 문체로 제시하고 있다. 이를 '구불의체(九不宜體)'6)라고 부르는데, 이 금기 사항에는 독자와 시인의 관계, 시인의 자성적 태도, 시를 쓰는 태도까지 아우르고 있다. 이미 고전 시론에 불과한 시작법이라 해도, 하나하나 따져보면 그 의미를 곱씹어 볼 만하다. 이들 중에서도 특히 네 가지는 현대 시인들이 반드시 새겨들어야 할 것이다.

첫째로 설갱도맹체(說坑導盲體, 구덩이 파놓고 장님을 인도하는 것)이다. 이는 독자가 시인의 정신세계를 이해해달라는 것과 같은 안일한 시작 태도를 말한다. 시인이 스스로 독단의 세계에 빠져서 독자를 장님처럼 대한다는 것이다. 둘째로 강인종기체(强人從己體, 억지로 자기를 따르게 하는 것)이다. 이는 시인이 자기만의 세계로 독자를 끌어들이려는 태도이다. 시는 시적 안목을 가진 사람들만 향유하는 것이 아니라, 다수의 독자가 함께 누리는 것이다. 현대시는 상업 자본의 영향으로 대중화가 촉진되었으며, 이 때문에 시는 독자와 소통을 전제로 한다. 시가 독자들에게 감동을 주지 못하는 이유는 시인이 독자와 소통되

---

6) 이는 ① 수레에 귀신을 가득 실은 것(載鬼盈車體), ② 서툰 도둑이 잘 잡히는 것(拙盜易擒體), ③ 쇠뇌를 당기나 이기지 못하는 것(挽弩不勝體), ④ 술을 너무 많이 마시는 것(飮酒過量體), ⑤ 구덩이 파놓고 장님을 인도하는 것(說坑導盲體), ⑥ 억지로 자기를 따르게 하는 것(强人從己體), ⑦ 시골 사람이 이야기하는 것(村夫會談體), ⑧ 존귀함을 함부로 범하는 것(凌犯尊貴體), ⑨ 잡초가 밭에 가득한 것(莨莠滿田體)이다(전형대, 앞의 책, 60쪽 재인용).

지 않기 때문이다. 셋째로 촌부회담체(村夫會談體, 시골 사람이 이야기하는 것)
이다. 이는 세상 물정을 모르는 사람들이 모여서 늘어놓는 말들의 잔치 같은 시
를 말한다. 시가 변화의 시대에 빠르게 적응하라는 말이 아니라, 시대에 맞는 어
법으로 동시대인과 호흡해야 한다는 것이다. 희망이 없는 시대에 희망을 제시
하고, 절망의 늪 속에서 헤매는 사람들에게 따뜻한 사랑을 전할 수 있는 것도 시
인의 몫이다. 시인이 성인(聖人)이 되어야 한다는 것이 아니라, 성인과 같은 눈
으로 세상을 바라볼 줄 알아야 한다는 것이다. 시인은 사람들의 눈길이 미치지
않는 곳에도 날카로운 촉수를 드리우고 있어야 하고, 절망의 시대에도 희망의
메시지를 담아내는 건강한 의식이 있어야 한다. 시인의 눈은 도시인처럼 날렵
해야 하고, 시인의 가슴은 시골 사람처럼 따뜻해야 한다. 시인의 언어는 시골 사
람의 말법이 아니라, 빠르게 변화해가는 세상의 말법이다. 넷째로 낭유만전체
(莨莠滿田體, 잡초가 밭에 가득한 것)이다. 이는 산만한 시어로 독자들을 현란
하게 하는 시를 말한다. 시어와 시어 사이에 놓인 팽팽한 긴장감이 없는 시, 어
려운 시어를 잔뜩 나열한 시는 밭에 잡초가 가득한 형국이다. 잡초가 많은 밭에
는 알곡이 여물지 못한다. 시인은 밭에 알곡이 영그는 것처럼 아름다운 시어를
쓸 줄 알아야 한다. 시는 언어를 매개로 독자들을 만나는 것이니 아름다운 시어
는 시의 생명이나 다름없다.
　현대시에 적용하더라도 전혀 손색이 없는 이규보의 시론은 현대 시인들이 새
겨들어야 할 지론이다. 시인은 새로운 시를 쓰기 위해서 시정신과 시어의 탁마
에 노력해야 한다. 시인이 자신의 혼란한 내면 의식을 그대로 기술한다든가, 언
어 기교만을 내세우는데 급급해서는 안 될 것이다. 좋은 시는 내용과 형식에 있
어서 팽팽한 긴장을 보이면서도 시인의 고매한 정신을 담아내는 것이다. 품격
높은 시는 독자들에게 환멸을 주는 시를 넘어서 존재한다.

3. 고전시론의 기율과 현대시의 소통

최근 우리 시는 품격을 갖추고 있지 못하거나, 혹은 시적 담론에서 멀어진 시들이 많다. 그런 점에서 시의 본질이 무엇인지를 돌이켜 생각해보고, 시의 원론에 충실한 시가 무엇인지를 고민해야 할 것이다. 고전시론에서 시의 기율(紀律)로 생각한 품격을 말하는 까닭은 여기에 있다. 시의 품격은 한 편의 시가 완성되는 과정에서 드러난 총체적 내용과 형식을 말한다. 보다 정치(精緻)한 시어를 적재적소에 쓰는 시, 빼거나 보탤 것이 없는 시를 뛰어난 시라고 말할 수 있을 것이다. 어떤 객관적 상관물을 소재로 선택하든지 시인은 이성적 판단을 바탕으로 현실을 직시하고 따뜻한 감성으로 세상을 감싸는 가슴이 절실하게 요구된다.

한 번도 만날 수 없었던
하얀 손의 그 임자

취한(醉漢)의 발길질에도
고개 한 번 내밀지 않던,

한 평의 컨테이너를
등껍질처럼 둘러쓴,

깨어나 보면
저 혼자 조금
호수 쪽으로 걸어 나간 것 같은

지하철 역 앞
토큰 판매소

오늘 불이 나고

보았다

어서 고개를 내밀라 내밀라고,
사방에서 뿜어내는 물줄기 속에서

눈부신 듯
조심스레 기어 나오는
꼽추여자를,

잔뜩 늘어진 티셔츠 위로
자라다 만 목덜미가
서럽도록 희게 빛나는 것을
                                    – 문성해, 「자라」 전문

　이 시는 도시 주변에서 살아가는 소외된 사람의 일상을 시화하고 있다. 그런데 이 시가 다른 서정시보다 돋보이는 점은 대상을 바라보는 화자의 따뜻한 시선이다. 하얀 손의 임자, 취한의 발길질에도 아랑곳 않던 사람이 꼽추여자라는 사실을 알았을 때, 꼽추여자의 슬픈 운명은 화인(火印)처럼 독자의 가슴에 새겨진다. 한 평 남짓한 콘테이너 박스를 자라의 등껍질처럼 뒤집어 쓴 채, 살아가는 꼽추여자의 운명은 소외된 서민들의 모습이다. 사람들에게 떳떳하게 내보일 수 없는 꼽추여인의 슬픈 운명은 '자라다 만 목덜미'처럼 서럽게 빛난다. 이 시의 화자는 꼽추여인의 슬픈 운명을 따뜻하게 감싸고 있다.

　이 시의 또 다른 미덕은 대상에 대한 정보를 디지털 방식으로 전달하는 것이 아니라, 아날로그 방식으로 전달한다는 점이다. 꼽추여인은 좀체 그 윤곽을 드러내지 않다가 서서히 그 실체를 알려준다. 자라가 무엇일까라는 물음에 화자는 능청스럽게 '하얀 손의 그 임자'로 대답하고, 그 손의 임자는 누구일까라는 물음에 '저 혼자 조금 호수 쪽으로' 걸어갔다고 딴청을 피운다. 불이 나는 화급

한 상황에서도 그 하얀 손의 임자는 정체를 드러내지 않다가 '조심스럽게' 모습을 드러낸다. 모든 정보가 빨리 전달되는 시대에 느림을 추구하는 시인의 배짱이 두둑해 보인다. 이 느림의 미학은 자라의 걸음으로 유추되고, 평생 꼽추로 살아가는 꼽추여자의 슬픈 운명과 조우(遭遇)한다. 이렇게 정보를 서서히 흘리는 동안에 토큰을 판매하는 꼽추여자는 콘테이너에 불이 나서도 차마 바깥으로 나오지 못하는 억압받고 고통 받는 서민들의 삶과 교묘하게 접합한다.

이 시는 무심하게 지나치는 도시 주변의 삶과 풍경을 따뜻하면서도 냉철하게 짚어내면서 가벼운 일상을 무겁게 드러내는 독특한 시적 발상을 보인다. 콘테이너와 자라의 등껍질, 자라처럼 목이 움추려던 꼽추여인의 환유는 탁월한 시적 표현방법이다. 이런 시적 환유를 통해서 꼽추여인은 도시에 살면서도 호수를 그리워하는 자라가 되고, 마침내 그녀의 한을 마음껏 펼치는 공간을 꿈꾸는 것이다. 이 시는 시어의 탁마를 통해서 소외받는 사람들이 안주하는 공간을 열어 보이고 있으며, 그들을 바라보는 시인의 가슴은 따뜻하기만 하다. 이처럼 한 편의 시는 척박한 현실을 따뜻한 세상으로 바꿀 수 있는 힘이 되는 것이다.

> 세상은 그에게 가죽구두 한 켤레를 선물 했네
> 맨발로 세상을 떠돌아다닌 그에게
> 검은 가죽구두 한 켤레를 선물 했네
>
> 부산역 광장 앞
> 낮술에 취해
> 술병처럼 쓰러져 잠든 사내
>
> 맨발이 캉가루 구두약을 칠한 듯 반들거리고 있네
> 세상의 온갖 흙먼지와 기름때를 입혀 광을 내고 있네

　　벗겨지지 않은 구두,
　　그 누구도
　　벗겨 갈 수 없는
　　맞춤구두 한 켤레

　　죽음만이 벗겨줄 수 있네
　　죽음까지 껴 신고 가야 한다네
　　　　　　　　　　　　　　　　— 손택수, 「살가죽구두」 전문

　이 시도 문성해의 「자라」처럼 도시 주변의 삶을 투영하고 있다. 그러나 이 시는 「자라」에 나오는 꼽추여인과는 다르게 개별적 삶이 보편적 삶으로 옮아오는 자리에 놓여있다. 낮술에 취해 쓰러져 잠든 사내의 삶은 우리 시대 노숙자들의 보편적 삶으로 투영되고 화자의 시선은 그들의 삶을 정치(精緻)하게 묘사하고 있다. 간헐적으로 힐끗 지나치면서도 화자의 시선은 날카롭게도 낮술에 취한 사내의 발에 초점을 두고 있다. 그러나 그 발은 단순히 부산역 광장 앞에 쓰러져 있는 노숙자의 발이 아니라, 죽음에 이를 때까지 신고 가야할 운명의 발인 것이다. 개인의 체험이 보편적 인식체계로 전환하면서 우리 시대의 일그러진 자화상을 시니컬하게 풍자하고 있는 것이다.

　살가죽구두라는 다소 섬뜩한 제목은 비극적인 우리들의 삶을 대변한다. 시인의 시선은 낮고 어두운 현실을 향해 있으면서 그 현실을 풍자하는 시선은 날카롭다. 쉬운 시어로 청자와 소통하면서도 화자의 의도를 충분히 전달하고 있다. 구두 한 켤레 살 수 없는 가난한 노숙자의 처지가 살가죽구두로 환유되고 그들의 삶에 환멸을 느끼는 것이 아니라 오히려 따뜻한 동정의 시선을 보낸다. 이 뿐만 아니라 살가죽구두가 죽음까지도 신고 가야하는 인식체계로 나아감에 따라 보편적 인간의 문제로 확장된다. 화자의 시선은 낮은 곳으로 향하면서 끊임없이 현실에 희망을 찾고 있다. 희망이 부재한 시대에 희망을 찾아가는 시만큼 아름다운 시가 있을까.

이 시는 산동네 옆 집 아저씨의 이야기이다. 이 시의 서사적 전개는 현재에서
과거로 거슬러 올라간다. 그 과거는 비록 비극적이지만, 그 과거를 바라보는 화
자의 시선은 해학적이다. 밤마다 싸우는 옆 집 아저씨의 이야기가 마치 남의 얘
기인 것처럼 담담하게 전달된다. 과거의 불행이 화자의 시선에서 걸러지면서
슬픔이 해학으로 나타난다. 옆 집 아저씨(마징가처럼 힘이 센)는 고래고래 고함
을 치고 밤마다 부부 싸움을 한다. 더러는 그릇과 프라이팬을 집어 던지면서 난
장판을 치기도 한다. 이는 과거 산동네 서민들의 일상이었다. 이 슬픈 생활이 화
자의 시선에서 새롭게 굴절되면서 웃음을 자아낸다.

우리 옆집에 살았던 마징가 Z 아저씨는 화자의 생활과 밀착해있다는 것을 말
한다. 술이 취해 갈지자로 걷는 아저씨에서 영어 Z자가 연상되고, 고철을 수집
한다는 것에서 로봇이 연상된다. 이 두 이미지가 결합하여 '마징가 Z'라는 로봇
이미지를 끌어낸다. 이런 기발한 이미지는 아내와 싸우면서 프라이팬과 화장품
따위를 던지는 옆 집 아저씨의 '기운 센 천하장사'의 이미지와 결합한다. '마징
가 Z' 같은 옆집아저씨의 삶은 도시의 산동네에서 흔히 만날 수 있는 것이고, 이
로부터 이미 잊혀진 80년대의 낡은 기억이 지나간 대중가사의 테엽처럼 재생되
는 것이다.

그런데 이 시는 무조건 도시 빈민들의 생활을 해학적으로 표현하는데 그치는

것이 아니라, 그 속에는 현대 문명에 대한 시니컬한 비판이 들어있다. 가난했던 한 때를 회상하면서 슬그머니 웃을 수 있는 여유로움이 있으며, 가난했던 시절의 쓸쓸한 이미지가 강철 이미지에 용훼(容喙)되면서 새로운 시적 알레고리를 형성한다. 옆집 아저씨의 이야기가 화자의 삶과 동일성으로 묶여지지 않으면 시적 공감대를 형성하지 못할 것인데, 이 시는 화자와 독자, 대상을 하나로 묶으면서 시적 공감대를 형성한다. 잘 살고 못사는 일들이야 지나고 나면 재미있는 추억일 수 있다는 너그러움과 그들의 삶을 감싸려는 화자의 따뜻한 감성이 없다면, 이 시는 지나간 시대의 푸념에 불과할 것이다. 그러나 이 시는 화자의 기발한 언어 감각과 세상을 감싸는 따뜻한 시선으로 새로운 시세계를 펼쳐 보인다.

이들 시들은 대체로 서정시의 기율을 지키고 있으면서도 다소간 파괴 양상도 보인다. 그렇다고 하더라도 그 전달하는 방식은 소통을 전제로 하고 있다. 화자가 독백의 방식을 취하고 있지만, 소통불능으로 치달리지 않는다. 시의 소통은 시를 쓰는 시인의 기본 태도이다. 서정시의 본질이 언어를 질료(質料)로 하여 시인의 정신을 드러내는 것이기 때문에 서정시는 형식과 내용을 통해서 독자들과 소통해야 한다. 현대의 서정시가 시의 기법과 정신을 동시에 염두에 두어야 하는 까닭은 이 때문이다. 소통을 전제로 할 때, 시의 품격은 시의 내용과 형식, 시인의 정신까지도 포함하는 진술인 것이다. 따라서 품격 있는 시는 시의 본질에 충실하면서 완성도를 갖춘 시라 할 수 있다.

4. 시의 품격과 탁마(琢磨)

시의 품격은 탁마 과정을 기본 전제로 하고, 시인은 시정신의 탁마를 통해서 그의 인품을 드러낸다. 시인은 많은데 제대로 품격을 갖춘 시인이 드물다는 것은 시의 소재와 형식에 대한 철저한 연마와 사색의 과정을 거친 시인이 드물다는 것이다. 시인이 자본의 논리에 편승하여 일시적인 유행과 상업주의에 휘둘리고 있으니 시도 그 품격을 잃어가고 있는 것이다. 자본주의 시대에 시가 타락할 수밖에 없는 궁극적인 이유는 상업주의에 빠져들고 있는 시인들의 안일한 시작 태도 때문이라 할 수 있다.

품격 있는 시는 어떤 시류에도 흔들리지 않는 시인의 꼿꼿한 정신에서 우러난 시를 말한다. 이런 시를 쓰는 시인은 쉽게 변절하는 시인이 아니라, 평생을 두고 올곧게 한 길을 걸어가는 시인이다. 최근 시인들은 시 정신의 탁마에 노력하지 않고, 자기 몸에 맞지 않는 옷을 입고서 한 때의 유행에 편승하여 이리저리 휘둘리고 있다. 시의 대중성과 상업성이 오히려 시의 질을 떨어뜨리고, 누구나 시를 쓸 수 있는 시대가 되면서 품격을 갖춘 시인보다 대중취향에 편승한 시인들이 그 자리를 차지하게 되었다.

시의 품격은 시인의 철저한 시작태도와 건강한 의식에서 우러나온다. 시의 본질이 혼란스러운 이때에 시의 원론에 충실한 시 작법으로 올곧은 시 정신을 표현하는 시인이 필요한 것도 이 때문이다. 이념의 적이 사라지고, 다수의 적과 맞서는 시대에 현실적으로 투쟁이니 혁명이니 하는 단어는 무의미할 수도 있고, 더군다나 시 운동이라는 말 자체가 생경하게 들리는 시대에 고전시론의 시 정신을 말하는 것이 오히려 허무맹랑한 소리라고 할지도 모른다. 그러나 시가 인간의 정신을 언어로 표현한 것이기에 결코 시 정신을 외면할 수가 없으며, 시인의 시작 태도를 무시할 수 없다. 그래서 고전 시인들의 시작 태도에서 보인 진지함은 지금도 본받아야 할 일인 것이다. 고려시대 시인 김황원의 시 쓰기는 그 모범적 사례가 될 것이다.

> 긴 성에 물길이 일어나는데,
> 넓은 벌판에 점점이 산이라
> 長城一面溶溶水
> 大野東頭點點山
>
> — 김황원, 「부벽루송(浮碧樓頌)」 전문

김황원(金黃元, 1045~1117)이 대동강의 부벽루에 올랐다가, 그 아름다운 풍광에 도취하여 쓴 시이다. 시인 김황원이 한 나절 동안 부벽루의 풍광을 시로 옮기려다 언어의 한계점에 봉착하고는 눈물을 흘리면서 남긴 미완성 시이다. 자신의 능력이 모자라는 한계도 있겠지만, 거대한 자연의 풍광 앞에 너무도 부족한 언어의 한계를 솔직하게 고백하고 있다. 이러한 고백은 시인의 부족한 능력을 말하는 것이 아니라, 언어의 감옥에 갇히지 않으려는 시인의 고심이라 할 수 있을 것이다. 그는 자연의 무한한 아름다움 앞에 서있는 인간 언어의 왜소함을 그대로 느꼈기 때문에 시를 완성할 수 없었던 것이다. 한 편의 시가 쉽게 완성되거나 가볍게 씌어지는 일은 없겠지만, 시인이 많고 시작법도 다양해지다 보니 시를 쓰면서 고심한 흔적이 있는 시들보다 그렇지 않은 시들이 더 많아지고 있는 것도 사실이다. 그래서 우리는 시의 품격을 말하면서 의기가 정대(正大)한 시, 그리고 시인의 솔직하고 건강한 의식을 표현하는 시를 기대하고 있는 것이다.

> 티끌 부는 세상에도, 벌레 같은 세상에도, 눈 맑은 가슴 맑은 보고지운 나의 사람. 달밤이나 새벽녘, 홀로 서서 눈물 어린 볼이 고운 나의 사람. 달 가고, 밤 가고, 눈물도 가고, 틔어 올 밝은 하늘 빛난 아침 이르면, 향기로운 이슬밭 푸른 언덕을, 총총총 달려도 와 줄 볼이 고운 나의 사람.
>
> 푸른 산 한나절 구름은 가고, 골 넘어 뻐꾸기는 우는데, 눈에 어려 흘러가는 물결 같은 사람 속, 아우성 쳐 흘러가는 물결 같은 사람 속에, 난 그리노라. 너만 그리노라. 혼자서 철도 없이 난 너만 그리노라.
>
> — 박두진, 「청산도」 부분

이 시는 그리움에 몸부림치는 화자의 꿈을 절절하게 표현하고 있다. 순정한 세계를 갈망하는 시인의 목소리는 애절함을 넘어서 사무치는 한으로 바뀌고 있다. 사람에 대한 그리움이 절박하여 가슴으로 울부짖는 화자의 모습에서 시인의 품격을 엿볼 수 있다. 시인의 맑은 정신세계에서 만나고 싶은 사람은 볼이 고운 자태를 가진 사람이다. 허위와 아집으로 가득 찬 세상이지만, 그 속에서 볼이 고운 사람을 가슴에 품을 줄 알고 그 절절함을 노래하는 시인의 목소리는 담백하다. 이 시는 혼탁한 세상에 맑은 영혼을 불러들이는 것처럼 투명하다. 청산처럼 맑은 세상을 꿈꾸는 시인은 혼탁한 세상 속에도 고고한 인품을 간직하려고 한다. 이 시는 언어의 감옥과 현란한 시어로 잔뜩 꾸민 시들보다 꾸미지 않은 시어로 올곧은 세상을 살아가는 시인의 정신적 지향을 잘 드러내고 있다.

> 산 너머 저 쪽엔
> 별똥이 많겠지
> 밤마다 서너 개씩
> 떨어졌으니.
>
> 산 너머 저 쪽엔
> 바다가 있겠지
> 여름내 은하수가
> 흘러갔으니
> — 이문구, 「산 너머 저 쪽」 전문

　이 시는 맑은 동심의 세계를 잘 표현하고 있다. 걸쭉한 문체가 돋보이는 소설가 이문구의 가슴에 천진난만한 동심이 있었다는 사실이 놀랍다. 이런 시는 시인이 맑은 시안(詩眼)으로 세상을 바라보기 때문에 가능한 일이고, 이를 통해서 투명하고 명징한 언어적 성취를 획득할 수 있었던 것이다. 이 시의 또 다른 매력은 지극히 복잡한 우주의 질서를 당연하고 간단한 논리로 끌어들이고 있다는 데 있다. 어쩌면 무심히 지나칠 수 있는 일상의 일을 기발한 상상력으로 끌고 있으며, 우주의 질서를 따뜻하면서도 단정(端正)하게 끌어안고 있다는 점이 탁월하다. 이 시를 통해서 우리는 소설가 이문구의 가슴에 동심의 천진함이 살아있다는 사실을 알 수 있을 것이고, 이것만으로 그는 시인의 자질을 충분히 갖추고 있다고 말할 수 있을 것이다. 이런 시정신이야말로 현대 시인들이 본받아야할 덕목이 아닐까 한다.

> 새 한 마리
> 하늘을 간다.
> 저쪽 산이
> 어서 오라고
> 부른다.
>
> 어머니 품에 안기려는
> 아기같이
>
> 좋아서 어쩔 줄 모르고
> 날아가는구나!
>
> — 이오덕, 「새와 산」 전문

　　몇 년 전에 작고한 시인 이오덕의 묘비에 새겨진 시이다. 짧은 시 한 편인데도 이 시에는 죽음을 초월하는 시인의 투명한 정신이 잘 표현되어 있다. 이 시에서 주목해야 하는 시어는 새인데, 이 새는 죽음과 삶의 경계를 마음대로 오고가는 소재이다. 새는 '저 쪽 산이 어서 오라'고 부르는 소리를 들으면서 '아기같이 좋아서 어쩔 줄'을 모른다. 죽음이라는 벼랑 끝에 서있으면서도 그것을 막다른 벼랑으로 생각하지 않고, '저 쪽'이라고 표현할 수 있는 경지, 그것은 죽음도 삶의 연장으로 받아들이려는 태도일 때 가능한 인식 체계다. 죽음의 경계에 있으면서 좋아서 어쩔 줄을 모르고 달려가는 새의 날개 짓은 이미 삶과 죽음의 경계를 초월하고 있다. 삶과 죽음의 경계를 넘어서는 이 시를 읽으면서 천상병의

「새」를 떠올릴 수 있을 것이다. 현실을 죽음으로 보고, 죽음도 현실의 연장으로 보고 있는 시인의 인식은 결국 죽음도 '날아가는구나!'라는 짧은 탄식으로 받아들이고 있는 것이다. 이 시에서 우리는 죽음의 상황도 그저 담담하게 받아들이는 시인의 정신을 엿볼 수 있다.

시의 위기 시대에 시인들은 얼마나 시의 본질에 접근하고 있는가를 물어야 한다. 시가 자본의 논리에 휘둘리면서 앉아서 시의 위기를 말하는 것은 어불성설이다. 시인의 정신이 시를 이루는 바탕이라면, 시인의 시정신은 시의 품격을 세우는 일이다. 시를 쓰는 행위는 끝없는 자기 수양의 과정이라는 고전적 명제에 충실해야 할 것이다.

기계 문명의 거대한 폭력에 맞설 수 있는 것도 한 편의 시로부터 나오고, 대하와 같은 역사를 바꿀 수 있는 것도 한 편의 시에서 나온다. 시인의 삶이 다른 사람의 거울이 되고, 그의 삶이 다른 사람의 정신을 살찌운다고 생각해보라. 그러면 시인이 가야할 길이 정해질 것이다. 참된 시인의 모습에서 구도자의 모습을 발견하고, 그 시인의 시에서 고매한 인격이 살아난다. 참된 시인은 혼탁한 세상에 자기를 투신하더라도 그 속에서 연꽃처럼 피어날 것이다.

― ≪신생≫, 2006년 여름, 27호.

독(壺) 속에 갇힌 언어들
2005년 가을호 문예지의 시를 읽고

1. 서정시의 위기

최근 서정시의 위기가 재론되는 까닭은 무엇일까.[1] 소설의 위기에도 굳건하게 버티던 시가 왜 위기의 국면까지 이르렀는가. 이는 시대적 요인과 내부적 요인이 있다. 시대적 요인이야 시인의 책임이라 할 수 없지만, 내부적 요인은 시인의 책무라 하지 않을 수 없다. 시대와 내부 중의 어느 것에 무게를 두어야 하는가는 그리 중요한 문제가 아니다. 오히려 시의 위기 시대에 시를 써야 한다는 시인의 고충이 더 할 것이라는 생각이 든다.

그렇다고 무작정 한숨만 쉬고 있을 수는 없는 노릇이다. 시의 위기 시대에 더 좋은 시를 써야 하고, 더 좋은 시인들이 독자와 소통해야 한다.. 시의 위기는 전적으로든지 부분적으로든지 시인에게 책임이 있다. 미꾸라지 한 마리가 냇물을 흐려놓듯이 자본에 편승한 출판과 독자층의 요구에 맹목적으로 끌려가는 시들이 첫 번째 문제이고, 자기 각성은 없고 그저 출간만 서두르는 가벼운 시인들이 두 번째 문제이다. 이럴 때일수록 시인은 고상한 품격을 지켜야 한다.

시는 학(學)이 아니라, 경(經)이다.[2] 시는 학문이라는 합리적인 사고를 의미

---

[1] 서정시의 위기에 대한 비판적 점검은 이미 ≪창작과 비평≫ 여름 호에서 특집으로 다룬 적이 있다. 특이할 비평문은 최원식 「자력갱생의 시학」(≪창작과 비평≫, 2005년 여름호)이다. 비평과 시에서 문학의 위기를 점검한 이 글은 지금 여기에 놓인 우리 문학의 위기를 간파한 글이다.

하는 것이 아니라, 감성을 본성으로 하는 철학적 사유체계라는 말이다. 시는 일상 체험을 깊은 사유의 공간으로 끌어올리는 힘을 갖고 있다. 이 힘은 시의 고상한 품격을 유지하는 힘이며, 보다 높은 정신세계로 안내하는 힘이다.

시란 '언어 표현의 응축된 현상'(E. Pound)을 통해서 보다 고양된 정신세계를 표현하는 장르다. 그래서 좋은 시는 '사무사(思無邪)'에 있다고 말하지 않던가. 이에 견줄 때 시의 영역은 언어 표현이라는 형식보다 사악함이 없는 정신의 영역이 더 중요하다는 것을 알 수 있다.

이제 우리의 서정시는 90년대 포스트모더니즘 바람이 몰고 온 기교주의를 과감히 벗어나야 하며, 자연주의를 가장한 도학적 서정, 일상의 체험보고와 같은 소재주의를 뛰어넘어 시의 본질에 접근하는 철학적 사유로 나아갈 때가 되었다. 시어의 절차탁마(切磋琢磨)가 시인의 책무였던 시대에서 인간 정신의 구현이라는 새로운 패러다임의 시대가 온 것이다. 시의 진정성을 깨달아야하는 시대에 맹목적이고, 무절제한 가짜 시인이 횡행할 때 서정시는 혼탁 속에 헤어나지 못할 것이다. 시에서 정신이 사라지고, 형식만 무성하고 철학적 담론보다는 일상적 담론이 우세를 점하게 되었다. 그야말로 갇힌 독(壺) 속에서 이전투구(泥田鬪狗)하는 경박한 시들이 쏟아져 나오고 있다.

그동안 서정시가 귀족적 취향을 벗어던지고 대중으로 돌아왔다는 점을 긍정적으로 받아들였지만, 이는 결과적으로 함량 미달의 시가 쏟아지는 결과를 가져왔다. 이 위기를 극복하는 길은 시인의 자력갱생 의지와 치열한 시정신일 것이다. 서정시의 위기가 운위(云爲)되는 까닭은 이 때문이다.

---

2) 동양의 고전적 시론으로 『시경』을 드는데, 이는 시를 학문으로 접근한 것이 아니라, 경으로 접근한 것이다. 『시경』은 본래 시(詩)라고만 불렸으나, 전국시대 말기부터 경(經)이라는 말로 불렸다. 경은 경전(經典)이라는 말에 붙는데, 시란 사람들이 향유하는 모범적인 경전으로써 존재한다는 것이다.

2. 독(毒) 속에 갇힌 언어들

최근의 서정시들은 확연히 드러나는 몇 가지 현상에 갇혀있다. 이는 자연으로 복귀하려는 자연주의 경향, 내면 의식의 혼란에 빠진 초현실주의 경향, 일상 체험의 현현 등이다.3) 특이한 형식과 주제를 보이는 작품으로 박강우의 「05 - 0004」(《시와사상》2005년 가을호4)), 김재홍의 「어떤 경고장」(《작가와사회》)이 있긴 하지만, 이들은 황지우를 전범으로 한 포스트모더니즘 기법의 답습일 뿐이다.

서정시가 자연, 일상, 내면의 세 꼭지점으로 나타나면서 스스로 독 속으로 매몰되고 이는 다시 양식화의 경향에 빠지고 말았으며, 그 시적 깊이도 잃어버리고 말았다. 이는 단순한 경향 정도로 가볍게 넘어갈 문제가 아니라, 시의 위기라고 말할 만큼 심각한 문제이다. 이에 덧붙여 시인이 자기 목소리를 내지 못하고, 자본과 대중성을 가진 시인들의 뒤를 맹목적으로 따라가고 있는 점도 지적해두어야 할 것이다. 서정시의 패턴화는 우리 시를 병들게 하는 독소이다.

우선, 최근에 발표된 신작시들에서 발견할 수 있는 가장 두드러진 경향은 일상의 체험에 갇힌 시들이 많다는 점이다. 서정시가 주관적 정서를 표현하는 것이라면, 개인의 체험이 시의 바탕이라는 사실은 부인할 수가 없다. 그러나 개인의 체험이 시적 보편성을 얻지 못한다면, 이는 시적 의미를 갖지 못할 것이다.

---

3) 이 글에서 분석대상으로 삼은 시들은 가을호 계간지에 발표된 시들이다. 여기에 발표된 시인과 작품 수만 따져 보면, 《창작과 비평》 12명/24편, 《실천문학》 6명/25편, 《현대시》 20명/40편, 《신생》 18명/54편, 《문학동네》 7명/21편, 《시와사상》 18명/36편, 《작가와 사회》 12명/36편이다. 물론 다른 문예지에 중복 발표한 시인들도 있지만, 전체 96명의 시인이 236편의 작품을 발표했다. 발표 편수만 놓고 보더라도 근작시는 그 수효를 헤아릴 수 없을 정도로 많다. 참조한 《시조세계》 《열린시학》 《유심》 《다층》에도 여러 편의 신작이 있으며, 지역의 문예지에서 발표하는 시들도 있을 터이니, 한 계절에 발표하는 시들은 다 열거할 수 없을 정도로 많다. 시의 홍수라고 해도 과언이 아닐 것이다. 이 글에서는 이들 중의 일부를 발췌하여 그 특징을 살펴보기로 한다.

4) 다음 부분에 인용하는 문예지는 년도는 밝히지 않고, 문예지 이름만 밝히기로 한다. 다른 문예지는 모두 계간 가을호이고, 《현대시》만 월간지이다.

아내의 친구가 투병 중인 병실을 함께 찾았다
링거 병 속의 노란 액체가
그의 누운 몸속으로 흘러들고 있었다
그의 몸이 한 차례 출렁였던 것 같고
문을 열고 들어선 아내도 두어 차례 출렁였던 것 같다
　　　　　　　— 이동호, 「병실에서」(≪신생≫) 부분

땅 끝에 오지 않고도 안다
우리 푸른 가슴에 일렁이는
오, 끊어진 산맥의 숨결로
땅이 끝나는 곳이 손끝에 있음을 안다.
　　　　　　　— 김규태, 「땅 끝에 와서」(≪시와사상≫) 부분

　이 시들은 각각 개인이 체험한 사소한 일상을 시로 표현하였다. 이동호의 시는 암투병 중인 아내의 친구를 찾아가서 느낀 감회인데, 이 시처럼 그의 시는 일상을 솔직하게 혹은 담담하게 표현하는 것이 장점이다. 암투병 중인 아내의 친구를 만나면서 출렁이는 눈물을 발견하고, 이는 삶의 절절함으로 다가와 독자들에게 아른한 슬픔을 느끼게 한다. 반면에 김규태의 시는 여행에서 느낀 감회를 드러내고 있다. 그의 시는 땅 끝에 와서야 비로소 알게 된 손끝의 이미지를 포착한다. 기발하기도 하지만, 탁월한 시적 비유에서 삶의 깊이와 연륜을 느낄 수 있다.

　그러나 문제는 이런 유형의 일상시가 너무 많다는데 있다. 세상의 모든 일상에 그 가치를 찾아내고, 이를 통하여 삶의 진정성에 도달하는 시가 되어야 할 것이다. 일상시가 보편성을 넘어서야 한다는 것이다.

　일상시들 중에는 외국여행의 경험을 형상화한 것도 있으며,[5] 가벼운 일상을

---

5) 안상학 「오아시스」, 이영주 「티베트의 나팔 깔링」(≪실천문학≫)

그대로 드러낸 것도 있다.[6] 일상을 마치 렌즈처럼 투영하고 있는 박춘석의 「아름다운 사슬」「아이의 걸음마 속으로」도 일상에 매몰된 자아의 모습을 보여준다. 이 시들은 일상의 가벼움에서 삶의 깊이를 끌어내지 못하고 있다. 일상시는 체험을 범속화하면서 시적 자아가 그 속에 매몰되고 마는 한계점을 보이고 있다.

이런 일상성의 한계를 극복하려는 일련의 노력이 비틀기 방식과 서사의 도입이다. 이는 도식주의에서 벗어나려는 시적 노력으로 보여진다. 서정의 일상을 담고 있으면서도 서사의 구조를 보이는 시들은 장르의 경계를 넘어서는 좋은 본보기이다. 이창기의 시는 이런 근작시들 중에서 탁발(擢拔)하게 읽힌다.

> 그는 우리 동네에서 가장 부지런한 동물입니다. 마을 사람들이 다 그렇게 알고 있습니다. 결코 착하다거나, 겸손하다거나, 점잖다고 할 수는 없지만, 동네에서 가장 먼저 일어나 경운기에 시동 걸고 봄바람 분다는 소문에 언 땅을 갈아엎고 씨뿌리는 그런 사람입니다.
>
> — 이창기, 「세상에서 가장 부지런했던」(≪창작과 비평≫)부분

동네에서 가장 부지런하게 살았던 한 사람에 대한 이야기를 회고한다. 그렇게 부지런하게 살았던 한 사람은 아버지 세대의 보편적 인물이다. 주관적인 인물이면서 동시에 객관적인 인물들로 확장할 수 있는 인물들이다. 고은의 시 「머슴 대길이」처럼, 역사 속의 보편적 인물이 '그 사람'인 것이다.

형식적인 측면에서 단편서사시의 양식을 계승하고는 있지만, 옛 것을 그대로 따르지는 않았다. 율격을 배제하고 있으면서 그 자리에 담화 형식을 채워 넣었다. 내용에 있어서 서정을 바탕으로 하면서도 서사 전략을 놓치지 않는다. 이는 서정시의 영역에 갇혀 있지 않고, 서사시의 경계를 넘나드는 장르의 확장을 보여주는 사례이다. 이런 점에서 신기섭의 「할아버지가 그린 벽화 속의 풍경들 2」(≪창작

---

6) 김광선 「이주」「횟집에서」(≪실천문학≫), 감태준 「천변에서」, 고진하 「계명성」「붉은 비명」 (≪문학동네≫), 안준철 「고공사다리」「절반의 식사」「배를 깎다가」(≪신생≫)

과 비평≫), 신대철의 「천마의 시」(≪실천문학≫)도 눈여겨보아야 할 시들이다.

　서정과 서사의 결합을 넘어서 눈에 띄는 시들은 일상을 비틀거나 격문처럼 짧은 문구의 시들이다. 이들 시들은 정서와 시각의 두 측면에서 접근한다는 점에서 파노파이아(phanopoeia)와 멜로포이아(melopoeia)을 동시에 획득한다. 서정시의 새로운 전략은 이와 같이 서정성을 바탕으로 하면서 다양한 방법들을 섭수하는데 있다.

　　너, 그거 알지?
　　한창 꽃이 질 때
　　벌 나비 떠나고
　　그보다 먼저 사람이 떠나는 거!
　　　　　─ 감태준, 「무서워라」(≪문학동네≫)전문

　이 짧은 시편에서 전하는 메시지는 분명하다. 짧은 시들은 구체적인 의미를 전달하는데 종종 실패하는데, 이 시는 제목과 내용에서 뚜렷한 주제의식을 드러낸다. 그러면서도 벌과 나비보다 경박한 인간 세태를 풍자한다. 짧은 시 한 편이 이만한 메시지를 전한다면 좋은 시라 할 수 있다. 경제성의 논리로 따지자면, 이 시는 자본주의 시대에 최소한의 언어로 최대의 효과를 누릴 수 있는 '경제적인 시'이다. 그러나 쉽게 읽혀지는 만큼 진한 감동은 주지 못한다. 단말마의 경구성 문구만으로 시적 의미를 갖는다고 하기에는 뭔가 부족하다는 느낌이다.

　　시립도서관 앞 간이식당
　　검정 책가방 옆에 눕혀놓고
　　느슨해진 넥타이, 어떤 실업이
　　낮술을 비튼다
　　빈속에 소주 털어 넣자

내장이 찌르르 요동, 길이 하나 생긴다
울컥 나부 낀다
넥타이 길이다
　　　　　　— 이규리, 「소주 넥타이」(≪시와 사상≫) 부분

1g의 먼지가 발끝을 세우고 있다
분열 한다
(…중략…)
꿈을 꾼다
장다리꽃 타고 오르는 연두나비 같이
먼지도 푸른 발바닥을 가지고 있다

55kg의 먼지가 죽는다
1g의 먼지가 발끝을 세우고 있다
　　　　　　— 김수우, 「먼지도 푸른 발바닥을 가지고 있다」(≪신생≫) 부분

이 두 시는 상대적이다. 이규리의 시는 노숙자가 마신 술이 낸 길을 '넥타이 길'로 포착하는 비유가 독특하다. 반면에 김수우의 시는 상징적 사유체계를 바탕으로 한다. 다소 초현실적인 상상을 하고 있으면서 낯선 비유를 끌어들인다. 먼지와 푸른 발바닥의 사유는 생소하다. 먼지가 가진 푸른 발바닥은 무엇일까라는 의문과 함께 곧 그것이 55kg의 시적 화자임을 확인한다. 인간은 먼지처럼 사라지는 존재가 아닌가. 그의 사유는 1g의 먼지로부터 시작해서 55kg의 자기 존재로 이어지고, 마침내 1g의 먼지로 환원한다. 이규리의 시가 간단한 비유 하나로 끌고 가는 신선한 방법을 선보였다면, 김수우의 시는 먼지와 사람을 상동 관계로 묶어내는 매력을 갖고 있다.

급박하게 돌아가는 세상에 짧은 경고성 문구와 같은 시, 재미있는 비유가 돋보이는 시, 사소한 일상을 표현하면서도 깊은 메시지를 준다. 양전형의 「나

는 국산 버섯구이를 좋아 한다」(≪신생≫), 류인서의 「클럽, 아라비안나이트」(≪신생≫)도 현실의 문제점을 풍자하는 색다른 방법들이다. 눈여겨 봐 두어야 할 시들이다.

　다음은 자연의 상투성에 갇힌 시들 많다는 점을 들 수 있다. 서정시 본연의 고향을 말하라 한다면, 단언하건대 자연이라고 말할 수 있다. 자연은 그만큼 서정시의 지배적인 소재이다. 자연은 인간 본연의 모습을 보여주는 공간이다. 이는 서정시가 궁극적으로 지향하고 있는 공간이기도 하다.

　이른바 자연주의 시학의 원류는 꽤 오래되었지만 최근의 경향은 아무래도 90년대 이후 민중 시인들의 행보에서 비롯한다고 보는 것이 정석일 것이다. 자연은 싸움의 대상이 사라진 시대에 그 허무감을 채워주는 위안의 공간으로 존재한다. 여기서 자연은 인간의 거울이고, 자신을 돌아보는 계기를 제공하는 터전이다. 안도현, 백무산, 정호승이 자연으로 돌아간 것은 이러한 수순이었다고 본다. 이런 자연주의 시들은 이제 생태시라는 이름으로 탈바꿈을 하면서 그 영역을 점증(漸增)시키고 있다.

> 이를테면 내가 죽고
> 아직 앳된 네가
> 소복을 입었다고 치자.
>
> 소복의 푸른 넋마저
> 요염(妖艶)에 물드는
> 봄밤.
> 　　　　　　― 송기원, 「목련」(≪창작과 비평≫) 전문

　80년대 현실 참여의 공간에 발을 들여놓았던 송기원은 꽃의 연작을 선보인다.

≪실천문학≫에 「꽃이 필 때」 외 9편, ≪창작과 비평≫에 목련 외 1편의 시가 있다. 공교롭게도 이번에 발표한 그의 시는 모두 자연물을 소재로 한 짧은 시들이다. 시의 제목은 「안개꽃」「넝쿨장미」「애기똥풀」「달맞이꽃」「조팝꽃」「수선화」「함박꽃」「산나리꽃」「모란」「구절초」이다. 이른바 꽃 연작시라 할 수 있는 이 시들은 모두 자연물을 사람에 빗대는 의인화 방식을 취하고 있다.

어찌 보면 자연물을 소재로 한 시들이 혼탁한 인간 세상을 정화하는 맑은 시 정신을 갖고 있다고 할 수 있다. 자연물을 소재로 한 시들의 긍정적인 측면을 인정하면서도 최근의 서정시들이 자연을 너무 무절제하게 끌어들이고 있는 것 같아서 아쉽다. 자연에 갇힌 서정시의 몰락을 주장한 김수이의 평문[7]은 그래서 경청할만하다.

자연주의 서정시들은 그 상투성에 벗어나는 다양한 방법론을 시도해야 한다. 소재주의와 도식주의라는 인상을 주지 않는 자연주의 서정시가 필요하다. 정우영의 「생강나무」(≪시와 사상≫), 양문규 「불타는 천태산」(≪신생≫)은 이 우려에 포함되지 않을까 한다.

3. 독(毒)의 경계를 넘어서

최근의 서정시는 내면에 침잠한 시, 죽음의 문제를 다룬 시, 생태시, 현실주의 시, 말랑말랑한 말장난 같은 시들도 있다. 이 시들도 독특한 영역을 확보하고 있으며, 제각각의 거울을 가지고, 그들의 모습을 비추고 있다. 아직 속단하기는 어렵겠지만, 현대의 서정시는 장르 경계를 넘고, 주제의 획일성을 벗어나는 시들을 양산할 것이라 생각한다. 그런데도 내심 우려되는 점도 있다. 근작시를 읽으면서 쏟아지는 말들의 전쟁을 보는 느낌이다. 비슷한 유형의 서정시와 답답한 일상의 체험을 앵무새처럼 나열해놓은 시들도 의외로 많다는 것이다. 시와

---

7) 김수이 「자연의 매트릭스에 갇힌 서정시」(≪파라 21≫, 2004년 겨울호), 「자연의 매트릭스와 현실의 사막」(≪창작과 비평≫, 2005년 가을호)

비평의 위기는 최근 문학의 화두이기도 하지만, 시의 위기를 실감할 정도로 함량 미달의 시가 많다는 사실에 놀라지 않을 수 없다.

이 시대의 문학은 시와 비평의 소통을 끊어내고, 시는 시대로 비평은 비평대로 냉철한 자성의 시간을 가져야 한다. 서정시의 기율인 동일성의 시학이 무너지고, 현실에 맞서는 타자성의 시학으로 향한다.[8] 대상과 자아의 경계가 사라지고, 독자를 의식하지 않은 독백조의 시, 인간과의 싸움에서 물러나 자연으로 돌아가는 방만한 시들이 유행하고 있다. 이 시대 시인들은 '그들만의 리그'를 버리고, 새로운 정신과 방법으로 시를 써야 한다. 셸리의 말처럼, '시인은 세상에 대한 공식적인 법률가'[9]라는 사실을 깨닫는다면, 우리 시대 시인들의 역할이 얼마나 막중한가를 알 것이다.

최근의 서정시가 착종(錯綜)하고 있는 일상의 문제, 자연주의 경향, 자의식의 침잠은 자성의 시간을 가져야 한다. 일상의 문제는 체험 영역이 상투적이어서 객관화로 나아가지 못하고 있다. 지나친 일상성은 식상한 얘깃거리에 지나지 않는다. 이 시대 서정시는 일상성을 지나치게 드러냄으로써 그 본질적 가치를 잃어버리고 있다.

자연주의 경향은 물질주의에 반하는 긍정적인 시운동을 전개하고 있지만, 자연에서 끌어올리는 고양된 의식을 보여주지 못하고, 자연이라는 소재주의에 빠진 채 방황하고 있는 실정이다. 자연으로 돌아가자는 근원적인 문제만 제시해서도 안 되지만, 그 자연이 상실한 고향의식 정도로만 다루어져서도 안 될 것이다.

자의식의 침잠은 현실을 도피하는 방편이었지만, 그곳에는 자아와 타자를 혼동하는 심각한 병적 혼돈을 불러일으키고 말았다. 초현실주의 미학이라고 방기(放棄)하면서 현대시의 한 중요한 흐름으로 추켜세우고 있지만, 이 시들의 비소통성은 독자를 무시하는 태도에 가깝다.

경계에 놓인 서정시는 인간 정신의 보편성에 근거한 시적 자장이 있어야 한

---

8) 이를 최원식은 동일성의 시학에서 균열의 시학으로 나타난 것이라 본다. (최원식, 「자력갱생의 시학」(≪창작과 비평≫, 2005년 여름호).
9) I.A.리처즈 『문학비평의 원리』(동인, 2005) 80쪽. 각주 인용.

다. 최근의 서정시는 이런 시적 탄력이 부족하다. 좋은 시는 내포와 외연의 관계에 있어서 긴장(緊張)을 유지하는 데 있다. 이 긴장은 시적 자아의 과잉과 결핍을 조정하는 데에서 시작한다. 이제 서정시는 그 긴장의 끈을 조여야 할 것이다. 계간 평을 마무리하면서 꼭 하고 싶은 말. 시인이여, 느슨한 끈을 단단히 비끌어매자.

— ≪작가와 사회≫, 2005년 겨울, 21호.

민족문학의 복원과 원전비평에 대하여
새롭게 만나는 시인 권환

1. 해금에서 복원까지

해방 후 남북 분단은 우리 사회 전반에 걸쳐있는 비극의 불씨였고, 현대사의 흐름에 씻을 수 없는 하나의 상처였다. 이는 정치, 경제, 사회, 문화뿐만 아니라 민족의 정체성마저 흔들리게끔 하였으며, 더러는 그늘진 곳의 독처럼 남아서 점차 골육에까지 스미는 상처의 씨앗을 만들기도 하였다. 어쩌면 이 땅에 살아가는 모든 사람들은 이 비극의 역사 속에 살아가는 주인공들이라는 점에서 똑같은 피해자들인지도 모른다.

권환은 이 비극의 현대사를 풀어내는 처음과 끝자락에 놓여 있는 문인이라 해도 지나친 말이 아닐 것이다. 한때 정부가 권환 문학을 금지하는 조치를 취했다면, 이제 권환 문학은 해금과 복원의 과정을 거치면서 우리 곁으로 다가왔다고 할 수 있다. 이처럼, 권환은 민족 분단의 비극을 극복하는 과정을 가장 잘 보여주는 문인인 것이다. 권환 문학이 완전 복원되어서 남북한이 함께 논의하고 연구할 수 있을 때, 그때야말로 민족 분단의 비극을 극복하는 때가 아닐까 한다.

1989년 해금조치가 있고 난 뒤에도 한동안 권환은 월북문인으로 분류되어 왔다. 해금 후 곧바로 쏟아져 나온 임화, 김남천 연구에 비하면[1], 권환은 연구

---

1) 김윤식, 『임화연구』, 문학사상사, 1993.

성과와 전집 발간에서도 미흡하였다. 그나마 다행인 것은 해금 후 약 10년이 지난 뒤에『권환 시전집』이 발간된 일이다.[2] 권환은 다른 해금(解禁) 문인들에 비하면 늘 관심 밖에 밀려나 있었던 것이 사실이다. 이 때문에 아직 증보해야할 자료들이 많이 있음에도 불구하고 필자는『아름다운 평등 - 권환 전집』(전망, 2002.7.30)을 묶어냈다. 이는 상대적으로 관심밖에 있던 권환 문학을 복원하는 활로를 찾기 위한 것이었다.

2. 자료발굴의 왜곡과 진실

실제로『권환 전집』이 나오고 난 후 권환 문학의 재조명과 자료발굴은 급물살을 타기 시작했다. 그 하나의 사례는 대산문화재단과 민족문학 작가회의에서 주최한 탄생 100주년 문학인 기념문학제였다. 이 행사는 2003년 4월 24일(목)부터 25일(금)까지 열렸는데, 주요한 행사 내용은 세종문화회관 컨퍼런스 홀에서 열린 문학심포지엄과 철학마당 느티나무에서 열린 문학의 밤이었다.

이 행사의 첫째 날에 권환은 김기진, 윤기정과 함께 카프 문학을 주제로 논의되었다.[3] 권환은 사후 약 50년이 지난 뒤에 전국 규모의 공식 문학행사에서 재조명된 것이다. 권환만을 놓고 볼 때, 이 행사는 현대문학사에서 권환을 공식적으로 거론한 최초의 심포지엄인 셈이다. 이 사실 하나만 보더라도 권환은 우리 문학에서 얼마나 많이 소외받아왔는지를 알 수 있을 것이다. 지금까지 권환은 해방 후 남북한 문단에서 미아(迷兒)처럼 방치되어 왔는데, 이 행사를 계기로 권

<hr>

임규찬,『임화 신문학사』, 한길사, 1993.
김용직,『임화문학연구』, 세계사, 1991.
김외곤,『임화전집』, 박이정, 2001.
신상성,『김남천 연구』, 경운출판사, 1990.
이덕화,『김남천 연구』, 청하, 1991.

2) 이동순·황선열,『깜박 잊어버린 그 이름 - 권환 시전집』, 솔출판사, 1998.

3) 이 해에 탄생 100주년을 맞은 문인들은 권환, 김기진, 김영랑, 김진섭, 송영, 양주동, 윤극영, 윤기정, 이은상, 최명익 등이었다.

환은 한국문학사의 영역에서 재평가되는 계기를 마련할 수 있었다. 이 행사에서 권환은 비록 형식적으로 다루어지긴 했지만, 어쨌든 권환의 문학적 입지를 확보하는 계기가 되었던 것은 분명하다.

이 심포지엄에서 권환은 제1주제 'KAPF 작가들 - 권환, 김기진, 윤기정'과 함께 다루어졌는데, 개인적으로 오랫동안 권환을 연구해 온 필자로서는 『권환 전집』 발간과 함께 지속된 권환 문학의 수평적 관심과 수직적 평가에 대해 기뻤던 것이 사실이다. 그러나 이 행사는 권환 문학의 자장에 비추어 볼 때, 그 발제 내용은 턱없이 부족했던 것 같다.[4]

이 해 12월에는 경남대 박사과정의 이장렬이 『권환문학연구』(2003.12)라는 연구논문을 발표하였다. 이 논문은 그동안 밝히지 못했던 권환의 생애 중에서 휘문고보 시절과 일제강점기 말의 행적을 새롭게 밝혀냈으며, 권환의 아동문학 작품 14편을 추가로 발굴하였다.[5] 이는 높이 살만하다.

그러나 이 논문은 원전(原典) 텍스트를 밝히는 문제에 있어서 치명적인 한계점을 보이고 말았다. 이는 원전비평을 제대로 하지 않은 채 권환 작품 목록에 넣었다든가, 권환의 작품이 아닌 것도 작품목록에 넣었다는 것이다.[6] 한 작품의

---

[4] 이는 「탄생 100주년 문학인 기념문학제 - 논쟁, 이야기 그리고 노래」(대산문화재단/민족문학 작가회의, 2003년 자료집)을 참조한다. 발제는 서경석(한양대) 교수가 「카프문학 운동의 주역 들」이라는 제목으로 발표하였고, 토론은 채호석(한국외대) 교수가 맡았다. 서경석의 발제 내용 에서 권환은 전체적으로 간단한 소개 정도에 머물렀고, 논의의 중심에는 김기진, 윤기정이었 다. 그러나 이 발제에서 권환의 아동문학을 거론하면서 권환 문학의 새로운 연구 과제를 제시 했다는 점은 높이 살만하다.

[5] 이장렬이 발굴한 아동문학 작품은 소년소설 4편, 동화 2편, 동시 3편과 수필 5편이다. 소년소설 은 「아버지」(≪신소년≫, 1925. 7 - 9), 「강제의 꿈」(≪신소년≫, 1925.10), 「세상구경」(≪신소 년≫, 1925.11), 「언밥」(≪신소년≫, 1925.12)등 4편, 동화는 「마지막 웃음」(≪신소년≫, 1926.2 - 4), 「처녀장미꽃」(≪신소년≫, 1926.5) 등 2편, 동시는 「왜 어른이 안되요」(≪신소년≫, 1927.4), 「왜 안 무서워요」(≪신소년≫, 1927.4), 「지도에 없는 아버지」(≪신소년≫, 1927.4) 등 3편, 수 필은 「나의 어린 때 기억」(≪신소년≫, 1928.6), 「소년에 대한 바람」(≪신소년≫, 1930.1), 「통 속 소년유물론」(≪별나라≫, 1930.11), 「변증법이란 무엇인가」(≪별나라≫, 1931.12) 등 4편이 다(이장렬, 『권환 문학연구』, 경남대 박사학위논문, 2003, 4 - 6쪽).

[6] 실제 권환의 작품이 아닌 것도 권환의 작품으로 분류한 것도 있다. 작품 목록 중의 시 「태양찬 (太陽讚)」(≪동아일보≫, 1937.11.9)은 김용제의 작품이다.

원전은 다양한 방법으로 검증되어야한다. 특히, 작가의 본명을 밝힐 수 없는 상황에서 사용한 필명의 경우는 다른 작품들과 철저히 비교·대조하는 작업이 있어야 할 것이다. 원전텍스트의 확정은 '작품의 순수성을 보전하는 비평작업'이다.[7] 따라서 작품의 원전이 불명확한데도 불구하고 원전을 확정하거나, 그 작가일 것이라는 막연한 가능성으로 원전을 확정하는 것은 타당한 연구 방법이 아니다.

이 논문에서 권환의 필명인 KO생, 권생(權生), 원소(元素), 권윤환(權允煥), 권전환(權田煥) 등을 모두 권환 작품으로 분류하고 있는데, 이는 좀 더 세심한 원전비평 방법을 필요로 한다. 권환의 필명 중의 하나인 권윤환(權允煥)은 평론 「무산계급운동의 별고(瞥顧)와 장래의 전개책」(≪중외일보≫, 1930. 1.10 – 31. 1면)에서 쓴 것이고, 권전환(權田煥)은 시집 『윤리』(1944)에서 사용한 필명이다. 이 두 필명의 경우는 권환이라는 사실이 분명하다.

1930년 ≪중외일보≫에 실린 권윤환의 평론은 1930년대 권환이 주장하고 있는 카프의 방향전환과 관련한 주제이며, 이때 그가 ≪중외일보≫ 기자로 있었다는 점을 착안할 때, 권환의 글임을 어느 정도 확정할 수 있다. 덧붙여 이 글은 권환의 다른 평론들과 비교해볼 때, 논조와 주장에 있어서 권환의 다른 평문들과 일치하고 있다. 그리고 카프 1차 검거(1931.2 – 8)를 앞둔 시기라는 점을 감안할 때, 필명을 사용했으리라 짐작할 수 있다. 또 다른 필명인 권전환은 시집 『윤리』에 사용한 것으로, 이 시집에 실린 작품들이 이미 권환이라는 이름으로 발표한 작품들이기 때문에 권전환은 권환의 필명이라는 사실이 분명할 것이다.

그런데 문제는 원소와 KO생이라는 필명이다. 원소는 소설 「썩은 안해 – 감방내의 환몽」(조선지광, 1927.7)과 「자선당의 불」(조선지광, 1927.12)에서 각

---

7) 프레이즈 바우워즈는 '작가의 원본과 수정본이 지니고 있는 최초의 순수성을 회복하고 번각(飜刻) 과정에서 흔히 일어나는 와전에도 불구하고, 이러한 순수성을 보전하는 것이 원본비평(textual criticism)의 목표이다'라고 한다(노드럽 프라이 외 김인환 역, 『문학의 해석』, 홍성사, 1978, 60쪽).

각 원소(元素), 혹은 권원소(權元素)로 사용한 이름이다. 이 논문에서 「썩은 안해」를 권환의 작품으로 확정짓는 이유는 등장인물 B가 폐결핵을 앓고 있다는 사실, 그리고 작품 끝에 '경도하압(京都下鴨)서'라고 씌여있기 때문이다. 이 두 가지 사실을 근거로 그는 원소를 권환과 동일 인물로 상정하고 있다. 그러나 「썩은 안해」가 권환의 작품이라는 사실에 대해서는 몇 가지 의문이 제기된다.

우선, 「썩은 안해」는 4년 뒤에 발표하는 「목화와 콩」(≪조선일보≫ 1931.7.16–24)과 문체가 다르다는 점이다. 「썩은 안해」와 「목화와 콩」의 문체를 비교해보기로 하자.

B는 이러케하다가 펏득 째여보니 꿈이엿다. 鐵窓안에 한바탕 꿈이엿다.

꿈이엿다. 꿈인줄 안 B는 깁흔 慘憺한 地獄에 쌔 다가 다시 나온 것갓치 깃벗다. 오 – 얼마나 깃버스랴. 몸소림을 치게 하든 그 光景이 北風맛난 아지랑이처럼 사라질 째에 꿈인것이 무엇보다도 깃벗다. 그러나 B는 이것이 꿈만이라고 安心하지 못했다. 과연 안해는 現實인 지금에도 그만치 悲慘한 光景 속에 잇지는 안은지 혹은 그보다 더 이상의 悲慘한 運命속에 쌔져잇지는 안은가 안으리라 斷言할 수 업섯다.[8]

그러는 동안에 어느듯 초여름이 닥처왓다. 보리밧흔 누렁∧ 금빗흘 씌 다. 그래서 목화 심을 시긔(時期)는 그러구러 지내갓다. 푸른 콩은 째를 따라 잘도 잘앗다. 비를 마저 거름을 먹고 보기조케 휠丈 잘엇다.

그라는 한 편에 필성이들은 한참동안 이 경화동에 분주하게 갓다왓다 하였다. 두윤이집 정선달집 이 집 저 집으로 한참동안은 밤낫업시 밥먹을 여가도 없이 쪼차다녓다.

그래서 그해 초여름 이 경화동에는 △△농민조합 △△지부경화동반(班) 긔(旗)가 바람에 날려 놉히 펄넝거렷다.[9]

---

8) 원소, 「썩은 안해」, ≪조선지광≫, 1927. 7, 62쪽.

두 작품을 비교 대조해보면, 문체의 차이를 찾을 수 있을 것이다. 「썩은 안해」는 짧은 문장과 긴 문장을 적절히 안배하고 있으며, 문장의 연결이 자연스럽고, 비유법을 적절히 구사하고 있다. 그러나 「목화와 콩」은 짧은 문장을 연속적으로 사용하면서도 문장의 연결이 자연스럽지 못하다. 더 확연한 것은 어법의 차이이다. 「목화의 콩」은 '그라는 한 편', '그러구러'라는 구어체 어법을 그대로 사용하고 있는데, 「썩은 안해」는 '그러나'라는 접속어를 사용할 뿐만 아니라 완전한 문어체 어법을 사용하고 있다. 「썩은 안해」는 1927년에 발표한 소설이고, 「목화와 콩」은 1931년에 발표한 소설이다. 뒤에 발표한 소설이 구어체 어법이고, 먼저 발표한 소설이 문어체 어법이라는 말이 납득이 가지 않는다. 고전소설이 일반적으로 구어체를 쓰고 있다면, 현대소설은 문어체를 쓰고 있다. 인용한 두 작품처럼, 시기적으로 빠른 작품이 문어체를 쓰고, 시기적으로 늦은 작품이 구어체를 쓰는 경우는 없다.

다음은 「썩은 안해」의 주인공이면서 서술자 B에 대해서 살펴보자. 이 작품은 노동운동을 하다가 종로경찰서에 잡혀간 B라는 인물이 감방에서 꾼 꿈 이야기다. 서술구조가 액자형으로 되어 있으며, B를 주인공으로 하는 1인칭 주인공 시점이다. 그 줄거리는 다음과 같다.

B(경수, 慶秀)는 석탄 공장에 일하다가 노동운동에 가담하는데, 이 일로 그는 감옥에 갇힌다. B의 아내(혜숙, 惠淑)는 남편과 집을 잃은 나머지 갈 곳을 잃어버린 채, 방황하다가 마침내 술집 작부가 되고 만다. B는 2년 반 동안 감옥 생활을 하고 출옥을 한다. 출옥을 하고 난 뒤, 숙모를 찾아가 아내의 소식을 물었지만, 죽었다고만 할 뿐 소식을 알지는 못한다. 숙모 집에서 나와서 길을 걷다가 마침 같은 공장에 일하던 C를 만나 술집을 찾아간다. 그런데 그곳에서 아내를

---

9) 권환, 「목화와 콩」, ≪조선일보≫, 19317.16 - 24. 인용 부분은 『농민소설집』, 별나라사, 1933, 79쪽.

만난다. 그러나 불행히도 아내는 B를 애써 외면한다. B는 아내를 애타게 부르다가 잠에서 깨어난다. 감옥에서 꾼 꿈이었다.

그는 이 소설의 주인공 B가 권환이라고 확정하는데, 이는 처음부터 잘못된 진술이다. 소설의 인물은 허구적이고, 설사 자전소설이라 하더라도 그 인물의 삶이 작가의 삶과 일치해야 한다. 만약 이 소설의 서술자인 B가 권환이라면, 권환은 석탄공장 노동자여야 하고, 그의 아내는 집도 없이 쫓겨서 결국 술집 작부로 일하는 신세가 유추되어야 한다.

그러나 이미 밝혀진 권환의 생애에서 알 수 있듯이 주인공 B는 권환과 다른 인물이다. 권환은 석탄노동자도 아니며, 노동운동가도 아니다. 권환의 아내는 주인공 B의 아내 혜숙처럼, 술집 작부 노릇도 하지 않았다. 따라서 주인공 B가 권환이라는 말은 처음부터 잘못되어 있다.

그럼에도 불구하고 이 논문은 「썩은 안해」를 권환의 작품이라고 주장하고 있다. 그는 '마지막 대목에 이르러 주인공이 폐병에 걸렸다'는 사실을 예로 들면서 주인공 B는 폐결핵에 걸린 권환이고, 이 작품은 권환이 일본 경도에 있을 때 발표한 작품이라고 한다. 더군다나 이 소설의 주인공 B가 폐결핵을 앓고 있다는 서술을 그대로 받아들여 권환이 1927년경부터 폐병에 걸린 것으로 보고 있다.[10]

이 소설에서 '監獄에 들기 전부터 알튼 肺病은 더욱 심해젓다. 낫빗츤 石炭ㅅ 빗가치 蒼白해지고 咯血은 째를 싸라자자젓다(63쪽)'라는 부분이 있는데, 환자의 상태가 이 정도라면 폐결핵의 정도가 심각했다는 것을 짐작할 수 있을 것이다. 1927년에 이미 이 정도의 폐결핵을 앓았다면, 그는 과연 1954년까지 생명

---

10) '1927년 무렵에는 권환의 삶과 문학활동에 큰 영향을 미치고 그를 죽음에까지 이르게 한 폐결핵이 발병했던 시기로도 보인다. 서울과 일본의 경도를 오가며 오래도록 열악한 생활 상태에서 영양을 제대로 섭취하지 못한 것이 원인이 되었을 것이다'(이장렬, 앞의 논문, 15쪽, 각주 50번 인용).

을 부지할 수 있었을까. 이런 문제는 차치하더라도 등장인물이 폐병에 걸린 점에 착안하여 B를 권환으로 추측하는 것도 문제이고, 이 작품을 권환의 작품으로 보는 것도 문제다. 이는 처음부터 잘못된 원전비평 방법이다.

덧붙여 이 작품의 끝에 씌여진 '一九二七年 二月 京都下鴨서'라는 부분으로 원전을 확정하는 것도 문제다. 그는 '京都下鴨서'를 작가가 소설을 쓴 장소일 것이라고 추측하고 있다. 이를 근거로 당시 경도에서 문학 활동을 한 문인으로 정지용과 권환을 들고 있다. 정지용은 동지사 대학에 다녔고, 권환은 경도대학을 다녔으니, 가장 유력한 문인은 정지용보다 권환일 터이다. 더군다나 정지용은 시인이고, 소설은 써지 않았으니, 이 작품은 당연히 권환의 작품이라는 것이다.

그러나 이렇게 추측하더라도 「썩은 안해」는 권환의 작품일 수 있다는 가능성일 뿐이지, 권환의 작품이라는 뚜렷한 증거가 없다. 당시 일본에는 카프 동경지부와 나프 내의 조선인 조직으로 「무산자」, 「동지사」, 「선협」, 「우리 동무」 기타 연극단체가 있었는데,[11] 이들에 소속된 문인은 상당수 있었을 것이다. 그런데도 그는 많은 문인들 중에서 정지용 아니면 권환으로 압축하면서, 이 작품이 경도에 있는 권환의 작품이라고 확정짓는다. 이를 뒷받침하는 근거로써 권환 소설의 특징인 '현장성과 사실성'을 들고 있다.[12]

이러한 원전비평 방식으로 텍스트를 확정할 수 없다. 내용의 '현장성과 사실성'은 당시 카프계열의 소설들이 흔히 쓰는 방식이었고, 「썩은 안해」와 같은 리얼리즘 계열 소설의 대부분은 노동자 농민의 투쟁, 살육, 방화를 특징으로 하였다. 그렇다면 이 정도의 소설을 쓸 수 있었던 또 다른 문인은 없었을까. 1927년경의 일본에는 안막, 김남천, 이북만, 안함광, 임화 등의 소장파 문인들이 동경과 경도 등지에서 일본의 나프 세례를 받고 있었다. '京都下鴨서'에 얽매이지 않을 경우, 이들 중의 한 명이라고 생각할 수도 있을 것이다.

---

11) 김윤식, 『한국근대문예비평사연구』, 일지사, 1987, 34쪽.
12) ≪경남도민일보≫, 2004. 5.24.

「썩은 안해」가 권환의 작품이라는 확정을 내리기 위해서는 순수한 형태의 문헌적 증거와 둘 이상의 문헌을 종합해서 판단해야 할 것이다. 문헌적 증거란 이미 그 가능성을 찾을 수 없을 정도로 인멸되었으니, 적어도 둘 이상의 텍스트를 꼼꼼히 대교하는 작업이 있어야 할 것이다. 텍스트의 상호검증을 위해서 구두점, 빈도수가 높은 어휘, 문장의 길이, 표현법과 같은 형식적 접근, 주제를 드러내는 방식, 사상과 정신의 측면과 같은 내적 접근, 작가의 생활 체험과 일화와 같은 외적 측면이 동시에 검증되어야 할 것이다. 이와 같은 다양한 방법으로 한 작품의 원전을 확정해야 할 것이다.

그런데 이 논문에서 권환의 작품이라고 확정짓는 근거는 '권환의 작품일 수 있다'는 가능성뿐이다. 따라서 소설 「썩은 안해」는 권환의 작품일 가능성은 있지만, 권환의 작품으로 확정지을 수 없다. 이 작품이 권환의 작품이라고 말하기 위해서는 더 많은 논리적 준거를 확보해야만 한다.

「썩은 안해」가 권환의 작품이라는 사실에 문제점이 있음에도 불구하고 그는 「자선당(慈善堂)의 불」(≪조선지광≫, 1927. 12)을 권환 작품이라고 확정짓는다. 여기서 그는 또다시 원전비평의 오류를 범하고 있는 것이다. 이 소설의 끝부분에도 「썩은 안해」처럼, '一九二七年 二月 京都下鴨서'라는 부분이 있다고 하는데, 「썩은 안해」가 권환의 작품이기 때문에 권원소는 당연히 권환인 것이다. 그는 처음부터 합리적이고 철저한 원전비평 작업을 거치지 않은 채, 권환 작품의 원전을 확정함으로써 스스로 논리적 오류에 빠지고 있는 것이다.

원소가 권환이라는 잘못된 유추는 결국 1924년 ≪조선문단≫에 발표한 원소의 「아즈매의 사(死)」가 권환의 최초 작품이라는 데까지 나아가고 말았다.[13] 이

---

13) 물론 권환의 문학 활동이 앞당겨지는 것에 대해서는 환영할 만한 일이지만, 앞의 의문이 일어나고 있다는 점에서 무작정 반길 일만 아니다. 1924년은 권환이 야마가타 고교에 진학하고, 1년이 지나는 때이다. 과연 이 때 소설을 써서 이광수의 추천으로 등단을 꿈꾸었다는 말인가. 권환이 문학 활동을 하는 시기는 도일한 뒤의 일이고, 일본 유학생의 영향이 컸다는 사실은 이미 밝혀진 일이다. 이 작품도 비교 대조해보아야 할 터이지만, 여기서는 더 이상 재론하지 않기로 한다. 이 논문은 경남시사랑협의회, ≪시와비평≫(2004년, 상반기 특집호)에 실려 있

와 같이 원전비평을 제대로 하지 않은 채, 가능성만을 근거로 확정한 텍스트는 연구 전체의 신뢰성을 무너뜨리는 결과를 가져오고 말았다. 이 때문에 문학연구 자는 항상 원본텍스트를 확정하기 전까지는 문학 연구의 텍스트로 사용하지 않는다. 권환이 필명으로 발표한 작품에 대해서는 좀 더 깊이 있는 연구가 이루어 지고 난 뒤에 그 텍스트를 확정하고 이를 연구의 대상으로 삼아야 옳을 것이다.

다음은 KO생에 대한 문제이다. KO생은 경완의 영문 이니셜에서 따왔을 가 능성이 있다. 필명 KO생을 사용한 글들을 조사한 바에 따르면, 1927년 「여배 우와 기생」으로부터 1952년 「학교 순례기」까지이다.[14] 여기서 우리는 몇 가지 의문이 제기된다. 한 작가가 자신의 이름을 이렇게 오랫동안 밝히지 않을 수 있 을까. 혹여, 다른 사람도 KO라는 필명을 사용하지 않았을까. 물론 권환은 일제 강점기나 해방 후 1952년까지 좌익인사로 낙인찍힌 요시찰 인물이었으니, 오 랫동안 KO생이라는 필명을 사용했을 수도 있을 터이다. 그러나 문제는 KO생 이라는 이름으로 발표한 다른 글들도 많이 있다는 사실이다. 이들 글 중에서 어 떤 것을 권환의 작품으로 할 것인지, 만약 권환의 글이라 한다면, 그 근거는 무 엇인지를 밝혀야 할 것이다. 유감스럽게도 필자가 조사한 KO생의 글들을 읽으 면서 KO라는 필명으로 권환 작품의 원전을 확정하는 데는 많은 어려움이 있다 는 사실을 알 수 있었다.

찬영회(讚映會) 주최의 명화 감상회에 상영될 모성애 영화(母性愛映畵)로 유 명한 오십여된 '마가레트, 멘' 부인의 역연(力演)인 '사형데(네아들)'의 시사(試 寫)를 보앗다.

독일(獨逸)의 궁벽한 시굴에 홀어머니 한 분이 잇섯다. 그의 아들 사형데 중 에서 둘재 자식은 미국으로 건너가서 장사를 하게 되고 첫재와 셋재는 대전쟁

<hr>

다고 하는데, 필자는 확인해보지 않았다(≪경남도민일보≫, 2004. 5. 24).
14) 이장렬, 앞의 논문, 6쪽.

이 시작되자 즉시 전쟁에 나아가서 죽어버리고 맨 나종으로 넷재 아들도 전쟁에 나아가 죽엇스되 둘재 아들만은 미국군대로 돌진하얏다[15]

이 글은 KO생이라는 필명을 쓴 사람이 신문에 기고한 영화평의 첫 부분이다. 이 글은 권환의 평론일까. 권환은 연극운동을 했고, '신건설' 사건으로 투옥된 적도 있으니, 영화와 관련한 글이야 당연히 권환의 작품일 것이라고 추측할 수도 있다. 그러나 이는 좀 더 검증해보아야 할 것이다. 이를 권환의 작품으로 확정할 수 없는 까닭은 또 다른 KO생이라는 필자가 존재하기 때문이다.

> KO生, 「昇進方法の參考にもと」, ≪경무휘보≫, 1932년 4월(제312호) 1932. 4. 15.
> KO生, 「月給生活者の悲哀」, ≪조선급만주≫, 1928년 9월(제250호) 1928. 9. 1.

우선, 성글게 찾아보아본 KO생이라는 필명의 글이다. 좀 더 찬찬히 찾아보면 더 많은 자료가 있을 것이다. 이들 중에 문학과 관련한 글들과 평론들은 권환의 작품이고, 나머지는 다른 필자라고 단언할 수도 있지만, 이를 분류하고 확정 짓는 데는 더 많은 근거 자료가 필요할 것이다. 이장렬의 논문은 권환의 모든 것을 해결하려는 과욕 때문에 권환의 작품인지 아닌지를 따지기도 전에 섣부르게 권환의 작품으로 규정해버리고만 한계점이 있다. 오히려 필명으로 거론한 작품의 대부분과 원소의 작품은 일단 그 가능성만 인정할 뿐 추후의 연구 과제로 남겨두었으면 좋았다는 생각이 든다.

필자가 조사한 바로는 아직 찾지 못한 권환의 작품도 많이 있고, 원전 자체가 인멸되어 글자를 식별하기 어려운 텍스트도 있다.[16] 이들을 복원하는 작업이 우선되어야 할 것이다. 섣부르게 필명만으로 유추하여 권환의 작품인지 아닌지

---

15) KO生, 「'四兄弟'의 試寫評 二十三日 朝劇에서 上映될」, ≪동아일보≫, 1928. 12. 21, 3면.
16) 이번 글을 쓰면서 추가로 찾은 작품은 수필 「봄 없는 동무들」(≪별나라≫, 1931.5), 「김해평야 점묘」(≪동아일보≫, 1939. 3. 7)가 있다.

도 모르는 작품을 권환 작품으로 분류하면서 연구의 혼란을 불러일으켜서는 안 될 것이다. 무엇보다 권환 문학연구는 권환이라는 이름으로 발표된 작품을 기본텍스트로 하고, 방계텍스트를 대교하는 작업을 해야 할 것이다. 필명으로 발표한 작품을 검토하는 작업은 그 다음 연구 작업이다. 그런 점에서 권환 문학 복원작업은 여전히 진행과정에 있다.

이장렬의 논문과는 별도로 권환 연구에 좋은 성과를 보인 것은 작년 제2회 권환문학제 기간에 발표한 김윤식의 논문이다.[17] 이는 권환 연구의 한계점으로 남아있던 일본유학시절의 안개를 걷어낸 탁월한 논문이다. 이 논문은 권환의 교도대학 재학 시절의 행적과 권환의 졸업논문 「혁명시인 Ernst Toller의 작품에 나타난 그의 사상」을 공개하고 있다. 이는 자료적 가치뿐만 아니라, 권환 문학의 진원지를 확인할 수 있는 귀중한 논문이다.[18] 이 논문에서 밝히고 있는 권환의 교토대학 시절을 정리하면 다음과 같다.

권환의 원적은 조선 경남 창원군 진전면 오서리이고, 사족(士族) 출신이다. 전공은 독일문학. 생년월일은 명치 39년(1906년) 1월 6일, 입 학년월일 대정 15년(1926년) 3월 31일, 졸업예정일은 소화 4년(1929년) 3월 30일이다. 대학 성적은 문학개론(85), 국어학(72), 국문학(60), 중문학(78), 독문학전공(68.8, 70.6, 63), 불문학(70), 언어학(81), 라틴어(75), 불어(64), 졸업논문(70), 평균(78.64, 전공 71.4) 논문(70.9 평균) 석차는 73명 중 12번째이다.[19]

이 논문을 통해서 권환의 대학시절 자료가 밝혀졌으며, 그로부터 시작된 권환 문학이 어떤 사상을 기반으로 하고 있는지도 어느 정도 짐작할 수 있었다. 이

---

17) 김윤식, 「혁명시인 에른스트 툴러와 카프시인 권환」, ≪시와비평≫, 2005년 상반기 제10호.
18) 권환의 일본측 자료를 입수한 경위에 대해서는 김윤식, 「카프시인 권환과 교토제대」, ≪문학사상≫, 2005. 6. 참조할 것.
19) 김윤식, 앞의 논문, 7쪽.

는 권환 문학의 비교문학적 접근이 필요함을 시사하고 있으며, 향후 권환 연구
의 또 다른 가능성을 열어 보이고 있다는 점에서 주목할 만하다.

3. 시인 권환 바로보기

이제 권환 문학 연구자들이 해야 할 일에 대해 논의해보기로 하자. 이미 밝힌
것처럼 권환 문학은 더 많은 연구를 필요로 하고 있다. 지금까지 복원된 권환 문
학에 더하여 아동문학 자료가 발굴됨으로써 그 자료가 양적으로 증가하였을 뿐
만 아니라 비교문학 연구의 영역까지도 확대해야할 가능성을 보이고 있다. 이
에 더하여 필명으로 씌여진 작품까지도 권환의 문학으로 거론하고 있는 실정이
니 원전비평의 영역에서도 해야 할 일이 많다. 최근 김윤식 교수의 자료 발굴로
일본과 독일을 연계하는 사회주의 혁명운동의 맥락에서 권환의 문학을 연구하
는 비교문학적 측면도 고려해야할 대상이다.

이는 권환 문학이 카프와 한국근대 문예비평사에서 매우 중요한 입지를 차지
한다는 말과도 같다. 에른스트 톨러(Ernst Toller, 1893 ‒ 1939)의 문학 정신에서
출발하는 권환의 삶도 톨러의 삶만큼이나 극적이었다고 할 수 있다.[20] 권환이
졸업논문으로 제출한 에른스트 톨러 자료도 연구해야 하고, 권환 문학에 끼친
영향관계도 연구해야 할 것이다. 그만큼 권환 문학의 자장은 넓혀지고 있는 셈
이다.

이를 위해 앞으로 권환 연구자들이 해야 할 몫들이 많으리라 생각한다. 이제
권환 문학은 한 사람의 연구로 그치거나, 일회적 관심으로 끝나서는 안 된다고

---

20) 사실 에른스트 톨러는 식민지 조선의 지식인들에게 많은 영향을 준 독일의 작가였다. 그의 죽
음을 애도하는 글이 실린 것만으로 그의 영향을 짐작하고도 남는다. 당시 기사의 일부이다.
'뉴욕(紐育)의 22일 통신은 독일좌익 극작가로서 이 땅에도 알려져 있는 유태인 '에른스트 톨
러'가 오래 동안의 투병생활을 하던 나마에 지난 22일 오후 뉴욕 一隅에서 자살하였다는 소
식을 전하고 있다.' (채정근, 「톨러 ‒ 의 生涯와 藝術 ‒ 그의 自殺의 報를 接하고 ‒」, ≪朝鮮
日報≫, 1939. 5. 28).

본다. 권환 문학 연구는 학술적 연계시스템으로 이루어져야 하고, 자료를 공개하고 연구할 수 있는 여건이 조성되어야 한다. 이미 묶여진『권환 전집』에 아동문학 자료가 더보태져야 하고, 일본측의 자료도 더 많이 확보해야 할 것이다. 권환 문학의 복원은 분단의 희생이 된 한 문학인을 복원하는 일에 머무는 것이 아니라, 식민지 시대 우리 문학인의 고뇌까지도 복원하는 일이 될 터이다.

또한, 권환의 아동문학은 카프 아동문학과 근대아동문학의 측면에서 새로운 연구에 착수해야 한다. 이주홍과 권환의 비교연구, 카프 아동문학의 위상도 새롭게 조명되어야 할 것이다. 이를 위해서 아동문학 자료를 공개하고, 권환 아동문학 전집을 묶어내는 일을 서둘러야 할 것이다. 북한에서는 권환의 아동문학을 1920년대 아동문학전집에 수록하고 있음에도 불구하고 남한에서는 전혀 다루지도 않고 있다. 이는 심각하게 반성해야할 일이라고 생각한다. 권환의 아동문학은 남북한 아동문학의 접점을 연구하는데 매우 중요한 입지를 차지할 것이다.

이러한 활발한 논의와 연구를 바탕으로 권환의 정신을 기리는 문학행사가 열려야 할 것이다. 그러나 아쉽게도 권환은 화제의 초점에 있는 문인이면서도 제대로 연구되지 못하고 있다. 문학사의 평가뿐만 아니라 권환 문학의 진정성도 파악하지 못한 채, 권환 문학행사가 열리고 있다. 권환의 문학 정신이 일제의 파쇼 정권에 맞서는 진정한 민족문학의 회복에 있었다면, 그의 정신을 이어가는 문학 단체에서 권환 문학행사를 주관해야 할 것이다.[21]

그러나 권환문학제는 민족문학 진영의 의도와는 상관없이 벌써 두 차례나 시행되었다. 2003년 탄생 100주년 기념문학제 이후 이렇다할만한 행보를 취하지 않았던 민족문학작가회의는 여전히 권환을 방치해두고 있다. 이제 민족문학작가회의는 권환을 일회적 관심영역의 문인으로 다룰 것이 아니라, 권환의 문학 정신과 그의 문학 복원을 위해 노력해야 할 것이다. 민족문학작가회의의 산하 민

---

21) 이에 대한 비판적 견해는 이미 밝힌 바 있다. 황선열, 「다시, 포로가 된 권환」, ≪함께 가는 예술인≫, 2005년 겨울. 11호.

족문학연구소는 다른 일들도 많을 터이지만, 방치된 권환의 무덤을 재정비하고, 그의 문학을 정당하게 평가하는 작업에 힘을 모아야 할 것이다. 이미 2회나 실시된 권환문학제는 시사랑문화인협의회에서 주관하고 있으며, 민족문학작가회의 경남지부는 후원하는 단체로 전락하였다. 일제강점기 사회주의 혁명을 꿈꾸면서 민족의 자활을 모색했던 권환. 해방기 남북한 어느 쪽에서도 받아들이지 않았던 권환. 이제 그는 한국문학사의 미아로 남은 채, 끝없이 포로가 되고 있다. 권환이 추구한 문학 정신은 엄연하고 그 정신은 변함이 없을 터인데, 누가 그의 정신과 문학을 흐린단 말인가.

『권환 전집』발간 이후 더 많은 자료가 발굴되었고, 새로운 사실들이 밝혀지고 있음에도 불구하고 권환 문학연구와 그의 정신을 계승하는 일은 여전히 답보상태에 머물러 있다. 이 와중에서 권환은 또다른 연구자와 단체에 의해 포로가 되고 있다. 이런 상황에도 불구하고 민족문학작가회의는 언제까지 권환 문제를 수수방관할 것이며, 언제까지 권환을 미아로 남겨둘 것인가. 개인과 집단의 이해타산과 이념의 문제를 떠나 우리 현대문학사의 올바른 정립을 위해서 후배 문인들과 연구자들이 역량을 결집하여 권환을 제자리에 놓아야할 때이다. 겉치레로 권환을 포장하지 말고, 진정 우리 문학사에 우뚝 선 문인으로 자리매김할 수 있도록 노력해야 할 것이다. 우리 현대문학사의 미아로 남아있는 권환을 복원하기 위해서 이제 민족문학작가회의가 나설 때이다. 지금이 바로 그 때이다.

― ≪작가와 사회≫, 2006년 봄, 22호.

계급주의 문학과 민족주의 문학의 갈등
손풍산의 시세계

1. 성과와 과제

지금까지 손풍산에 대한 연구는 그리 만족할만한 성과를 거두지 못하고 있다. 그가 남긴 문학작품이 고작 시 23편, 단문 12편, 동시 2편, 소설 1편, 칼럼 16편, 기행문 3편이 고작이기 때문이다. 칼럼을 제외하고 문학에서 다룰 만한 작품은 손가락으로 꼽을 정도이다. 이러한 이유로 그동안 손풍산에 대한 연구는 지지부진했던 것이다.

그럼에도 불구하고 손풍산에 대한 연구는 지속되어 왔다. 손풍산에 대한 최초의 학술적 연구는 손영부의 석사학위 논문을 들 수 있다. 이 논문은 그동안 전무했던 손풍산 연구에 하나의 전기를 부여했다.[1] 이 논문은 ≪부산문학≫에 실린 시 8편과 그의 유일한 저서 『동남풍』을 텍스트로 하여 손풍산의 문학 세계를 분석했다. 이 논문에서 밝히고 있는 것은 "손풍산의 문학세계는 첫째, 해방 후에 쓰여진 것은 주로 저항시와 민족시이며, 둘째, 그의 작품은 당시의 한계적 상황을 사기(史記)처럼 잘 표현하고 있으며, 셋째, 그의 지순하고도 격렬한 민족애를 전 생애를 통해 파악할 수 있다"고 한다. 이 논문의 결론에서 "그(손풍산)는 작품의 문학적 소질보다는 그의 문학적 사상을 먼저 살피는 것이 중요하다"고 말한

---

[1] 손영부, 「楓山 孫重行 硏究」, 동아대학교 대학원 석사학위논문, 1988. 2.

다. 이 논문은 그를 문인으로 연구한 것이 아니라 사상가로 연구한 것이다.

이 논문은 손풍산 연구의 시발점이 될 수 있었다는 점은 인정할 수 있으나, 여러 가지 측면에서 한계점을 보여주고 있다. 우선 해방 후 그의 문학 세계를 중심으로 살피는데 그쳤기 때문에 손풍산 문학의 일부만으로 전체 문학 세계를 연구한 결과가 되었다. 언론인으로서 남긴『동남풍』을 집중 분석 대상으로 삼았다는 점은 손풍산을 문인으로 연구하기보다는 언론인으로 연구하겠다는 의도였다. 무엇보다 중요한 문제는 손풍산의 시를 분석하면서 그의 시를 '이미지 중심으로만 분석'하고 있어서 그의 시의 내밀한 의미를 도출해내지 못했다는 것이다.[2] 이 논문은 손풍산의 문학에 초점을 맞추어 그의 문학세계에 접근하지 못하고, 자료발굴의 한계점과 작품 분석의 한계점에 부닥쳐 피상적 관찰에 머무르고 말았다.

그런데 최근에 발표한 손풍산 연구는 눈여겨 볼만하다. 경남지역문학연구회의 ≪지역문학연구≫에 실린 정상희의 논문이 그러하다. 이 논문은 일제시대부터 해방 후까지 손풍산의 문학 행보를 추적하면서, 그의 문학세계를 분석하고 있다. 우선 이 논문은 손풍산의 작품을 새로 발굴하고, 그와 친분이 있는 사람들을 찾아가서 구두로 전해지는 그의 행적들을 밝혀 놓았다. 이 논문은 실증적 방법으로 접근하고 있어서 지금까지 피상적 연구에 머물렀던 손풍산 연구에 새로운 전기(轉機)를 마련해주었다.

그러나 이 논문은 처음부터 손풍산을 계급주의자로 규정하고 그 내면에는 낭만주의 기질이 흐르고 있다고 전제하고 있다. 이런 관점 때문에 이 논문은 손풍산이 "죽는 날까지 계급주의자였다"는 성급한 결론을 내리고 있는 것이다.[3] 이 논문은 손풍산을 계급주의자라고 전제하고 연구하였기 때문에 시대의 흐름에 따라 변화된 그의 문학세계를 제대로 규명하지 못하고 있다. 이 논문에 전제하

---

2) 정상희,「풍산 손중행의 길」, 경남지역문학회, ≪지역문학연구≫, 통권 제7호(2001. 10), 52쪽 인용.

3) 정상희, 앞의 논문, 51쪽 참조.

고 있는 계급주의는 해방 후 민족주의와 동일하다고 보는데, 일제시대 계급주의와 해방 후 민족주의는 이념과 현실 대응 방식에 있어서 현격한 차이가 있다. 실제로 손풍산은 해방 후 문인에서 언론인으로 변하는 도정에 있기 때문에 문학을 대하는 의식에 많은 차이가 있었다. 일제시대에 시인으로 출발하여 아동문학인으로, 그리고 해방 후에는 언론인으로 변신하는 과정에서 그의 문학은 많은 변화양상을 보이고 있다. 이 논문은 부산에서 언론인으로 활동한 부분을 소략하게 다루었고, 일제시대 아동문학지에 발표된 작품을 중심으로 전체 작품을 살펴다보니 해방 후의 문학도 일제시대 문학과 동일하다는 결론에 이르게 된 것이다.

무엇보다 손풍산 연구의 출발은 그의 생애를 복원하는 일에서 출발한다. 정상희의 연구는 이 부분에 있어서 매우 중요한 성과를 거두었다. 그러나 생애를 복원하는 과정에서 풍문으로 들은 내용을 바탕으로 연구할 것이 아니라, 호적등본이나, 학적부와 같은 실증자료를 통해서 생애를 밝혀야 할 것이다. 또한, 그의 논문은 작품에 대한 시대적 상황을 고려하지 않았다. 손풍산은 주로≪별나라≫에 산문을 발표하고, 신문지상에는 시를 발표한다. 카프의 아동문학기관지 셈이었던≪신소년≫에는 작품을 발표하지 않았다.4) 그런 점에서 그의 문학적 편향성은 연구의 대상이 되어야 할 것이다. 실제로 카프의 맹원들 중에서 많은 문인들이 일제 말기에 친일의 길로 들어서거나 방향전환을 꾀하기도 했다. 그렇다면, 그는 일제시대와 해방 후까지 줄곧 계급주의 문학을 고집하고 있었을까. 이는 의문이 제기되는 부분이다. 정상희의 논문은 그의 문학을 편향적 시각에서 연구하고 있다.

---

4) 두 잡지는 카프 계열의 어린이 잡지인데, 손풍산은 ≪별나라≫에는 많은 글들을 발표하였으나, ≪신소년≫에는 발표하지 않았다. ≪신소년≫은 카프의 핵심문인들이 많이 참가했는데, 손풍산은 이들 문인들과는 달랐던 것 같다. 이는 그가 카프 활동에 적극 참여하지 않았음을 반증하는 것이기도 하다. 이 두 잡지에 대한 회고는 신현득의 글이 참조할 만하다.(신현득, 「≪新少年≫·≪별나라≫회고」, 『兒童文學評論』, 제31권 2호 제119호, 2006. 여름, 189쪽－200쪽).

2. 손풍산, 그 문학적 자양분

지금까지 밝혀진 손풍산에 대한 자료를 바탕으로 그의 문학적 토양을 살펴보기로 하자. 그는 1907년 3월 15일 합천군 초계면 상부마을에 출생하였다. 어린 시절에 아버지를 여의고, 홀어머니 밑에서 어려운 생활을 하였다. 그가 어린 시절에 어렵게 살았다는 것은 그의 어린 시절을 회고한 수필에 잘 나타나 있다.

> 8월 29일 雨天
> 비오는 날! 비오는 날에도 쉬지 못하고 일을 한다. 신을 삼어야 한다. 색기를 슨아야 한다.

> 8월 29일
> 비는 그첫다 울안에 풀이 더욱 억세게 보인다. 아츰부터 베이라는 명령이 나렷다. 낫을 갈어 가지고 울안의 풀(庭園雜草)을 베이다가 악! 소리를 질으며 나는 놀내여 쓸어젓다. 길이 한 발 굵기 홍독개 갓흔 구렁이가 식 — — 하고 지내첫기 때문이다.[5]

그의 시골 생활은 힘든 노동의 연속이었다. 주인이 풀을 베라는 명령을 받고는 풀을 베야 하고 비오는 날에도 새끼를 꼬고 신을 삼아야 하는 노동에 시달렸다. 비가 그치면 풀을 베고, 농사일을 게을리 할 수가 없었다. 그런 어려운 시골 생활이 그에게는 가슴 아픈 일로 남아 있었던 것이다. 이렇게 시골에서 어려운 생활을 하다가 어머니와 함께 도시로 나온다. 그는 고향의 초계보통학교를 졸업하고, 대구고등보통학교를 나온다고 했으니, 그 사이에 대구와 서울 등지로 옮겨 다녔던 것 같다. 그의 수필에서는 "대여섯 살 적에 서울 한강을 어머님과 건너게"[6] 되었다는 진술도 있는 것으로 보아 합천에서 어린 시절을 보내고 대

---

5) 「농촌소년의 첫가을 일기」, ≪별나라≫, 제6권 7호(별나라사, 1931.9.1).
6) 「살어름을것든마음」, ≪별나라≫, 제6권 5호(별나라사, 1931.6.1).

구와 서울 등지로 옮겨 다니다가 대구에 정착한 것 같다.

그는 대구고등보통학교를 졸업하고, 스무 살 무렵인 1927년 진주사범강습과를 수료한다. 이 학교를 마치고, 그는 거제 장승포 초등학교에서 초등학교 교사 생활을 한다. 이 생활도 2년 만에 그만둔다.[7] 교사 생활을 청산하고 카프맹원의 기자로 활동하면서 1928년 ≪조선일보≫에 「新詩 : 술을 마시고」를 발표한다. 이 작품은 그의 등단작이다. 이후 1930년까지 신문과 잡지에 시와 동시, 산문을 간혹 발표하면서 기자생활을 한다. 1928년부터 30년까지 12편의 시와 8편의 산문을 발표한다. 평생 그가 남긴 작품으로 볼 때, 이 시기는 그가 가장 많은 작품을 발표하는 때이다. 시골에서 어려운 시절을 보낸 그에게 카프의 계급주의 노선은 하나의 돌파구였던 것이다. 초등학교 교원을 그만두고 사회주의 운동을 했다는 것은 그만큼 그에게도 혁명의 열정이 있었다는 것을 말한다. 그러나 1935년 카프가 해산되고 문단은 친일단체에 의해 주도되었고, 그는 1937년부터 진주에 정착해서 포목장사를 시작했다고 한다.[8]

1945년 해방이 되자 그는 진주에서 ≪민우≫라는 잡지를 발간하는데 참여한다. 1949년 남한 단독정부가 수립되고, 혼란된 해방 정국은 일단락된다. 단독정부 수립 이후 조선문학가동맹과 전조선문필가협회의 대립구도는 조선문학가동맹 소속의 문인들이 대부분 월북의 길을 택함으로써 판도의 변화가 일어났다. 1949년 그는 연합신문 이사가 되어 언론활동을 한다. 그가 한 때 몸 담았던 카프의 맹원들이 월북의 길을 택했을 때, 그는 발 빠르게 문학을 접고 언론인으로 변신한 것이다. 그가 부산으로 자리를 옮기는 것도 이 시기이다.

그는 연합신문 이사로 시작해서 부산일보 주필을 마지막으로 작고할 때까지 약 24년간 부산에서 언론활동을 했다. 이 기간 동안 그는 신문지상에 간혹 시를 발표하기도 했지만, 대부분의 글은 신문 칼럼이나 만평에 머무르고 있다. 부산

---

7) 정상희, 앞의 논문, 54쪽.
8) 정상희, 앞의 논문, 55쪽.

에 사는 동안 그는 그리 넉넉한 생활을 하지 못했다.

자랑할 아무것도 없는 나에게도 한 가지 자랑이 있다. 食母 하나만은 썩 잘 만났다. (…중략…) 나는 넉넉지 못해서 별반 영양식을 줄 수 없는 형편인데, 그런데도 우리 집에 온 뒤로 건강상 변화가 생겼다면 이 아이의 그전 생활을 가히 짐작할 수 있기 때문이다.9)

식모를 두긴 했지만 그는 그리 넉넉한 살림 형편은 아니라고 고백하고 있다. 그는 부산에서 오랫동안 언론인으로 활동하였던 탓에 그를 기억하는 분들이 많다. 진주사범 3회 동기인 정구현, 정희채씨의 증언에 따르면, 손풍산은 풍류객이며, 낭만적 사회주의자라고 한다.10) 부산의 문인들 중에서 그는 향파와 각별하게 친했던 것 같다. 손풍산은 향파와 동향이고, 향파보다 한 살 아래의 1907년생이다. 젊은 날은 향파와 합천에서 연극과 문학을 하면서 서로 어울렸고, 이런 인연으로 그는 아동문학을 하게 되었다. 해방 후 연합신문 이사로 부산에 오면서 그들은 자주 만났던 것 같다.

두 분이 자주 만나게 된 것은 1960년대 늦은 후반에 풍산이 동래 온천장으로 이사를 오고부터였다. 그는 진주에 있었던 경남 사범학교를 나와 초등학교 교사로 있다가 언론계에 몸담아 연합신문 이사, 국제신문 업무국장을 지내고 부산일보로 옮겨(1958) 논설주간·주필, 편집국장을 했다. 편집국장은 세 차례나 했다. (…중략…) 일제 말기 일제경찰에 뒤쫓길 때 발표한 작품도 원고도 가졌던 책도 그들 눈에 걸릴 만한 건 죄다 없앴다는 것이었다. 향파가 '자네 시는 너무 매워, 매우니까 그러지 않나.' 하니 풍산이 '해방이 되고도 이러니 문학이다 뭐

---

9)「가는 情 오는 情」, ≪부산일보≫, 1961.9.3(『동남풍』 붙임), 324쪽.
10) 정상희, 앞의 논문, 56쪽.

다 다 틀렸어. 못 쓰는데 아니라 안 써. 구름 속 달 잡는 듯한 그런 시는 쓰려고
도 하지 않아.' 했다.[11]

　　다만 이 책을 만드는데 여러모로 도와주신 여러분에게 고마운 인사를 드리고
싶을 뿐이다. 특히, 표지를 꾸며주신 이주홍씨와 삽화를 그려주신 추연근씨에
게 깊이 감사를 드린다.[12]

　　일제시대 함께 아동문학을 했던 향파가 풍산의 시를 놓고 서로 얘기를 나누
었다는 사실에서 두 사람의 관계를 짐작할 수 있다. 향파가 해방 후 잠시 계급주
의 운동에 참여하고는 곧바로 칩거했던 것처럼, 손풍산도 급박한 해방 정국에
서 문학을 놓고 언론인으로 변신한 것이다. 이 두 사람의 행보가 비슷한 것도 두
사람의 관계를 짐작하게 한다. 한국전쟁이 끝나고, 부산의 언론인으로 정착하
면서 그는 부산문인협회 회원으로 활동했다. 1967년경에는 부산 문인들의 모
임에 참석하기도 했다.[13] 또 다른 자료인『대한언론연감』에는 손풍산이 부산
직할시 서구 동대신동 3가 304번지에 살았던 것으로 기록되어 있다. 1967년 현
재의 자료이니, 손풍산은 1967년경까지 동대신동에 살다가 이후 동래 온천장
쪽으로 이사를 했고, 말년에는 만덕고개로 오르는 산중턱에 남의 권유로 산 땅
에 새집을 짓고 이웃도 없는 곳에서 살았다. 그는 1973년 1월 9일 침례병원에서
작고한다. 그의 유택은 시립공원묘지에 있다.[14]

　　1949년 연합신문 이사가 되면서 부산으로 내려온 그는 문인에서 언론인의
길을 택했다. 그가 문인에서 언론인의 길을 택한 것은 한 편으로는 남한의 현실

---

11) 최해군,『문단이야기』(해성, 2005), 77 - 78쪽.
12) 손풍산,『동남풍』(부산일보사, 1967) 후기 346쪽.
13) 최해군의 앞의 책 100쪽에는 낡은 사진 하나가 있는데, 그 사진은 1967년경 경남 양산 내원사
　　로 야유회 갔을 때의 사진이다. 참석자는 이인영, 김태인, 손중행, 윤정규, 이주홍, 이수관, 장
　　하보, 박문하, 김정한, 이영찬, 박돈목, 박승재, 최해군, 박태문이다.
14) 최해군, 앞의 책, 78 - 79쪽.

이 계급주의 문학을 실현할 공간이 아니라는 것을 알았기 때문으로 볼 수 있고, 다른 한 편으로는 처음부터 그는 계급주의 문학의 주변을 서성거린 낭만적 계급주의자였다고 볼 수도 있다. 그는 젊은 시절 한 때 계급주의 문학에 경도되었으나, 스스로 그 자리에서 물러나와 중도주의자의 길을 걸었던 것이다. 그는 '낭만적 사회주의자'였을 뿐이지, 극렬한 계급주의를 표방한 이론가도 아니고, 계급주의 문학을 실천하려고 했던 행동가도 아니었던 것이다.

3. 계급주의 문학의 주변

지금까지 살펴본 그의 행적을 그대로 따른다면, 손풍산은 카프의 맹원으로 출발하여 해방기를 거쳐 작고할 때까지 줄곧 계급주의 문학을 실천한 문인[15])으로 보기는 어렵다. 청마, 향파의 문학적 행보가 요산의 문학 행보와는 달랐듯이, 손풍산의 계급주의 문학도 여러 차례 변화 과정을 거쳤다. 그는 초기의 계급주의를 표방한 중도좌파에서 민족주의를 표방한 개량주의(改良主義)로 바뀐 것이다. 요산이 일제말기에 붓을 꺾었던 것과 달리 그는 진주에서 포목상을 하면서 삶의 방편을 찾았고, 해방 후에는 잠시 격동하는 시들을 발표하다가 곧바로 언론인으로 돌아섰다. 요산이 해방 후 끊임없이 현실의 문제를 사실적으로 그린 리얼리즘 작가로 남아 있었지만, 손풍산은 뚜렷한 경향성을 보이지 못하고 스스로의 세계에 갇힌 시들만 몇 편 남기고 있다.

일제시대 손풍산은 계급주의 문학에 대한 고뇌에 빠져있었고, 해방 후에는 계급주의 문학과 민족문학 사이에서 번민하고 있었다. 해방 후 그의 작품세계를 검토해보면 그의 문학 경향이 계급주의 작가와는 다른 측면을 보인다는 것을 확인할 수 있을 것이다. 그의 작품 연보를 살펴보면, 1928년에 「新詩 : 술을

---

15) 정상희는 손풍산을 일제시대 이후 줄곧 계급주의 문학을 실천한 문인으로 보고 있다. 필자는 이 글에서 여러 차례 주장하고 있지만, 그는 중도주의 계열로 현실에 안주한 문인이라 할 수 있다.

마시고」외 7편을, 1929년에 「南邦雪吟」외 4편을, 1932년에 「수박」을, 1939년에 「Consolation(위문)」을 각각 발표한다. 그는 약 10년간 문학 활동을 하면서 13편의 시를 발표한다. 그 중에 1928년 한 해에 발표하는 작품이 절반을 차지한다. 그만큼 그는 과작(寡作)의 시인이다. 이는 두 가지 측면의 해석이 가능하다. 하나는 시적 역량이 따라가지 못했다는 것이고, 다른 하나는 작품을 갈고 닦아서 좋은 작품을 발표하려고 했다는 것이다. 손풍산의 시를 살펴보면, 계급주의 문학을 지향한 다른 카프 시인들에 비해 시적 역량이 떨어진다고 할 수 있다. 그는 1928년부터 1935년까지 계급주의 문학이 전성기를 이룰 때, 계급주의 문학의 주변을 서성거린 문인이었던 것이다. 그의 문학을 지나치게 과대평가하거나 과소평가할 필요는 없다. 그의 문학을 객관적으로 연구하는 것이 무엇보다 필요하다.

韓國프로詩는 몇 단계로 전개되어 있다. (1) PASKYULA(1923) 時代는 懷月과 八峯이 詩人이었는데, 특히 八峯의 「白手의 嘆息」, 「지렁이」, 「花崗石」 등이 유명했고, (…중략…) 그러나 (3) 1930년 이후 소련 詩人의 影響을 다소 받아 「카프詩人集」이 나온 뒤는 약간의 진전이 있었고, 孫楓山, 李煥, 梁雨庭, 金炳昊가 登場했고, 李洽, 趙碧岩, 尹崑崗 등 同伴者詩人이 나타나 그 표현에 의미를 두려했다. 그러나, 이러한 프로시는 1933년 이후엔 그 자취를 완전히 감추게 된다.[16]

카프는 일제의 공산당 1, 2차 검거 후 1935년 5월 21일 김남천, 임화, 김팔봉의 협의 아래 김남천이 경기도경찰부에 해산 서류를 제출하면서 공식적으로 활동을 중단한다. 그가 문학 활동을 시작하는 1928년은 계급주의 문학이 팽배했던 때이다. 그는 한국프로시의 세 번째 단계에서 소련의 영향을 받은 일군의 시인에 속한다. 카프의 행동 강령이 문학을 통해서 계급혁명과 사회주의 건설을

---

16) 김윤식, 『한국근대문예비평사연구』, 일지사, 1976, 447쪽.

이룩하는데 있었다. 이 때문에 카프문학은 격렬한 투쟁과 혁명을 최대의 과제로 삼았다. 그런데 그의 시는 카프의 노선에 부합하지도 않으며, 더군다나 계급주의 문학과는 많은 차이가 있었다. 그는 1928년 시를 발표하면서 계급주의 노선을 표방하지만, 시적 경향은 자기패배의식을 보이고 있다.

> (1)나의 몸과 마음이 함께 시든 이 째 이 자리에
> 누가 차저와 손목 한번 쥐어 주렴 으나!
> 아 - 쑴 가튼 헛된 기다림에
> 나는 종일토록 창문만 처다 보네
> ―「병상에서」 부분17)

> (2)오오 안해여!
> 강산 만리에 바람소리 요란하거든
> 새날을 재촉하는 새벽종소리 울리거든
> 가는 나를 기쁜 얼굴로 보내여주소
>
> 동으로 서으로 먹을 것을 찾노라고
> 손톱발톱이 달아가면서도
> 헐벗은 안해라 내 참아 못 잊어하였더니
> 꽃시절 조차 저무러 가는 고나
> 아아 사랑하는 그대여
> 새날이 올 때까지 소식 끊어버리자
> ―「안해에게」 부분18)

> (3)불가치 뜨거운 해ㅅ빗 미테서 살을 데우고 피를 말리며

---

17) ≪조선일보≫ 1928.10.16. (정상희, 앞의 논문, 59쪽, 인용).

18) ≪조선일보≫ 1928.5월(류희정 외, 『현대조선문학선집15 : 920년대시선(3)』서울 : 연문사, 2000.
466 - 467쪽).

> 모든 힘을 다하고 오장을 다 데우면서
> 알뜰이 지어노흔 쌀은 누구에게 빼앗깃는가
>   ─ 김창술, 「앗을대로 앗으라」 부분[19]

> (4) 小부르조아지들아
> 못나고 軟怯한 小부르조아지들아
> 어서 가거라 너들 나라로
> 幻滅의 나라로 沒落의 나라로
>   ─ 권환, 「가랴거든 가거라」 부분[20]

시 (1)은 식민지 시대 나약한 지식인의 면모가 그대로 드러나 있다. 현실의 속 박으로부터 벗어나지 못하고, 헛된 기다림의 시간을 보낸다. 1928년경은 카프 계열의 문인들이 노동자 농민의 혁명을 꿈꾸고 일본 제국주의를 몰아내려는 혁 명의 기치를 올린 시기였다. 화자는 비록 병상에 있었던 몸이긴 하지만, 다른 사 람이 찾아와서 자신을 일깨울 수 있는 꿈을 꾼다. 이 시는 현실에 대응하지 못하 는 자신의 신세를 한탄하고 있다. 시 (2)는 아내에게 보내는 연서(戀書) 형식의 시이다. 이 시에서 "새벽종"은 혁명으로 성취하는 새로운 세상으로 해석할 수 있다. 아내를 떠나서 새로운 세상을 찾기 위해 떠나는 화자의 의지가 결연해 보 인다. 이를 굳이 계급주의 의식으로 볼 수도 있을 것이다. 그러나 이 두 시를 시 (3), (4)와 비교해보면, 어떤 차이점이 있는지 확연히 드러난다. 시 (1), (2)는 개인 적 상황에서 꿈꾸는 막연한 세상의 동경과 이에 대한 혁명의지를 표방하고 있 지만, 시 (3), (4)는 착취와 피착취의 계급적 갈등이 제시되어 있다. 이 두 시는 노 동착취의 현장을 사실적으로 보고하고 있으며, '소부르조아'에 물든 계층이 이 땅에서 사라질 것을 부르짖고 있다. 렌스키(Gerhard Lenski)에 따르면, 계급 구

---

19) 조선프로레타리아 예술동맹문학부 편, 『카프시인집』 경성 : 집단사, 1931, 14쪽.
20) 조선프로레타리아 예술동맹문학부 편, 앞의 책, 34쪽.

조는 자신이 속한 소속집단의 이익에 의해 동기화되고, 그들의 이익을 서로 차지하기 위해 갈등과 투쟁을 유발한다고 말한다.[21] 이러한 사회인식을 바탕으로 한 사회주의 사실주의 문학의 미학원칙은 지배계급과 피지배계급의 갈등과 투쟁을 형상화하는 것이라 할 수 있다.[22] 시 (3), (4)가 사회의식을 바탕으로 한 계급투쟁을 형상화하였다면, 시 (1), (2)는 "새벽 종소리"에서 보이는 막연한 동경과 "헐벗은 안해"에 대한 개인의 고뇌에 머무르고 있다. 시 (3), (4)는 노동자의 현실을 사회구조의 모순으로 파악하고 있다. 시 (1), (2)는 그가 카프의 맹원으로 있을 때 발표하는 시들이라고 하지만, 시 (3), (4)에서 보여주는 사회주의 사실주의 미학을 드러내지 못하고 있다. 그는 카프의 맹원으로 문학 활동을 했지만, 사회주의 사실주의 미학을 드러내는 데까지는 접근하지 못하고 그 주변을 서성대고 있었던 것이다.

> 개룽벌 외버들 숲을 지나면
> 가을 바람이 설렁대는 갈밭
> 오오 만주로 부산으로 다 떠나가도
> 나는 홀로 지키리라
> 이 묵묵한 패배의 세월을
>
> — 「위문」 부분[23]

> 오! 기다리든 그 봄바람은
> 다시 불어와

---

21) 빅터볼드릿지, 이효재, 장하진 공역, 『사회학』 경문사, 1979, 329쪽.

22) 사회주의적 사실주의의 미학의 원칙은, 첫째로 생활을 진실하게 역사적으로 구체적인 면모 속에 묘사할 것과, 둘째로 생활을 그 혁명적 전망 속에서 묘사할 것과 셋째로, 이 모든 것을 근로 인민들을 사회주의적 의식으로 교양하는 과업과 결부시킬 것 등이다 (엄호석, 「현대 조선문학에 있어서의 사회주의적 사실주의 전통」, 이선영, 김병민, 김재용 엮음, 『현대문학비평자료집(이북편) 7』, 태학사, 1994, 67쪽, 참조).

23) 임화 엮음, 『현대조선시인선집』(학예사, 1939)(류희정 외, 앞의 책, 467 – 468쪽에 재수록).

야윈 내 갈비를
소리 없이 쥐어 뜯는데
동무여!
이 한 해도 또 헛되이
보내려는가

―「봄바람」 전문24)

이 두 시의 화자는 스스로 패배의식에 빠져있거나 자탄에 빠져있다. 이는 세 번째 단계 카프 시인들의 한 특성을 반영하는 것이기도 하다. 특히 『카프시인집』(1931)에 실린 시인들, 예컨대 임화, 권환, 김창술, 안막, 박세영의 시세계와는 확연히 구분된다. 그의 시는 자기 위안과 패배의 쓰라린 체험 속에서 치열한 계급의식은 사라지고, 신세 한탄이나 자기 비애에 빠지고 말았던 것이다. 그럼에도 그의 시들 중에는 30년대 사회주의 사실주의 미학을 드러내는 작품들도 없지 않다.

(1)부자영감 논에서 놀고먹는 거머리
거머리 배를 찔러라

모심으는 아버지 피를 빠는 거머리
거머리 배를 찔러라

―「거머리」 전문25)

(2)논두렁에 혼자안저
꼴을 베다가
개고리를 한 마리
찔러보고는

---

24) ≪조선일보≫, 1928.2.22 (류희정 외, 앞의 책. 465쪽).
25) ≪음악과 시≫, 제1권 1호, 1930.8 (정상희, 앞의 논문, 60쪽, 인용).

　　미운 놈의 모가지를
　　생각하얏다

　　논두렁에 혼자안저
　　꼴을 베다가
　　붉은 놀에 낫들고
　　한울을 보며
　　북편 짝의 긔쌀을
　　생각하얏다

―「낫」 전문26)

　시 (1)에서 '부자영감'은 부르조아를 말하고, '아버지'는 프로레타리아를 상징한다. 짧은 동시이지만, 그 바탕에는 계급갈등과 투쟁의 목소리가 강하게 나타나 있다. 이 시는 그의 시 중에서 사회주의 사실주의 미학을 가장 잘 보여주는 시이다. 1연의 부자영감에 대한 투쟁과 2연에서 아버지의 노동을 착취하는 대상에 대한 울분이 선명하게 대립되면서 착취와 피착취의 구도를 선명하게 보여주고 있다. 시 (2)도 계급의식과 혁명의식을 보여준다. 1연에서 '개고리'는 미운 놈의 모가지로 비유되는데, 개구리를 죽이는 것처럼 간단하게 부자를 죽일 수 있는 세상을 꿈꾸고 있는 것이다. 그런 세상은 '북편 짝의 긔쌀'과 같은 혁명의지가 불타는 세상일 것이다. 이처럼 그의 동시는 일반시 보다 더 사회주의 사실주의 미학에 더 접근하고 있는 것이다.

4. 민족문학의 표방과 현실 비판의식

　해방 후 손풍산은 계급주의 문학에서 한 걸음 비껴 서 있었다. 마산의 권환이

---

26) ≪별나라≫, 10월호 (별나라사, 1930.10)

조선문학가동맹의 서기장을 맡고 있었는데, 그는 진주에서 ≪민우≫라는 책을
내면서 해방 정국을 관망하고 있었다. 해방 후 그가 발표하는 작품을 살펴보더
라도 이런 정황은 충분히 짐작할 수 있다. 그는 「허수아비」(≪문학건설≫
1948.12), 「세월」(≪대중신문≫ 1949.1), 「오늘을 사랑함은」(≪衆聲≫1949.5),
「鳳凰의 노래」(≪서운통신≫1949.1)라는 시를 잇달아 발표한다. 이 시들은 이
미 해방의 혼란된 정국이 어느 정도 수습되고 난 뒤에 발표하는 시들이다. 해방
직후 시단의 모습을 가장 잘 보여주는 시집이 세 권 있는데, 이 시집에는 좌·우
익을 구분하지 않았는데도 그의 작품은 한 편도 찾아볼 수가 없다.27) 그는 이미
문인에서 언론인의 길을 가고 있었던 것이다. 일제시대에 계급주의 문인으로
함께 활동했던 이흡, 조벽암, 윤곤강이 해방 직후 발간하는 시집에 시를 발표하
지만, 손풍산, 이환, 양우정, 김병호의 시는 보이지 않는다. 그의 시 「허수아비」
를 발표할 즈음에는 급격한 해방 정국이 어느 정도 정리되고 있는 시점이었다.

   도야지 털을 발라 붙여도
   하이카라 머리인데
   하필 갓을 씌웠느냐

   (…중략…)

   무어라고 주절대며
   산언덕 수수밭으로
   陣을 친 참새들아

   勇敢히 進擊하라
   이놈

---

27) 해방 직후 발간되는 시집은 『解放記念詩集』(1945), 『해방기념 13인집 - 햇불』(1946), 『年刊
  朝鮮詩集』(1947)이 있다.

허수아비를 打倒하라
                    ―「허수아비」 부분28)

　해방 직후 현실에서 비껴 서 있던 그는 현실비판으로 방향을 바꾼다. 인용한
시는 1948년에 발표하는 시인데, 이 시에서 타도 대상인 허수아비는 이념의 허
위성을 상징한다. 이 '허수아비'와 맞서고 있는 '참새'가 타도해야 하는 것은 전
통과 현대 속에서 '바짝 마른 대작대기' 같은 이 땅의 현실이다. 참새가 공격대
상으로 삼고 있는 것은 사회주의도 아니고 민주주의도 아니다. '하이카라' 머리
에 '갓'을 쓴 근대와 현대의 기묘한 풍속도에 대한 시대적 갈등이다. 해방 후 사
회주의와 민족주의로 갈라져 첨예한 대립을 했던 이념의 갈등이 아니라 근대의
식과 현대의식에 대한 갈등이다. 그는 해방 후 카프의 계급주의 문학을 떠나 남
한의 현실 문제에 직면하면서 현실에 대한 비판적 경향으로 나아가고 있는 것
이다.

산은 헐벗고 들은 여위고
백성은 주리고
가마귀떼 우짖어
피로 물든 荒廢한 세월이여

最後로 한 마디 노래할
自由까지 앗아간다면
어찌할 수 없노라
나는 네 품안에서 죽는 법을 배우리라
                    ―「세월」 부분29)

---

28) ≪문학건설≫, (오호건설사, 1948.12), 부산문인협회, ≪부산문학≫, 5권, 1973, 37 ‒ 38쪽.
29) ≪대중신문≫, 1949.1(부산문인협회, 앞의 책, 39쪽)

이 시는 일제시대 자탄과 비애에 빠져 썼던 시 「위문」, 「봄바람」과 유사하다.
현실에 적극적으로 맞서지 못하고 현실에 비껴 서 있는 자신을 반성하면서 한
편으로는 현실을 비판하고 있다. 이 시에서 알 수 있듯이, 그는 계급주의에 대한
실천의지보다는 당면한 현실에 대한 비판의식이 더 강했던 것이다. 카프의 계
급주의 문학이 타도 대상으로 삼았던 것은 일본 제국주의이기도 하지만, 그보
다 더 근본적으로는 사회구조의 모순에 대한 저항이었다. 이들은 자본과 비자
본, 지배와 피지배의 논리가 있는 세상에 대한 변혁과 개혁을 꿈꾸었다. 역사적
으로 존재한 인간 사회의 근본 문제를 해결하려는 문학적 대응이 카프문학의
본질이었다면, 그는 이 카프문학의 본질에 제대로 접근하지 못하고 현실 비판
에만 머물고 있는 것이다. 그래서 그는 민족, 조국, 민주주의라는 새로운 현실에
빠르게 편승해갈 수 있었던 것이다.

> 기는 매달아 두면
> 풀이 죽어 늘어진다
>
> 旗는 들고 흔들어야만
> 신이 나서 펄럭인다
>
> (…중략…)
>
> 旗는 自由를 노래하다가
> 民主主義를 잇는다
> 旗는 獨立을 찾아서
> 永遠히 젊어진다
>
> ― 「기」 부분30)

---

30) ≪부산일보≫, 1957.8.29(부산문인협회, 앞의 책, 36쪽).

인용한 시에서 알 수 있듯이 그의 시는 민족주의를 표방한 민주주의를 지키는 방향으로 바뀌었다. 여기서 말하는 독립은 자본가와 노동자의 투쟁으로 얻어내는 새로운 사회의 건설이 아니라, 자유와 민주주의를 찾으려는 민족주의이다. 그가 세운 깃발은 자유를 노래하고 민주주의를 이어가는 것이다. 이를 바탕으로 그는 당대 사회에 일어나는 현상에 대해 비판하고 있는 것이다. 조국을 지키고 자유를 수호하는 것이야말로 그가 해야 할 가장 중요한 문학의 목적이 된 것이다. '매운 시'를 썼다는 그가 이렇게 변할 수밖에 없었던 것은 처음부터 그의 문학이 사회주의 계급문학의 본질을 추구했던 것이 아니라 중도적 사회주의 노선을 따랐기 때문이다. 그는 카프문학의 중심에서 그의 신념과 의지를 실천했던 것이 아니라 그 주변에서 그들의 생각에 동조하고 있었을 뿐이다. 그는 문학의 정신보다는 주어진 현실을 바라보는 날카로운 비판의식이 있었다. 그 눈은 민중을 향해 있었고, 가난한 자들에게 있었다. 이는 『동남풍』의 곳곳에서 발견할 수 있다.[31] 그는 문인이기보다는 언론인이었고, 계급주의자라기 보다는 민족주의자였다.

5. 언론인 손풍산

문인 손풍산을 말하면서 결론에 언론인 손풍산이라 말하는 것은 그는 문인으로 보다는 언론인으로 더 많은 역할을 했기 때문이다. 그는 시적 성취도를 따질 만큼 많은 작품을 남기지도 않았지만, 남아있는 시들을 두루 살펴보더라도, 눈에 띨만한 좋은 작품을 남기지 않았다. 오히려 그는 기행문이나, 신문 칼럼에서 보여준 짧은 문장들이 더 돋보인다. 이 때문에 그는 문인이라는 말보다는 언론인이라는 말이 더 어울린다는 것이다.

문인으로서 손풍산은 카프의 정신을 어느 정도 실천하고 있으면서도 그 본질

---

31) 손영부, 앞의 논문, 참조.

에는 접근하지 못했다고 할 수 있다. 이는 일제시대와 해방 후의 그의 시들에 관통하고 있다. 일제시대의 중도적 계급주의 경향이 해방 후에 그대로 이어지고 있으며, 이는 현실에 대한 비판의식으로 자리 잡았다. 이는 조국과 민족을 기준으로 현실을 비판하는 방향으로 바뀌었다는 것이다.

해방 후 손풍산은 부산에서 요산과 함께 문학 활동을 했으면서도 그는 요산과는 달랐다. 요산은 카프의 맹원으로 활동하지도 않았으며 해방 후에도 좌우익의 이념논쟁이 뛰어든 적이 없었다. 그러나 요산의 문학에는 피지배층의 핍박이 사실적으로 그려지고 있으며, 민중들의 삶의 실체들을 오롯하게 드러내고 있다. 요산의 문학세계는 자탄과 비애에 빠져 사회주의 이념을 실천하지 못했던 손풍산의 문학세계와는 근본적으로 다르다. 요산의 문학이 실천하는 리얼리즘의 면모를 가졌다면, 손풍산의 문학은 스스로 리얼리즘 문학의 모순에 빠졌다고 할 수 있다. 그의 시가 매웠다는 것은 극렬한 계급의식을 드러냈기 때문이 아니라, 현실비판의 성격을 강하게 드러낸 촌철살인의 경향 때문이었다. 그는 카프의 급진주의 계열에서 볼 때, 개량주의 문인이라 할 수 있고, 프로문학과 민족문학의 갈등 속에서 방황한 중도적 사회주의자라 할 수 있다.

― ≪작가와 사회≫, 2007년 겨울, 29호.

모더니즘 시, 그 창조적 계승

1. 모더니즘 시의 공과

서구의 초현실주의가 우리 문학의 한 부분에 자리 잡기 시작한 것은 1930년대 모더니즘 시운동이었다. 우리 문학의 초현실주의는 30년대 김기림, 김광균의 모더니즘과 이상(李箱)의 초현실주의 시들에서 비롯하고 있다. 60년대와 70년대를 거치면서 도시시의 모더니즘 경향은 하나의 새로운 움직임으로 자리잡았고, 이들 모더니즘 시들은 산업 자본주의의 모순을 고발하는 중요한 방법론으로 대두되었다. 이 방법론은 기존의 모더니즘 운동을 아우르는 다양한 형식과 새로운 방법론, 의식의 해체를 보여주었다. 80년대 말부터 우리 사회에 대두된 초현실주의는 문화 전반에 걸쳐서 새로운 형식과 의식의 변모를 가져왔으며, 다양성을 특질로 하는 새로운 문화 현상을 불러일으켰다. 문학에 국한시켜 본다면, 형식의 실험성과 엽기성, 도발성, 사이버 공간과 인간 정신의 해체를 가져왔다. 그동안 90년대의 초현실주의 시를 두고 새로운 문학의 질서와 문화의 위기를 조장한다는 혐의를 받기도 하였다. 여기에서 우리는 모더니즘의 공과를 따지기 전에 초현실주의의 전통성을 먼저 생각해보아야 할 것이다.

90년대 우리 문화에 몰아닥친 초현실주의는 불완전한 자본주의의 성장과 그 모순에 대한 저항이었다. 90년대 한국 사회의 초현실주의는 새로운 지식인 계층의 문화운동이었다. 그것은 근대로부터 이어온 초현실주의 전통에 뿌리를 둔 새로운 모더니즘 운동이었다. 서구의 포스트모더니즘 형식을 그대로 답습한 것이 아니라, 30년대부터 우리 문학의 반동체제를 이루어왔던 초현실주의 문학의 전통을 계승한 것이었다. 80년대 말부터 최근까지 시단에 풍미한 초현실주의 경향은 우리 문화에 대한 위기의식에 대응하는 새로운 문학의 방법론이었다. 초현실주의가 유럽의 아방가르드 예술에 그 뿌리를 두고 있지만, 최근의 초현실주의 계열의 시들은 우리의 토양에서 자라난 새로운 문화운동이었다. 최근의 초현실주의 문학은 기존의 모더니즘 운동과 초현실주의를 계승하고 심화하는 자리에 존재하는 후기모더니즘이라고 할 수 있다. 이들 초현실주의 시들은 거대한 반문화의 한 영역에 놓여있는 문화 게릴라의 전술이며, 자본주의 구조와 현실을 비판하는 새로운 칼날이다.

2. 모더니즘 이론의 전개

90년대 한국 문학의 포스트모더니즘 이론을 소개한 정정호, 이상금은 우리 문학 전반에서 보이는 포스트모더니즘 증후군을 분석하고 소개하고 있다. 이에 따르면, 포스트모더니즘은 진리의 허구성을 비판하고, 진리의 실체가 존재하는가의 물음에 대한 회의라고 한다.[1] 포스트모더니즘은 관념을 떠나서 존재하고, 전제와 기준을 떠나서 존재한다. 시에 국한시켜 본다면, 황지우, 이성복, 박남철이 형식의 파괴와 기법과 정신의 자유로움을 추구하는 초현실주의 경향을 보인다. 이들은 후기산업사회의 우울한 도시의 일상을 다양한 방법으로 드러내고 있다. '문학은 기본적으로 당대 사회 구조와 상동 관계'에 놓여 있으며, 당대 사회의 계급의식, 사회구조, 의식상태를 반영하고 있다.[2] 초현실주의는 우리 사회의 다양성을 드러내는 하나의 대응방식이며, 우리 사회에서 자생한 문화양상

---

1) 정정호 편, 『포스트모더니즘과 한국문학』, 도서출판 글, 1991, 98쪽.
2) 루시앙 골드만 지음, 송기형·정과리 옮김, 『숨은 신』, 연구사, 1986.

으로 모더니즘의 전통을 계승한 것이라 할 수 있다. 최근의 초현실주의 문학은 우리 문화의 다양성과 인간 정신의 새로운 국면을 제시하는 방법론이다.

90년대 말부터 부산 시인들의 초현실주의 경향은 우리 문학의 초현실주의 전통을 성실하게 계승하면서, 새로운 방법론을 보여준다는 점에서 의의가 있다. 멀리는 30년대 이상으로부터 가까이는 50년대 조향에 이르는 초현실주의 시의 전통은 90년대 김형술의 『의자와 이야기하는 남자』(세계사, 1995)에서 보다 다양한 방법론의 성과를 보여주고 있다. 그의 시는 초현실주의 방법론과 그 한계를 극복하면서 도시 문명의 새로운 인간형을 제시하고 있으며, 자본의 도시를 부유(浮遊)하는 사유의 방식을 현란한 시어로 드러내고 있다. 그의 시는 도시시의 면모를 보이며, 구속된 사유에서 벗어나 정신의 자유로움을 추구하고 있다. 첫 시집부터 최근의 『나비의 침대』(천년의시작, 2002)에 이르기까지 그가 추구하는 세계는 우울한 도시의 노래이다. 그는 현대문명의 세계를 거대한 무덤으로 상정하고, 그 무덤 속에서 질식한 현대인의 자화상을 다양하게 그려내고 있다. 김형술의 초현실주의 방법론은 정익진, 김언, 김참, 이찬으로 이어지는 부산 문학의 출발점에 놓여 있다. 정익진의 『구멍의 크기』(천년의시작, 2003), 김언의 『숨쉬는 무덤』(천년의시작, 2003), 이찬의 『발아래 비의 눈들이 모여 나를 씻을 수 있다면』(문학과지성사, 2003)에서 각각 다양한 방법으로 도시의 일상을 투영해내고 있다. 이들은 초현실주의의 특성인 기법의 다양성과 정신의 자유로움을 추구하는 대표적인 시인들이다. 이들 시인들의 현재적 성과는 모더니즘 문학의 전통 계승에 있다.

30년대 이상은 일제 강점기의 암울한 시대를 극복하기 위한 자의식의 비극을 형식의 부정으로 표현했다. 그 방법론은 띄어쓰기의 해체, 시어의 해체, 시의 활자화, 숫자의 도입 등으로 나타났다. 시 「삼차각설계도」, 「건축무한육각면체」에서 나타나는 시 형식의 실험성은 단순한 기법의 새로움을 넘어서고 있다.

前後左右를除하는唯一의痕跡에있어서

翼殷不逝 目不大覩

臟腑라는것은浸水된畜舍와區別될수있을는가

—「시제5호」부분

　　이 시의 새로움은 시각적 효과와 그림의 도입이다. 이 시에서 그림은 '침수된 축사'의 모형을 간단한 그림으로 표현한 것이다. 시행 배열의 파격, 글자 크기를 달리한 시각효과는 시형식의 다양화를 보여주고 있다. 이 그림에서 '전후좌우'가 대칭으로 이루어진 도형의 안에 있는 질식한 자아를 만날 수 있다. 내밀한 공간에 자리한 '翼殷不逝 目不大覩'(익은불서 목불대도 – 날개는 크지만 날지 못하고, 눈은 크지만 보지 못한다)의 부조리한 자아를 만난다. 시「오감도」의 전편에 흐르는 자아의 불안은 도형 상징으로 구체화된 것이다. 이상의 시는 모순된 상황을 극복하는 하나의 방법론으로 초현실주의를 선택한 것이다.

　　50년대 모더니즘의 등장은 한국 전쟁의 체험으로부터 나타났다. 전쟁의 폭압 속에서 실존에 대한 물음이 끊임없이 제기되었다. 전후문학은 리얼리즘, 실존주의, 허무주의, 초현실주의 등 다양한 방법의 시들로 나타나는데, 그것은 기계문명의 거대한 폭력성에 맞서는 문학의 응전(應戰)이었다. 살육의 장면과 전쟁의 참상은 현실의 위기를 극복하려는 움직임으로 나타났다. 전후에 나타난 초현실주의는 30년대와 유사한 현실 상황이었다. 인간의 의지로서는 어쩔 수 없는 모순된 현실을 바라보면서 초현실주의 경향이 나타난 것이다.

死者는 幾何學과 함께 묻힌다.

되풀이되는

'아크로포리스'

'팔데눙'은 碑文

오늘도 기울어지고 있다.

폐허의 原型인 채
날개 돋친 '상다르'를 신은 太陽의 魂이
地中海의 對流 위로 사라진다.
포도빛깔로 물들이고는
— 김종문, 「太陽의 墓地」 부분

머리, 가슴이 세모진 Basedow氏病 환자들이 누워 있는 濕地帶.
돋아난 눈알들, 버슷버슷버슷버슷. 4444444. 아아. 나의 가슴에도.
사막에는 바알갛게 叛亂이.
運河 地帶의 戒嚴令. <나쎌>씨의 낮잠을 위하여.
italic처럼 늘어 선 木乃伊의 숲속에서.
西宮南內多秋草 落葉滿階紅不掃.
nomos 의 폐허.
'석양에 지나는 客이 눈물겨워 하노라!'
— 조향, 「검은 神話」 부분

　김종문의 시는 고대 그리스의 무너진 문명을 통하여 현대 문명의 폐허감을 신랄하게 비판하고 있다. 역사의 흐름과 함께 사라져 버린 그리스 문명은 '밀어 없는 밤'에 속삭이는 허무이며, '太陽의 墓地'처럼 죽은 공간이다. 도시 문명의 허무와 폐허의 현장을 보면서 존재의 상실감에 빠져들고 있다. '폐허의 허무'는 전쟁의 허무 속에 놓인 공간이다.

　조향의 시는 문맥 사이의 의미가 단절되어 있고, 기호의 도입과 의식의 흐름을 기록한 초현실주의 시이다. 대상을 기술하는 방법은 의식의 흐름기법이다. 조향의 시는 내용과 의식 사이가 단절되어 있으며, 이것은 말이나 혹은 글로서 사고의 참기능을 표현하려는 초현실주의의 방법론이다. 시어 선택에 제약이 가해지지 않는 자유로움, 무의식의 세계를 기술하는 방법론은 그의 시가 지향하는 가치이다. 그의 말에 따르면, '새로운 창조 관계를 맺어주는 테뻬이즈망(depaysement)의 미학'3)이다.

김종문, 조향의 시는 이상의 초현실주의 방법을 계승하고 있다. 초현실주의의 자동 기술법과 형식의 해체는 이상의 초현실주의 방법론에 뿌리를 두고 있다.

그러나 50년대 초현실주의 시는 30년대와는 다른 현대적 의미의 다양성을 보이고 있다. 이상은 식민지 치하의 닫힌 공간을 극복하지 못하고 절망과 죽음에 빠져들고 말았는데, 50년대 초현실주의 시는 새로운 이론의 도입과 시어의 자유로운 선택과 정신의 자유로움을 추구함으로써 현대성을 획득하고 있다. 그럼에도 불구하고 50년대 초현실주의 시는 현대시의 형식과 내용의 문제에 있어서 실패하고 말았다. 그것은 '시의 완결성 문제'4)에 있는데, 형식과 내용에 있어서의 통일성, 의식의 세계를 기술하면서도 매몰된 자의식의 세계를 초월하지 못했다는 것이다. 현대의 초현실주의 시는 폐쇄적 자의식 세계를 뛰어넘어서 시의 완결성과 예술의 총체성을 함께 보여줄 때, 올바른 작품으로 거듭날 수 있는 것이다.

이상금은 황지우를 위시한 일군(一群)의 도시시는 포스트모더니즘의 기법에 대응한다고 주장한다. 황지우 시의 형식상 기법은 리얼리즘 문학과 배치되고, 완결된 시 형식에 대해서 반동의 시 형식을 갖고 있다. 그의 시는 우리 사회의 일상적 소재를 패러독스 형식으로 표현하고 있으며, 신문 광고, 벽보, 혹은, TV 선전용 광고, 기호 등을 시의 소재로 사용함으로써 소재의 다양성과 시 형식의 복합성을 꾀하고 있다.

> 龜裂이生긴장가필녕의地에한대의棍棒을꽂음.
> 한 대는한대대로커짐.
> 樹木이盛함.
> 以上꽂는것과盛하는것과의圓滿한融合을가리킴.

---

3) 조향, 「'테뻬이즈망'의 미학」, 『한국전후문제시집』, 신구문화사, 1965, 416쪽.

4) T.S. Eliot의 초기 비평, 『성스러운 숲』, 서문, Peter Faulkner, 황동규 역, 『모던이즘』, 서울대출판부, 1986, 29쪽.

(…하략…)

— 이상, 「건축무한육각면체」 부분

그가 그녀의 배 위에서, "그년"과 놀아난 "표"를 지우려 하면 할수록, 보성물산주식회사 차장 장만섭씨는 영동의 룸쌀롱 "겨울바다"(제목이 참 고상하지. 시적이야 그지?)의 미스 췬가 챈가 하는 "그년"을 더욱 더 실감으로 만지고 있는 것이다.(…중략…) 어쩌구 저쩌구 해서 오늘 장만섭씨는 미스 췬가 챈가 하는 여자를 낮에 만났고, 대낮에 여관으로 갔다.(…하략…)

— 황지우, 「徐伐, 셔블, 셔볼, 서울, SEOUL」 부분

두 시는 형식에 있어서 산문성을 유지하고 있으며, 그 내용은 성의 유희 관계를 상징적으로 보여주고 있다. 이상의 시는 균열이 생긴 땅과 곤봉의 상징으로 성의 유희장면을 시화하고 있고, 황지우의 시는 한 사람의 샐러리맨을 통하여 문란한 현대의 성윤리를 비판하고 있다. 이상(李箱)은 30년대의 성윤리의 혼란상을 상징적 기법으로 보여주고 있다면, 황지우는 80년대의 성윤리의 파괴상을 서술적 기법으로 보여주고 있다. 이 전방위의 실험성은 '무작위 기법'이라 설명하면서, 포스트모더니즘 기법이라고 하고 있지만, 이것은 독보적인 실험성이 아니며, 포스트모더니즘의 기법도 아니다. 이것은 30년대 이상(李箱)에 의해 실험된 초현실주의 기법의 하나이다.

그러나 이상(李箱)은 '태도(態度)의 희극(喜劇)'으로 자아의 파산상을 형상화하고 있지만, 황지우는 현대 산업 사회의 비판을 통해서 실존의 인식에 근접하고 있다는 점에서 변별성을 지닌다. 황지우는 우리 사회의 단편적인 사회 현상을 통하여 전체 사회의 전형성을 드러내 보이고 있는데, 그의 시 곳곳에 복선으로 깔려 있는 현대 문명에 대한 비판 정신은 문명의 함몰 속에 존재하는 실존의 인식을 보여주고 있다. 그의 실존 인식은 후기 산업 사회의 기계 문명에 대한 대항 정신으로서의 허무적 실존이라기보다 우리 사회의 구조적 모순 속에서 생산

된 도시 문명에 대한 회의로 비롯하는 허무의 확인이라 할 수 있다. 이 도시 문명에 대한 회의는 50년대 우리 시단에서 집단으로 양산된 후반기 동인의 모더니즘 운동으로 이어지고 있다.

> 평범한 밤은 처마 밑에 웅크리고 앉아서 이나 잡고 있다.
> 세상이 어떠냐고 물어 보니까 모두들 자고 있더라고
> 육체를 告發 당한 透明人間들이 G.M.C에 자꾸 실려만 가고.
> 그 위에 寅煥이 손을 흔든다.
> '그랜드·쇼처럼 인간의 운명이 허물어지고.'
> — 조향, 「검은 神話」 부분.

> 아 오늘 나는 살아 있다
> 그 폐허의 블럭보도를 지금 걸으며
> 5세기 후 도마뱀의 눈에
> 잠깐 비췬, 태평로 아스팔트 웅뎅이에 괸 물을 나는 잠시 바라보았다
> 보았다 나는 오늘, 무너진
> 대리석과 휜 철근 사이의 털난 잡풀을
> 호텔 롯데와 프라자 호텔이 차단한 그늘 속에서
> — 황지우, 「오늘도 무사히」 부분.

조향의 시는 도시 문명의 퇴폐성과 실존이 무너져 가는 인간의 운명을 형상화한 것이다. 이 시는 행간의 의미 전달이 서로 단절된 채 난삽하게 흩어져 있으며, 언어의 무질서와 문장의 단절성, 시 형식의 파괴 등 대부분의 기법이 30년대 초현실주의 전통을 계승하고 있다. 50년대 초현실주의는 30년대 초현실주의 시작법인 '비정적 이미지의 전달'에 보다 충실하고 있다는 점에서 초현실주의 전통을 계승하고 있다. 그러나 50년대는 현대 예술이 지향하는 '형식과 어법을 동원한 상황의 반영'이라는 점에서 30년대 초현실주의 자동기술법과 같은 자기 폐쇄의 절망과는 다르다.

황지우의 시는 도시의 일상에 비친 잃어버린 실존의 모습을 조망하고 있다는 점에서 조향의 시와 동일한 위상에 있다. 도시의 일상과 비판 정신은 황지우 시의 기본 동기이다. 「한국생명보험회사 송일환씨의 어느 날」, 「이준태(1946년 서울生, 연세대 철학과 졸, 미국 시카고 주립대학 졸)의 근황」은 도시에 살아가는 서민의 일상을 통해서 우리 사회의 무절제하고 부패한 단면을 보여주고 있다. 황지우는 도시 속에서 생존해가고 있는 실존을 통해 현대 문명에 매몰된 자아를 발견하고 허무한 현실 속에서 자아를 끌어올리고 있다.

그는 형식의 부정 속에서 자아의 부정을 인정하면서 자신도 절망하고 만다. 이상(李箱)이 '어느 시대에도 그 현대인은 절망한다. 절망은 기교를 낳고, 기교 때문에 또 절망 한다'고 한 것처럼, 황지우의 부정의 정신은 절망과 기교 사이에 놓여 있다. 결국 황지우 시는 서구 포스트모더니즘 기법을 수용한 형식의 파괴에 있는 것이 아니라, 30년대 초현실주의 문학의 전통을 계승한 것이다. 그의 시에 보이는 모더니즘 기법은 현대 한국 사회의 현실을 비판하고 대응하는 방법론이었다. 그의 시 정신은 거대한 물질문명에 저항하는 부정의 정신을 보이며, 시의 형식은 50년대 초현실주의 시를 성실하게 이어받고 있다. 이런 점에서 황지우의 시는 80년대 초현실주의 시에서 돋보인다.

3. 모더니즘 시의 창조적 계승

아도로느는 '전통은 추상적으로 부정할 것이 아니라 반성을 통해 현재의 상태에 비추어 비판해야 한다. 현재의 것은 과거의 것에 대해 본질 구성적으로 관계를 가진다'고 한다. 이처럼 초현실주의 시는 전통의 맥락 속에서 그 뿌리를 내리고 있다. 최근의 초현실주의 시를 서구의 포스트모더니즘 기준에 맞추어서 논하는 것은 우리 문학의 특수성과 보편성을 동시에 부정하는 것이라 할 수 있다. 포스트모더니즘은 우리 문학의 현실과 부합되는 것이어야 하며, 우리 문학의 특수성과 보편성을 인정하는 것이어야 한다. 우리 사회가 서구 사회 여건과는 분명히 변별되는데도 불구하고 우리 사회 구조를 서구 후기 산업 사회의 구조에 맞추어서 재단하려는 것은 경계할 필요가 있다. 최근의 포스트모더니즘은 한국 문학의 사회적 토양을 올바로 이해하지 못하고, 서구의 이론을 비판 없이 끌어들이는 태도에서 연유한다.

황지우 시와 80년대 초현실주의 시들은 30년대 이상(李箱)과 50년대 '후반기 동인'의 제2모더니즘 운동에 의해 이미 시도된 모더니즘 시의 연장선에 있다. 그리고 이들 시는 우리 현대 사회에 드러나고 있는 모더니즘 징후를 초현실주의 시 정신과 형식으로 계승하고 있다. 모더니즘의 기본 정신이 인본주의 정신이라 한다면, 90년대 모더니즘 시운동은 30년대와 50년대의 파괴된 실존을 인본주의 정신의 회복과 실존 확인의 자세로 나아가고 있다는 점에서 돋보이는 성과라 할 수 있다. 최근의 초현실주의 시는 현실을 부정하면서 무너진 실존을 회복하고, 비판과 풍자로써 현대인의 참된 실존을 제시하고 있다는 점에서 돋보인다. 우리는 90년대 초현실주의의 성과를 서구의 포스트모더니즘 이론으로부터 벗어나 한국 문학의 전통에서 그 뿌리를 찾아야 할 것이다. 최근의 초현실주의 시인들은 각자의 독특한 시 세계를 보여주면서 우리 문학의 토양을 기름지게 하고 있다. 환상과 현실을 넘나드는 풍부한 상상력의 세계와 냉소주의에 가까운 풍자로 현대 산업사회의 모순을 비판하고 있다. 이것은 진정한 인간주의 회복을 위한 노력이라는 점에서 돋보인다. 해체를 위한 해체, 부정을 위한 부정, 유희만을 일삼는 시작(詩作)을 경계하면서 현대시의 초현실주의 시들을 예의 주시한다.

— ≪부산시인≫, 2003년 겨울, 41호.

지역문학 소통의 길
≪밀양문학≫ 17집을 중심으로

1. 지역문학의 경계

지방화 시대의 기치를 내걸고 시작한 문민정부가 벌써 10여 년간 지속되면서 과연 지방화가 충분히 이루어졌는가라고 묻는다면 대개는 부정적으로 답할 것이다. 중앙권력 중심 시대에 비할 때 정치, 경제, 문화 정책이 더 나빠졌다고 말할 것이다. 그것은 그만큼 오랫동안 지역이 서울 중심의 정치, 경제, 사회, 문화판도에 이끌려 갔다는 말이기도 하다. 지금 시행하고 있는 지방화는 중앙 권력에 예속된 지방자치에 머무르고 있다. 그래서 지방 자체 단체장은 특정 정당의 공천에 따라 출마하고, 중앙당의 정책에 따라 일사천리로 움직이는 지방군대의 수장과 같다. 진정한 지방자치는 정당과 정책을 떠나서 지방의 특성을 살릴 수 있는 자치화가 이루어져야 한다고 생각한다.

지방화 시대를 말하면서 여전히 행정의 중심은 서울에 있으며, 서울 시장이 차기 대권후보로 거론되고 있는 실정이다. 이것은 진정한 의미의 지방화 시대라고 말할 수 없다. 서울도 하나의 지방이라는 인식의 전환이 있어야 한다. 정치, 경제, 사회, 문화의 전 분야에 있어서 지방이 독자적으로 정책을 수립할 수 있을 때, 지방화는 이루어지는 것이다. 현재 서울시 재정이 다른 지방 예산의 몇십 배에 해당하고 있는 실정이니, 이는 어느 누가 보아도 서울 중심의 국가 편제가 지속되고 있다고 할 것이다.

사실 지방화 시대는 요원하지만, 중앙정부의 지방화 정책은 꾸준히 지속될 전망이다. 그러나 문제는 지방화라는 말을 잘못 생각하면서 지방화가 마치 중앙정부로부터 멀어지는 것이 아닌가라는 자괴감에 빠져든다 데 있다. 보통 지방이라는 말은 중앙과 반대 개념으로 사용하고 있다. 그래서 지방이라는 용어는 다분히 정치, 권력의 구도에 쓰이는 말이다. 오히려 지방이라는 말 보다는 지역이라는 말을 쓰는 것이 타당하다고 본다. 중앙에 반대되는 지방이라는 말에 주눅 들지 말고, 지역이라는 개념을 당당하게 쓰면서 지역문학의 논리를 전개하는 것이 타당할 것이라 생각한다. 따라서 이 글에서 말하고 있는 지역문학이라는 말은 서울 지역, 경기 지역, 경상 지역과 같은 지역의 특성을 염두에 둔 진술이라 할 수 있다.

우선 지역문학의 발전을 위해 지역문학의 개념을 정확하게 살펴보아야 한다. 지역은 지방 혹은 주변부라는 개념과는 다르게 정의할 수 있다. 지방은 특정 행정 구역을 중심으로 한 다른 방향을 통칭하는 개념이다. 그래서 지방은 서울을 중심으로 한 행정 권역 이외의 장소를 지칭한다. 이는 다분히 서울을 중심으로 한 정치적 권역으로 나눈 개념이다. 그러나 지역이라는 말은 중심지향이 아니라, 일정한 권역을 경계로 한 주변지향의 개념이다. 지역은 땅을 경계로 한 일정한 권역을 말한다. 그것은 일정한 공간을 중심으로 공동의 생활, 문화, 풍속으로 묶을 수 있는 자연의 경계를 말한다. 그래서 지역이라는 말은 지방이라는 정치권력의 개념과는 다르게 사용할 수 있다. 지역은 중앙의 일부가 아니라, 자연스런 경계로 존재할 뿐이다. 그러면 서울 지역, 경기 지역, 경상도 지역, 전라도 지역이라는 말이 성립될 수 있다.

그렇다면 지역은 중앙과 반대되는 개념이 아니라, 지역만이 가진 고유한 특성을 드러내는 개념이 될 것이다. 그런 점에서 지역문학은 그 지역의 고유한 특성을 드러내는 자연의 공간이라 할 수 있다. 지역문학은 이런 토대에서 형성하는 것이다. 각 지역의 고유한 특성을 바탕으로 그 특성을 드러내는 문학이 지역문학의 요체가 될 것이다. 지역문학의 향방은 그 지역의 특성을 어떻게 보편적인 정서로 끌어낼 것인가라는 것이다.

둘째로 지역문화 예산을 어떻게 확보하고 지역문학을 어떻게 활성화할 것인가라는 문제를 생각해 보아야 한다. 지역문학은 지역을 바탕으로 하고 있기 때문에 지역문인들이 중심이 될 것이다. 지역문인이 중심이 되면 지역에서 그 예산을 충당해야 한다. 그런데 지금은 중앙의 한국문화예술위원회에서 그 예산을 분배하고 지역문화 활성화를 위한 지역예산도 책정하고 있는 실정이다. 지방자치 단체에서 자체적으로 조달할 수 있는 예산은 턱없이 부족한 형편이다. 그렇다면 지방재정은 그만한 예산을 확보할 수 없기 때문일까. 그렇지 않다. 지방 재정은 중앙 재정으로 유입되고 난 나머지 재정으로 지방예산을 책정하고 있다. 그러니 중앙에 예속된 지방이라는 개념이 존속될 수밖에 없다. 이러한 모순 때문에 지방예산이 확보될 수 없는 것이다. 지방은 지방의 자치수입에 따라 수입되는 예산을 바탕으로 예산을 책정해야 한다.

지역문화의 활성화를 위해서 지역예산의 확보는 필수적이라 생각한다. 그런 점에서 지방의 기업과 문화예술인은 하나의 공동체로 묶여서 지역의 발전을 위해 노력해야 할 것이다. 지역문화의 예산 확보는 지역문화 창달의 기본이다. 자본이 모든 문화의 요소를 결정짓는 것은 아니지만, 문화도 하나의 자본으로 받아들이고 있는 상황에서 예산이 확보되지 않고 문화를 논의하는 것은 무리가 있다. 지역문화를 위한 예산이 확보되었을 때, 그 지역의 문화정책은 보다 긍정적인 방향으로 발전할 것이다. 우리는 그 선례를 인천문화재단과 경기문화재단에서 찾을 수 있다. 인천문화재단과 경기문화재단은 지방자치단체로부터 예산을 확보해서 그 예산으로 지방 문화연구를 위해서 투자하고 있다. 이미 상임연구원을 20여명 배치하여 일정한 급여를 지불하고, 지역문화 연구에 박차를 가하고 있다.

울산의 고래축제는 울산시에서 전폭적으로 지원을 아끼지 않아서 지역의 특징을 살린 문화운동의 모범을 보이고 있다. 부산의 피프(PIFF)도 지역문화의 성공 사례가 될 수 있을 것이다. 지방자치단체장의 문화역량은 문화의 저변 확대를 위해 반드시 갖추어야 할 일이다. 밀양연극제도 내부 사정이야 모르겠지만, 바깥에서 보기에는 제법 구색을 갖추어 가고 있는 것으로 안다. 특정 문화에는 전폭적인 지원을 아끼지 않으면서 문학은 여전히 도외시되고 있는 이유는 무엇일까. 그것은 문학이 연극이나 영화와 같은 대중성을 갖지 못하고 미래를 보는 안목이 없기 때문이다.

셋째로 지역문화 발전을 위해 지역문화인이 연계를 해야 한다. 지역문화 예산의 확보와 운영을 위해서는 예산 확보뿐만 아니라, 예산의 투명한 집행이 있어야 한다. 이를 위해서는 지역문화예술인이 하나의 공동체로 묶여야 한다. 물론 지역에 따라 차이가 있을 수 있지만, 지역문화예술인 단체와 지역공동체가 연계하여 지역문화 창달을 위한 방안을 마련해야 할 것이다. 이것이 공리공론으로 끝나지 않기 위해서는 우선 지역문화 연구팀을 짜고, 그 연구팀의 정책 입안을 중심으로 논의의 폭을 좁혀가야 할 것이다. 지역의 업체나 경제단체가 조달하는 찬조금으로 문화정책을 입안하다보면 정기적인 예산 확보가 어려워진다. 지역문화 예산은 지방자치 단체의 전체 예산에서 문화정책 예산을 책정하고, 그 예산에 대한 집행과 결산의 책임은 지역문화단체가 책임을 지고 꾸려나가야 할 것이다.

이를 위해서는 지역문화인의 구성원을 전문예술인뿐만 아니라, 지역민을 포함한 통합구성원으로 연계되어야 한다. 지역문화는 지역문화인이 중심이 되어 지역민들과 함께 할 때 진정한 지역문화의 장의 열릴 것이다. 지역문화축제가 지역민의 이기심으로 나아간다든지, 지역문화의 특성을 살리지 못하는 지역문화를 입안한다면, 이는 지역문화의 발전을 저해하는 요소로 작용할 것이다.[1]

---

1) 이에 대해서는 황선열, 「다시, 포로가 된 권환」, ≪함께하는 예술인≫, 2005년 겨울호 참조. 이 글에서 필자는 창녕의 우포늪 시생명제와 마산 권환문학제를 지역문학의 입장에서 비판한 적이 있다.

물론 지역마다 특성이 다르고, 이해타산의 정도가 다른 입장에서 통합문화단체를 구성하자는 것은 이상론에 불과할지도 모른다. 그러나 이해타산이 다른 입장이라고 하더라도, 지역문화연구단체라는 범 지역단체가 결성되면 상황은 달라질 것이다. 지역문화단체가 일정한 연구 실적을 내고, 이를 지역민이 함께 향유할 때, 전시행정으로 치러지는 지역문화연구의 풍토는 사라질 것이다. 문화의 진정성은 그 지역을 진정 사랑하고 그 지역의 특성을 살리는 데서 우러날 것이다.

넷째로 지역문화의 발전은 지역 네트워크망의 구성을 필요로 한다. 지역문화의 예산이 확보되면 지역문화가 활성화될 것이고, 궁극적으로 지역문화는 탄탄한 뿌리를 내릴 수 있을 것이다. 특정 지역에서 그 지역의 문화연계가 활발하게 이루어지면 이제 지역과 지역을 연결하는 네트워크가 구성되어야 한다. 같은 성격을 가진 지역과 지역의 연계뿐만 아니라, 인접한 지역과 지역의 연계도 이루어져야 한다. 이는 다양성과 복합성을 동시에 수용하는 것으로 지역이 하나의 문화특구로 정체되는 것을 막는 역할을 한다. 지역 네트워크망의 구성은 인접한 지역의 문화뿐만 아니라, 그 지역과 관련을 가진 곳에 대한 문화연대라고 할 수 있다.

부산, 울산, 경남을 연결하는 지역 네트워크는 벌써 3년 전부터 이루어지고 있으며, 영호남 문학자 대회가 이제 전국문학자 대회로 자리를 잡아가고 있다. 지역 네트워크의 구성이 전국 대회를 끌어내는 일은 지역문화콘텐츠가 튼실하게 뿌리를 내릴 때 가능한 일이라고 본다. 최근 부산은 인천지역과 항구적 속성이라는 공동체를 인식하고 부산인천문화연대를 추진하고 있다. 이 지역 간의 연대가 실현되기까지는 지역 간 균형과 지역문화의 발전 정도와 관련이 있겠지만, 이 문제에 대해서 향후 추진해야할 공동과제로 인식하고 있다는 것은 긍정적으로 받아들일 수 있다. 이를 확대하면 부산, 인천, 목포를 잇는 동서해안 항구도시의 네트워크 망이 형성될 것이다. 이는 결국 지역과 지역을 연결하는 문화단체의 역량과 관련이 있다.

다섯째로 지역문학의 자력갱생이 필요하다. 지역문학의 활성화를 위해 해야 할 일은 철저한 아카데미즘과 대중성이다. 아카데미즘이란 문학의 새로운 조직을 말한다. 지역별, 장르별, 분과별 활동의 활성화이다. 작품을 놓고 작가들이 철저한 토론을 하고, 그 작품에 대한 문학예술의 성취도를 냉철하게 비판하는 것이다. 지역작가들끼리 짜고 칭찬일색으로 나간다든지, 평론가들의 주례사비평에 혹한다든지, 혹은 안면과 인맥 때문에 작품성을 제대로 말하지 않는다면, 이는 문화발전의 저해요소로 작용할 것이다. 작품의 장, 단점을 가려내는 심미안도 필요하지만, 그 작품을 객관적으로 바라볼 수 있는 동료의 지적도 매우 중요하다. 작품을 발표하고 난 후 자기 작품에 대한 호평과 격려만 있고, 비판이 없다면 더 이상 발전이 없을 것이다. 작품을 발표하기 전에도 집단 토론을 통해서 검증하고, 작품을 발표한 뒤에는 다시 토론의 장을 열어서 대중들을 만날 때 그 작품은 작품성과 대중성을 인정받는 작품으로 거듭날 것이다.

지금 우리는 문학의 위기뿐만 아니라, 인문학의 위기시대를 맞이하고 있다. 이런 판국에 '힘내라 한국문학'이라는 슬로건을 내걸면서 억지로 창작의 열기를 부추기고 있다. 그런데 이것은 중앙 권력의 횡포일 뿐이다. 작가들이 자력갱생의 의지로 고심하지 않으면 언제든지 중앙에 끌려 다니는 안일한 문화정책은 지속될 것이다.

지역에서 분과활동을 활성화하고 작품에 대한 냉철한 분석과 토론이 없으면, 지역문학의 발전은 불 난 집에 불은 끄지 않고, 물 건너에서 발을 동동 구르는 형상과 다름없을 것이다. 주례사 비평으로 일관하면서 평론도 이미 제자리를 찾지 못하고 있는 시점에서 비평가들도 자력갱생해야 하지만, 시인, 소설가도 스스로 아카데미즘을 찾아서 처음부터 다시 출발한다는 심정으로 자신의 작품을 갈고 닦는 일을 해야 할 것이다.

이와 더불어 지역문학은 대중성이 있어야 한다. 시는 이미 일상성의 매몰이

라 할 정도로 지리멸렬하고, 소설은 이미 탁상공론식 문학행위로 전락하고 말
았다. 소설은 발표해도 읽지 않지만, 동화는 발표하면 잘 읽힌다고 해서 너나없
이 동화로 자리를 옮기고 있는 실정이다. 소설은 정통문학 장르이고, 동화는 격
외문학 장르라고 말한 문학평론가도 있었는데, 정통문학을 버리고 격외문학을
찾아가는 우리 작가의 태도를 어떻게 이해해야 할 것인가. 작가들은 자신의 문
학에서 스스로 이겨내기 위한 노력을 하는 것이 아니라, 독자를 찾아가고 있는
것이다. 동화는 이미 많은 독자층을 확보하고 있으며, 소설은 독자층을 확보할
수 없기 때문에 너나없이 보따리를 싸고 동화 쪽으로 몰리고 있는 것이다. 소설
가들은 소설세미나와 유명 작가들을 초청하는 전시문학을 하지 말고, 좋은 작
품으로 지역의 특징을 살리고 지역민을 소재로 한 작품을 양산해낼 때 지역에
서 훌륭한 문인들이 나올 것이다. 지역에서 보편성을 찾아가기는 힘든 일이지
만, 이제 새롭게 탈각한다는 마음으로 창작에 임하지 않으면 지역문학은 더욱
더 심각한 고사상태에 빠질 것이다.

산업자본주의에서 지역 특산물을 상품화하는 전략으로 시장경제를 개척하
는데, 문학은 자본주의의 시장경제 논리를 따라가지 못하고 있다. 지역이라는
한계성만 탓한 채, 중앙이라는 지역에 주눅이 들어서 상업전략을 제대로 짜지
못하고 있다. 한국문화예술위원회에서는 지역의 특성을 살리는 문화전략이 없
어서 지원을 하지 못한다고 한다. 지역출판계를 활성화하기 위해서 우수문학도
서에 대해서 지역균형에 인센티브를 주고 있는 실정이다. 지역의 특성을 살리
는 문화기획이 없다는 것은 그만큼 지역에 대한 심도있는 논의가 없다는 말과
도 같다. 문학에 국한하여 말한다면, 지역문학의 특성을 살리는 것이 중요하다.
지역의 말법으로 지역의 공간을 배경으로 지역에서 소재를 구하고 지역의 삶을
드러낼 때, 가장 아름다운 문학이 될 것이다.

소설에서는 지역을 배경으로 한 소설가가 그 지역의 얘기를 감칠맛 나게 형
상화하고, 시인은 그 지역의 언어를 아름답게 시화하려는 노력이 필요하다. 그

렇다고 무조건 지역에 일어나는 사소한 일상을 모두 문학으로 형상화하라는 말이 아니다. 사소한 일상을 팽팽한 문학적 언어로 형상화하는 노력이 있어야 한다는 것이다. 지역문학의 특성을 보편적 정서로 끌어내는 노력이 지역문학이 해야 할 과제라고 생각한다. 이 일을 할 수 있는 사람은 지역에 흩어져 있는 문인들일 것이다. 특정한 문인들뿐만 아니라, 지역의 모든 문인들이 그들의 고유한 목소리로 그들의 삶을 담아낼 때, 그 어떤 지역에서도 모방하지 못하는 고유한 지역문학이 싹틀 것이다.

서울은 지역을 배경으로 보편적 삶의 문제로 끌고 간 작품들이 많다. 서울 지역의 특성이 반영된 문학의 무대가 얼마나 많은가. 부천은 원미동을 새롭게 단장하고 있다고 한다. 진영에는 김원일의 작품 무대가 된 시장을 복원할 예정이다. 이런 일들은 지역의 특성을 살리고 지역의 삶을 사랑하는 문학인만이 할 수 있는 일이다. 지역의 특성을 살리는 문학이 많이 나올 때, 진정한 지역문학은 열릴 것이다.

여섯째로 지역문학은 전문화되고 다양화되어야 한다. 지역문학은 현재 서울 지역의 문학과 많은 차별성이 있는데, 그것은 문화의 다양화와 전문화가 부족하다는 것이다. 지역 문화의 형성과 문화의 특성에 걸맞는 전문인이 부족하다는 것은 지역문학의 한계이다. 서울 지역은 학술아카데미가 활성화되어 있고, 문화공간이 활성화되어 있어서 언제든지 토론과 집회가 가능한 공간이다.

이는 서울이 지역문학의 전문화에 앞장서고 있다는 말에 다름 아니다. 서울의 출판 상황과 지역의 출판 상황이 판이하게 다르고 전문화되어 있다는 점에서 지방의 문인들은 내남없이 서울의 출판사에서 책을 발간하고 있다. 이는 지방 출판문화와 지방 문인들의 한계일 것이다. 이는 지금의 논의와는 별개의 문제이기 때문에 지나가겠지만, 출판문화의 중앙 집중화도 경계해야할 요소임에는 틀림없다. 이 문제는 차치하고라도 지역 문인들의 전문화는 반드시 이루어져야할 것이다. 문학 동호회 형식의 문학 활동이 정례화되어 있으며, 그들이 내는 엔솔로지도 만만찮다. 지역의 문인들이 지방의 문인으로 머물 수밖에 없는 까닭은 치열한 문학 정신을 바탕으로 한 전문화 경향이 부족하기 때문이다.

서울지역은 창작자와 비평가의 소통뿐만 아니라 문학을 배우는 사람들과 문인들에 대한 창작 실기강좌가 부지기수 있으며, 이들 창작 강좌는 기성문인들뿐만 아니라, 신인들까지도 이 강좌에 작품을 발표하고 자기 작품에 대해 토론을 한다고 한다. 물론 서울을 본받아서 지역문학을 활성화하자는 것은 아니지만, 창작의 본질이 어디에 있든지 작품에 대한 연마는 문인들이 갖추어야할 기본자세일 것이다. 서울은 넓은 지역이라 모이기도 힘들 터이지만 다른 지역은 이 창작 아카데미에 있어서 지역적으로 유리하고 문인들 간의 모임이 활성화될 수 있다. 그런데도 서울 지역보다 창작 아카데미가 활성화되지 못한 까닭은 어디에 있을까. 그것은 지역문인들의 친분관계 때문이다. 지역문학은 이 지연과 학연 때문에 아카데미가 활성화되지 못하고 있다.

지역문학은 전문화와 더불어 다양화도 꾀해야 할 것이다. 장르의 다양화도 필요하지만, 작품의 다양화도 필요하다. 같은 지역에 같은 문화적 배경으로 작품 활동을 하지만, 지역과 환경을 떠나서 각 문인들의 체험은 다양하리라고 생각한다. 이 경험을 바탕으로 철저한 창작활동을 한다면, 어느 지역에 못지않은 작품들이 나올 것이다.

2. 상호소통으로서 지역문학

이러한 관점에서 살펴볼 때 밀양문학회 회지 ≪밀양문학≫ 17집은 매우 의미 있는 성과물이다. 17집을 읽고 느낀 부분은 이미 밝힌 바 있다.2) ≪밀양문학≫은 지난 1988년 창간호를 내고 한 차례도 거르지 않고 매년 꼬박꼬박 회지를 내었다는 사실에서 지역문학의 위상을 찾을 수 있다. ≪밀양문학≫은 17년간이나 밀양이라는 지역을 거점으로 문학의 든든한 토대를 일구었고, 지역문학으로

---

2) 황선열, 「지역문학의 가능성과 그 한계」, ≪함께하는 예술인≫, 2005년 봄호, 참조.

서 자생하는 모범적인 사례를 보여주었다. 이 사실 하나만으로도 그 문학적 의미를 획득한다. 또한, 밀양문학회가 내건 '지역문학의 새 시대를 여는'것은 변방의 또 다른 중심을 만들어내는 의미 있는 작업이라 할 수 있다. 이 옹골찬 지역문학의 지킴이가 있는 한 지역문학은 단순한 지역이라는 한정된 범주를 넘어서는 다원적 중심을 형성할 수 있으리라 본다. 30여명의 지역 회원으로 구성된 밀양문학회가 지령 17호까지 꾸준히 그 회지를 낼 수 있었던 것은 지역문학에 대한 애정과 중심부 문학에서 벗어나 새로운 지역문학을 열어보려는 문인들이 노력이 있었기 때문이다. 여기에 더하여 지난 호는 어떤지 모르겠지만, 17호에는 인근 지역 문인의 작품을 소개하는 지역연대의 성격을 보이고 있는데, 이것은 고립된 지역주의의 한계를 벗어나 다양성을 지향하는 예가 될 수 있다. ≪밀양문학≫이 지향하는 새 시대 지역문학운동은 자본주의 체제에 병든 문학의 모순과 중심부 문학의 세계화 전략에 맞서는 하나의 모범적인 사례가 될 것이다.

17집에 기획특집으로 실린 김승의 논문 「한말·일제하 밀양지역 민족운동과 사회운동」은 밀양의 항일 민족운동을 다룬 역사논문으로 문학과는 다소 거리가 있는 듯하지만, 이 논문은 밀양문학이 근거지로 삼고 있는 문화의 근본 토대와 가치를 역사적으로 규명함으로써 밀양문학이 나아가야 할 방향을 제시한다는 점에서 일정한 의의를 가진다고 할 수 있다. 또한, 이 논문은 밀양지역 민족운동의 특성을 치밀하게 분석한 논문이라는 점에서 지역의 특수성이 보편적 역사 인식에 그대로 영향을 미치고 있음을 보여주고 있다.

문학 강연 초록으로 실린 구모룡의 「지역문학과 지역문화 운동의 방향」은 밀양지역에만 국한된 논의가 아니라, 앞으로 지역문학이 나아가야 할 방향과 그 문제의식을 광범위하게 고찰한 평문이라는 점에서 지역문학의 전망을 밝게 한다. 지역문화 운동이 단순한 중심의 이탈이 아니라, '복합적 전체'와 '다양성의 통일'이라는 방법론을 제시함으로써 지역문화 운동의 이론적 근거를 마련하고 있다. 지역문학은 비판적 지역주의를 통해서 그 문화에 대한 반성과 성찰이 필요하다는 점에서 일독(一讀)해야 할 평문이다.

　이 두 논문은 밀양문학이 지향하는 새 시대 지역문학운동의 한 단면을 보여준 기획과 특집이다. 이것은 ≪밀양문학≫이 단순히 지역문학 운동으로 끝나는 것이 아니라, 지역문화 운동과 연계해야 하며 무엇보다 그 지역의 역사에 뿌리를 두고 있어야 한다는 점을 분명히 하고 있다.

　초대시로 발표한 10편의 시들도 지역과 인접한 문인들의 작품을 실었다. 물론 '신춘문예나 문예지를 통해 등단한 사람, 단행본 창작집을 낸 사람, 현재 글을 쓰고 있는 사람'(밀양문학회 대상 회원 광고)을 기준하고 있는 듯하지만, 이들 작품들은 어디에 내놓아도 손색이 없는 만만찮은 작품들이다. 이것은 회원들의 글 잔치 한마당이 되는 기왕의 문예지 틀을 벗어나려는 의도라고 짐작된다. ≪밀양문학≫은 지역문학을 하나의 연대로 묶으면서 작품을 교류하고, 이들 작품의 지면을 할애함으로써 문학의 상호교류와 열린 공간을 지향하고 있다. 17집에는 주로 경북지역 시인들의 작품을 싣고 있는데, 그 중에서 한 편을 보자.

　　당신 오신다는 기별에
　　밤새 환하던 서쪽 하늘.
　　먼 산 청솔 숲에
　　만 마리 학이 내려앉았네.

　　풍상에 휘어진 가지마다
　　말씀처럼 피어나는 얼음 꽃.
　　퍼붓는 폭설 아득히
　　당신은 오네.

　　저리도 고고한 당신이여.

눈썹 끝에 매달린 눈으로는
못내 서러워, 오늘은
먼 눈으로 바라보네.
— 강문숙, 「세한도」 전문

한 편의 그림을 보는 듯한 아름다운 겨울풍경이 압권을 이룬다. 청솔 숲에 내려 앉은 새하얀 눈에 비유되는 탁월한 이미지가 1연을 지배한다. 이 부분은 '먼 산 청솔 숲'이라는 시구에서 겨울의 황량한 풍경을 선명한 이미지로 제시한다. 더 나아가 이 시가 자칫 연시(戀詩)로 흐르기 쉬운데, 2연의 '말씀처럼 피어나는 얼음 꽃'과 3연의 '눈썹 끝에 매달린 눈'이라는 시구에서 감정의 흐름을 어느 정도 절제하고 있다. 차가운 이미지를 따뜻한 연정으로 표현하는 기법에서 시적 긴장감을 갖게 한다.

지역문학 잡지에서 인근 지역 시인들의 좋은 시를 발표할 수 있는 지면을 할애하는 것은 지역문학의 저변화를 위해서 반드시 해야 할 일이다. 그리고 이 작업은 지역문학의 연대성과 다양성을 통하여 통일된 중심을 찾아가는 일이기도 하다. 중심부 문학보다도 상대적으로 발표지면이 부족한 지역문학의 여건을 생각할 때, 밀양문학의 개방성은 다른 지역문학의 좋은 선례가 될 수 있을 것이다. 중심부 문학이 갖는 지역문학에 대한 폐쇄성에 비추어 볼 때, 지역문학의 연대가 필요한 것은 이런 이유 때문이다.

지역문학의 다양성을 꾀한다는 점에서 ≪밀양문학≫은 문학의 여러 장르를 두루 다루고 있는데, 앞에서 살펴본 시와 평론뿐만 아니라, 소설과 수필에서도 좋은 작품들이 눈에 띈다. 소설은 김동곤의 「해거름 줍는 넝마주의」, 박래녀의 「탱자나무 울타리 속의 사랑」이 있는데, 두 작품 모두 탄탄한 전개와 구성의 긴밀성을 보여준다. 김동곤의 「해거름 줍는 넝마주의」는 종이를 줍는 넝마주의 달우라는 가난한 청년의 이야기이다. 달우는 컨테이너 박스에서 살고 있는데 어느 날, 달우는 컨테이너 박스 옆의 못에 빠져죽기 위해 찾아오는 한 여자를 만난다. 그 여자의 기구한 사연을 둘러싼 이야기에 박쥐의 생태가 제시되면서 두

개의 구성이 서로 맞물려 있다. 어두운 굴에서 생활하는 음산한 박쥐의 이미지는 어둠 속에서 고뇌하는 두 사람의 삶과도 흡사하다. 이 소설의 묘미는 여기에 있다. 가난하고 소외당한 두 사람의 모습이 박쥐의 이미지와 중첩되면서 현대인의 절망을 부각시키고 있다.

박래녀의 「탱자나무 울타리 속의 사랑」은 유년기의 추억을 일인칭 관찰자 시점으로 서술한 작품이다. 연년생으로 다섯 공주를 둔 아버지는 늘 바람을 피우고 헤픈 씀씀이로 살아간다. 피아니스트를 꿈꾸는 어머니는 헤픈 아버지 덕분에 몸 고생, 마음고생으로 살아간다. 이런 아버지에 불만을 품은 화자의 둘째 언니는 시시콜콜 아버지에게 반항한다. 그녀는 태권도까지 배워서 탱자나무 울타리도 뛰어넘기도 하는 선머슴처럼 자란다. 둘째 언니는 철들면서 한 번도 아버지를 아버지라 불러 본 적이 없다. 이처럼, 이 소설은 일그러진 현대의 가족상을 해학적인 기법으로 보여주고 있다. 이에 더하여 이 소설은 박래녀 작품의 중요한 특징인 투박한 경상도 사투리가 실감나게 묘사되고 있다. 지역문학의 의미에서 그 지역의 사투리를 풍부하게 살리는 소설을 읽는다는 것은 지역문학의 값진 문학적 성과라 할 수 있다. 그리고 인물의 특징도 선머슴 같은 둘째 언니에 초점을 두면서 경상도 처녀의 토속적인 분위기를 잘 살리고 있다.

수필로는 오세금의 「텃새」와 「염소와 찔레꽃」이 눈에 띈다. 「텃새」는 텃새인 참새에 얽힌 어린 시절의 추억이 실감나게 묘사되고 있다. 순박한 어린 시절의 체험과 대비되는 현재의 사정은 그렇지가 못하다. 이 대비적 사정에서 현대인의 비극이 슬그머니 끼어든다. 이 수필은 어린 시절 시골의 이야기 자체가 갖는 소중함도 있지만, 무엇보다도 토속적인 어휘들이 잘 살아나고 있다는 점이 돋보인다. 이를테면, '질금(엿기름)', '간짓대', '새막', '지에밥(고두밥)'과 같은 어휘가 정겨움을 더해준다. 이들 어휘를 통해서 잊혀져 가는 시골의 정취가 한껏 살아난다. 「염소와 찔레꽃」은 염소를 기르면서 체험한 생활 수필이다. 염소가 달아나지 못하게 심어둔 찔레꽃이 염소를 모두 팔고 난 뒤에도 해마다 그 자

리에 꽃을 피운다는 이야기이다. 가축을 기르면서 체험한 평범한 일을 쓴 수필
인데도 그 속에는 하얀 찔레꽃이 핀 봄밤의 풍광과 삶의 진정한 의미가 깊이 드
러나 있다. 밀양지역이 도시형과 농촌형이 혼재한 지역적 특성을 보여준다면,
오세금의 수필은 그러한 지역문학의 특성을 잘 보여주는 작품이라 할 수 있다.

　　≪밀양문학≫은 지역을 사랑하고, 그 지역의 삶과 체험을 무엇보다 풍부하게
보여줌으로써 지역문학의 새로운 지평을 열어가고 있다. 소설에서 보여준 지역
문학의 특성은 시에서도 여전히 풍부하게 나타난다. 이를 두고 고립된 지역주
의로 오인할 수 있지만, 주관의 객관화에 성공한 작품을 대할 때면 사뭇 그것은
기우에 불과하다는 것을 알게 될 것이다.

　　　산그늘 지면 어둑살이 몰려와
　　　때 이른 춘풍만 사나워라

　　　붉은 진달래 어설피 피어나
　　　저 혼자 수줍은데

　　　건너다보이는 외딴집
　　　아랫목 데우는 연기 자욱하다.
　　　　　　　　　　　　　　　　　─ 임미란, 「초봄」 전문

　　　상설시장 안에
　　　식육점 안주인
　　　짧고 굵은 그 아지매
　　　동동 걷는 걸음걸이에
　　　뒤꿈치마다
　　　욕이 데굴데굴 따라 다닌다
　　　구수한 냄새가 나는

그 아지매 욕은
아는 사람은 다 안다

그런데
고기를 팔 때는
덤으로 얹는 고기가
욕 덩이보다 크다
— 안복수, 「욕쟁이 아줌마」 전문

임미란의 「초봄」은 선명한 이미지가 돋보이는 시이다. 아직 섣부른 봄날인데, 진달래는 수줍게 피어있고, 시골의 초가집 굴뚝에는 연기가 모락모락 피어난다. 시각적 이미지와 감각적 이미지가 겹치면서 따뜻한 아랫목이 정겹게 다가온다. 이 시는 짧은 시행 속에 압축된 정서가 잘 표현되어 있다. 이 시는 시골의 정취가 물씬 배여 있으며, 그 정취를 선명한 이미지로 시화하고 있다. 안복수의 「욕쟁이 아줌마」는 경상도 사람 특유의 정서를 잘 드러내고 있다. 경상도에서 욕설의 정서는 친근함을 표현하는 우회적 방법이다. 욕이 '데굴데굴 따라 다닌다'는 표현도 재미있지만, 무엇보다도 '덤으로 얹는 고기가/욕 덩이보다 크다'라는 시구에서 경상도 사람의 인정을 적실하게 보여주고 있다. 이런 시들은 경상도 지역문학의 특성을 잘 살린 예라 할 수 있다.

3. 보편성 획득으로서 지역문학

지역문학이 그들만의 특징을 살릴 수 있는 길은 그들의 삶의 터전인 현장에서 소재를 구하고, 그 소재를 내면화하는 작업이 전제되어야 한다. 단순한 체험을 넘어서 이들을 육화(肉化)하는 것은 중심부 문학의 보편성을 떠나서 존재하는 지역문학의 특성이다. 문학적 기교의 측면과 탄탄한 구성이 돋보이는 작품도 많이 나와야 하지만, 무엇보다 지역의 현장성이 살아나는 작품이 많이 나와야 한다. 지역의 특성을 반영하는 작품이 많은 것은 지역문학이 갖는 하나의 가능성일 것이다. 그러나 이 가능성이 지역문학에 국한된 고립된 특성으로 휘둘려서는 안 되며, 지역의 특성을 보편적 인간 문제로 끌어내는 방향으로 나아가야 할 것이다. 지역문학이 특수성과 보편성의 문제에 있어서 어정쩡한 태도를 보이는 것은 지역문학의 발전 가능성을 저해하는 요인이 될 수 있으며, 아울러 스스로의 가능성을 포기하는 결과를 가져올 수도 있을 것이다.

그런 점에서 체험의 주관화에 머문 작품들이나, 일관되게 개인의 생활에서만 소재를 구하는 편협한 작품들은 지양해야 할 것이다. 앞에서 인용하지 않은 대부분의 작품들이 주변 생활의 이야기를 단순하게 풀어쓴 소재주의의 한계에 빠져 있음을 볼 수 있는데, 이들 작품들은 맹목적 주관화에 빠지지 않고, 주관적 체험을 보편적 체험의 공간으로 끌어들이는 방향으로 나아가야 할 것이다. 그것은 지역의 특수성을 넘어서 중심부의 보편성을 획득하는 과정이라고 본다. 소재는 지역에서 구하면서 보편적 인간문제를 심화하여 표현할 때, 더욱 좋은 작품이 양산될 것이다. 지역문학의 가능성은 지역의 특성을 충분히 살리면서 문학의 본질에 치열하게 접근하는 것이다. 이를 위해서 우리는 지역문학의 가능성을 살려나가야 하며, 아울러 지역문학의 한계를 비판적으로 받아들여야 할 것이다. 그리고 이 비판적 인식을 통해서 지역문학은 거듭날 수 있을 것이다.

— ≪밀양문학≫, 2006년 19집.

제2부

전통 서정시학의 길
이형기론

1. 서정시의 전통

전통 서정시에서 자아와 세계의 관계는 자아가 세계와 대립하지 않고, 세계를 자아 속으로 끌어들이려 했다. 이른바 물아일체와 주객합일의 과정에서 시의 진정성을 찾으려고 했다고 할 수 있다. 그러나 근대 시학은 자연과 인간의 관계에 국한하지 않고 부조화, 비인간화로 나타났다. 이러한 근대 시학의 물결 속에서도 굳건하게 전통 서정시학의 길을 걸었던 시인으로 우리는 정지용, 서정주, 박목월, 조지훈, 박두진, 박재삼, 이형기를 손꼽을 수 있을 것이다. 특히 이형기는 전후의 황폐한 시대적 상황 속에서도 참신한 서정으로 한국 전통 서정시의 맥을 이어왔고 우리의 서정시를 한층 밀도 있게 심화시킨 시인으로 평가받고 있다.[1] 그의 시는 존재의 소멸과 허무에 천착했고, 인생과 존재의 본질적인 문제에 깊은 관심을 보였다. 그의 대표작이라 할 수 있는 시 「낙화」에서 기다림과 결별의 이미지를 조응시키면서 삶에 대한 근원적인 물음을 던지고 있는데, 이는 존재란 무엇인가라는 물음과 함께 삶의 진정성을 찾으려고 한 인식론적 사유방식이라 할 수 있다. 이처럼 그의 시는 존재와 삶에 대한 깊은 성찰과 정서를 구체화하고 있다.[2] 이 때문에 우리는 그를 존재의 탐구와 언어의 심연

---

1) 김명수, 「서평 – 원로 시인의 어제와 오늘」, ≪창작과 비평≫, 1994, 가을호, 369쪽 인용.

을 모색한 서정 시인으로 평가하고 있는 것이다.

그의 시는 처음부터 인간의 정서를 직접 표현하지 않고, 원숙한 노년의 자세를 취하고 있다. 이를 두고 어떤 평자는 '깊이 속으로의 침잠과 높이 속으로의 초월'3)이라는 다소 애매한 말로 상찬하고 있는데, 이를 바꾸어 말하면, 실존의 문제에 깊이 침잠하면서 현실과는 동떨어진 시인으로 평가 절하할 수도 있다는 말이다. 그의 일곱 번째 시집『죽지 않는 도시』(고려원, 1994)에서 현실에 날카로운 비판의 칼날을 세우기도 하지만,4) 시집 전체를 놓고 볼 때, 그는 현실을 관조자의 태도로 바라보고 있으며, 이성의 존중을 바탕으로 문명 비판적 태도를 취하고 있다. 이 때문에 그는 사회악, 폭력, 위압적 대상에 대한 거부를 표방하며, 사회적 발언을 하면서도 동시에 보들레르 시학의 중심인 상징과 상상력에 의존하게 되었던 것이다. 그의 마지막 시집『절벽』에 이르면 예의 전통 서정시학으로 귀환하는 것도 이러한 근본 동기 때문이다.

2. 완고주의로서의 전통시학

이처럼 이형기(李炯基, 1933 - 2005)의 시는 전통 서정시학에 뿌리를 두고 있으며, 그것을 완고하게 지키고 있다. 서정시는 본질적으로 자연 미학을 추구하는데, 그의 시적 담론은 자연 속에서 진정한 존재의 의미를 모색하고 있다. 그의 시에 있어서 자연은 반문명과 비인간화에 있는 것이 아니라, 자연과 관계를 맺고 있는 인간의 본성을 탐색하는데 있다. 그의 시론에 따르면, 사물과 관계를 맺고 있는 모든 세계는 영구불변한 것이 아니라, 시인의 상상력으로 마음대로 조정하고 바꿀 수 있다는 것이다. 따라서 시인이란 정체되어 있지 않고 끊임없이 자신의 내면과 투쟁해야 한다고 말한다.5) 이를 바탕으로 그는 사물과 화자

---

2) 이광호,「현대시인 집중연구 - 소실점의 시적 풍경」,≪시와사학≫, 1992, 봄호, 118쪽 참조.
3) 정효구,「초월과 맞섬」,≪시와사학≫, 1992, 봄호, 133쪽 인용.
4) 김명수, 앞의 글, 373쪽 참조.

와의 관계에 주목한다.

그는 화자와 사물과의 관계에 있어서 본질적으로 '무엇을 벗어나고 있다'는 결성개념(缺性槪念, privative Begriffe)에 근거하고 있다.[6] 사물과 화자의 관계는 이러한 결성개념을 통하여 끝없이 동일성을 추구하는데, 시적 화자는 사물과의 관계에 있어서 동화(同化)와 투사(投射)를 통하여 서로 충격을 주고, 그 충격으로부터 시가 씌어진다고 한다. 따라서 그의 눈에 비친 사물은 더 이상 고립되어 있지 않다. 모든 사물은 다른 사물과 관계를 맺으면서 하나의 거대한 세계를 형성하는 것이다. 그런 점에서 그의 인식을 기준으로 할 때, 비록 고립되어 존재하는 사물이라 하더라도 영구불변하는 것이 아니라, 끝없이 유동하는 본성을 갖고 있다고 보는 것이다.

그는 사물의 유동성을 발견하고, 이를 통해서 세계를 새롭게 해석한다. 사물에 대한 끝없는 부정의 정신은 무엇이 부족하다는 결성개념 때문에 발생하며, 이 허무의 세계를 정신적 숭고미로 끌어올리고 있다. 이러한 사물과 자아와의 관계는 전통 서정시학에서 찾아볼 수 있는 것이다. 그는 전통 서정시학을 견고하게 지키고 있는 것이다.[7]

> 그는 없다
> 온 천지 다 찾아도
> 천지 저 혼자 덩그렇게 있을 뿐
> 그는 없다
>
> (…중략…)
>
> 오해하지 말아라

---

5) 이형기 시집, 『절벽』, 문학세계사, 1998, 108쪽 참조.
6) 김준오, 『시론』, 문장, 1984, 340쪽.
7) 이형기, 「어느 허무주의자의 시 찾기」, ≪시와사학≫, 1994. 여름호, 253쪽.

그는 아예 온 일이 없다
온 일이 없으니 갈 일도 없는
불 안 땐 굴뚝의 연기
소문의 사나이.

어떤 레이다에도 걸리지 않는
소문의 유에프오가 그날 밤
유성처럼 하늘을 가로질렀다
　　　　　　　　　　　－「부재(不在)」 부분

　인용한 시에서 알 수 있듯이, 그는 끝없이 존재를 발견하려고 하지만, 그가
찾는 존재는 없다. 그는 혼자 덩그렇게 있지만, 처음부터 그는 존재하지 않았던
것이다. 그래서 '그'라는 실체는 온 일도 없으며, 갈 일도 없는 존재가 되고 마는
것이다. 실존주의에서 말하는 존재의 의미는 허무와 절망의 끝자락에서 놓일
때 진정한 자아의 모습을 발견하는 것과 같은 이치다. 그는 없기 때문에 처음부
터 온 일도 없다. 따라서 모든 사물은 생성과 소멸의 반복만 있을 뿐이고, 그것
말고 다른 어떤 것도 존재하지 않는다. 실존의 허무는 결국 새로운 생성을 찾아
가고 그 생성의 과정에서 진정한 소멸의 의미를 깨닫게 된다. 그 자리에 놓여 있
음을 자각하는 일은 인간 현실을 통해서, 존재가 '거기에 있다'는 의식, 혹은 또
인간은 그에 의해서 사물들이 자기를 표명하는 수단이라는 의식 속에서만 존재
한다.8) 그런데 그는 존재의 실재를 인정하는 것이 아니라, 존재의 실재를 부정
한다. 그 부재의식은 허무와 절망의 근원을 이루고, 그 허무 속에서 진정한 자아
를 확인하는 것이다. 그의 시는 이러한 존재의 부재의식에 대한 자각으로부터
출발한다.
　그래서 그는 체질적으로 '흔들어 깨우는 시, 충격을 주는 시, 일종의 비수나

---

8) 장 폴 사르트르, 김붕구 역, 『문학이란 무엇인가』, 문예출판사, 1988, 48쪽.

독약 같은 시, 예리한 칼날 같은 남성적인 시를 지향'9)하고 있는 것이다. 충격을 주는 시의 관념은 '존재가 있다'라는 이성적 관념이 아니라, '존재가 없다'라는 비이성적 관념이다. 그는 있음을 통해서 존재를 인식하는 것이 아니라, 존재의 없음을 통해서 존재를 인식하는 것이다.

가야 할 때가 언제인가를
분명히 알고 가는 이의
뒷모습은 얼마나 아름다운가.

봄 한철
격정을 인내한
나의 사랑은 지고 있다.

(…중략…)

헤어지자
섬세한 손길을 흔들며
하롱하롱 꽃잎이 지는 어느 날

나의 사랑, 나의 결별
샘터에 물고이듯 성숙하는
내 영혼의 슬픈 눈.
　　　　　　　　　— 「낙화(落花)」 부분

이 시는 생성과 소멸의 과정을 운명으로 받아들이는 사물 인식 과정을 잘 드러내고 있다. 이 시에서 우리는 한국인의 잠재된 이별의 정한을 만날 수 있다.

---

9) 유한근, 「단독자의 사상 혹은 허무화」, ≪월간문학≫, 1983. 3월호, 17쪽.

피었던 꽃이 지고 가을의 열매를 위해 자리를 물려주는 것이 꽃의 운명이라면 인간의 사랑과 이별도 그 자연의 질서로 받아들여야 한다는 인식을 담아내고 있는 이 시는 한국인의 이별의 정한을 노래한 전통 서정시학에 그 맥이 닿아있다.[10] 우리는 이 시에서 이별의 아픔을 운명으로 받아들이면서 다시 성숙하는 자아의 모습을 만난다. 그는 이별을 통해서 존재에 새로운 의미를 부여하는 단단한 정신주의를 보이는데, 그것은 체념이 아니라 성숙의 과정이다. 이처럼 젊은 날의 격정을 인내할 줄 아는 지사적 자세야말로 그의 시에서 만날 수 있는 진정한 서정시의 모습일 것이다.

그의 시론에 따르면, '시는 우로보로스의 꼬리와 같은 것입니다. 그 꼬리는 다시 머리를 물고 새로운 시를 뒤쫓고 있지요. 동양의 태극무늬와도 같은 것이라고 할 수 있지요. 그것은 생성과 파멸의 순환입니다'라고 한다.[11] 존재 자체의 이중성은 절망과 희망을 동시에 함의하는 말이다. 시 「낙화」에서 꽃이 지는 행위는 가을의 열매를 맺기 위한 수단이요 목적인 것이다. 그런 과정에서 인간이 더러는 슬퍼하지만, 그것은 진정 슬픈 것이 아니며, 샘터에 물이 고이듯이 성숙하는 과정인 것이다. 부정에서 긍정으로 옮겨오는 것이 찰나의 순간이고, 그 순간 속에서 끊임없이 존재해야 하는 것이 인간의 운명인 것이다. 그는 너무 일찍 세상을 깨달았고, 그 깨달음으로 세상을 바라보고 있는 것이다.

나는 알고 있다.
네가 거기
바로 거기 있는 것을 분명히 알고 있다

그러나 아무리 팔을 뻗어도

---

10) 김명수, 「서평 – 원로 시인의 어제와 오늘」, ≪창작과 비평≫, 1994. 가을호, 370쪽 참조.
11) 허혜정, 「시는 쓰는 매 순간이 디데이 – 이형기 시인과의 대담」, ≪시와사학≫, 1997, 가을호, 26쪽.

내 손은 네게 닿지 않는다
무슨 대단한 보물인가 어디
겨우 두세 번 긁어대면 그만인
가려움의 벌레 한 마리
꼬물대는 그것조차
어쩌지 못하는 아득한 거리여

그래도 사람들은
너와 내가 한 몸이라 하는구나
그래그래 한 몸
앞뒤가 어울려 짝이 된 한 몸
뒤돌아 보면
이미 나의 등뒤에 숨어버린 나
대면할 길 없는 타자가
한 몸이 되어 함께 살고 있다
이승과 저승처럼

─「등」 전문

　　이 시에서 알 수 있듯이 모든 사물은 생성과 소멸의 변증법 과정 속에 놓여 있으며, 화자와 관계를 맺는 모든 사물은 이처럼 이중성의 모습으로 존재한다. 하나이면서 둘인 모습, 둘을 하나로 통합하는 인식체계. 그는 사물과의 관계를 이렇게 해석한다. 상상력이 바탕이 된 끝없는 출렁거림 속에 놓인 존재, 그것이 그의 시를 관류하는 하나의 이미지이다. 그는 언어의 감옥에 갇혀 있는 것이 아니라, 언어를 통한 자유로운 상상력으로 나아가고 있다. '등'은 신체의 일부분이지만, 대면할 수 없는 타자처럼 존재하고 있다. 이는 모든 존재가 하나라고 생각하지만, 그것은 하나가 아니라, 영원한 타자로 존재한다는 것이다. 이는 결국 존재는 영원히 만날 수 없는 심연 속에 존재한다는 인식으로 나아가고 있는 것이다.

시는 사물에 대한 상상력으로 씌어지며 그 세계를 이해하는 것은 언어로 이루어진다. 그리고 그 언어의 상상력은 사물에 대한 새로운 해석을 낳는데, 이는 새로운 세계를 열어가는 창조의 과정이다. 창조는 기존의 질서를 허무하게 바라보는 데서 시작한다. 이러한 창조적 인식과정 속에 형성되는 상상력과 그 상상력으로 만들어지는 이미지는 영원불멸하다.[12]

> 눈송이는 바다에 녹지 않았다.
> 녹기 전에 또 다른 송이가 떨어졌다.
>
> 사라짐과 나타남
> 나타남과 사라짐이 함께 돌아가는
> 무성영화시대의 환상의 필름……
> —「그 해 겨울의 눈」 부분

나타남과 사라짐의 반복 구조는 눈의 영원한 이미지를 포착하는 과정이다. 열린 상상력으로 바라보는 눈은 바다에 떨어지고도 녹지 않는다. 녹는다는 것은 소멸이고, 소멸은 영원히 사라짐을 의미한다. 그러나 그가 생각하는 소멸은 영원히 사라지는 것이 아니라 다시 생성하기 위한 과정의 일부일 뿐이라고 본다. 사라짐과 동시에 나타나는 것이 소멸의 본질이라고 한다. 이러한 인식 태도 때문에 그가 바라보는 사물은 모두 영원불멸한 것이다. 그는 시에서 사물과 자아의 관계에서 부정적 인식체계를 보여주는 것이 아니라, 새로운 창조와 생성의 과정을 보여주는 것이다. 마치 동전의 양면처럼 하나이면서 둘이고, 둘이면서 하나라고 보는 것이다.

그의 시가 이러한 존재의 문제에만 머물러 있다면 그의 시는 서정시가 아니라, 철학과 이념을 담은 주지시로 읽힐 가능성이 있다. 그러나 그의 시는 철학적

---

12) 유한근, 앞의 글, 22쪽.

담론에만 머물러 있는 것이 아니라, 존재의 생성과 소멸의 이미지를 표현하기 위해 언어를 담금질하고, 세계와 하나 되려는 인식을 보여주고 있다. 그의 시는 서정시의 본질인 언어의 탁마를 통한 자아와 세계의 동일시를 추구하고 있다.

나무는
실로 운명처럼
조용하고 슬픈 자세를 가졌다.

홀로 내려가는 언덕길
그 아랫마을에 등불이 켜이듯

그런 자세로
평생을 산다.

철 따라 바람이 불고 가는
소란한 마을길 위에

스스로 펴는
그 폭넓은 그늘……

나무는
제자리에 선 채로 흘러가는
천 년의 강물이다.
— 「나무」 전문

이 시에 알 수 있듯이 그는 평범하면서도 쉬운 언어를 선택하면서도 그 언어를 절제하고 있다. 압축된 말로 자신의 생각을 담아낼 수 있는 것이 서정시의 방법이라면, 그의 시는 이러한 서정시의 방법론을 벗어나지 않고 있다. 이 시에서 나무는 자아의 운명과 동일시되고, 화자는 결국 제자리에 선 채로 운명을 받아들이는 나무와 같은 존재가 되는 것이다. 그렇지만 그는 운명을 순순히 받아들이지 않는다. 그는 나무처럼 제자리에 서서 운명에 순응하며 살지만 그 자리에서 끝없이 생명을 길러내는 강물과 같은 존재로 유동하는 것이다. 이 시는 강물처럼 살려는 화자의 의지와 나무의 운명이 조화롭게 교감하면서 나무의 본질을 잘 드러내고 있다.

단단함과 견고함이 주는 무거움도 그의 인식 체계에서는 하나의 유동하는 물질로 보이는 것이다. 바위와 물이 소통하는 상상력의 공간을 언어로 다듬어내는 것이 그의 시의 본령인 것이다. 이처럼 그의 시는 나무에서 강물의 이미지를 끌어내듯이 상상력과 절제된 언어 미학으로 생성과 소멸이라는 철학적 담론을 넘어서 전통 서정시학을 지향하고 있는 것이다.

서정시가 언어의 균제와 절제를 통해서 인간의 정서를 표출하는 것이라면 그의 시는 이러한 서정시의 본질을 잘 보여주고 있다. 그는 전통 시학을 견지했기 때문에 한 때 시류에 휘둘리는 리얼리즘 시들이 횡행할 때도 경건한 자세로 현실을 에둘러 관망할 수 있었던 것이다. 그는 끝없이 자신을 개혁하는 혁명가이긴 하지만, 현실과 맞서는 혁명가가 아니며, 현실의 제도와 그 제도에 얽매이지 않는 자신을 향한 혁명가인 것이다. 시인과 혁명가는 본질적으로 하나지만, 시인은 혁명을 성사시킨 데서 머물지 않고, 또 다시 혁명을 꿈꾸는 자이고, 혁명가는 그 혁명을 지키기 위해 스스로 제도와 법률로 억압하는 자이다. 시인이 현실에 대해 소명의식을 가져야 한다는 대해서 그는 다음과 같이 말한다.

사회문제에 대해 구체적으로 비판해 들어가면 그 비판은 또 다른 하나의 제도 속에 얽매이는 것이 되고, 그것은 일종의 억압입니다. 시라는 것은 일체의 억압적인 요소에 대해 저항하는 것이어야 되고, 그런 의미에서 시인은 영구 혁명론자가 되어야 한다고 생각합니다.[13]

그는 시인은 스스로 영구 혁명론자가 되어야 한다고 말하면서 억압에서 자유
로워지고 싶은 것이 인간의 기본 욕망인데, 그것을 막는 것은 일종의 억압이라
는 것이다. 그 억압에 맞서는 것이 시인의 본질이라고 한다. 그는 현실과 맞서는
논리를 펼치고 있으면서도 그 현실에 저항하는 것은 결국 또 다른 억압을 양산
할 뿐이라고 슬쩍 비껴 선다. 사회문제보다도 개인의 자유가 억압되지 않아야
한다는 것이다. 그는 개인주의를 지향하고 있으면서도 그 개인주의의 무절제한
방종을 경계하고 있다. 시를 쓰는 행위가 끝없는 자아 탐구에 있다는 것이 그가
지향하는 시의 본질이기 때문에 그는 현실을 애써 외면하면서 자신의 문제에
매몰되고 있는 것이다. 이러한 개인주의는 그의 시가 산업문명 비판의 차원을
넘어서는 우리 사회의 구조적 인식에 대한 천착이 부족하다는 비판을 받기도
한다.

        이 도시의 시민들은 아무도 죽지 않는다
        어제 분명히 죽었는데도
        오늘은 또 거뜬히 살아나서
        조간을 펼쳐든 스트랄드브라그 씨의 아침 식탁
        그것은 위대한 생명공학의 승리
        인공합성의 디엔에이 주사 한 대가
        시민들의 영생불사를 확실하게 보장하고 있다
                            ―「죽지 않는 도시」부분

이 시는 일곱 번째 시집 『죽지 않는 도시』의 표제시이다. 이 시에서 현실과
맞서는 자아의 모습을 발견할 수 있으며, 현실의 문제를 통해서 과학 문명의 한
계와 그 폐해를 지적하고 있다. 이 시에서 우리는 현실의 문제를 핍진(逼眞)하게
그리고 있으면서도 여전히 그의 시선은 현실의 문제를 그대로 바라보는 관조적

---

13) 고형진, 「기획대담 ― 우리 시의 정체성을 생각한다」, ≪현대시학≫, 1990, 10월호, 43쪽.

자세를 취하고 있다는 사실을 발견할 수 있을 것이다. 이러한 관조적 자세 때문에 문명비판의 칼날로 접근했던 시들도 결국 소재주의에 빠지고 말았다는 비판을 받는 것이다.[14] 그는 현실을 날카롭게 응시하고는 있지만, 우리 사회의 구조적 모순이라는 문제로 끌고 들어가는 것이 아니라, 현실의 문제를 그대로 나열하는데 머무르고 있는 것이다. 현실에 대한 날카로운 문제 제기를 거려하면서 다만 이런 현실이 있다는 푸념을 하고 있는 것이다. 이는 '시인은 이데올로기를 갖지 않는다'는 그의 시론과도 통한다.[15] 결국 그의 의식에 비춰지는 현실이란 놓여진 그대로의 사상(事象)일 뿐이지, 더 이상의 형이상학적 의미도 없으며, 더 이하의 형이하학적 의미도 없는 것이다. 그가 전통 서정시학을 지향하고 있다는 것은 이러한 세계 인식에 근거한다.

그대 아는가
나의 등판을
어깨에서 허리까지 길게 내리친
시퍼런 칼자욱을 아는가.

질주하는 전율과
전율 끝에 단말마(斷末魔)를 꿈꾸는
벼랑의 직립(直立)
그 위에 다시 벼랑은 솟는다.

그대 아는가
석탄기(石炭紀)의 종말을
그때 하늘 높이 날으던
한 마리 장수잠자리의 추락(墜落)을.

---

14) 김명수, 앞의 글, 372쪽.
15) 이형기 시집, 『절벽』, 문학세계사, 1998, 109쪽 참조.

나의 자랑은 자멸(自滅)이다.
무수한 복안(複眼)들이
그 무수한 수정체(水晶體)가 한꺼번에
박살나는 맹목(盲目)의 눈보라

그대 아는가
나의 등판에 폭포처럼 쏟아지는
시퍼런 빛줄기
2억 년 묵은 이 칼자욱을 아는가.
—「폭포」 전문

그의 시는 스스로가 규명하고 있듯이 '시인은 선험적 절망자'라는 관점에서 씌어진 것이다. 그래서 떨어지는 폭포를 보면서 자멸을 꿈꾸고, 그러면서도 스스로 깊은 상처를 남기는 것이다. 폭포의 이미지에서 자신의 내면을 내리치는 칼자욱을 발견하는 것처럼, 그의 시는 끝없이 자신의 내면에 침잠해 있다. 그의 개인주의 발상은 우주적 상상력으로 이어지고, 그 상상력의 끝에서 자아는 항상 절망과 허무를 반복한다. 여기에 사회문제가 틈입할 여유가 없다. 이처럼 그는 자신의 문제에 깊이 빠져 있기 때문에 사회를 향해 '곧은 소리'를 내는 '폭포'(김수영의 시「폭포」)가 아니라, 자신의 등짝을 때리는 '칼자욱'이 되고 마는 것이다.

하나의 소재가 사회를 향해 열려 있는가, 자신을 향해 열려 있는가의 차이는 리얼리즘 시와 서정시를 가늠하는 하나의 잣대가 될 수 있는데, 우리는 '폭포'를 소재로 한 동일 제목의 시를 통해서 그의 시가 지향하는 궁극적인 방향을 짐작할 수 있다. 그는 어떤 소재든지 자신의 내면으로 끌어들이면서 자신을 바꾸는 계기로 삼고 있다. 그가 말하는 영구혁명론자로서 시인은 결국 자신의 내면에 대해 혁명을 꿈꾸는 자이다. 그래서 그는 늘 어딘가로 돌아가려고 꿈꾸고 있는 것이다.

이제는 나도 옷깃을 여미자
마을에는 등불이 켜지고
사람들은 저마다
복된 저녁상을 받고 앉았을 게다

지금은
이 언덕길을 내려가는 시간,
한오큼 내 각혈의
선명한 빛깔 우에 바람이 불고
지는 가랑잎처럼
나는 이대로 외로워서 좋다
—「귀로(歸路)」 부분

    그의 시선집을 두루 읽으면 이들 시편들에서 공통된 정서를 발견할 수 있는데, 그것은 우울하고 슬픈 이미지들이다. 이러한 이미지가 지배적인 까닭은 어린 시절 가난한 생활과 아버지의 죽음과 같은 비극적 현실이 정신외상으로 작용한 것일 수도 있고,[16] 척박한 시대를 살면서 시인이 직접 체험한 것일 수도 있다. 이러한 여러 요인들은 그가 지극히 일상적인 현실에서 소재를 택하면서도 결국 자신의 문제로 돌아올 수밖에 없는 이유인 것이다. 그는 세상을 그윽한 시선으로 바라보면서도 그 현실을 절제된 언어로 담금질해낸다. 그는 언어의 절제를 통한 인간 존재의 심연을 탐색하는 서정 시인이다.

    그의 시를 두고 존재의 심연에 갇혔다고 말하는데, 그것은 그의 시가 출발하는 것이 존재의 문제에 있으며, 이 존재에 대한 탐색이 그의 시 전체를 관류하는 중심 이미지이기 때문이다. 그의 초기작 「비오는 날」 「낙화」 「코스모스」 「강가에서」 등에서 자주 등장하는 외로움, 기다림, 그리움, 꿈, 희망, 절망 등의 시어

---

16) 이형기, 「현대시인 집중연구 - 나의 이력서」, ≪시와 시학≫, 1992. 봄호.

는 현실에 적응하지 못하는 자아에서 흔히 발현되는 정서들이다. 이러한 태생적 한계 때문에 그는 리얼리즘 시와는 일정한 거리를 두고 전통 서정시의 길을 걸을 수밖에 없었을 것이다. 그렇지만 그는 서정 시인으로서 가야할 길을 묵묵히 걸었던 시인이었다. 그는 박재삼과 함께 우리 전통 서정시학의 맥을 굳건하게 지킨 시인이라 할 수 있다.

3. 전통서정 시학의 지평

그는 전통 서정시학을 고집한 시인이기도 했지만, 무엇보다 시가 무엇인지를 진지하게 고민했던 시인이었다. 그는 언어만이 존재를 규명해주는 유일한 것임에도 불구하고 '침묵이 없으면 언어가 없다'고 말한다.[17] 시인은 언어로 시를 쓰지만, 모든 것을 수렴하는 것도 언어이고, 그 언어의 일상적 의미체계를 파괴하는 것도 시인이 하는 행위라고 한다. 그래서 그는 문학의 처음이자, 마지막인 언어의 문제에 천착한 것이다. 그는 언어 외에는 아무 것도 없는 것이 시라는 당위론을 굳게 지키면서 언어의 연금술에 주력했던 것이다.

절망과 희망의 관계에서 절망을 꿈꾸면서도 그 절망에 매몰되지 않는 정신은 항상 벼랑에 자신을 놓아두지 않으면 가능하지 않을 것이다. 그래서 그는 벼랑의 직립 위에 또 다른 벼랑을 만들고 그 끝에 자신을 놓아두는 것이다. 그곳은 죽음과 삶의 경계이고, 죽음까지도 삶의 연장이라고 받아들일 수 있는 곳이다. '행복'과 '항복'의 차이가 고작 줄 하나를 더하고 덜 하는 차이라고 한다면, 인간이 꿈꾸는 행복과 희망 따위는 가벼운 차이에 불과하다는 것이다. 이러한 인식은 결국 어떤 시류에도 흔들리지 않는 지사적 풍모를 갖게 했을 것이다. 그의 시론을 견고하게 지켜온 것도 이러한 정신주의에 바탕을 두고 있기 때문일 것이다.

그는 전통 서정시학의 길을 걸으면서 다른 곳으로 시선을 돌리지 않은 채, 고

---

17) 이형기 시집, 『절벽』, 문학세계사, 1998, 106쪽 참조.

집스럽게 그 길을 지켜냈다. 이것은 일찍 등단하여 나태해질 수 있는 자신을 끝까지 벼랑 끝에 세우면서 자신과 싸웠기 때문이며, 그 바탕에는 절망이야말로 인간을 성숙하게 만든다는 철저한 시정신이 있었기 때문이다. '절망이 기교를 낳는다'는 이상(李箱)의 말을 굳이 인용하지 않더라도 우리는 그의 시에서 절망이 낳은 시의 진정성을 만난다. 그리고 그가 그 절망의 진정성을 지킬 수 있었던 것은 전통 서정시학의 길을 굳건하게 걸었기 때문일 것이다. 우리는 그를 통해서 한국 전통 서정시학의 본질과 그 지평을 재삼 확인할 수 있다.

— ≪부산시인≫, 2006년 겨울, 53호.

역사 인식의 열린 지평

강영환 시집, 『불무장등』(열린시, 2005.06.15)을 중심으로

1. 역사 인식으로서 '자연'

강영환 시에서 자연은 매우 중요한 소재이다. 그의 시에서 자연은 삶의 근원에서 시작하여 역사 인식으로 이어지고 있다. 시집 『남해』가 바다를 내면의 삶에 육화하고, 그 삶을 유장한 리듬으로 벼리고 있다면, 이번에 발표한 시집 『불무장등』은 지리산을 생명의 실체로 담아내고 있다. 이 시집의 의의는 그의 내면 의식에 투영된 자연이 바다에서 산으로 향한다는 소재의 차이뿐만 아니라, 산을 역사 인식의 지평으로 삼고 있다는 것이다. 시집 『남해』에서 바다가 주로 여성의 한으로 승화되고 있다면, 시집 『불무장등』에서 지리산은 역사와 그 역사 속에 살아가는 인간 존재의 성찰로 나아가고 있다. 이처럼, 지리산은 자연이면서 동시에 그 역사 인식의 지평을 열어주는 반성적 공간이기도 하다.

시집 『남해』가 '궁글리는 파도'의 몸살이었다면, 시집 『불무장등』은 역사를 향한 '우뚝 선 사랑'의 몸살이라 할 수 있다. 시집 『남해』에서 보여준 모성의 근원이 『불무장등』에서는 치열한 삶과 역사의 현장으로 나타난다. 이와 같이 시집 『불무장등』은 그의 시가 모성의 근원인 바다에서 역사의 인식의 현장인 '산'으로 옮아간 것이라 할 수 있다.

인간이 자연을 동화(同化)의 대상으로 삼거나, 혹은 성찰의 대상으로 삼거나 상관없이 자연은 인간 존재의 근원을 문제 삼는 거울이다. 시집 『불무장등』에서 '지리산'이라는 자연공간은 과거의 역사를 통해서 현재의 인간 존재를 반성하게 하는 공간이다. 더 나아가 '지리산'은 자아가 부닥치는 역사 인식의 공간이며, 자의식 속에 내재한 현실 인식의 공간이라 할 수 있다.

시집 『불무장등』은 시인의 단순한 산행 체험을 넘어서 역사 인식의 과정을 보여준다. 이 시집은 '지난 25년간 산행의 경험을 한 권의 시집으로 묶어냈다'는 점에서 지리산에 대한 남다른 애정이 반영되어 있다. 지리산 어느 골짜기, 어느 산봉우리에 애틋한 사연이 없을까마는 거대한 공룡처럼 엎드린 지리산의 형상을 시로 승화할 수 있었던 것은 지리산에 대한 뜨거운 사랑이 아니었다면 불가능할 것이다.

2. 지리산의 공간성과 한계

이런 호사(好事)에도 불구하고 그의 시집을 읽는 것은 몹시 곤혹스럽다. 그것은 두 가지 점에서 그렇다. 하나는 지리산이라는 한정된 소재의 틀을 벗어나지 못하기 때문이고, 다른 하나는 시의 편제 방식으로 말미암아 시적 구체성을 상실하고 있기 때문이다. 지리산이라는 공간성을 전제로 한 시들이기 때문에 한정된 소재의 틀은 어쩔 수 없다 하더라도, 이 공간적 한계를 넘어서 시적 보편성을 획득해야 할 것이다. 이와 같은 소재의 한계성 때문에 이 시집에서 지명유래담을 소재로 한 시들이 자칫 식상하게 받아들여질 수 있다. 시집 『남해』에서 '남해'와 '다도해'라는 공간성을 넘어서 인간의 문제에 깊이 천착하고, 그들의 삶을 시적 주제로 승화한 시인의 역량에 견준다면, 이번 시집은 그 시인의 역량에서 한 걸음 물러서 있다. 시집 『남해』에서 보여준 유장한 가락과 호흡이 긴 파도의 몸살이 이참에는 잔잔한 풀무질로 변한 것이 아닌가라는 의문이 제기된다.

우선, 시집 편제를 살펴보자. 시의 소재가 지명유래에 있다면, 그 내용은 지명유래담에 충실해야 할 것이다. 그런데도 지명유래담과는 무관하게 아래 부분에 부연설명을 하고 있다. 이것은 오히려 시의 내용을 산만하게 한다. 지명을 소재로 한 시는 지명에 얽힌 유래담을 시의 내용으로 끌어들이면서 주제를 드러내는 것이 효과적일 것이다. 그런데 시집의 대부분을 차지하는 지명유래에 대한 자세한 설명은 시의 내용을 덧붙여주는 역할을 하고 있지만, 시의 주제와는 관련이 없어 보인다.

더러는 이러한 부연설명이 그 정도가 심해서 시의 중심내용과는 무관한 부분까지 지나치게 설명하기도 한다. 시집의 편제 방식이 시집의 내용과는 무관할지 모르겠지만, 불필요한 부연설명이 많아지다 보면, 시의 주제가 산만하게 보일 수도 있다. 이런 산만함 때문에 시집은 시의 내용과 지명유래담을 동시에 읽어야 하는 부담이 있다. 오히려 지리산의 지명을 따라가면서 읽으면 부연설명은 굳이 필요 없을 것이다.

가까운 반야봉에 녹음이 짙고
먼 섬진강은 소리죽여 젊은 넋을 달랜다
바위 등에 올라 노고단 바라보면
지나 온 길 아득하고 갈 길도 마찬가지
불무장등에 육자배기 뽑을 일 절로 생긴다

낯익은 봉우리들
입 속으로 가만히 읊조리기만 해도
어깨 들썩이게 하지 않던가
낫날봉, 낫날봉, 날나리 봉
동편제를 넘는 송만갑의 흥보가가 들려온다

가슴에 흐르는 피의 소리
어느 산에서 신명으로 다시 토할 텐가

　살 떨림에 소리를 질러본다
　듣는 이 어느 곳에 없어도
　힘 뻗은 불무장등이 득음을 한다

　* 전남, 경남, 전북의 3도가 경계를 이루는 날나리봉은 선조 때부터 전해져오
　는 오랜 이름으로 낫날봉 혹은 삼도봉이라 한다
―「날나리봉 - 삼도봉」 전문

　이 시의 아래 부분은 시의 주제와는 무관한 부연설명이다. 이 시의 무게중심이 아래 부분에 설명한 날나리봉의 지명유래보다는 동편제의 명창 송만갑의 득음 경지에 있다. 송만갑은 근대 8명창의 한 사람인 송흥록의 동편제 계보를 잇고 있는 판소리 명창인데, 그는 10살 때 벌써 득음의 경지를 얻었다는 일화가 있다. 인용한 시는 그가 판소리에 입문하고 그 예술적 경지를 회상하는 것이 중심내용이고, 그는 날나리봉에서 송만갑의 예술적 경지와 득음의 경지에 감화하고 있는 것이다. 그렇다면, 이 시는 날나리봉에서 송만갑의 판소리에 묻어있는 예술적 경지를 시로 승화하면 더 좋았을 것인데, 불필요한 아래 부분의 지명유래를 넣음으로써 시의 중심이 산만하게 되고 말았다.

　이 시집에서 지명유래담을 쓴 경우이든, 불필요한 설명을 넣은 경우이든 아래 부분에 부연설명을 하고 있는 작품이 무려 55편이나 된다. 이렇게 많은 부연설명을 넣다보니, 「새로 시작한 사랑 - 천왕봉」에서 '천왕봉 일출은 지리산 8경 중의 하나. 3대 적선 후에야 볼 수 있다는 속설이 있다'와 같은 주제와 무관한 설명을 한다든가, 「지리산 나비 - 촛대봉」에서 '촛대봉 1713m은 종주 산행 길에서 멀찍이 벗어나 우뚝 서있다. 도장골에서 오르는 길이 있다'는 산행 일지 형태의 설명까지 덧붙이기도 한다.

　눈은 내리고 있는가 아직도

자라지 못한 강아지가 기어 다니고
북풍은 세차게 눈을 불러 모으는데
호랑이가 나올 것만 같은 움막 터에서
부르고 싶은 이름이 있다면
황 총각이 아니라 호랑이이다
씨를 말려 이 땅에서 사라진 큰 짐승이
냄새라도 묻혀 나올 법한데
여전히 비바람 피하기 좋은 곳
엄마 젖이 그리운 새끼 강아지
발자국이 눈밭에 시리고
뜨거운 포효는 땅에 묻고
서슬 퍼른 살기는 햇살 그늘뿐이다

* 황호랑이 막터는 임걸령 샘터에서 동쪽으로 30여 미터 떨어진 북풍 바람막이 터 절벽아래 움막터. 전설에 의하면 화엄사 계곡 어귀에 황듬이라는 조그마한 마을이 있었다. 옛날 이 마을에 성이 황씨라는 총각이 지리산 약초를 캐며 살아가고 있었다. 약초를 캘 수 없는 겨울이면 황총각은 나무주걱을 만들어 팔았다. 어느 겨울날 황총각은 주걱을 깎으러 반야봉에 들어가게 되었다. 그날은 유달리 집에서 기르던 암캐가 따라 나섰다. 황 총각은 노고단을 넘고 임걸령을 지나 반야봉 근처 밀림지대에서 주걱을 한 짐 깎아 짊어지고 집으로 돌아오려는데 별안간 눈이 내리기 시작하였다. 시간이 갈수록 눈이 많이 내리는 데다 날이 저물어 갈 수 없게 된 황 총각은 걷기를 단념하고 임걸령 샘에서 동쪽으로 30미터 쯤 내려가 바위를 의지하여 나무 가지를 모아 단아한 산막을 만들었다. 막 앞에 모닥불을 피워 놓고 산막에서 밤을 지새우기로 하였다. 설상가상으로 그날 밤 주인을 따라온 암캐가 새끼 7마리를 낳았다. 밤이 깊어지자 계속 내리던 눈이 멎고 하늘은 개었으나 불현듯 호라이 한 마리가 나타나 으르렁거렸다. 아마 개 냄새를 맡고 왔던 모양이었다. 황 총각은 처음에는 어쩔 수 없어 강아지를 한 마리씩 몇 마리 던져 주었다. 그래도 호랑이는 물러가지 않고 계속 으르렁거렸

다. 강아지를 다 던져준 황 총각은 생각했다. 어떻게 할 것인가. 그러다 마침 피
우고 있던 불 옆에 벌겋게 단 돌멩이를 발견하고는 그 돌멩이를 주걱으로 던져
주며 소리쳤다.

　　"옛다 먹어라"

　　이를 덥석 받아 삼킨 호랑이가 포효하며 눈 속에서 뒹굴다가 죽었다. 남다른
용기와 지혜로 무기도 없이 호랑이를 잡은 황 총각에게 고을에서 큰 상을 내렸
다. 그에게 황호랑이라는 별명을 붙여 주었다. 그 때 움막터는 지금도 황호랑이
막터라고 전해지고 있다.

— 「햇살 그늘 – 황호랑이 막터」 전문

　　이 시처럼, 시보다 부연설명이 길어져서 시의 의미보다는 아래 부분의 지명
유래담이 더 많은 경우도 있다. 인용한 시는 현재 우리나라에서 멸종해버린 한
국산 호랑이와 '엄마 젖이 그리운 새끼 개'의 죽음을 안타깝게 생각하는 내용이
다. 이 시의 지명유래담과 시의 내용이 얼마나 긴밀한 관계가 있는가. 아쉽게도
이 시에서 지명유래담은 시의 주제를 효과적으로 드러내지 못하고 있다. 지명
유래담은 황 총각의 지혜와 용기를 주제로 하고 있는데, 인용한 시의 주제는 사
라지는 것들에 대한 연민이다. 시의 주제와 관련이 없는 지명유래담을 너무 길
게 인용함으로써 시가 산만하게 보인다. 인용한 시의 지명유래담은 하나의 이
야기 구조로서 전달될 뿐이지 시의 중심내용과는 멀어져 있다. 시의 내용에서
볼 때, 이 시는 황 총각과 관련된 움막터라는 간단한 설명으로 끝내고, 그 신비
성을 끌어가야 지명유래담과 시의 주제가 긴밀하게 이어질 것이다. 이 시에서
지명유래담은 사족에 불과하다.

　　이 시집의 많은 부분에서 이와 같이 불필요한 지명유래담이 보이는데, 시의
주제를 효과적으로 드러내기 위해서는 이 부분을 줄이든지 아예 없애야 한다.
지명유래담이 하나의 이야기 시로 짜여진다면 모를까 지명유래담이 시의 주제
와 크게 관련이 없다면 그렇게 자세하게 밝힐 필요가 없을 것이다. 지명유래담

이 나오는 작품은 시 「유전하는 돌 - 성모석상」 외 10여 편이 있는데, 본말이 전도된 이 시들은 시적 의미를 떨어뜨린다. 이는 지리산에 대한 모든 것을 담아내려는 시인의 욕심이 불러일으킨 문제점이다.

3. '지리산'과 역사 인식

그러나 시집 편제상의 문제로 일어나는 부연 설명을 떼어내고 읽으면 그의 시는 시집 『남해』에서 보여준 시적 기교와 역량이 그대로 살아난다. 지리산 연작시에서 산문을 떼어내면 더 좋을 것이라는 말은 그의 시가 갖는 매력이 군더더기 설명에 묻혀버릴 수 있는 가능성이 있다는 말이다. 이야기 시에서 찾을 수 있는 신비성을 내포하면서도 지리산 곳곳을 보여주지 못한다는 아쉬움이 남는 까닭도 이 때문이다.

앞에서 인용한 시들에서 아래 부분의 부연설명을 떼어내고 나면 시조의 유장한 가락과 주제가 분명하게 드러난다. 그의 시는 자연 속에서 인간의 진정한 존재와 그 역사의 지평을 찾으려고 한다.

> (1)그대 맨 처음 보았을 끝없는 눈(雪)빛 너머
> 이른 먼동이 터 올 때
> 구름 평선을 뚫고 솟는 붉은 혁명
> 그러나 기다릴 일이다
> 새로 시작한 우리 사랑처럼
>
> 뜨거운 진홍은 솟고
> 찬 기운으로 엉켜있던 구름덩이가
> 천천히 몸을 바꾼다
> 버섯 아래 숨는 낙타, 코끼리, 범선, 사천왕
> 그리고 아수라의 모습으로
>   — 「새로 시작한 사랑 - 천왕봉 일출」 부분

⑵원시의 달이 뜬다 휘영청
낮게 누운 지리 산녀
드러난 맨살 허리가 슬프다
누 천 년 골짜기 견고한 침묵 위에
천추의 한을 머금고 떠오른 빛 태
차고 푸른 이슬이 높이 걸렸다
　　　　　　―「태고의 슬픔 - 벽소한월」 부분

　시 ⑴은 지리산 천왕봉에서 바라본 일출의 광경이다. 태초의 신비를 머금고 있는 지리산의 형상이 특유의 가락과 함께 시화되고 있다. 이 시는 '아수라'와 같은 세상을 벗어나서 태초의 신비를 담고 있는 지리산에서 진정한 삶의 의미를 찾고 있다. 그것은 새로 시작하는 사랑처럼 신선한 것이다. 제각기 모습을 바꾸는 일출에 얼비치는 구름처럼, '지리산'의 모든 역사는 새롭게 태어난다. 지리산 천왕봉에 올라서 그는 몸을 바꾸듯이 자신을 바꾸어내는 구름의 모습을 보면서 인간 존재의 근원과 태초의 신비감을 발견한다. 지리산은 곳곳의 계곡과 산봉우리, 혹은 능선마다 태고의 전설을 담아내면서 견고한 침묵을 지키고 있다. 그는 '지리산'의 자연을 통해서 그것을 파괴하는 인간 역사를 비판하고 있다. '지리산' 연작시는 골짜기마다 서려있는 자연의 신비 속에서 인간 존재의 근원을 발견하고, 그것을 통해서 인간 존재의 진정성을 모색하고 있다. 자연과 합일하는 경지가 아니라, 자연을 거울삼아 인간의 존재를 성찰하고 있는 것이다.
　시 ⑵는 벽소령에서 바라본 달의 정경이다. 휘영청 떠 있는 '원시의 달'에서 천추의 한을 머금은 채 잠들어 있는 산의 침묵을 본다. 자연을 객관화하고 그 대상에 자신을 비춤으로써 '태고의 슬픔'을 확인한다. 여기서 달은 자신을 비추는 거울이고, '차고 푸른 이슬'처럼 슬픈 이미지이다. 여기에서 그의 시는 근원적 슬픔에 대한 끝없는 사랑을 보인다는 사실을 확인할 수 있다. 그는 지리산에서 자연과 인간에 대한 새로운 인식을 꿈꾸고 있는 것이다.

　뿐만 아니라, 시집『불무장등』은 지리산에서 일어난 근대역사의 아픈 부분을 따뜻한 시선으로 감싸고 있다. 이것은 개인적 차원의 서정성에서 역사 인식으로 옮겨 간 것이다. 지리산은 우리 역사의 아픈 상처가 새겨진 공간이다. 지리산 어느 골짜기마다 빨치산과 토벌군의 치열한 전투 현장이 아니었던 곳이 없으며, 그 흔적의 여정 속에는 우리 역사의 치욕적이고 불행한 과거가 놓여 있다. 그는 지리산을 산의 풍경으로만 보지 않고, 역사의 현장으로 끌어들이고 있다. 이 시집은 지리산에 피를 뿌린 역사의 현장을 하나하나 답사하듯이 밟아가면서 지리산의 아름다운 풍경 뒤에 숨어있는 민족의 한을 끌어안고 있다. 그의 시가 자연에 포섭되어 있으면서도 자연에 동화하지 않고 대타의식을 보이는 까닭은 그 자연 속에 숨겨진 슬픈 역사를 인식하기 때문이다. 그래서 그의 시에서 지리산은 '섬뜩한 칼날'처럼 다가오는 것이다. 시집『남해』에서 바다를 소재로 한 시들이 삶의 억압 상황을 드러내었다면, 시집『불무장등』에서 지리산을 소재로 한 시들은 역사 인식의 과정으로 그 지평이 확장되고 있는 것이다.

　　(1)어릴 때 들었던 총소리를
　　밑둥치를 스쳐 지나간 탄환자국에 대하여
　　어린 자식에게 말해주지 말라
　　낮이면 토벌군 무차별 총성으로
　　밤이면 빨치산 발자국 소리로
　　낮과 밤이 무너졌던 이 골짜기에서
　　　　　　　ㅡ「격전지에서 ― 대성골」 부분

　　(2)버려진 애장터 잡풀도 없고
　　이끼도 뿌리도 닿지 못한다
　　아픔은 없다 잃어버린 나라가
　　국골 깊은 그늘에 덮여있을 뿐
　　나라 버리고 유랑하다 잃은 아이들

사연은 잠들어 있을까
은둔의 역사를 견뎌온 가야는
차가운 돌무더기 아래 묻혀 있다
          ―「애장터 이슬 ― 국골」 부분

시 (1)은 빨치산과 토벌군과의 치열한 접전 속에 죽어간 넋들을 회상하는 시이다. 대성골과 피아골은 빨치산과 토벌군의 최대 격전지로 알려져 있다. 이 골짜기를 바라보고 쓴 시들은 풍경의 아름다움보다는 비극의 역사 현장이 지배적 이미지로 나타난다. 지리산은 근대사의 비극 속에 명멸해 간 이름 모를 사람들의 넋들이 묻힌 곳이다. 그는 이 질곡의 역사 현장 속에서 사라져 간 인간 존재의 근원을 찾고 있는 것이다. 어린 자식들에게 우리의 아픈 역사를 알려야 한다는 사명감으로 지리산 연작을 쓴 것이다. 그는 지리산 곳곳에 산적해 있는 한많은 역사의 현장을 시로 승화시키면서 역사 속으로 사라져 간 비극의 주인공들과 만나고 있다.

시 (2)는 어린 목숨이 죽은 애장터에서 본 비극의 현장이다. 애장터가 있는 국골은 역사 속으로 사라진 가야의 백성들이 나라 잃고 떠돌다 마지막 죽음을 맞이한 곳이다. 지리산이라는 공간을 떠나서 '은둔의 역사를 견뎌온 가야'의 비극이 남아있는 역사의 현장이다. '지리산'은 더 이상 아름다운 풍경으로 비치는 관조의 대상이 아니다. 그곳은 역사의 비극이 고스란히 남아있는 현장이다. 이 시집의 「서시」에서 그는 '문신으로 새겨진 태초의 그리움 아니면/피에 새긴 오늘의 굶주림(서시)'이라고 하면서 지리산을 찾는 두 가지 이유를 밝히고 있다. 하나는 '태초의 그리움'과 같은 지리산에 대한 사랑이고, 다른 하나는 '피에 새겨진 오늘의 굶주림'과 같은 지리산에 남겨진 피의 역사를 가슴에 새기기 위함이다.

시집 『불무장등』은 지리산을 소재로 하면서 그가 바라보는 역사 인식의 지평을 보여주고 있다. 그는 지리산을 통해서 자연에 대한 사랑과 비극의 역사 속으로 사라진 비극의 현장을 만난다. 그의 지리산 연작에서 우리는 자연으로서 지리산의 비경(秘境)과 역사로서 지리산의 비경(悲境)을 동시에 만나는 것이다. 자연은 인간의 행위를 비추는 거울이다. 이 거울의 이미지야말로 '지리산'의 구체성이다. '지리산'은 인간 존재를 성찰하게 하고, 이 성찰 과정에서 새로운 각성을 하게 한다. 이 시집에서 지리산은 역사를 인식하는 하나의 지평이라 할 수 있다.

시집 『불무장등』은 지리산 등정을 위한 하나의 완성된 지리지이면서 등정의 감회를 함께 하는 산행시집이기도 하다. 지리산 계곡의 깊은 속내까지 훑어내면서 그 풍경의 아름다움과 한, 역사 인식의 지평까지도 공유한다. 이 시집은 지리산을 시적 소재로 삼으면서 그곳에 얽힌 이야기와 역사의 현장, 그 많은 사연을 완성된 시적 구성과 유장한 가락으로 담아내고 있으며, 지리산을 삶의 공간과 역사의 공간으로 끌어안고 있다.

4. 역사 인식의 공간

시집 『불무장등』은 지리산을 소재로 그곳의 역사 현장을 탐색한 시집이다. '남해'라는 바다의 공간에서 지리산이라는 산의 공간으로 이동하였을 뿐, 그의 시가 여전히 관심을 두고 있는 것은 자연에 대한 지순한 사랑이다. 지명으로 남아있는 단순한 산의 공간성에서 벗어나 '지리산'을 하나의 실체로 바라보고 그 산에서 삶의 의미까지를 끌어내고 있다는데서 시인의 독특한 자연 사랑을 엿볼 수 있다. 한 권의 시집 속에 25년간의 산행 흔적이 있다면, 그것은 삶의 여정과 인식을 함께 하는 것이다. 시집 『불무장등』에서 '지리산'은 비로소 하나의 유기체를 가진 생명으로 다가온다.

제1, 2부가 지리산의 종주산행을 따라가며 쓴 시들이고, 제3, 4부는 지리산 동서남북의 각 능선을 따라가며 쓴 시들이다. 이 시집은 지리산 전역을 샅샅이

훑어내고 있다고 할 수 있다. 주능선을 따라가며 쓴 앞부분의 시들은 지리산에 얽힌 이야기를 함께 곁들이고 있지만, 각 능선을 따라가며 쓴 뒷부분의 시들은 주로 역사 속에 매몰된 사람들의 이야기를 담아내고 있다. 이것은 자연의 위대 함 속에 끝없이 변화하는 역사를 조망하는 것이다. 지리산 주능선이 자연의 위 대함을 보여준다면, 지리산 골짜기는 인간 삶의 질곡을 보여준다. 부연 설명의 산만함만 없다면, 그의 시는 삶과 자연에 대한 긴장된 시선을 놓치지 않았을 것 이다. 아직도 그의 발걸음은 끝나지 않았다. 전국 곳곳의 산천을 누빌 다음 시집 이 기대된다.

— ≪부산시인≫, 2005년 여름, 47호.

불편한 리얼리즘 시의 열린 지평
서규정론

1. 패러다임 전환으로서 지역문학

자본과 출판의 중앙 편중현상은 자본주의 시장경제가 낳은 문학의 사생아에 다름 아니다. 모든 자본이 중앙에 집중됨으로써 자본에 따른 문화의 발전이 이루어졌다. 이러한 자본주의의 경제의 모순은 새로운 이익을 창출해내면서 모순에 모순을 낳는 변증법적 발전을 가중시켰다. 그 결과로 자본의 중심이 일정한 지역에 편중되는 현상이 일어났으며, 그 지역에서 멀어진 주변부 지역은 상대적 박탈감과 소외현상이 발생하였다. 이른바 자본주의 제도의 모순이라 할 수 있는 첨예한 양극화 현상이 일어난 것이다. 이 현상은 정치, 경제, 문화의 차이, 지역과 지역의 차별, 극빈과 극부의 문화 차이와 같은 심층적 양극화 현상을 불러일으키기도 하였다. 이 모순이 심화되면서 지역문학은 패러다임 전환을 꾀하였고 자력갱생의 길을 모색할 수밖에 없었다.

이를 굳이 문학에 국한하여 말한다면, 지역문단의 활성화 전략이라 할 수 있다. 출판과 자본의 열악한 조건에서도 지역문인들이 지역에서 지역의 특성을 살린 문학운동을 꾀함으로써 자본의 모순에 빠진 중앙과는 다른 문학의 판도를 형성하기 시작했다. 이러한 지역문학의 판도 변화는 문학의 다양성을 꾀한다는 점에서, 또한 문학의 새로운 지평을 모색한다는 점에서 긍정적으로 받아들일 수 있다. 그러나 한 편으로는 문학의 지역주의를 조장하면서 지역에 갇혀 세계를 보지 못하는 것이 아닌가 하는 우려를 낳기도 한다. 어떻든 21세기 문학의 위기가 운위되는 시점에서 지역주의는 자본주의 시장경제가 낳은 모순을 극복하고, 문학의 새로운 방향을 모색하는 길이라는 사실은 부인할 수가 없다.

그러면 과연 지역주의 시대에 지역의 문인들은 제 몫을 단단히 하고 있는 것일까? 이 물음은 창작의 열정과 같은 피상적 조건을 말하는 것이 아니라, 좋은 작품이 얼마나 양산되고 있는가와 같은 실제적 조건을 말하는 것이다. 지역작가 개인의 철저한 문학 정신과 이에 따르는 훌륭한 성과물은 지역문학 발전의 필수조건일 것이다. 지역문학은 다른 지역에서 할 수 없는 문학 작품을 생산해 내야 하고, 그 지역의 담론을 넘어서 세계의 문학담론을 담아내야 할 것이다. 이것이 진정한 지역문학일 것이다. 그런 점에서 지역은 살아있는 문학의 현장이 될 수 있으며, 문학의 생산적 담론을 열어갈 수 있는 토대가 될 수 있다.

최근 백담사 만해 마을에서 한국문예지포럼이 열렸는데, 이 포럼의 한 보고서에 따르면, 1995년 이후 비 서울 지역의 시전문지 창간이 활발해졌으며, 45종의 시전문지 중에서 서울이 30종이고, 지방이 15종이나 된다고 한다.[1] 이러한 활발한 지역문예지의 발간은 이미 지역 문학의 판도가 서울에 못지 않다는 것을 말하는 것이고, 지역에서 전국을 아우르는 범 지역주의를 모색하고 있다는 말과도 같다. 이는 더 이상 지역주의가 지역이라는 한계에 빠지지 않고, 지역을 넘어서 새로운 패러다임의 전환을 꾀하고 있다는 사실을 반증하는 것이다.

2. 불편한 리얼리즘 시들

지역에 대한 관심과 그 문학적 대응은 사실 오래 전부터 지속되어온 화두이다. 지역과 중앙의 연대와 차별이라는 문제에 대한 접근으로부터[2] 주변부 문학

---

1) ≪2006 한국문예지포럼―한국문학 잡지계의 현황과 문학의 과제≫(2006. 12. 9 – 12. 10), 주제발표 3 강웅식, 「시전문지의 새로운 분포현황과 성격」, 참조.

의 위상을 점검하는 단계3)에 이르기까지 다양하고 중층적인 방법으로 지역문학, 혹은 지역문화에 대한 비판적 점검이 있어 왔다.4) 이제 지역문학은 중앙에 대립된 단순한 지역구도의 문학으로 보는 것이 아니라, 지역 안에서 생성된 새로운 가치체계로 인식하고 있으며, 이 인식은 지역문학을 넘어서 동아시아와 세계문학의 판도에 영향을 끼치는 문학으로 거듭나고 있다.5)

사실 자본주의 체제의 거대 담론이 지배하는 시대에 지역작가로서 생산적 담론을 이끌어낸다는 것은 멀고도 험한 길임에 틀림없다. 그렇다고 무작정 중앙을 향한 욕망의 굴레에 갇힐 필요도 없다. 지역작가들은 중심을 하나의 주변으로 인식하는 태도를 견지하면서 자력갱생의 노력을 기울여야 할 것이다. 이러한 노력이 지역문학을 넘어서 세계문학으로 나아가는 길이다. 지역문인들은 철저한 문학정신으로 무장하고 주변부 문학이라는 자괴감에서 벗어나 지역문학의 본질을 살리는 문학으로 나아가야 한다. 지역문학의 진정성이 세계문학의 진정성이라는 인식의 전환이 필요한 때이다.

지역문학이 리얼리즘 문학이라는 도식주의는 논리적으로 타당하지 않지만, 리얼리즘 문학이 지역문학의 특징을 명징하게 드러낸다는 사실도 굳이 내치기는 어렵다.6) 왜냐하면 지역이라는 것은 어차피 보편성을 지향하는 용어라기보다는 특수성을 지향하는 용어이기 때문이다. 그렇다고 지역문인들이 지역의 특성을 잘 살리는 리얼리즘 경향에 무작정 착종해서도 안 될 것이다. 이를 두고 변

---

2) 특별좌담, 「지역문단의 차별과 연대」, ≪오늘의 문예비평≫, 2003년 봄, 통권 48호.

3) 구모룡, 「주변부 문학의 위상」, ≪오늘의 문예비평≫, 2003년 가을, 통권 50호.

4) 본격적인 논의는 구모룡, 『지역문학과 주변부적 시각』(신생, 2005), 하상일, 『주변인의 삶과 시』(세종출판사, 2005)이 있고, 부분적인 논의에 머물고 있지만, 남송우『생명과 정신의 시학』(전망, 1996)도 있다.

5) 2006년 10월 28일 제9회 요산문학제 기간 중에 부산일보 대강당에서 '한민족디아스포라'라는 주제로 심포지엄을 열었다. 이는 부산지역 문학이 지역문학을 넘어서 중국과 일본, 더 나아가 세계를 향하는 시선을 가져야 한다는 것을 웅변하고 있는 것이다.

6) 그렇다고 지역문학이 리얼리즘 경향만 지향한다고 해서는 안 될 것이다. 부산의 경우만 보더라도, 김참, 조말선, 김언, 김형술, 정익진 등 비리얼리즘 경향의 시인들이 많다. 다만, 이 글에서는 지역문학의 특징을 잘 살리는 리얼리즘 시의 한계성과 가능성에 초점을 두려고 한다.

증법적 지역주의라는 말로 그 대안을 찾기도 하는데,[7] 이는 지역문학의 새로운 방향을 제시한다는 점에서 생산적 담론이라 할 수 있다.

지역주의를 표방하는 많은 문인들이 지역의 특성을 살리는 것이 마치 지역문학을 대표하는 것인 양 착각한다든지, 지역의 문제와 지역민의 언어를 그대로 쓰는 것이 지역문학을 살리는 길임을 오해하는 경우도 종종 있다. 물론 지역문학의 본질이 지역의 특성을 살리고 지역민의 삶을 그대로 조망하는 것이라고 할 수도 있을 것이다. 그러나 지역문학은 지역을 넘어서 보편성을 획득하는 것이 지역이라는 주변부 시각을 넘어서 지역문학의 진정성을 찾는 길일 것이다.[8] 세계 경제체제로 나아가는 시점에서 이제 지역주의는 또 다른 지역의 한계에 갇히지 않고, 스스로 그 지역의 한계를 넘어서는 역동적 담론으로 나아가야 할 필요가 있다. 지역과 중심이라는 이분법을 극복하고 새로운 패러다임을 확보할 수 있는 방안은 주변부 문학이 가진 특수성을 넘어서는 전체성을 획득해야 하는 것이다.[9]

부산 지역에서 활동하고 있는 시인들 중에서 지역문학의 판도를 굳건하게 지키면서 지역문학의 담론을 넘어서 새로운 가능성을 모색하고 있는 시인을 들어보라고 한다면, 태생적으로 리얼리즘 시를 쓰고 있는 서규정 시인을 들 수 있을 것이다. 그의 시는 세계의 변화에 대응하지 않고, 리얼리즘 시의 본질을 지키고 있다는 점에서 지역문학의 버팀목이라 할 수 있다. 그의 시는 단조롭고 불편하게 읽힌다. 그것은 형식의 문제에서도 그렇고, 내용의 문제에서도 그렇다.

---

7) 이 점에 대해서는 구모룡은 앞의 책에서 비판적 지역주의라는 말로 대체하면서 지역문학의 새로운 가능성을 점검하고 있다(구모룡, 앞의 책, 32 - 37쪽).

8) 황선열, 「지방화 시대 지역문학의 길」, ≪밀양문학≫, 19집, 2006.

9) 물론 이 문제는 이론만큼 쉽지 않으며, 여러 가지 문제점을 내포하고 있다고 생각한다. 지금 우리 지역문학의 현실이 놓인 자리는 "자본의 논리와 기술 이데올로기를 추종하는 세계화 지향의 문학이론과 지역과 생명 그리고 생태학적 전체성에 착목하여 반세계화를 통한 세계화를 추구하는 문학이론으로 나누어지고 있으며 생태학적 전체성이라는 테제를 문학이론과 접합하는 일은 만만찮을 것"(구모룡, 『지역문학과 주변부적 시각』, ≪신생≫, 2005, 56쪽)이라는 논지에 공감한다.

그의 시는 자본주의 모순이 그대로 지속되는 현실 속에서 이미 낡은 문제가 되어버린 것들을 소중하게 끌어안고 있다. 산업사회의 모순이 첨예하게 노정된 70년대식 달동네와 도시의 빈민촌 이야기, 이들을 통해 발산되는 조롱과 풍자는 이미 해묵은 자본주의 사회의 모순이 아니던가. 그런데도 그는 여전히 자본주의 제도의 모순에 대한 문제제기를 놓치지 않고 있어서 그 낡은 소재를 읽어야 하는 독자들은 불편하게 느낄 것이다. 그의 시를 읽어내는 것이 불편한 까닭은 무엇일까. 그것은 그의 시가 현실에서 행복과 희망의 메시지를 찾는 것이 아니라, 불행과 절망의 상황에 매몰되어 있기 때문이다. 그의 시는 화려한 자본주의 문화의 모습을 보여주는 것이 아니라, 여인숙이나, 다방, 산동네와 같은 반자본주의 문화에 착목하고 있기 때문이다. 그 정도가 약하다고 할뿐이지, 그의 시는 첫 시집부터 최근의 시들까지 현실에 대해서 팽팽한 긴장관계를 유지하고 있다.

> 어둠은 항상 선미 쪽에서 덮칠 듯이 일어서선
> 선실에 들자 몸집이 가방보다 작고 핏기조차 없는
> 조선족 아가씨가 나를 빤히 바라 본다
> 노래방 도우미나 공장에서 주야 막 교대를 뛰다
> 설을 맞아 연변에 부모를 찾아가는지
> 무릎을 껴안고 동그랗게 감겨가는 모습이
> 큰 가방을 둘러 잠근 지퍼보다 야물어 보이기도 하나
> 벌려놓고 찢어놓고
> 아물지 않는 상흔으로 따라붙은 것이 어디 뱃길뿐이랴
>
> ― 「東方明珠」 부분10)

이 시에서 나오는 조선족 아가씨처럼, 그는 자본주의가 꽃을 피우는 세상에도 아물지 않는 상흔을 따라 떠돌고 있다. 해외여행을 하면서 가난한 사람들에

<hr>

10) ≪작가와 사회≫, 2006년 겨울호, 통권25호.

게 돈을 던져주는 값싼 동정을 베푸는 시대에 그는 그들을 위무하고, 그들의 아픔을 함께 하려고 한다. 자본주의 시대를 살아가는 대다수의 독자들은 반자본주의 시대를 표현하는 그의 시를 읽으면 불편할 것이다.

그는 어디를 가든 이렇게 우울한 자본주의 사회의 모순에 착목한다. 이 시의 제목인 '동방명주'는 인천에서 중국의 단동으로 가는 배 이름이다. 그는 그 배 안에서 만난 연변처녀의 모습에서 우리 사회의 어두운 일면을 간파하고 있다. 그의 시를 읽으면, 왜 이렇게 세상은 변하지 않는지? 또 변하지 않는 세상에 무슨 미련이 남아 있는지? 이러한 의문들이 꼬리를 물면서 그의 시를 읽는 독자들을 불편하게 만든다. 그의 시에서 행복이니, 기쁨이니 하는 말은 애초 호사에 불과한 말이다. 그의 시는 희망보다 절망이 더 어울리고, 행복보다는 불행이 더 어울린다. 세상을 "똥바다"라고 욕하면서도 여전히 세상을 벗어나지 않고 그 세상에서 시를 길어 올리고 있다. 그의 시는 여전히 불편한 리얼리즘 시를 지향하고 있다.

> 이젠 살이 트고 갈라져 물줄기를 바로 잡지 못한다고
> 철사와 함께 비틀릴 땐
> 녹물처럼 번지는 코피밖엔 남길 게 없는 걸요
> 수돗물은 저 떠나온 길이를 재지 않고 널리 퍼져 말라죽듯이
> 수도꼭지에 고무호스로 매달려 산 나날은
> 허공 중에서 물방울로 눈부셨습니다
> 살며 사랑하며 신명에 바친 이 목숨, 낮고 낮아서
> 더 낮아질 데가 없는 채송화 꽃밭에 물 주러 갈 땐
> 꽃뱀처럼 꼬리 몸통 고개를 따로따로 흔들며
> 의기양양하게 치솟아 올랐답니다
>
> ― 「고무호스의 생」 부분11)

---

11) ≪시인광장≫, 2006년 가을호, 신작 소시집.

이처럼 그의 시는 더 낮아질 데가 없는 곳에서 리얼리즘 시의 진정성을 찾아낸다. 항구다방 마담의 삶에서 긴 인생의 여정을 훑어내기도 하고(「항구다방」), 바닷가 탱자나무 여인숙 주인에게서 삶의 의미를 발견하기도 한다(「탱자나무 여인숙」). 이는 어린 시절의 우울한 체험들이 그를 가두고 있기 때문이 아닌가 한다. 실제로 그에게 있어서 과거란 현실을 보는 눈과 다르지 않고, 그 현실은 곧 그가 착목하고 있는 현실의 일부분인 것이다. 그는 과거의 어두운 체험 속에 갇혀있다. 그것은 운명처럼 짊어지고 가야할 혼재하는 기억이다. 그 기억은 그가 현실을 바라보는 시선에 영향을 끼쳤을 것이다. 이 때문에 그의 시선에는 어둡고 우울한 현실만 보일 뿐이다. 그의 시는 서정성을 바탕으로 하면서도 그 시선은 현실이라는 막막한 절벽을 만나고 있는 것이다. 그는 현실에 뿌리를 두고 살아가면서도 그 현실을 받아들이지 못하고 있는 것이다. 그의 시는 어린 시절의 어두운 체험이 시적 동인이 되어 리얼리즘 시의 진폭을 확장시키고 있기 때문이다.

일어서는 것도 함정이었네 보이지 않는 발자국부터 시작하는 우리가 자 담
벼락에 그려진 지상낙원 뼈저린 어깨로 기대어 보는 보랏빛 기둥 무지개가 꽃
가루처럼 부서지며 페인트로 밝혀져 있는 공장 담벼락 희망이 무지개처럼 솟고
상식이 모래알처럼 깔린 신작로를 따라 긴긴 머리 검은 연기처럼 날리면서 가
고 있을 공녀야 그대 눈썹은 웃고 있는가 여기는 벌판과 환희가 스쳐간 페인트
공화국

— 「황야의 정거장」 부분[12]

등단작이기도 한 이 시에서도 역시 현실부정의 정신이 깔려 있다. 공장 담벼락이라는 희망은 페인트 공화국이라는 절망의 상징과 만난다. "공녀"가 실현하려는 현실의 희망은 요원하고, 그 현실 속에서 신음하는 자아는 결국 페인트 공

---

12) 서규정 시집, 『황야의 정거장』, 문학세계사, 1992, 10―11쪽.

화국이라는 자본주의 모순 때문에 절망하고 만다. 그는 현실에서 희망을 꿈꾸지만, 그 희망을 실현하지 못한다. 그것은 욕망의 결핍으로 나타나며, 이는 노동자, 실직자, 노숙자, 소외계층 등에 대한 관심으로 전이된다. 그의 시에 유독 욕망을 상실한 자들이 많이 등장하는 까닭은 여기에 있다. 간혹 그의 시에 불온한 욕설과 상스러운 말들의 성찬이 나타나는 것은 현실을 바라보는 그의 시선에서 기인한다.

그의 시는 독자들에게 불편하게 읽히지만, 전하는 메시지는 따뜻하다. 이 따뜻함은 현실에 대한 절망의 이면에 존재하는 사랑이라는 보편적 정서에 다름 아니다. 그의 시는 소외당하고 버림받은 계층의 삶을 노래하면서도 그들의 절망을 통해서 인간에 대한 순수한 사랑을 추구하고 있는 것이다. 특히 시집 『직녀에게』(빛남, 1995)는 첫 시집 『황야의 정거장』에서 드러난 현실 비판의 칼날이 따뜻한 서정으로 바뀌고 있다. 그의 시는 어린 시절의 어두운 체험과 방황을 통해서 순수한 사랑을 끌어내고 있는 것이다.

서규정의 네 번째 시집 『겨울 수선화』(고요아침, 2004)는 그러한 이상세계를 탐색하고 있다. "겨울 수선화"는 봄을 기다리는 존재를 상징한다. 수선화는 봄이 되어야 꽃이 핀다. 그러나 그 꽃을 피우기 위해서 겨울 동안 뿌리를 땅 속 깊이 묻어두지 않으면 안 된다. 이러한 인고의 과정 속에서 다른 세상을 만났을 때, 희망은 배가되고 그 희망의 진정성을 깨달을 수 있는 것이다. 이 시집은 노동자의 삶뿐만 아니라, 민족과 인종을 초월한 사랑의 정서를 담아내고 있는데, 이것이 그가 꿈꾸는 겨울 수선화의 이미지인 것이다.

나 그 길에 이르러 살았네
재생의 성질을 가진 나무 하나가
뒷주머니에 손을 깊이 지르고
문득 걸음을 멈춘 그 자리
항간에 날리는 벚꽃 같은 소문으로 듣거나

> 햇빛을 받는 그림자로 보거나
> 사람도 나무 같아서
> 나무는 밑동이 굵어질수록 옹이 하나씩 더 갖는다는 이 기쁨
> 무릎에서 허리 겨드랑이로 간지럼을 먹이며
> 맨 끝가지로 타오르는 개미의 길이 내 몸 어딘가에 있었다면
> 개미에게 잠시 쉬어갈 옹이로 내 주리
> —「나 옹이에 길 놓아 살았네」 부분[13]

아픈 상처를 달래고 위무하기 위해서 그는 옹이의 실체를 끌어안으며 새로운 삶의 길을 모색한다. 그 힘든 과정에 있음에도 불구하고 그는 개미에게 옹이에서 쉴 수 있는 길을 마련하겠다고 한다. 힘들고 어려운 삶을 살았으면서도 그는 순수에 대한 갈망을 잊지 않고 있다. 이 순수의 세계가 "겨울 수선화"인 것이다. 그곳은 세상에서 찾을 수 있는 공간이 아니라, 가까이에서 손을 대기만 하면 잡힐 것 같지만, 어디에도 찾을 수 없는 공간이다. 세상은 노동의 가치를 아름답게 받아들일 것이다. 자본주의 체제가 극도의 모순구조로 치달리는 시대에도 그는 세상에 대한 희망을 버리지 않으면서 황량한 도시의 풍경을 벗어나 끝없이 새로운 공간을 찾아가고 있다. 네 번째 시집에서도 "바다"라는 공간을 통해서 인간이 함께 살아가는 순수 이상세계를 꿈꾸고 있다.

3. 리얼리즘 시의 열린 담론

물론 리얼리즘 시의 경향을 보이면서 이상세계를 꿈꾼다고 해서 서규정 시인이 주변부 시각의 지형도에서 자유로운 시인의 전형을 보이고 있다고 말할 수 있는 것은 아니다. 80년대식 리얼리즘에서 벗어나 인간의 문제로 돌아왔다는 것은 리얼리즘 시의 새로운 변모를 꾀하고 있다는 말이기도 하다. 리얼리즘 시

---

13) 시집, 『겨울 수선화』, 고요아침, 2004, 134쪽.

가 현실에 바탕을 두고 있다고 하더라도 그것은 궁극적으로 인간의 문제로 귀
결될 수밖에 없는 것이다. 서규정의 시는 그 인간의 문제를 가장 잘 보여주고 있
다고 할 수 있다. 그는 불편한 리얼리즘 시를 쓰고 있으면서도 인간의 내면에 자
리잡은 순수한 사랑의 정서를 풍성하게 드러내고 있다. 이는 90년대 리얼리즘
시의 새로운 공간 지형이라 할 수 있다.

그의 시는 지역이라는 주변부 시각에 착종하고 있으면서도 그 지역에서 일정
한 문학적 성과를 보인다.[14] 이는 두 가지 점에서 그렇다. 하나는 서규정 시인
이 뿌리를 내리고 있는 지역이 부산이라는 공간에 한정되어 있다는 점에서 그
렇고, 다른 하나는 세계화를 추구하는 문학의 판도에서도 리얼리즘 시학의 길
을 굳건하게 견지하고 있다는 점에서 그렇다. 이런 점 때문에 그는 실제 노동자
로 살아가면서 "90년대 등단한 민중적 관점의 시인으로 부산 시문학의 성취를
말할 때 빠뜨릴 수 없는 시인"[15]이라고 할 수 있는 것이다.

그는 첫 시집 『황야의 정거장』(문학세계사, 1992)에서 노동자 농민의 핍진한
삶을 풍자와 야유로 형상화하고 있는데, 이는 최근 시집 『겨울 수선화』에 이르
기까지 변치 않는 시적 방법론의 하나이다.

> 사실상 우리나라는 병든 거니까
> 살리고 싶은가
> 저 무수한 주삿바늘로
> 우뚝우뚝 솟아나는 깃대
> 성조기 밑에 아직도
> 태극기 태극기 태극기

---

14) 정영태, 「인간 상실의 삶의 현장」(『밤을 위한 시론』, 전망, 1994)
　　김경복, 「역사는 고통을 제대로 산 패자의 것」(『생태시와 넋의 언어』, 새미, 2005)
　　황현, 「절망의 시학과 욕망의 시학을 넘어서」, ≪시와사상≫, 2000년 봄호.
　　황선열, 「세상을 감싸는 따뜻한 시선」, ≪작가와 사회≫, 2004년 겨울호.
15) 김경복, 「90년대 부산의 시, 그 성취와 한계」, ≪오늘의 문예비평≫, 2003년 가을호, 통권 50
　　호, 81쪽.

— 「히프의 거리」 부분16)

미운 놈 국물엔 늘 건더기가 모자라
큰집에 더 얹혀살다간 가벼운 사람으로 날리고 말까봐
철모로 나를 한번 무겁게 눌러 보련다
지평선에 눌린 갯바위처럼 입술을 굳게 물고
간부후부보생 시험치러 갔을 때 농사는 얼마나 짓느냐
양친은 다 계시느냐
군인보다 농사꾼으로 가족을 뽑는가보다
그 길로 돌아선 동부전선에서 이등병 계급장을 달고
왜 이 나라는 농토와 가족
버려야 할 것들만 끈질기게 따져 묻는가

— 「외눈박이 저격수의 슬픔」 부분17)

인용한 두 시는 그의 초기시와 최근시의 모습이다. 이 두 시를 범박하게 살펴보더라도 현실의 모순과 제도에 대한 신랄한 비판을 담아내고 있음을 확인할 수 있다. 그의 시는 어조 자체가 갖고 있는 농익은 조롱뿐만 아니라, 우리 사회의 병든 부분을 곱지 않은 시선으로 풍자하고 있다. 이 때문에 그의 시는 리얼리즘 시의 방법을 잘 살리고 있다고 평가하고 있는 것이다. 등단 후 10여 년 동안 그는 현실문제에 깊이 천착하고 있으며, 그 현실에 대한 날카로운 비판을 멈추지 않고 있는 것이다.

그는 중심을 향한 목소리를 내지 않는다. 오히려 그의 시가 생명력을 가질 수 있었던 것은 지역민의 생활상을 담아내면서 걸쭉한 서민정서에 호소하기 때문이다.18) 이 때문에 그의 시는 90년대 민중시의 면모를 지켜내고 있다고 평가하

---

16) 시집 『황야의 정거장』, 문학세계사, 1992.
17) ≪신생≫, 2006년 여름호, 통권 27호.
18) 이형우, 「불행의 행복학」, ≪신생≫, 2006년 여름호, 27호, 120쪽.

고 있으며, 더 나아가 부산 민중시의 흐름에 빼놓을 수 없는 존재로 남아있는 것이다. 지금까지 그가 발표한 네 권의 시집에서 확집하고 있는 세계관이란 리얼리즘 관점이며, 소재와 주제의 측면에서 그 범위를 이탈하지 않고 있다.[19] 그가 리얼리즘 시인으로서 지역문학의 굳건한 버팀목이라는 사실에 대해서는 더 이상 췌언의 여지가 없을 것이다. 그러나 한 편으로는 리얼리즘 시인이라는 이유로 그의 시는 경직되어 있다는 비판을 면하기 힘들며, 동시에 지역문학의 메카니즘에 빠져 있는 통속성을 벗어나지 못하고 있다는 비판을 받을 수 있다. 이러한 한계점에도 불구하고 그의 시를 가볍게 속단할 수 없는 까닭은 그의 시가 리얼리즘 시를 고수하고 있으면서도 다른 한 편으로 그의 리얼리즘 방법론이 지역에서 세계를 향하는 보다 중층적이고, 생산적이며, 창조적인 담론으로 나아가고 있기 때문이다.

최근에 발표하는 그의 시를 읽으면 세상을 향한 따뜻한 시선들이 돋보이는 시들이 있는가 하면, 여전히 비판과 독설, 비아냥거림이 있는 시들도 있다. 이러한 변화는 리얼리즘 시를 이탈하여 새로운 시적 방향을 모색하려는 것이 아니라, 리얼리즘 시의 변화와 다양성을 통하여 리얼리즘 시의 근원을 찾으려는 것이다. 그의 시적 방향이 현실 문제를 통섭하려는 리얼리즘 태도를 굳건하게 견지하는 한, 지역을 넘어서 세계로 나아가는 든든한 발판이 될 것이다. 그의 시는 방법론은 변하지 않으면서도 내용은 끝없이 유동하고 있는데, 이런 시적 태도야 말로 지역문학의 한계성을 극복하고 가치체계의 총체성을 획득할 수 있는 바탕이 될 것이다.

80년대 노동시가 격렬한 계급의식을 표방하였고, 생경한 구호와 이념문제 때문에 지나치게 경직되어 있었다고 한다면, 90년대 노동자 시인으로 등장한 서규정은 80년대식 리얼리즘 시학에서 벗어나 90년대식 리얼리즘 시학을 추구하고

---

19) 만주를 다녀온 뒤 발표한 일련의 시들(「泉陽, 지나며」「목단강 얼음 뚜껑」「東方明珠」), 혹은 선원 체험을 담은 시들(시집,『겨울 수선화』)에서도 그곳의 현실을 풍부하게 드러내고 있다.

있다. 이는 그의 리얼리즘 시학이 기존의 지역문학이 추구한 도식주의의 한계를 탈피하여 인류 보편의 정서를 포지하고 있다는 말과도 같다. 그의 시는 리얼리즘 경향을 지향하고 있지만, 리얼리즘의 시의 변모와 가능성을 향해 열려 있다는 점에서 지역문학을 넘어서 새로운 공간 지형을 열어가고 있다고 할 수 있다. 서규정의 시는 지역성을 풍부하게 함의하고 있으면서도, 동시에 지역을 넘어서 동아시아로, 세계로 나아갈 수 있는 가능성을 갖고 있다고 할 수 있다.

― ≪오늘의 문예비평≫, 2007년 봄호, 64호.

결핍의 정서와 상징의 변주

문인수의 신작시를 중심으로

1. 결핍의 정서

문인수의 시를 논하는 대부분의 평자들은 그의 시를 두고 한국 서정시의 전통을 이어가는 모범적 사례를 보여준다고 말한다. 이에 덧붙여 그는 한국 서정시의 전통을 확고하게 계승한 시인이라는 상찬뿐만 아니라, 생태적 사유와 우주적 상상력의 확산을 보여주는 시인이라는 극찬도 아끼지 않는다. 이런 평가에 따르면, 그의 시는 한국의 전통 정서를 풍부하게 함의한 시인이라 할 수 있다. 그만큼 그의 시는 서정시의 본질이 무엇이며, 또한 우리 서정시의 면모가 어떠해야 하는지를 뚜렷하게 보여주고 있는 것이다.

첫 시집 『늪이 늪에 젖듯이』(심상, 1986)를 발표한 이후 『세상 모든 길은 집으로 간다』(문학아카데미, 1990), 『뿔』(민음사, 1992), 『홰치는 산』(만인사, 1999), 『동강의 높은 새』(세계사, 2000), 『쉬!』(2006, 문학 동네)등 여섯 권의 시집은 시종일관 서정의 세계를 고수하고 있다. 그가 추구하는 세계는 상실한 것에 대한 그리움, 혹은 잃어버린 것들에 대한 사유에 초점을 두고 있다. 지금까지 발표한 그의 시집을 일별하더라도 이러한 세계는 뚜렷하게 드러난다.

그의 시는 이미 체험했던 일들을 끌어내는 단순한 작업에 머무는 것이 아니라, 과거의 체험을 현재의 상황 속에 틈입함으로써 원형 회복의 욕망을 꿈꾼다.

이 때문에 그의 시는 한국 전통 서정시학의 계보를 충실하게 이어가고 있으며, 이러한 전통 정서의 회복을 지향하고 있다고 할 수 있다. 그가 지향하는 정서 중에서 가장 두드러진 것은 그리움인데, 이는 부모의 상실이라는 결핍에 그 원인이 있다.

2. 원형 상실과 결핍의 변주

그의 시는 대상에 대한 결핍과 그로부터 생기는 그리움에서 출발한다. 그 원형은 파괴되지 않는, 그리고 파괴되어서도 안 되는 것들이다. 그러나 그 원형도 죽음이라는 운명 앞에서는 어쩔 수 없는 일이 되고 만다. 그는 원형이 파괴되었음에도 불구하고, 그 원형을 회복하기 위해서 끝없이 노력하고 있다. 원형 회복은 그리움이라는 정서와 맞물려 있으며, 이 그리움의 정서는 다양한 방식으로 변주되고 있다.

먼저, 성적 욕망 성취 결핍의 변주를 들 수 있다. 그는 욕망 결핍을 시화하면서 생존방식의 문제와 결부시키고 있다. 인간의 성적 욕망은 본성에서 출발하지만, 이것이 제도의 굴레 속에 있을 때는 일정한 규제가 따르기 마련이다. 그의 시에서는 성적 욕망이 대개 불륜 관계로 묘사되어 있는데, 그것은 삶의 방편으로 그려지고 있다. 이는 인간성을 상실한 욕망의 성취를 말하는 것이 아니라, 어쩔 수 없이 일어날 수밖에 없는 욕망, 혹은 그러한 생존 방식을 위한 처절한 욕망을 말하는 것이다. 시집 『홰치는 산』의 1부 '방울음산 이야기'에 실린 일련의 시편은 이러한 사실을 반증한다.

> 이녁의 허리가 갈수록 부실했다.
> 소문의 꼬리는 길었다. 검은 윤기가 흘렀다.
> 그 여자는 삼단 같은 머리채를 곱게 빗어 쪽지고 동백기름을 발르고 다녔다.
> 언제나 발끝 쪽으로 눈 내리깔고 다녔다. 어느 날 또 이녁은 샐녘에야 돌아왔다.
> 입은 채로 떨어지더니 코를 골았다. 소리 죽여 일어나 밖으로 나가봤다. 댓돌 위

엔 검정 고무신이 아무렇게나 엎어졌고, 달빛에, 달빛가루 같은 흰내의 모래가
홍건히 쏟아져 있었다. (……중략……) 아니나 다를까 달빛에, 달빛가루 같은 흰
내의 모래가 오지게 들었구나, 내 서방을 다 마셨구나, 남의 농사 망칠 년이! 방
문 털컥 열고 년의 머리끄댕이를 잡아챘다. 동네방네 몰고 다녔다.

소문의 꼬리가 잡혔다. 한 줌 달빛이었다.
─「간통」 부분

오월 춘궁이 있었다.
몸 팔아 새끼들 먹인 그 여자가 있었다.

이 달빛 어디서나 방올음산 세우고
산 아래 척박한 땅,
그 풀빛 비릿한 눈물맛 풍긴다.
─「매춘」 부분

　두 편의 시를 읽으면 비릿한 욕망이 달빛이라는 낭만적 정서에 뒤섞여 있다
는 사실을 발견할 수 있을 것이다. 달빛 때문에 일어난 일련의 사건들이지만, 하
나는 욕망의 성취를 위한 간통이고, 하나는 "몸 팔아 새끼들"을 먹여 살려야 하
는 어쩔 수 없는 매춘행위이다. 시 「간통」은 얼핏 보더라도 심각한 사건임에도
불구하고, 그 사건의 진상은 의외로 쉽게 풀린다. '간통'이라는 소문의 꼬리는
"달빛가루 같은 흰 내의 모래" 때문에 들통 나고 마는데, 이는 간통 사건을 간접
적으로 폭로하는 방식이다. "남의 농사 망칠" 여자를 끌고 동네방네 돌아다니
지만 소문의 진상을 밝히는 것은 한 줌 달빛이었다. 시 「매춘」에 등장하는 "그
여자"는 오월 춘궁기를 견디지 못하고, 몸을 팔 수 밖에 없는 상황에 놓인 인물
이다. 두 시를 동시에 읽으면 간통과 매춘행위는 사회적으로 용납할 수 없는 일
이지만, 돌이켜 생각해보면 가난 때문에 일어난 어쩔 수 없는 상황이기도 하다.

시 「간통」에서 간통 사건의 전모를 밝히는 것은 "훤내의 모래"이고, 그들의 달빛 정사는 피해자의 아픔을 희석시키고 있다. 매춘행위는 지독한 가난 때문에 일어나고, 살아가기 위한 방편으로 어쩔 수 없이 해야 하는 일이다.

달빛이라는 분위기와 함께 비릿한 성적 욕망의 상황을 제시하고 있지만, 그것은 현대인의 욕망 성취와는 근본적으로 다르다. 그들에게 있어서 성 행위는 살아남기 위한 처절한 생존의 방식이었지만, 현대인들의 성 행위는 자본의 욕망이 꿈틀대는 불순한 욕망 성취이다. 그의 시는 성적 욕망의 성취라는 인간의 본성을 궁구하면서도 그 본성을 상실한 무절제한 현대인이 성적 욕망을 비판하고 있는 것이다.

다음은 가족에 대한 결핍의 변주를 들 수 있다. 이는 시집 『세상 모든 길은 집으로 간다』에 집중적으로 나타난다. 이 시집은 전체 4부로 짜여있는데, 1부가 "어머니", 2부가 "아버지", 3부가 "그리움", 4부가 "집으로 가는 길"이다. 시집 전체 구성에서 알 수 있듯이, 이 시집은 가족에 대한 결핍이 중심을 이룬다. 그리움의 대상은 다양하다. 어머니, 아버지뿐만 아니라, 시골 장터, 시집간 누님, 장터에 팔려 나간 염소, 집에서 길렀던 소, 여행지에서 만난 모든 사물들이다.

> 어머니, 여름날 저녁 칼국수 반죽을 밀었다.
> 둥글게 둥글게 어둠을 밀어내면
> 달무리만하게 놓이던 어머니의 부드러운 흰 땅.
> 나는 거기 살평상에 누워 별 돋는 거 보았는데
> 그때 들에서 돌아온 아버지 어흠 걸터앉으며
> 물씬 흙냄새 풍겼다 그리고 또 그렇게
> 솥 열면 자욱한 김 마당에 깔려……아 구름 구름밭,
> 부연 기와 추녀 끝 삐죽히 날아오른다.
> ─ 「칼국수」 부분

어머니 바느질하던 그림자.
기운 자리 또 헛깁고 하는지 적막한 그림자.
늦은 밤 한지 문살에 비쳐 일렁이던 그림자.
강돌 흰 이마 위에 숯검정이 무늬로 와서 지새우는 그림자.
　　　　　　　　　　　　　　　　　　 ─「돌무늬」 전문

　시 「칼국수」는 살가운 어머니의 정이 와 닿는 것처럼 느껴진다. 여름날 저녁에 칼국수를 밀고 있는 어머니의 모습은 흙냄새를 풍기는 아버지의 이미지와 중첩되면서 아득한 그리움으로 재현된다. 이 시는 잃어버린 고향의 정서를 환기시킨다. 이 시는 흙냄새 풍기는 후각이미지, "어머니의 부드러운 흰 땅"과 같은 시각이미지가 결합하면서 한 폭의 선명한 풍경화가 그려진다. 그러면서도 이 시는 과거의 기억과 현재의 자신을 적절하게 대비시키고 있다. 그의 시는 농촌의 정서를 폭넓게 담아내고 있기 때문에 그의 시를 두고 "생태적 사유를 풍성하게 드러내고 있다"(황치복)고 평가하고 있는 것이다. 시 「돌무늬」는 어머니에 대한 그리움을 표현한 시인데, 이 시에서 어머니는 영원히 "그림자"로 남아 있다. 그에게 있어서 어머니는 더 이상 현실 존재가 아니라, "그림자"로만 존재한다. 그래서 어머니에 대한 그리움이 깊어지는 것이다. 모성의 상실은 화자에게 정신적 결핍으로 자리 잡을 수 있다. 또한, 그것은 인간의 심층을 끊임없이 자극하는 하나의 요소로 작용하기도 한다. 그래서 그는 "늦은 밤 한지 문살에 비쳐 일렁이던" 어머니의 그림자를 끝내 잊지 못하고 있는 것이다.
　끝으로 사라지는 것들에 대한 결핍의 변주를 들 수 있다. 그의 시에서 결핍의 정서는 사라지는 것들에 대한 애절함으로 이어진다. 이는 대상을 바라보는 모든 시선에 작용한다. 그의 시 근저(根底)에 슬픔의 무게가 깔려 있는 까닭은 여기에 있다. 그는 세상 곳곳의 풍경을 시화하고 있지만, 그 바탕에는 사라지는 것들에 대한 그리움이 있다.

나는, 이 아침 환한 벙어리인 둘레.
어디라 할 것 없이 사무치게 그대 있네.
— 「첫 눈」 전문

짧은 이 한 편의 시가 압축하고 있는 것은 그리움이다. 이 세상 어디를 둘러보아도 "사무치는 그대"만 있을 뿐이다. 첫 눈을 보았다는 단순한 동기에서 비롯하는 시이지만, 이 행간의 사유는 그리움이 지배하고 있다. 최근 인도 여행을 소재로 한 시들에서도 낮고 가난한 이웃들에게 시선을 두고 있는데, 이 시들도 사라지는 것들에 대한 결핍의 변주라 할 수 있다. 그의 시는 과거의 기억을 단순하게 재생하는 회고주의에 빠져 있는 것이 아니라, 상실한 것에 대한 애틋한 그리움이 똬리를 틀고 앉아 있다.

3. 새의 상징과 변주

한국 시가에 나타난 새의 상징성을 연구한 결과에 따르면, 현대시에서 새는 "생명, 인간, 죽음, 비상, 좌절, 비애, 애정, 존재"(조동민)와 같은 정서를 상징한다고 한다. 새는 자연물 중에서도 인간과 가장 오랫동안 친숙하며, 지금도 그 상징은 다양하게 나타난다고 한다. 또한 새는 활동적이라는 점에서, 그리고 하늘로 비상한다는 점에서 사람들이 추구하는 이상을 상징하기도 한다. 그러면 그의 시에서 새는 어떤 상징을 가지는가? 한 마디로 말해서 그의 시에서 새는 기억의 심연에 자리 잡고 있는 결핍의 상징이다. 이는 삶과 죽음의 경계에 놓인 절대 가치의 상실 때문에 일어나는 정서다.

그의 시에서 새는 빈번한 소재도 아니고, 뚜렷한 특징을 드러내는 시어도 아니다. 천상병의 시에서 새와 하늘은 매우 중요한 소재이고, 이에 대한 분석은 천상병의 시 세계를 연구하는 중요한 실마리가 될 수도 있다. 그러나 문인수의 시에서 새는 다양한 소재 중의 하나일 뿐이다.[1] 그의 시에서 새는 중요한 소재가 아니지만, 그렇다고 섣불리 지나칠 소재도 아니다. 지금까지 상재한 그의 시집에서 새는 "어머니", "죽음", "그리움" 등을 상징하는데, 이들을 아우르는 정서는 결핍이다.

　　　먼 수풀은 따뜻하고 부드러워요.
　　　새들은 왜 건너건너 날아가고 있나요.

　　　강 건너로 가서 살고 싶어요 어머니.

　　　애야, 내 귓속을 들여다 보아라
　　　찬바람 드나드는 갈대숲 말이냐 추운 저
　　　새소리 말이냐 애야.
　　　　　　　　　　　　—「겨울 강변에서」 전문

　　　해가 지면서
　　　거뭇거뭇 부푸는 강폭.
　　　강 건너 먼 기슭이 불현듯
　　　어둡다 점 점
　　　더 어둡다

　　　저, 누구 있는가

　　　새 한 마리 빠르게 건너 간다.
　　　건너오는 새.
　　　대안은 저리 먼저 저문다.
　　　먼저 저문다.

---

1) 오히려 그의 시에서 빈도가 높은 것은 '소'이다. 시집, 『홰치는 산』에서는 소 이야기가 유독 많이 나온다.

— 「그리움」 전문

이 두 편의 시에서 새는 강을 건너 날아가는 존재를 상징한다. 강 건너에는 그리운 어머니가 살고 있다. 따뜻한 곳에서 살고 있는 화자는 새가 날아가는 강 건너를 바라보지만, 어머니의 나직한 목소리는 갈대숲의 바람 소리처럼 들린다. 새는 강의 이쪽과 저쪽의 경계를 자유롭게 날아다닌다. 여기서 새는 삶과 죽음의 경계를 넘나드는 영원회귀의 존재를 상징한다.

저녁노을 속으로 깡통 소리 날아간다.
깡깡깡깡 깡통을 두들기며 논두렁 논두렁 휘어지게 달리며 논물에 빠지며 깡깡깡깡깡 깡통을 두들기며 후우여 후여 쫓으면 새떼는 여러 번 날아 오른다 한 삽 퍼 던진 자갈돌처럼 한꺼번에 새까맣게 요란하게 날아 오른다 휘영청 헌 보자기 내려 덮이듯 논빼미 저쪽 끄트머리로 다시 가 내려 앉는다 쥐어뽑고 싶도록 얄밉게 또 내려 앉는다 깡깡깡깡깡 깡통을 두들기며 논두렁논두렁 휘어지게 달리며 땡볕에 악 받히며 종아리 긁히며 깡깡깡깡깡 깡통을 두들기며 후우여 후여 쫓으면 지친다 어느덧 거물거물 해 늘어지고 마지막으로 두어 바퀴 휘이 나락논을 돌아 서천 붉은 구름 속으로 팍팍팍팍팍 꽂히는 새떼 자욱하게 스민
노을의 측백나무 울타리 속으로 씻은 듯이
나도 집으로 돌아가곤 했다

— 「새떼」 전문

인용한 시 「새떼」는 새가 날아가는 장면을 청각적 이미지로 표현하였다. 새들이 날아가는 요란한 울림과 새를 쫓는 깡통소리는 이 시를 지배하는 청각적 이미지이다. 그 새떼를 몰아내고 난 뒤에 집으로 돌아오면서 나는 새와 결별한다. 화자는 새가 날아가는 곳으로 영원히 다가갈 수 없기 때문이다. 새는 "쥐어뽑고 싶도록" 얄밉긴 하지만, 어쩔 수 없는 존재이다. 그는 새에게 가까이 다가갈 수가 없다. 그래서 새는 영원히 도달할 수 없는 "커다란 섬"이며, "커다란

새"이며, "돌연한 죽음"과 같은 것이다.

> 파도소리파도소리파도소리파도소리파도소리
> 섬은 은빛 커다란 새가 될 것이다
> ─「새의 섬」 부분

> 노인의 그물이 커다란 새 같다
> ─「등대」 부분

> 아름드리 히말라야시다가 베어지고 없다.
> 사방 시퍼렇게 뻗던 무성한 가지들이 홰치며 날아올랐을까
> 커다란 새처럼
> 갑자기 사라져 바닥이 되었다. 서늘한 부재의 눈먼 흰자위가
> 앞이 없는 어떤 입구가 되었다. 돌연한 죽음이여
> ─「끝」 부분

인용한 시들에서 새의 이미지는 다양하게 변주되고 있다. 아무리 도달하려고 해도 도달할 수 없는 새떼는 아무리 해도 모르는 섬이기도 하며, 어둠을 향해 던지는 "노인의 그물"이기도 한 것이다. 아름드리 히말라야시다가 쓰러지듯 근원도 끝도 알 수 없는 존재가 "커다란 새"인 것이다. 이처럼 그의 시에서 새는 또 다른 결핍의 상징이다. 새는 영원히 도달할 수 없는 미지의 세계를 상징한다.

> 우거지는 만신의 신성한 숲. 거기 내가 만난 새. 끊임없이 말을 거는 갠지스.
> 먼 인도여. 가슴 깊은 데 영롱한 내 어머니여.
> ─「새」 부분

낯선 곳에서 만난 신성한 숲, 거기서 화자가 만난 것은 새였다. 무슨 새였을

까. 그것은 당연히 "커다란 새"이며, "돌연한 죽음"과 같은 새인 것이다. 그 새는 영롱한 어머니의 모습처럼 선명하지만, 도저히 도달할 수 없는 곳, 그곳에서 날개를 펼치고 있다. 죽음보다도 더 깊은 곳에서 새는 커다란 날개를 펼치고 있는 것이다. 그의 시에서 새는 죽음을 상징하면서 동시에 또 다른 결핍을 상징하는 것이다.

4. 무의식으로서 새의 상징

이번에 발표한 「새떼」 연작시도 새는 영원히 도달할 수 없는 결핍의 변주이다. 그것은 이미 살펴본 새의 이미지와 상통한다. 시 「새떼」는 되새 떼가 일제히 날아오르는 장면을 목격하고 그들이 대숲으로 날아들기까지의 과정을 하나의 풍경으로 잡아내면서 그 새의 이미지를 포착한다. 그 이미지는 이미 앞의 시에서 살펴본 새의 이미지와 중첩되어 있으며, 그 바탕에는 결핍의 잠재의식이 반영되어 있다.

시 「새떼」 연작은 하나의 풍광을 집요하게 추적하고 있으며, 그때그때의 상황을 순간 포착하는 방식으로 묘사하고 있다. 하나의 풍광을 순간 포착하면서 연작시로 씌어진 것은 지금까지의 시에서는 찾아볼 수 없다는 점에서 이 시는 이채롭다. 한 시간 동안 일어나는 새 떼의 움직임을 포착하면서 시를 쓰고 있는 시인을 상상하는 일도 흥미롭지만, 그것을 시화하는 능력도 만만찮다.

「새떼」 연작은 전체 세 부분으로 구성되어 있다. 서사에 해당하는 2006년 봄 이야기, 그리고 결사에 해당하는 2006년 겨울 이야기가 있다. 그리고 나머지 부분은 2006년 1월 10일 저녁 5시부터 저녁 6시까지 한 시간 동안 되새의 군무를 목격한 장면이다. 이렇게 순간을 포착한 「새떼」 연작을 따라 읽으면, 한 폭의 선명한 그림이 그려진다.

그래, 와, 되새 떼다.

무수히 돌 친, 성한 데라곤 없이 구멍 난

헌 보자기 한 장 펴 던진 것 같다.

―「새떼 ― 저녁 5시」 부분2)

공중에 지금 말이 많다.

중구난방처럼, 이구동성처럼, 만장일치처럼

공중이 차츰 집회처럼 부푼다.

(…중략…)

낱낱이 쪼아 먹는 생생한 활자처럼

되새 떼가 온다.

―「새떼 ― 저녁 5시 7분」 부분

되새 떼가 계속 온다.

―群이 ―群과 섞이면서 ―群,

갈라지면서 또 ―群, ―群,

반죽 치대는 것 같다.

―「새떼 ― 오후 5시 15분」 부분

되새 떼가 여러 무더기다.

공중이 지금 수중 같다. 멸치 떼?

고도를 낮추면서 둥근 정어리 떼 같다.

아니다, 활짝 펴 던지는 투망 같다.

―「새떼 ― 오후 5시 32분」 부분

돌팔매처럼 귀싸대기처럼 쏟아지는 되새 떼 아래

---

2) 인용한 시는 시간대별로 바라본 여덟 편의 시를 순서대로 부분만 인용한 것이다. 2006년 1월 10일이라는 날짜는 동일하고 다만 시간만 다르기 때문에 부제는 원문에 표기한 날짜는 빼고 시간만 기록했다. 5시 무렵을 "저녁"이라고도 했다가, "오후"라고 했다가 혼동을 하고 있는데, 순간 포착을 하다 보니 생긴 오류라고 생각한다. 이는 하나로 통일해야 한다고 생각한다.

나는 미처 할 말이 없다.
겁난다.
―「새떼 ― 저녁 5시 52분」 부분

무더기무더기 당도한 되새 떼가 중지를 모아가는 과정이 하도 복잡하고 현
란해서 곡예 같았다. 더 이상 이의 없다. 國論이 난 것 같다.
―「새떼 ― 오후 5시 55분」 부분

내기를 해도 좋겠다. 누가, 확인해 보면 알겠지만 지금
되새랑 댓잎이랑 그 수효가 똑 같아졌다.
―「새떼 ― 저녁 5시 57분」

뭇 산, 숲이 어둑어둑 고개를 다 주억거리는
말씀. 매일 매일,
전무후무한 날짜의 칼날 같은 경계를 공중의 저 새까만
의견일치가 마침내
박수갈채처럼 단체로 보여준 기준이,
산중 현장이 한 군데 있다.
―「새떼 ― 저녁 5시 58분」 부분

되새 떼가 하늘의 군무를 마치고 대숲에 앉기까지의 과정을 마치 카메라로
이동하듯이 선명하게 그려내고 있다. 저녁 5시에 "그래, 와, 되새 떼다."라는 감
격으로 시작하여 그 모습을 그려나가기 시작해서 군무를 하는 동안 매 한 마리
가 선회하면서 되새 떼를 낚아채 가는 장면까지 따라간다. 저녁 5시 7분경의 되
새의 군무는 석간에 박힌 신문의 활자처럼 공중에 박혀 있다. 이어지는 시는 되
새 떼가 이합집산으로 흩어지기도 하고, "반죽치대는 것"처럼 요란하게 갈라지
기도 하면서 계속 몰려든다. 마침내 하늘에 던진 투망같이 펼쳐진 장관을 연출

제2부 157

하면서 대숲으로 사라진다. 화자는 조화롭고 통일된 행동을 하는 되새 떼를 보면서 할 말을 잃고 서있다. 약 1시간동안 펼쳐진 되새의 군무를 보면서 더러는 30분 단위로 어떤 때는 5분 간격으로 시를 썼다는 것은 무엇을 말하는 것인가. 그것은 그동안 그의 잠재의식 속에 새의 환영이 끊임없이 자리 잡고 있었다는 것을 말한다.

물론 이 시들을 즉흥적으로 썼다는 사실도 배제할 수 없지만, 앞에서 살펴본 새의 이미지를 유추할 때, 결코 즉흥적으로 썼다고만 할 수 없을 것이다. 순간포착에 나타난 새의 이미지는 무엇일까. 그것은 아무런 할 말을 잃고 다만 "겁난다"는 것뿐이다. 그것은 강요된 두려움이 아니라, 심층 속에 자리한 무의식의 두려움이다. 죽음과도 같은 두려움이다. 그 두려움이 끝나는 자리에서 비로소 그는 평화와 안식의 광경을 만난다.

유독 깊이, 도드라지는 겨울 배꼽.

저녁 되새 떼 무지막지한 대형이 급전직하, 거뭇거뭇 거친 대숲 속으로 다 들어간다. 말하자면
하늘이 들이닥치고 땅이 받아내는 격렬한 시간이 한 바탕 광풍처럼 굉장하다.
날개의 뿌리와 뿌리의 날개가 그렇게 완전 한 덩어리다.

단전 위
손끝에 짚이는 이 무슨 매듭 꼭다리 같은 곳,
되새 떼가 집중된 저 대숲이 지금 이 일대에서 가장
오목, 볼록하다.
자꾸 따뜻하게 만져진다.

─「새떼 - 2006년 겨울」 부분

한 차례 광풍처럼 지나는 되새 떼의 무리를 보면서 생명의 근원인 "배꼽"을

생각한다. "배꼽"은 어머니의 자궁으로부터 벗어났다는 최초의 흔적이며, 그 흔적은 어머니에 대한 그리움에 다름 아니다. 그래서 그는 배꼽을 "자꾸 따뜻하게" 만지게 되는 것이다. 어린 시절 무섭고 두려운 광경을 목격했을 때, 유독 어머니의 품을 파고드는 것 같은 모성 회귀욕은 그가 바라본 되새 떼의 마지막 장면에 나타난다. 격렬한 새들의 군무에 질식할 것 같은 경탄과 두려움을 느끼면서 그의 의식이 도달한 마지막 장소는 "배꼽"인 것이다. 배꼽은 새로부터 유추되는 고향의 이미지이고, 그곳은 그의 시가 출발하는 서정의 공간이다. 그는 새의 무리를 보았지만, 결국 잃어버린, 그리고 끝내 도달해야할 목적지인 자신의 고향으로 돌아온 셈이다. 그는 되새 무리를 보고 무의식적으로 시를 썼고, 그 무의식이 도달한 마지막 공간이 어머니 품속이었다. 그곳은 그의 시에서 새가 지향하는 본연의 공간을 말한다. 그의 시가 출발하는 곳이 결핍의 정서라고 한다면, 새는 그 결핍을 채우는 본연의 공간을 상징한다고 할 수 있다. 그래서 새의 날개 짓은 삶과 죽음의 경계를 상징하면서 동시에 그의 의식이 지향하는 그리움의 대상이 되는 것이다.

― ≪신생≫, 2007년 봄, 30호.

노동문학이 가야할 길

백무산의 시세계

1.노동문학의 현주소

백무산 시인을 만난 처음이자 마지막 기억은 1981년 울산에서였다. 무거동 허름한 술집에서 막걸리를 마시면서 문학을 담론하던 시절이었다. 우연히 문학 소모임에 따라 갔다가 그곳에서 백무산 시인을 만났다. 그날 백무산 시인의 말 중에 지금도 기억 속에 남아있는 것은, '문학은 쓰레기 더미와 시궁창 속에 있다'는 말이었다. 그로부터 20년이 훌쩍 지나버린 지금 백무산의 시집『만국의 노동자여』를 다시 읽는다. 그의 시는 쓰레기 더미 속에 피어난 꽃이었다. 그러면서도 그의 시집을 읽으면서 사라져간 추억을 반추하기보다는 그 치열한 역사의 현장이 사라졌다는데 대한 우울한 패배감이 밀려왔다. 노동운동이 불길처럼 일어났던 80년대가 지나고 민주화의 물꼬가 터인 90년대를 뛰어넘어 디지털 시대가 왔을 때, 그 급박한 시대의 흐름 속에서 노동자 시인 백무산은 어떤 변화를 하였을까. 그것은 박노해, 백무산으로 대표되었던 80년대 노동자 시인이 현주소에 대한 물음이기도 하며, 현대 산업사회에서 노동문학은 어디로 가고 있는가에 대한 물음이기도 하다.

묵은 액자처럼 남아있는 80년대 노동자 시인의 시집을 꺼내어 다시 읽으면서 우리 시대 노동문학의 의미를 다시 한번 되짚어본다. 어느 시대를 막론하고 노동은 여전히 인류의 발전과정에 지대한 영향을 끼쳤고, 그 노동의 대가가 인류의 문명을 쌓아올린 것인데, 지금의 노동문학은 자본주의의 거대한 구조 속으로 매몰되고 말았다. 현재의 문학 담론에서 80년대의 노동문학은 이미 진부한 문학이 되고 말았는가. 쓰레기 더미 속에 있었던 노동자의 현실이 어느 날 맑은 햇빛 속에서 그 빛이 바래지고 말았단 말인가. 자본주의의 병폐는 끝없는 모순을 낳고 있다. 노동의 문제, 환경의 문제, 생명의 화두에 이르기까지 거대한 모순의 과정이 이어지고 있다. 자본주의가 낳은 복합적 문제로 말미암아 노동문학은 그 설자리를 잃어버린 것일까. 포스트모더니즘과 해체시가 등장하고, 탈구조주의가 만연하면서 노동문학은 이미 고전적 문학 담론으로 치부되는 것일까. 그러나 아직도 우리 사회의 노동문제는 현재진행형이다. 비정규직 노동자들의 처우 개선 문제, 늘어만 가는 실업자 문제, 외국인 노동자의 권익문제, 노동자의 고용불안, 노예시장의 폐습은 그대로 남아있다. 사회구조가 복잡해짐에 따라 계층이 분화되고, 대기업 노동자들과 같은 노동 세력은 사라졌지만, 노동문제는 아직도 자본주의 모순구조 속에서 이어지고 있다. 이러한 현실이 엄연히 남아있음에도 불구하고, 노동문학은 지난 시대의 구태의연한 문학담론으로 밀려나고 말았다. 이 글에서는 추억의 한 장면으로 지나쳐버린 노동문학의 흐름을 백무산의 시 몇 편을 통해서 비판적으로 점검하고자 한다.

2. 노동문학의 변화와 새로운 모색

노동문학의 본질은 자본주의 시장경제 논리와 맞물리면서 노동자들의 상대적 박탈감이 심화되면서 발생한 것이다. 고대의 노동문학이 노동을 놀이로 전화(轉化)하면서 발생한 민요 형태였다면, 현대의 노동문학은 자본주의 구조의 모순으로 발생한 계층적 측면이 강하다. 근대 이전의 노동문학이 노동의 힘겨움을 풀어보려는 욕구에서 놀이의 형태로 전화한 것이라면, 현대의 노동문학은 현실에 반응하는 하나의 집단적 욕구를 반영하는 것이다. 노동은 현실과 직접 관련을 갖고 있으며, 노동문학은 그 현실을 개혁하려는 반미학적 접근방식에 있다. 중국의 미학자 섭섭(葉燮)의 말에 따르면, '아름다움은 현실 세계 속에 존재하며, 천성적으로 타고나는 것'이라고 한다. 미적 접근 방식이 현실과 필연적 관계를 가진다는 점에서 그 현실에 바탕을 둔 노동은 노동문학이 출발하는 최초의 공간이라 할 수 있다. 따라서 노동은 인류문명 발달의 근원을 이루며, 노동문학은 그 현실의 토대에서 발전한 신성한 문학행위라 할 수 있다. 그런 점에서 노동문학은 인간의 현실에서 형상화할 수 있는 가장 아름다운 문학이라 할 수 있다. 그런데도 불구하고 근대 자본주의 시장경제는 노동의 신성함을 파괴하고, 계층 간의 반목과 질시를 조장했다.

백무산의 시집 『만국의 노동자여』(청사, 1988)는 80년대 노동문학의 한 단면을 보여주고 있다. 80년대 노동의 현실이 산업사회의 부당한 현실의 한 단면이었다면, 그 현실을 극복하는 대안은 노동문학에서 새로운 가능성을 찾는 것이었다. 그러나 아쉽게도 80년대 노동문학은 단순한 계층적 대립의 차원을 넘어서 새로운 사회 건설의 가능성을 보여주지 못했다. 그것은 백무산의 한계점이라기보다는 당대 지식인 문학이 주도한 노동문학의 한계점이라 할 수 있다. 80년대 급진적 지식인이었던 대부분의 노동문학 주창자들이 90년대 유행처럼 번져간 포스트모더니즘 논쟁에 밀려난 것도 이 때문이다. 80년대 노동문학의 한계는 노동자와 소장 지식인의 연계에서 지식인이 노동문학을 주도하였기 때문이다. 노동문학이 문학의 당위성으로 인정받기 위해서는 그 계층이 문학의 주체로 떠올라야 한다. 그러나 우리의 노동문학은 지식인 계층의 주도적 참여로 말미암아 한 시대의 유행으로 끝나고 말았다. 노동행위가 하나의 문학 운동으로 나타난 것은 노동이 자본으로 인식되는 근대 자본주의 시대 이후의 일인데, 그 노동문학의 의미가 사회주의 문학운동을 주도한 경우와 유사한 경로를 밟으면서 스스로 한계점에 부닥치고 말았던 것이다. 80년대 노동문학은 30년대 사회주의 문학운동이 그러했듯이 제국주의 타도라는 본질은 사라지고, 계급문학으로 변종되면서 자멸하고 말았다. 이는 노동문학이 지식인 계층의 문학담론과 맞물리면서 한 때의 유행으로 변화되고, 노동문학이 갖는 본연의 차원이 계층적 대립이라는 혁명적 전언만 강조하면서 사회적 연대감을 형성하지 못했기 때문이다. 그 자리에 해체시와 탈구조주의 문학담론이 놓이게 되었다. 노동의 신성함이 사라지면서, 더불어 노동문학이 설자리를 잃게 되었다. 그것은 현장을 떠난 자리에 노동문학이 존재하였기 때문이며 산업사회가 빠른 변화를 겪으면서 사회구조가 복합적이고, 다층적으로 변화한 때문이다.

인간의 노동이 자본으로 바뀌고, 인간의 육체가 상품으로 바뀌면서 '일하는 사람'의 숭고한 행위는 계층 간의 대립구조로 탈바꿈하였다. 이것은 현대의 노동문학이 발생하는 근원이 사회 구조에 있다는 사실을 반증하는 것이다. 우리의 노동문학이 현실에 대하여 미적 접근이 이루어지기까지 80년대의 치열한 삶의 현장이 그 토대가 되었다. 백무산의 초기시는 이러한 노동의 현장을 시로 형상화한 노동문학의 전범에 속한다.

스레트 지붕은 아침까지도 뜨거웠다
타기만 하는 여름은 작은 핏줄들을 부풀려 터뜨리고
물가에 핀 풀포기로 노래할 생명도 없이
태양 아래 지워지는 촛불의 흔들림
흔들리며 쓰러지며 다시 일어나
살과 심장이 뒤틀어질 듯
흩어진 쇳덩이의 밤에 우리는 매달려
발버둥을 쳐도 여전히 태우기만 하던 날
마지막 하늘이 내려앉고 또 한 친구는
더러운 공장 바닥에 쇳가루 뒤집어 쓴 채
가슴 속 핏줄을 모두 터뜨리고 토하여 버렸다

후기 산업사회의 모습을 보여준 80년대는 '물가에 핀 풀포기로 노래할 생명도 없이' 척박한 현실 속에서 노동자들은 '가슴 속 핏줄'을 터뜨릴 만큼 힘든 상황에 놓여있었다. 그 힘든 상황을 형상화한 작품이 「지옥선」 연작시이다. 「지옥선」 9편의 시는 노동자의 치열한 삶의 현장을 바탕으로 하고 있다. 산업화의 정점에서 우리 사회는 노동자와 사용자간의 '치열한 밥 싸움'이 시작되었다. 시 「지옥선」에서 묘사된 노동자의 현실은 분노의 그것이었다. 잔업과 연장근무로 노동력을 착취하고, 노동에 대한 정당한 값을 지불하기는커녕 자본가의 욕심을 채우기에 급급했다. 하루 종일 일을 해도 허기진 배를 채울 수 없는 형편이었다. 열악한 노동 조건은 개선되기보다는 끊임없이 노동자를 억누르고 있었다. 노동자의 현실은 쇳덩이처럼 차가운 밥을 먹는 상황과 같았고, 자본가들에 대한 저항은 해직과 전직(轉職)이라는 고통으로 이어졌다. 그 억압의 현실 앞에서 노동자들은 지옥 같은 노동조건을 견디어내야 했다. 그것이 80년대 우리 노동자들의 현실이었다. 이 현실에 맞서는 문학이 노동문학이었다. 자본가와 대립하는 것이 노동문학이기 때문에 그 운명은 30년대 카프 문학의 운명과 그 맥락을 같이 할 수밖에 없었다. 80년대 노동문학은 노동의 현실과 그 사회구조의 모순에 대한 적극적 저항의 양상을 보였다.

> 꼭 맞는 말이제 산업전사
> 영광되게 싸우다 죽어라 그 말이제
> 기업가를 위해 권력자를 위해
> 독점자본가를 위해 양코뱅이들을 위해 죽어라 말이제
> 저들이 빌딩과 호화주택과 양주와 사치와 허영과
> 팬텀기와 미사일 항공모함을 위해
> 가난을 지키며 평생 질병과 싸우다

죽도록 일하다 죽어라 그 말이제

—「전사(戰死)」 부분

이 시처럼, 적극적인 저항의 방식이 노동문학의 본질이었다. 노동문학이 투쟁 방식으로 변화하면서 현실에서 아름다움을 찾으려고 한 순결한 행위는 사라지고 말았다. 산업사회가 시작되면서 인간의 노동행위는 즉자와 대자의 관계를 형성하였다. 그것은 계층 간의 갈등 구조가 전면적으로 드러난 것을 말하며, 그 대립 구조는 산업사회의 모순과 맞물리는 것을 말한다. 일제시대 카프가 실패한 원인이 문학의 예술성과 대중성을 상실한 일관된 투쟁방식 때문이었는데, 80년대 노동문학은 노동의 현실과 계층적 대립이라는 이중구조의 타개라는 극단의 투쟁논리 때문에 대중성을 잃고 말았다. 해방 후 일제의 잔재가 그대로 이어지면서 우리의 산업사회를 형성하였고, 그 산업사회의 지식인들은 노동문학을 사회주의 문학의 연장선으로 받아들였다. 노동이 자본이고, 자본을 파괴하는 행위는 곧 반체제적이기 때문에 80년대 노동운동가들은 구속되거나 지하로 잠적할 수밖에 없었다. 노동행위가 정당한 인권의 문제로 받아들여지지 않았던 시대에 노동문학이 설자리는 칼날같은 자리뿐이었다.

3. 인간의 문제를 고민하는『인간의 시간』

90년대 이후 노동문학의 변화과정은 90년대 이후 발표한 일련의 노동자 시인의 시집에서 알 수 있다. 여기에서는 그 문학의 변모를 백무산의 시집에 실린 시 두 편을 통해서 개괄적으로 짚어보기로 한다. 90년대는 80년대 노동운동가들이 수배와 구속이라는 두 개의 억압에서 벗어나면서 새로운 방향전환을 꾀하고 있었다. 노동문학을 주창한 대부분의 지식인들이 변화한 것도 동일한 맥락에서 파악할 수 있다. 이 변화의 양상을 잘 살펴볼 수 있는 것이 백무산이 최근에 발표한 두 권의 시집이다. 90년대 들면서 백무산은 두 권의 시집『인간의 시간』(창작과 비평사, 1996)과 『길은 광야의 것이다』(창작과비평사, 1999)를 상재한다. 이 두 권의 시집에서 나타나는 공통된 화두는 치열한 노동의 현장에서 물러나 인간의 문제로 옮겨왔다는 것이다.

80년대의 격랑을 헤치고, 계급구조의 모순에 정면으로 맞선 이들의 저항 방식이 인간의 문제로 옮겨온 것을 어떻게 받아들일 것인가. 이것은 지식인의 문학적 위기를 운위하는 것과 같은 문제의식을 내포하고 있다. 계급구조의 모순과 이에 저항한 노동문학이 카프의 방향전환과 같은 비극적 경로를 거친 것은 아닐까.

> 대지의 시간은 인간의 시간을 거역한다
> 소모와 죽음의 행로를 걸어온,
> 날로 썩어가고 황무지만 진전시켜온
> 죽은 시간을 전복 시킨다
> 대지의 단절을 꿈꾼다
> 모든 것이 모든 것에 순응하는 지휘계통
> 대지는 이렇게 혁명을 하는 것
>
> 잠든 씨 알갱이들이 언 땅 뿌리들을
> 불러내는 것은 봄이 아니다
> 스스로 자신을 밀어 올리는 것
> 생명의 풀무질을 충만하게 가두고
> 안으로 눈뜬 초미의 주의력을 늦추지 않는 것
> 시간과 봄은 생명력의 배경일 뿐
>
> 역사가 강물처럼 흐른다고 믿는가
> 그렇지 않다
> 단절의 꿈이 역사를 밀어간다
>   —「인간의 시간」 부분

그러나 과거를 남기지 말아라
이제는 저 모든 사라짐의 쓸쓸한 긴장도
현재가 되게 하라
생존과 현재는 저 허망의 거리까지
확장하라
인생은 길이 아니라 광장에서
다시 시작된다
생애는 시간이 아니라 바다에서
다시 출렁거리게 하라

과거는 남기지 말아라
과거는 죽은 시신들뿐이다
과거는 다만 현재를 확장할 뿐이다
참을 수 없는 또 한 시대가 격랑을 시작 한다
　　　　　　　―「참을 수 없는 또 한 시대가」 부분

　이 두 편의 시를 읽어보면 90년대 노동문학이 모색한 길이 물러섬이 아니라, 또 다른 전선을 형성하고 있었음을 확인할 수 있다. 노동은 자연의 조건이다. 그것은 생명의 울림이다. 자연에서 길을 찾고 그 길은 궁극적으로 인간이 가는 길이다. 그 길에서 자라는 숱한 생명들이 길어 올리는 생명의 함성은 결국 자연이 아닌가. 그 자연 속에 인간의 노동은 놓여있다. 그래서 역사는 단절 속에서 새로운 생명을 잉태하는 것이다. 봄의 조건이 생명을 키우는 것이 아니라, 끝없는 자기 갱신이 생명을 키우는 것이다. 그것이 노동문학의 현실인 것이다. 치열한 전선에서 물러서서 더 넓은 노동의 전선을 확대하고 있는 것이다. 자연의 일부인 인간과 인간의 대립에서 자연의 일부인 인간으로서 행하는 노동의 조건이 생명의 문제인 것이다. 그 문제를 정확하게 인식하고 받아들이는 것이 노동문학의 새로운 접근 방식이다. 항상 혁명을 꿈꾸면서 인간의 문제에 천착하는 것이다.

문학의 본질이 인간의 문제에 있듯이 노동의 본질도 인간에게 있다. 그 노동의 문제를 자연스럽게 인간의 문제로 인식하는데서, 노동문학의 갈 길이 있는 것이다.

과거에 집착하지 않고 '참을 수 없는 또 한 시대가 격랑'하면서 지나간다. 그 시대의 흐름 속에서 우리는 노동문학의 진정한 의미를 발견할 수 있다. 백무산의 두 권의 시집에는 80년대의 격동이 인간의 문제로 심화되면서 노동자의 길에서 다시 시작하는 강인한 면모를 보여준다. 이것이 노동문학의 본질일 것이다. 시대 현실의 문제를 외면하지 않으면서도 노동의 진정한 본질을 형상화한 것이 최근의 두 시집에서 발견할 수 있는 노동문학의 진정성이다. 80년대를 거치면서 그가 고민한 것이 인간과 노동의 문제에 있다는 점에서 소외된 삶 속에서 노동문학의 숨은 꽃을 가슴속에 품고 살았음을 확인할 수 있다.

4. 노동문학이 가야 할 길

시대가 바뀌어도 변하지 않는 것이 있다면, 인간의 문제일 것이다. 노동하는 삶만큼 아름답고 숭고한 행위가 있겠는가. 그 노동이 자본으로 환산되고, 그 자본이 물질적 토대가 되어서 끝없이 흘러가는 시대가 되었다. 이 시대는 노동의 숭고한 행위에 겸허한 자세를 보여야 할 것이다. 이것이 노동문학이 가야할 길일 것이다. 투쟁과 혁명의 기치를 가슴 속에 간직한 채, 역사의 흐름을 예단하는 것이 이 시대 노동문학이 가야할 길인 것이다.

80년대 노동문학이 지식인 문학의 위기로 거론되면서 자칫 급진적 개혁운동으로 몰락할 가능성을 예고하였다. 그러나 그 문학의 위기가 백무산의 최근 시집 두 권을 읽어보면 그것은 기우에 지나지 않는다는 사실을 알 수 있을 것이다. 지식인들이 노동문학의 위기를 운위할 동안에도 그 순정한 노동문학은 봄을 기다리는 생명처럼 자생하고 있었던 것이다. 노동이 자본이 아니라, 노동을 인간의 문제로 인식하고, 그 인식의 틀 속에서 든든한 뿌리를 내리고 있었다. 자본이 득세하고, 자본주의의 모순이 심화될수록 노동문학의 순정한 정신은 더 투명해진다는 것을 알 수 있을 것이다.

백무산의 시들을 일별하면서 거칠게 논의되어온 노동문학의 위기에 대해서 반성해야 한다는 사실을 절감하게 된다. 무엇이 우리 노동문학의 진정한 정신을 말하는 것일까. 그것은 최근에 발표한 백무산의 시집을 통해서 어느 정도 그 해답을 찾을 수 있지 않을까 한다.

— ≪함께하는 예술인≫, 2005년 여름, 9호.

노동시, 또다른 서정
김종원의 시세계

1. 노동시의 본질

사람이 살아가면서 만나는 가치 중에서 노동의 가치만큼 신성한 가치는 없다. 인간은 태어나면서부터 죽을 때까지 일을 한다. 그만큼 노동 자체가 인간을 사랑하는 일이고, 노동은 사람의 삶을 건강하게 하는 일이다. 일에 몰두하는 삶만큼 아름다운 삶이 없다. 어떤 일이든지 그 일에 혼신을 다하는 모습만큼 신성하고 숭고한 행위는 없을 것이다. 이것은 동서양을 막론하고 누구나 인정할 것이다. 노동을 통해 놀이가 나오고, 놀이는 예술로 분화되어 발전하는 것이다. 노동은 예술을 이루는 근간이 되고, 그것은 인간의 삶을 아름답게 한다.

그러나 근대사회에 들어서면서 노동을 자본의 가치로 인정하면서 순수하고 신성한 노동행위는 돈의 가치로 전락하고 말았다. 원시공동체에서는 노동은 생존을 위한 최소한의 행위였지만, 근대 자본주의 사회에서 노동은 계급구조를 형성하는 하나의 요인이 되었던 것이다. 자본주의에서 노동행위는 사회의 계급구조를 조장하였고, 빈부의 격차를 초래하였다. 더불어 육체노동은 격하되고, 정신노동은 격상되는 전도(顚倒)된 가치관을 낳고 말았다. 자본주의에서 노동행위는 삶의 질을 결정짓는 것이 되었다. 노동자의 인격과 사용자의 인격이 나누어지면서 우리 사회는 대립된 구조를 형성하게 되었고, 보다 나은 계층을 향해서 끝없는 욕망을 성취시켜 나갔다. 이 과정에서 계층간의 대립이 발생하게 되었다. 노동하는 삶의 순수한 아름다움을 인정하지 않고, 노동을 자본화하면서 우리 사회는 급격한 대립양상을 띠게 되었다.

이 대립의 연장선상에 노동시가 존재한다. 노동시는 노동의 신성함을 인정하지 않는 자들을 향한 분노, 그 가치마저 말살당하는 현실에 대한 비판의 대응물이다. 80년대에 집중적으로 나타난 노동시는 노동의 신성함을 웅변하는 문학적 대응물이었다.

2. 노동문제의 시적 대응

아니나 다를까, 노동운동의 발상지인 울산지역 작가회의에서 청탁한 원고를 받아서 읽어본 김종원의 시는 이 노동 문제의 시적 대응을 보여주고 있었다. 그의 시는 노동행위의 진정한 가치를 문학예술로 끌어들이고 있으며, 자본주의에서 일어나는 노동의 문제로부터 시작하여, 이 노동문제의 흐름 속에서 고뇌하는 인간의 성찰로 나아간다. 노동자의 논리가 대립된 계층에 대한 투쟁만을 주장하는 것이 아니라, 삶에 대한 진지한 성찰임을 보여주고 있다. 그의 시는 박노해, 백무산 등으로 대표되었던 80년대 중반의 노동자 시의 기층(基層)에 뿌리를 두고 있다. 싸움의 대상이 물러서고, 자본주의의 구조가 다변화되면서 노동자들은 삶의 질이 향상되었지만, 여전히 자본주의의 비대한 시장경제의 욕망은 지속되고 있다. 이런 상황에서 노동을 사랑하는 삶은 인간에 대한 사랑과 삶에 대한 깊은 애정을 보이는 행위라고 할 수 있다. 80년대의 노동 운동이 본격적으로 일어나면서 노동자의 삶이 투영된 작품들이 쏟아져 나왔을 때, 노동시는 우리 문학에 하나의 충격적 전언으로 다가왔다. 당대의 노동시는 계급타파를 위한 집단 이기주의가 아니라, 그들의 삶을 사랑하는 방식이었다. 그의 시는 노동시의 이러한 특징을 공유하고 있다. 주제를 중심으로 그의 시가 표출하는 삶의 방식을 살펴보기로 하자.

시가 무엇인지 잘은 몰라도
당신의 시를 읽으면
가슴에 뜨거운 불길이 이는
우리를
당신만은 무식한 공순이라고
업신여기지는 않겠지요
우리는 세상 모든 것들 다 못 믿어도
당신만은 믿고 싶어요
당신도 우리 같은 공돌인가요
기름 냄새 빽빽히 배어 있는
시를 쓰는 당신은 우리의 고통을
사랑할 수 있나요
우린 당신을 믿어요
당신의 시를 믿어요
　　　　　　　　　 ―「노동 현장에서 쓴 편지」 부분

우리가 누렇게 뜬 얼굴로
비틀거리면서도
맵차디 맵찬 겨울 바람
한사코 견디어 내는 것은
뿌리가 있기 때문이대이
뿌리는 우리에게 믿음인기라
(…중략…)
지금 이렇듯 누런 이파리 흔들어대는 건
우리가 뿌리로만 엉키며 살아가는 건
이 겨울 뒤에 찾아 올

어느 봄날에
물결치듯 온 땅에
와아와아 꽃으로 피어나
한바탕 멋지게 어울어져 춤추고 싶은 기라
야야 우리는 그 날을 기다리고 있능기라.
—「겨울풀」부분

이 두 작품을 읽으면 민중의 풋풋한 삶의 흔적을 엿볼 수 있다. 사람살이의 굳건한 희망과 노동자의 삶, 그 삶의 진실성이 오롯이 배여 있다. 첫 번째 시는 노동자의 삶과 시인의 순수한 삶을 사랑하는 믿음을 보여주고 있다. 시는 노동하는 삶의 아름다움을 드러내는 것이고, 기실은 그것보다 아름다운 삶이 없다는 것이다. 어찌 보면, 지극히 편파적이고, 이념적인 논리일 수 있지만, 평범한 사람살이의 시선으로 볼 때, 노동하는 삶만큼 아름다운 삶이 있겠는가. 이 시는 일하는 모습에서 인간의 가장 아름다운 모습을 발견하려는 것이다. 새벽의 찬 바람을 안고, 귀가하는 길에 따뜻한 국물에 소주 한 잔을 하면서 노동의 슬픔과 기쁨을 함께 묻을 수 있는 것이 노동자의 현실이라고 한다면, 그 삶의 진면목을 보거나 느끼지 못한 사람이 시인이라 할 수 있겠는가. 그래서 시인은 무식한 공순이를 업신여기지 않는 사람이어야 하는 것이다. 노동자들의 병든 가슴에도 따뜻한 사랑과 관심을 보일 수 있는 것이 문학의 힘인 것이다. 그것은 '천하디 천한 것들'을 끌어안을 수 있는 힘이라 할 수 있다. 노동의 삶이 아름답기에 그 삶은 진정한 삶의 모습이다. 시를 쓰는 일은, 노동이라는 본질에 있어서는 동일한 것이다. 그들과 함께 하는 것이 시이고, 시인은 그들의 믿음을 배반하지 않는다. 시란 노동의 아름다움을 형상화하는 일이고, 그들의 가슴에 일어나는 뜨거운 불길을 끌어 안는 일이다. 기름 냄새 빽빽히 배여 있는 시를 쓰는 시인을 믿고, 그 믿음은 건강한 삶에 대한 믿음이다. 그래서 노동자와 시인은 정신적, 육체적으로 함께 하는 것이다. 그 동일시에서 노동문학의 본질이 있다. 노동문학은 노동의 삶을 시의 삶으로 승화시킨 것이다. 그의 시에서 노동하는 삶의 아름다움을 체감하는 것은 이런 까닭이다.

두 번째 시는 여전히 척박한 노동의 현실을 보여주고 있다. 아직도 노동자의 현실은 "겨울풀"처럼 말라붙어 있다. 이 시에서 그는 척박한 현실을 상징하는 혹한의 겨울을 이겨내는 강한 의지를 표명하고 있다. 말하기(telling) 방식으로 쓰여진 이 시는 어디에서도 죽지 않는 삶의 건강한 뿌리를 보여주고 있다. 그의 시에 자주 보이는 말하기 방식은 친근한 어조로 미래의 소망을 성취하고 싶은 사람들에게 전하는 메시지이다. "겨울풀"이라는 제목이 시사하듯이, 겨울에도 죽지 않는 뿌리의 근성이 민중의 본질이다. 겨울의 풀은 뿌리가 살아서 봄을 예감하고 있다. 이 철저한 뿌리에 대한 믿음은 죽지 않는 민초의 본질이다. 잎이 아무리 말라 버려도 뿌리는 건재하듯이 얼어붙은 땅 속에서도 내년 봄 "한바탕 멋지게 어울어져 춤추고" 싶은 소망을 품고 있는 것이다. 여기서 뿌리는 일하는 자의 건강한 모습이다. 뿌리처럼, 노동하는 삶만큼 성실한 삶이 있겠는가. 이 건강한 노동의 삶을 "겨울풀"의 이미지에서 찾아내고 있다. 척박한 노동의 현실 속에서 비록 그들의 삶이 고난에 찌른 얼굴이라 하더라도 내년 봄에 만날 꽃의 희망이 없다면 그 노동은 얼마나 척박할 것인가. 그래서 그는 "겨울풀"에서 생명을 담아내는 뿌리의 건강한 노동을 발견하는 것이다. 봄의 풀은 소망이 성취된 것을 의미한다면, "겨울풀"은 소망을 품고 있는 것이다. 노동의 대가는 소망을 달성하는 데서도 그 성취감이 있지만, 소망을 꿈꾸는 데서도 더욱 아름다운 삶의 가치가 있다. 오늘의 노동이 내일의 결실을 희망할 수 있다면, 그 노동은 얼마나 가치있는 일이겠는가. 노동시가 현실에 대한 투쟁과 비판으로 나아간 까닭은 오늘의 투쟁을 통하여 내일의 희망을 꿈꿀 수 있기 때문이다. "칼날" 같은 믿음을 가슴에 품고 겨울을 날 수 있는 존재가 "겨울풀"인 것이다. 지역 사투리를 잘 살린 시 「겨울풀」은 노동시의 뚜렷한 믿음과 소망을 표현한 수작(秀作)이다.

민중의 뿌리는 시대를 넘어서 존재한다. 더러는 개인의 체험으로 존재하고 어둠 속에서 찬연한 빛으로 존재한다. 과거의 기억이 현실을 반성하는 기제로 남아있듯이 뿌리는 어둠 속에서도 빛나는 별과 같다. 노동의 아름다움이 세상의 진실이듯이 뿌리가 주는 미덕은 노동의 아름다움을 진정한 아름다움으로 승화시킨다.

아름다움이란 때론 드러내지 않는
소박함에 있는지도 모를 일이다.
때론 거센 바람 슬쩍 피해 서기도 하고
때론 달빛에 젖기도 하면서
또 때론 모진 비바람 가슴으로
턱 버티기도 하면서
화 내지 말라고, 조급하게 서두르지 말라고
초조해 하는 나무와 풀들, 달래기도 하면서
어둠이 깊을수록 더욱 빛나는 별같이
살라고 한다.
손이 잘리고 발이 꺾이면 돌 틈, 바위틈, 더욱 깊이
뿌리를 내리고
온 산천 붉은 꽃으로 피어나는
진달래처럼 살라고 한다.
두 주먹 불끈 쥐기도 하면서.
　　　　　―「어둠이 깊을수록 더욱 빛나는 별같이 살라 하고…」 전문

넌 알지.
애써 사랑한다고 말하는 자도 없고
사랑하지 않는다고 앙탈하는 이도 없지만
서로가 서로의 어깨에 기대어
의지하며 살아가는
삶의 모습들

그것이
아름다움이거나
슬픔이거나
또 때론 아무 것도 아닐 수 있다는 것을.
—「겨울 산행」부분

세상의 풍파 속에도 견디어 낼 수 있는 것은 무엇일까. 그것은 어둠을 어둠으로 보지 않는데 있을 것이다. 아름다움이 드러내지 않는 소박함에 있듯이, 어둠 속에서 빛날 수 있는 힘이 뿌리에 있는 것이다. 바위 틈, 돌 틈 곳곳에 뿌리를 내릴 수 있는 것은 민초(民草)의 힘이다. 노동하는 삶은 어디에도 존재할 것이다. 인간의 노동이 신성한 만큼 뿌리도 신성하다. '노동하지 않은 자 먹지도 말라'라는 말처럼, 노동의 신성함은 인간의 소중한 가치이고, 뿌리가 갖는 특성이다. 뿌리는 식물을 길러내는 것이다. 그 양생(養生)과 신생의 힘은 노동에서 우러나는 것이다. 드러나지 않은 채, 세상의 풍파에서 "슬쩍 피해서기도" 하는 것이 뿌리가 갖는 속성이다. 현실에 비껴 서면서도 땅 속 깊은 어둠 속에서 끝없는 생명을 잉태하는 물줄기를 길어 올리고 있다. 그 힘으로 추운 겨울을 이겨내는 것이다. 그래서 그는 뿌리가 되어 봄을 기다려 온 산천을 물들이는 진달래처럼 살려고 다짐하고 있다. 노동의 삶이 아름다운 것은 노동의 행위가 가식이 아니라, 성실하고 진실된 것이기 때문이다. 이 진실만이 세상에 빛나는 별인 것이다.

노동자의 꿈은 어떤 것일까. 그것은 함께 살아가는 세상이다. 뿌리처럼, 든든하게 세상의 진실을 길러내고 궁극에는 함께 살아가는 공동체의 삶을 꿈꾸는 것이다. 산을 보면서 서로의 어깨에 기대어 살아가는 삶을 모습을 발견하듯이, 아름다움과 슬픔에 기대지 않는 진실한 인간의 모습을 보여준다. 산의 곳곳에 숨어있는 사연들을 품고서 앙상하게 가슴을 내 보이는 산은 서로를 사랑하는 모습이다. 그래서 그의 시는 사람에 대한 진실한 사랑을 보인다.

80년대 노동시의 선봉에 있었던 시인들은 대부분 인간에 대한 사랑으로 나아가고 있다. 초기시에 보여준 노동자의 삶을 통한 굳건한 의지에서 한 발짝 물러서고 있다. 낭만적인 정서와 감수성을 자극하는 시들이 잡초와 쓰레기 더미에서 건져 올린 시들이라고 폄하하던 노동시가 인간의 문제로 돌아온 것이다. 혁명가의 가슴에 끓는 정열은 인간에 대한 철저한 사랑에 바탕을 두고 있다. 러시아의 혁명가 레닌의 가슴에도 시인 막심 고리끼에 대한 우정이 살아 있듯이 노동자의 가슴에도 인간에 대한 사랑이 살아있는 것이다. 이들 노동시는 인간에 대한 사랑이 노동의 본질을 외면한 것이 아닌가라는 비판을 받을 수 있다. 80년대 노동운동의 전방위(前防衛)로 나섰던 노동시의 위상이 이즈음에서는 한 걸음 물러 선 것이라고 할 수 있다. 그런데도 김종원의 시는 아직도 노동하는 삶에 대한 건강한 의식이 건재하다. 이것은 그가 아직 현실에 대한 긴장을 늦추지 않고 있다는 말과도 같다.

　　모든 것 훌훌 털어 버리고 한없이 가벼워질 수 있는
　　그 날까지
　　아직은 우리에게 헤치고 나가야 할 어려움들이
　　너무 많아
　　돌계단을 내려오며 끝없이 구속에서 벗어나려는
　　너의 손목을
　　더욱 단단히 고쳐 잡고 있다.
　　이 가을 정암사에는 모든 것이 가벼워지고 있는데
　　　　　　　　　　　　　　　　　　　　　　　　　　　─「정암사에서」 부분

　　폐허의 강변에 우두커니
　　온 몸으로 비를 맞으며 서 있다.
　　아무 일도 없다는 듯이 넋을 놓고 있다가도
　　치솟는 울음 참지 못하고
　　끝내 목구멍 깊은 곳에서 쇠소리를 내며

— 「정선 가는 길에」 부분

그래도 아직은 버릴 수 없는
그 무엇이 있습니다.
이 가을에 모든 것들이
조금씩 앙상한 속마음을 내보이며
가벼워지는데
그래도 아직은 가벼워질 수 없는 그 어떤 것들이
내게는 있습니다.

— 「어느 가을날의 단상·2」 부분

앞으로 또 얼마나 많은 시간이 흘러야
비로소 자유로워질 수 있을지
당신은 모든 것 떨쳐 버린 듯
먼 하늘만 바라다보고 있는데
아들의 손을 잡고 산길을 내려오며
난 몇 번이나 뒤 돌아 보았습니다.
가슴속에 남은 욕심들 끝내 떨쳐 버리지 못하고.

— 「어느 가을날의 단상·3」 부분

그에게 있어서 노동시는 현재 진행형이다. 더러는 버려야 한다고 하면서도 끝까지 버리지 못하는 "어떤 것들이" 있다. 그것은 무엇일까. 유폐(幽閉)된 현실을 훌훌 털어 버리고 한없이 가벼워질 그 날까지 어려움이 많을 것이다. 끝없이 내면을 향해 부르짖는 목소리의 실체는 무엇일까. 이 물음은 다시 거슬러 올라가면 그의 시적 출발점과 닿아 있다. 모순된 현실을 향한 시적 진실성과 노동의 아름다움이다. 모든 것은 가벼워지고 있지만, 그는 무거운 것을 지키고 있다. 이 무거움은 사회를 변혁하려는 의지일 것이다. 노동자가 대우받는 아름다운 공동체이다. 또한, 사회를 변혁시킬 수 있는 운동의 논리이고, 노동하는 삶이 아름다운 소망의 세상이고, "공순이와 공돌이"가 함께 인간다운 삶을 살아갈 수 있는 사회이다. 그는 이러한 세상을 꿈꾸는 것이다. 그의 시가 출발하는 노동하는 삶의 진정성은 끝내 떨치지 못하는 꿈으로 남아있다. 그래서 그 꿈을 실현하기 위해 그의 노동시는 진행형에 놓여 있는 것이다.

3. 노동시, 꿈꾸는 자의 아름다움

역사의 흐름 속에서 이미 노동운동은 사회변혁의 중심에서 벗어나고 있는데도 그의 시는 여전히 노동운동의 전면에서 그들의 삶을 노래하고 있다. 노동운동이 엉거주춤 물러서 있을 때도 그는 "쓸데없는 일상의 무거움"에 빠진 채, 노동하는 삶의 아름다움을 꿈꾸고 있다. 노동이야말로 인간의 가장 숭고한 가치임을 확신하고 있다. 그래서 어느 곳을 가든지 그는 "가벼운 일상"을 용납하지 못하는 것이다. 그의 시적 지평이 가능성을 향해 열려 있다는 것은 변치 않는 신념 때문이라 할 수 있다. 이미 현대는 사회주의가 붕괴되고, 자본주의도 모순을 향해 치달리고 있으며, 궁극적으로 인간의 문제로 돌아설 수밖에 없게 되었다. 그가 꿈꾸는 "일상의 무거움"은 가벼움을 벗어나서 진정한 인간의 문제에 돌아선 것을 말한다. 그가 생각하는 참된 인간이란, 노동하는 자이다. 이들의 삶이 아름다운 것이다. 육체노동이든 정신노동이든 노동의 가치가 신성한 것으로 인정받고, 진실된 가치로 평가되는 세상을 꿈꾸는 것이다. 이것이 그가 꿈꾸는 노동하는 삶의 진정성이다. 그가 꿈꾸는 노동하는 삶의 아름다움이 만개했으면 한다.

오랜만에 노동운동의 전면을 드러내는 시인의 시를 읽으면서 노동의 아름다움을 볼 수 있었다. 물러서지 않는 치열한 역사의 현장에서 우리는 끝없는 이상을 추구하고 있지 않는가. 이러한 이상추구의 연속선상에 그의 시를 만나는 것은 여간 즐거운 일이 아니다.

— ≪울산작가≫, 2005년 4호.

유폐된 자아의 황폐함에서 건져올린 생태시
이동호 시집, 『조용한 가족』(문학의 전당, 2007.07.02)을 중심으로

1. 사물을 보는 생태학의 관점

이런 말이 어울릴지 모르지만, 이동호의 시는 생태시학의 접점에 놓여있다고 할 수 있다. 생태학자 펠릭스 가타리는 최근의 생태학은 "개인들이 타자에 대해서 연대함과 동시에 타자와 점점 다른 존재로 되어야 한다"고 한다.[1] 환경, 사회, 정신생태학의 세 가지 생태의 삼위일체가 되어야 생태학의 본질을 해결할 수 있다는 것이다. 이동호의 시를 말하면서 굳이 가타리의 생태학을 말하는 까닭은 그의 시에는 사물과 관계에서 거리두기를 지향하면서도 사실은 사물들과 긴밀한 연대감을 형성하고 있기 때문이다.

서정시의 본질이 사물과 자아의 통점(統點)을 찾아가는 것이듯이, 이동호의 시는 사물과 자아와의 관계에서 하나의 관계성을 지향하고 있다고 할 수 있다. 대상과 분리를 지향하는 것이 모더니즘 시라고 한다면, 대상과 합일을 지향하는 것은 전통서정시의 영역이다. 그렇다면 이동호의 시는 전통서정시의 영역에 있다. 그런데도 그의 시는 전통서정시의 영역에서만 이해할 수 없는 시적 성취를 보인다. 그것은 대상(타자)과 자아(개인)를 연대함과 동시에 대상과 자아의 일정한 거리감을 조성하고 있기 때문이다.

---

1) 펠릭스 가타리 저, 윤수종 옮김, 『세 가지 생태학』(동문선, 2003), 105쪽.

가타리의 말을 빌려오면, 이동호의 시는 대상을 바라보면서 그 대상을 자기화하면서도 그 대상과 일정한 연대감을 형성하고 있다는 것이다. 대상에 정신을 투영하고, 그 정신을 투영함으로써 죽음도 하나의 생명으로 바라볼 수 있는 시선으로 옮아온다는 것이다. 삶과 죽음의 경계를 여실히 바라볼 수 있는 까닭은 시인이 처한 환경을 자기 존재의 또 다른 모습이라는 사실을 깨닫고 있기 때문이다. 이를 두고 감히 생태학적 관점이라 말할 수 있을지는 모르겠지만, 그의 시가 출발하는 공간지형은 일상의 문제, 즉 자기 속에 유폐된 정신의 황폐함을 극복하려는 생태의 공간이라 할 수 있다.

2. 심층에 흐르는 내밀한 은유

이미 첫 시집 해설에서 강경희는 이동호의 시를 두고, "죽음 속에 은폐된 생명의 의지"라고 정의한 바 있다. 이는 정글처럼 혼탁한 세상에 자신을 풀어놓음으로써 그들과 하나가 되고, 그곳에서 구원을 받으려는 순교자의 정신과 통한다는 것이다. 또한, 그 정신의 일단은 방이라는 유폐된 공간에서 창밖을 내다보면서 동질성과 연대감을 꿈꾸고 있다는 것이다. 방 안과 창밖의 이중성은 결국 죽음 속에 은폐된 생명이 해방의 순간을 기다리는 것이라고 한다.[2]

이동호의 시가 죽음의 세계에서 생명의 세계를 바라보고 있다는 점에 대해서는 공감한다. 그러나 그의 생명의식에 가로놓인 시적 성취는 다른 측면에서 접근해야 한다고 생각한다. 물론 이에 대해서 필자는 "사물을 넘어서는 상상의 심연"에서 살펴보기도 했지만,[3] 그의 시는 이러한 내용상의 접근뿐만 아니라, 형식의 문제까지도 에둘러 밝혀야 그의 시세계를 보다 심층적으로 살펴볼 수 있을 것이라고 생각한다.

감나무 가지에 홍시처럼 매달려 있는 그를

---

2) 강경희, 「죽음 속에 은폐된 생명의 의지」(이동호 시집, 『조용한 가족』) 해설, 121쪽 - 135쪽.
3) 황선열, 「서평 - 사물을 넘어서는 상상의 심연」, ≪다층≫, 2007년 가을호.

처음 발견한 사람은 우체부였다
감나무에는 우표가 무성했으므로 그의 혼은
무사히 하늘로 잘 배달되었으리라
감나무는 그의 육신을 양분으로 더욱 붉었지만
곧 지상으로 힘없이 난무했다
(…중략…)
철새들이 날아올라 서녘하늘에
단풍잎을 하나 둘 떨어뜨리고 지나갔다
집은 끝내 함구했다
그가 가꾸다만 황폐해진 가을 속으로
참새들이 하나둘 몰려들어 혀를 찼다
바람이 그가 매달려있던 가지를 세차게 흔들어놓았다
그가 신고 다닌 마당의 발자국 속으로
밤새 서리 내리고, 그의 집으로 가는 길이
잡초 속에서 마지막으로 꼼지락거리다가
이내 사라졌다 그해 겨울
답장처럼 눈이 내렸고
지붕은 상복을 입었다
상주처럼 쓸쓸하게 서 있던 감나무의 가지가
툭 꺾이고, 최후로 그가 벗어둔 장화 속으로
침묵이 고여들었다 마당을 가로질러
그의 발자국이 하나 둘 새로
돋아났다

—「폐가(廢家)」 부분

인용한 시에서 눈여겨 볼 부분은 "감나무에는 우표가 무성했으므로 그의 혼
은/무사히 하늘로 잘 배달되었으리라", "그가 가꾸다만 황폐해진 가을 속으로/
참새들이 하나 둘 몰려들어 혀를 찼다", "답장처럼 눈이 내렸고/지붕은 상복을

입었다"라는 부분이다. 이 부분은 독특한 표현들이 돋보인다. 감나무의 우표는 감나무의 잎일 터이고, 그 잎이 감나무에 매달린 영혼을 하늘로 배달한다. 매달린다는 것은 죽음을 완곡하게 표현한 것이다.[4] 그렇지만, 그 잎은 또 지상으로 떨어진다. 상승과 하강은 죽음과 부활을 동시에 지칭하는 말이다. 죽음은 제의적이든 아니든 세계와의 단절을 말한다. 그래서 이 시에서 죽음과 삶의 경계는 나뭇잎이라는 사물과 연대를 맺으면서도 각각 하늘과 지상으로 가야만 하는 일정한 거리가 놓여있다. 만남이란 또 다른 이별을 가져온다는 회자정리(會者定離)의 과정을 담담하게 기술하고 있다. 그것은 가을의 이미지와 중첩되고 있다. 더불어 "참새들이 혀를 찼다"라는 부분에서는 그의 죽음을 애도하는 참새의 울음과 이어지고 있다. 그해 겨울에 내린 눈은 어떤가. 지붕에 쌓인 눈이 상복을 입은 모습으로 의인화되고 있다.

그의 죽음은 감나무가 영혼을 배달하고, 참새가 와서 조문을 하고, 지붕에 눈이 내려 상복을 입은 채로 삼년상을 치르는 것으로 마무리되고 있다. 그러면서도 그는 영원한 죽음으로 달리는 것이 아니라, 마당에 풀들처럼 풋풋하게 돋아나고 있는 것이다. 가을에서 시작한 죽음의 상황이 봄의 이미지와 이어지면서 생명의 강한 의지로 바뀌고 있는 것이다. 이 시가 죽음을 말하고 있으면서도 그다지 슬프지 않은 것은 감나무 잎이 영혼을 위무하고, 참새들의 울음이 혀를 차는 가벼운 담론으로 이어지고 있기 때문이다. 죽음도 어쩌면 가벼운 사람살이의 하나일 수도 있다는 것이 이 시가 죽음을 바라보는 관점이다.

이 시에서 또 하나 눈여겨 보아야할 것은 소재와 배경이다. 이 시의 중심 소재는 감나무이고, 배경이 되는 계절은 가을이다. 그의 시에서 감나무와 가을은 대개 죽음과 관련이 있다. 다른 몇 편의 시들을 살펴보자.

사람들도 나무다 단풍나무다/방언이 깊어 사람들은 늘 가을이다.

---

4) 미르치아 일리아데, 이재실 옮김,『이미지와 상징』, 까치, 1998, 57쪽.

— 「수화(手話)」 부분

낙엽들은 공중을 뚜벅뚜벅 걸어와서는/가로등이 만들어놓은 담벼락 그림자 위에 걸터앉아/바스락바스락 **낡은 생애**를 속삭인다.

— 「독서 – 긴 직유로 읽는 풍경」 부분

가을은 어디에도 있었다 단풍은/어디서든 지고 있었다.

— 「단풍」 부분

감나무 가지마다 시월이 걸려있다/오늘은 용천(龍川)도 월남치마를 벗어두고 뽀얀 알몸이다.

— 「용천리 풍경」 부분

나뭇가지마다 켜놓고 있던 붉은 동그라미들/**감나무** 아래 고인 웅덩이가 정 안수 같아

쪼그려 앉은 자세로 소원을 빌었었다.

— 「웅덩이」 부분

프라이의 말을 빌리면, 가을의 미토스(mythos)는 비극(Tragedy)이라고 한다.[5] 인용한 시들에서 낙엽이나 단풍, 가을은 모두 고독, 이별, 죽음의 이미지를 담아내고 있다. 그의 시에서 이러한 죽음의 이미지는 곳곳에 산재(散在)한다. 그래서 그의 시에는 늘 죽음과 같은 불길함이 심층구조를 이루고 있는 것이다. 그의 등단작인 「조용한 가족」도 예의 죽음의 이미지를 드러낸다. 임대아파트에 살고 있는 사람들은 생활고를 이기지 못해서 낙목(落木)하는 잎들처럼 쓰러진다. 그들은 "상시 죽음과 내통"하고 있는 사람들이다. 이곳은 "작년, 두 사람이 일층으로 순간 이동했다/ 올해는 벌써 두 명분의 숟가락이/고층에서 주인을 퍼

---

5) Northrop Frye, *Anatomy of Criticism, Princrton University Press,* pp 206 – 222.

다버렸다"는 곳이다. 죽음은 늘 존재하는 것이어서 그들이 살고 있는 임대아파트의 밤하늘은 "미리 조등(弔燈)"을 내걸고 있다. 어쩌면 처참하게 들릴지 모르는 이 떨어지는 광경은 순간 이동하거나, 숟가락으로 퍼다 버리는 행위처럼 단순하고 간단하다. 그것은 죽음을 항상 염두에 두고 있는 화자의 의식에 다름 아니다.

그의 시가 죽음의 세계를 심층에 깔고 있으면서도 죽음의 막다른 골목을 벗어나고 있는 것은 죽음도 삶의 연속성에서 바라보려는 태도에서 비롯한다. 폐가(廢家)는 죽음의 공간이다. 그 죽음의 공간 속에서 그의 발자국이 하나 둘 돋아난다. 그가 남긴 발자국은 마당에 난 풀이다. 죽음의 심층에 돋아나는 풀처럼, 그가 죽음을 바라보는 태도는 초연하다. 시이기 때문에 가능한 삶과 죽음의 경계를 그는 마음껏 누리고 있는 것이다. 그의 시가 돋보이는 것은 죽음을 내통하고 있는 은밀한 비유와 암시이다. 그의 시적 역량도 여기에서 파생된다.

포에지는 순간화된 형이상학이다. 그것은 한 편의 짧은 시 속에서 전(全) 우주의 비전과, 하나의 혼의 비밀, 존재의 비밀, 그리고 여러 대상의 비밀을 동시에 드러낸다. 만약 포에지가 단순하게 삶의 시간만을 따르는 것이라면, 그것은 삶 이하의 것이 될 것이다. 그것은 삶을 부동화하고, 기쁨과 고통의 변증법을 그 자리에서 사는 것에 의해 삶 이상의 것이 될 수 있다.[6)

바슐라르의 이 말은 '시는 순간 속에서 삶 이상의 것을 포착해내는 것'이라는 말이다. 이 말을 이동호의 시에 적용시키면, 그는 죽음이라는 대상을 자기화하면서도 그 순간에 삶과 죽음의 경계를 동시에 읽어내고 있다는 것이다. 그는 기쁨과 고통의 변증법적 경계에서 세상을 바라보고 있는 것이다.

---

6) 가스통 바슐라르 지음, 이가림 옮김, 『순간의 미학』, 영언, 2002, 147쪽, 인용.

3. 시의 행간 읽기, 그 사유의 깊이

그렇다면, 이러한 시적 사유는 어디에서 비롯하는 것일까. 이제 그 문제를 짚어보기 위해 그의 시에서 자주 쓰이는 표현과 시의 행간을 살펴보기로 하자. 시는 산문과는 달리 대상의 속성을 짧은 담론에 담아내기 때문에 시의 행간은 시인의 사유를 대신한다. 어떤 사물을 어떤 순간에 어떻게 포착하느냐에 따라 시의 넓이와 깊이가 정해지는 것도 이 때문이다. 다시 바슐라르의 말을 빌리면, "시는 순간화된 형이상학이다"고 한다. 이미 앞에서 읽은 시들에서도 순간을 포착하는 기발하면서도 탄탄한 시행을 엿볼 수 있었지만, 전체 시집에는 이러한 괄목할 시행들이 많다. 이는 대상을 어떤 방법으로 포착하고 있는지를 보여주는 사례들이다. 이러한 시행들은 그의 시를 읽어내는 또 다른 접근법이다. 필자는 그의 시를 물활론(物活論)에 바탕을 두고 있으며, 그것은 사물을 살아있는 것처럼 인식하는데서 비롯한다고 했다.[7] 이 논의를 좀 더 발전시켜서 그의 시 어떤 부분들이 그렇게 읽히는지를 살펴보기로 하자.

(1) 세상의 무수한 총구 앞에서/공격할 적절한 시기를 잡기 위해/**죽음 속에 생명을 잠시 은폐시킨 늑대**

— 「늑대」 부분

(2) 이 음악은 너무 뜨거워 맛보기가 힘들다/사내는 입술을 오므려 **솔, 휘파람을 분다**

(…중략…)/창 밖 저녁노을이, /얼큰하다

— 「콩나물국, 끓이기」 부분

(3) 가도가도 끝없는 **노령산맥이고**, 오를수록/호흡이 가쁘다, 계단을 오를 때마

---

7) 황선열, 앞의 글, 194쪽.

다 발바닥이

─「노인과 계단」 부분

(4)**훼스탈 같은 치아**가 그의 입술을 뚫고 나왔다/말소리 어딘가 **암세포 같은 것**
  이 느껴졌다

─「병실에서」 부분

(5)**도란도란** 목젖을 여는 벚나무들/그 사이를 **톱니처럼** 빠져나가는 몇 사람 지나
─「3월」 부분

(6)잠든 아이를 **토닥토닥** 형광등이 불빛으로 잘 덮어주고 있다

─「A4용지 2」 부분

(7)바다가 **바지락바지락** 풀어놓은 이야기들/무릎으로 열심히 캐고 있는 아주머니
─「바지락, 바지락」 부분

(8)아스팔트는 느낌만으로도 충분히 깊었으므로 사내는 풍덩 그 속으로 뛰어들
  었다 그 순간 덤프트럭에 그를 **마구 물어뜯었다** 그의 삶에는 지느러미가 없
  었기에 그는 아스팔트 위에서 심하게 허우적 그렸다

─「신발 한 켤레」 부분

지면관계로 여러 부분을 다 인용할 수 없지만, 우선 눈에 띄는 부분만 인용해
보았다. 시 (1)에서 늑대는 박제된 상태이다. 그런데도 그는 늘 공격할 자세로 서
있다. 그것은 죽음의 순간을 삶의 영역과 나란히 놓음으로써 삶과 죽음을 조화
로운 관계로 결합시킨다. 이 때문에 죽음 속에 생명을 은폐시킬 수 있는 것이다.
다시 바슐라르의 말을 빌리면, 그의 시에서 삶과 죽음은 "양면감정병존
(ambivalence)"을 지니면서 결합하고 있는 것이다.[8] 죽음의 심층에 놓인 삶의
문제는 동시성의 원리에 포착되어 있다. 그는 그것을 깨닫고 있는지는 모르지

만, 그의 시는 삶의 모든 일상들이 하나의 선으로 미끄러지듯 이어지고 있는 것이다. 삶과 죽음의 문제도 시에서는 순간에 포착되는 하나의 현상에 지나지 않는 것이다.

시 (2)는 장면을 포착하는 방법이 특이하다. 콩나물을 음표로 인식하는 것도 기발하지만, 콩나물국을 끓이는 장면을 연주장으로 끌어들이는 것도 재미있다. 실제 뜨거운 국물을 맛보면서 입술을 오므리는 장면을 '솔'이라는 음계로 포착한다. 콩나물국을 먹고 난 뒤, 얼큰한 상태를 창밖의 저녁노을이 '얼큰하다'는 식으로 농(弄)을 한다. 이러한 시적 기교는 자칫 기교주의로 흐를 가능성이 있지만, 이는 그의 시를 새롭고 재미있게 읽히게 한다. 이러한 시적 방법론은 눈여겨볼 만하다. 시 (3)의 "노령산맥"도 실제 지리상의 노령산맥과 나이를 뜻하는 노령(老齡)산맥이 중의법으로 표현되어 있다. 또한, 계단을 오르는 장면을 통해서 죽음을 가벼운 일상으로 처리하고 있다. 가벼움과 무거움도 하나의 현상으로 포착하는 것이다.

시 (4)는 암 투병을 하고 있는 친구의 병실을 방문하고 쓴 시인 듯하다. 화자가 친구를 방문하자 그의 몸이 한 차례 출렁였다는 진술에서 울고 있는 장면을 연상할 정도로 슬픈 장면들이 감추어져 있다. "훼스탈 같은 치아"에서 비죽하게 웃는 친구의 모습을 읽을 수 있고, "암세포 같은 것"이라는 시행에서 암으로 투병 중인 친구의 상황을 짐작할 뿐이다. 이른바 선시(禪詩)처럼 상황에 대한 설명과 구구절한 말들을 숨기고 있다. 그러면서도 전체적으로는 비애를 느끼게 한다. 순간의 장면이 불러일으키는 슬픈 상황이 상상의 파장을 거치면서 이 시의 행간을 지배하게 된다.

시 (5)의 "도란도란"이라는 표현에서 벚나무가 피어나는 광경이 은은하게 그려지기도 하고, 그 사이를 지나는 사람들의 "톱니처럼" 날카로운 무관심이 포착되기도 한다. "도란도란"이라는 시어는 음성상징이지만, 벚나무가 피어나는

---

8) 바슐라르, 앞의 책, 149쪽.

상황을 말하고 있는 의태어로 쓰이고 있다. 이는 시 (6)의 "토닥토닥"이라는 표현에서도 볼 수 있는 시적 표현법이다. 형광등 불빛은 시각이미지인데, 토닥토닥이라는 청각이미지로 바뀌어 있다. 이는 그의 시에서 자주 보이는 기법 중의 하나인데, 이러한 치환(置換)기법은 대상의 상황을 바꾸어놓는 역할을 한다. 시 (6)의 제목은 A4용지인데, 사실은 A4용지에 그려지고 풍경의 한 토막이다. 실제 그 풍경은 슬프다. 아버지는 알코올 중독자이고, 실직한 불우한 상황인데, 형광등 불빛의 따뜻한 이미지가 이러한 슬픈 풍경을 상쇄시키고 있다. 시 (7)도 개펄에서 바지락을 캐고 있는 아주머니의 서러운 삶이 농익게 나타나지만, 오히려 그것을 "바지락바지락" 들려주는 가벼운 이야기로 풀어놓음으로써 그들의 슬픔이 따뜻한 서정의 세계로 감춰지고 있는 것이다. 이보다 더 비극적인 장면은 시 (8)에서 보이는데, 이 시는 신호등을 건너가다가 덤프트럭이 치여 죽은 한 사내의 주검을 포착한 시이다. 그런데 그런 그의 주검을 "덤프트럭이 그를 마구 물어뜯었다"라는 말로 끔직한 장면을 대치하고, 그의 주검 옆에 신발 한 켤레가 "그의 옆에서 난파선"처럼 떠다니고 있다는 말로 끝맺는다. 물론 그의 죽음을 가벼운 하나의 일상으로 처리하고 있는 것은 아니지만, 그의 비극은 더 심화되고 있지 않다. 이처럼 그의 시는 다양한 표현기법과 장면의 전환으로 순간의 비극을 새로운 희망으로 돌려놓고, 그 희망은 그의 시를 지탱하는 하나의 힘으로 작용하고 있다. 그의 시가 어두우면서도 어둡지 않은 것은 어둠과 밝음을 동시에 보려는 시적 태도에서 비롯하는 것은 아닐까 한다.

4. 동시성의 의미와 시적 깊이

이동호의 시는 사물을 바라보는 독특한 시선이 있다. 그것은 사물을 하나로 보려는 순간의 미학이라 할 수 있다. 죽음과 삶의 경계에서 끝없이 고민하는 모습이 아니라, 그 죽음의 순간을 하나의 희망으로 보려고 한다. 다소 철학적인 담론이긴 하지만, 그의 시는 우수에 잠겨서 대상을 깊이 성찰하는 사색의 여정을 보여준다. 그것은 변증법적으로 통합되는 과정이기도 하며, 대상을 응시하는 시인의 독특한 상상력이기도 하다.

아버지의 죽음을 보고도 담담한 것은 애써 담담하려는 것이 아니라, 언제나 마음속에서 아버지가 살아있다는 사유체계로 나아가기 때문이다. 이는 사회에서 일어나는 모든 일을 바라보는 시선에서도 그대로 적용된다. 울산 S공장의 화재 현장을 보거나, 대구 지하철 참사를 보거나(「단풍」) 마찬가지이다. 달동네의 우울한 삶 속에서도 "힘을 주세요"(「우산이끼」)라고 말할 수 있는 것도 가난과 부유함을 하나의 현상으로 보려는 시적 사유에서 비롯한다고 할 수 있다.

그러나 이런 대상과 자아의 연대감이 동시성을 넘어서 새로운 시적 깊이를 지니기 위해서는 또 다른 노력이 필요하다고 본다. 그것은 그의 시의 행간들이 자칫 언어유희로 빠져들지 않을까 하는 우려 때문이다. 사물을 바라보는 사유의 깊이가 시적 기교로 빠져들면서 가벼운 담론으로 흐를 가능성이 있다는 말이다. 물론 이런 문제는 기우(杞憂)에 불과할 터이지만, 늘 경계해야 할 문제라고 생각한다.

― ≪동보월례문학토론회 발제문≫, 2007년 10월 12일.

자아의 그늘에 갇힌 텅 빈 비명
김영산의 최근시

1. 자기 체험의 시학

다소 고전적인 이야기지만, 시인의 체험은 창작의 기본 동인이 되고, 그 시인의 체험은 기억 속에 저장되어 있으면서 끊임없이 상상력을 자극한다고 한다. 시는 이러한 과거의 기억을 바탕으로 하면서, 시인의 상상력을 통하여 변용, 창조해낸 것이라고 한다.[1] 기억은 과거의 체험을 심상으로 보존하고, 그 심상을 재현하는 것을 말하며, 상상력은 과거의 심상을 종합, 통일하며 새로운 세계를 창조하는 것을 말한다. 과거 체험과 기억, 그리고 상상력은 작가의 세계관을 이루고, 그 중에서 상상력은 시의 바탕이 된다. 이처럼, 시는 시인의 과거 체험이 상상력을 거쳐서 생성되는 문학적 성과물이라 할 수 있다.

과거의 체험이 문학으로 형상화되어 나타나듯이, 김영산의 문학 세계도 과거의 체험이 상상력을 거쳐서 재현되고 있다. 그의 시집과 동화를 읽으면, 어린 시절의 체험과 최근의 체험들이 혼효(混淆)되어 나타나 있음을 알 수 있다. 시집 『평일』은 불교의 사유체계를 바탕으로 자연에 귀의하려는 화자의 욕망을 보여주고 있다. 특히, 이 시집에는 떠돌이 화자의 삶과 함께 자연에 정착하려는 귀거래사(歸去來辭)의 사유체계가 잘 나타나 있다. 반면에 시집 『벽화』는

---

1) 김준오, 『시론』, 문장, 1984, 309쪽.

도시 빈민층의 우울한 일상으로 돌아와 있다. 벽화에 그려지는 그림들은 대부분 70년대, 혹은 80년대 산업사회의 일그러진 모습들이다. 복지 이데올로기를 추구하는 사회의 구조 속에서 미망(迷妄)해가는 도시 빈민들의 군상이 자아의 우울한 세계관 속에 포섭되어 있다. 동화『주먹열매』는 나병 환자촌에서 보낸 어린 시절의 가난한 체험을 형상화하고 있다. '태어난 것이 죄'인 사람들에게 삶이란, 그 자체가 원죄의식에 사로잡혀 있기 때문에 신산(辛酸)할 수밖에 없을 것이다.

이처럼, 김영산의 시와 동화는 과거의 우울한 체험이 육화(肉化)되어 나타난다. 그런데 그의 시에서 과거의 우울한 체험은 자기 내면을 억누르는 그늘로 자리잡고 있으며, 이러한 자아의 그늘은 유폐된 자아의 비명으로 이어지고 있다. 삶과 죽음의 변증법 속에서 자아의 그늘은 우울한 세계로 빠져들고 있는 것이다. 그의 시적 풍경이 무거운 그늘을 드리우고 있는 것은 과거의 우울한 체험 때문이며, 이는 화자의 심층 의식 속에 내재하면서 세계와 단절되는 양상을 보여준다. 그는 많은 세상의 풍경을 체험했지만, 그 풍경의 이면에는 어린 시절의 우울한 자화상이 깔려있다. 어린 시절 나병환자촌 부근에 살았던 것도 지나칠 수 없는 체험의 하나이지만, 그것뿐만 아니라, "그가 전전한 직업이 대략 40여종"[2]에 달할 정도로 많다는 것도 지나칠 수 없는 일이다. 이렇게 많은 직업을 전전하면서 그는 끝없이 자아의 그늘 속으로 자신을 유폐시키고 있다. 그의 시에 유난히 죽음과 같은 부정적 이미지가 많은 까닭도 여기에 있다. 따라서 자아의 그늘과 그 그늘 속에 나타난 비극의 세계를 밝히는 것은 그의 시를 이해하는 하나의 단초가 될 것이다.

---

2) 이가림, 「삶과 세계의 근원을 향하여 – 김영산의 '존재론적 갈증'」, 시집, 『평일』, 해설, 71쪽.

2. 우울한 체험의 고백

이번에 발표한 열 편의 시들에서도 삶과 죽음의 경계 속에서 방황하는 우울한 자화상을 엿볼 수 있다. 사실 이것은 그의 시에서 발견할 수 있는 해묵은 내면풍경이기도 하다. 그가 체험한 어린 시절의 가난한 생활과 나병환자촌의 우울한 기억들은 세상으로부터 한 발짝 물러서게 했고, 이는 세계와 단절하고 자아의 세계로 빠져드는 계기가 되었다. 그의 시가 때로는 도교적 이상주의 경향을 보이기도 하고, 때로는 세상을 벗어나려는 경향을 보이기도 하는 것은 화자의 내면에 드리워진 그늘 때문이라 할 수 있다. "귀산(歸山), 귀산"이라고 외치는 것은 자연으로 돌아가서 현실을 초월하려는 욕망이 반영된 것이다. 그는 이러한 자아의 그늘에서 벗어나기 위해 때로는 불교적 사유체계로 세상을 넉넉한 시선으로 바라보기도 한다. 운주사의 와불이나 소래산 마애불상을 통해서 한없이 작은 인간의 존재를 발견하는 것은 불교적 사유체계로 세상을 바라보는 넉넉한 자애로움이라 할 수 있다. 어찌보면 현실 초월에 대한 욕망과 세상을 향한 넉넉한 시선은 상반된 사유체계임에도 불구하고, 그의 시는 이러한 변증법적 사유방식이 자연스럽게 뒤섞여 있다.

> (1)찔레 돌배 쥐똥나무 맹감 열매들
> 빨간 검은 누런 흰 잿빛이
> 우리 상한 얼굴빛 같다
> —「열매」 부분

> (2)팥죽을 쑤다 어머니는 우신다
> 마당가에 눈이 쌓여 희붐한 저녁나절
> 시장한 식구들이 안방에 모여앉아
> 짧은 해처럼 가버린 언니를 생각한다

동생들 학비와 무능한 아비의 약값과 70년대말
쪼든 양심을 위해
십년이 지나도록 구멍난 생계를 뜨개질 하지 못한 딸들을 위해
긴긴 밤 무덤들 위에 목화송이 흰 이불을 덮어주기 위해
　　　　　─「冬至 ─ 김경숙 언니에게」 전문

(3)시골집 토굴이 그립다
시방은 메워져 흔적조차 없는
토방 마루 곁에 파놓은 텅 빈 고구마굴,
서리맞은 고구마순 거무튀튀 시들해지는 가실까지
아버지 키만큼 깊어
곰팡내나는 습기 찬 어둠이 좋았다
　　　　　─「무광」 부분

　인용한 시편들을 읽어보면, 병들고 가난한 사람들의 삶이 오롯이 묻어나고 있음을 확인할 수 있다. 시 (1)은 입춘 무렵의 눈보라 속에서 발견한 열매들을 두고 "우리 상한 얼굴빛 같다"고 고백함으로써 나병환자들의 심리적 고통을 잘 드러내고 있다. 겨울을 난 탈색된 열매의 이미지에서 나병 환자들의 상한 얼굴빛을 쉽게 떠올릴 수 있었던 것은 그만큼 어린 시절의 체험이 깊이 각인되어 있다는 말이기도 하다. 시 (2)를 보면, 70년대 산업사회의 현장에 뛰어든 여성들의 모습을 떠올릴 수 있을 것이다. 당시 여성들은 동생들의 학비를 위해, 혹은 가난한 가정을 돕기 위해 도시에 가서 제봉공장, 전자부품 조립 공장에 취직했다. 그런 여성의 이미지는 모성의 이미지와 겹쳐지면서 당시의 시대상을 반영하고 있다. 동짓날 팥죽만큼이나, 탁한 삶을 살았던 딸 아이 생각에 어머니는 울고 있다. 긴 긴 겨울밤 딸아이의 무덤에 목화송이 흰 이불을 덮어주고 싶은 모정이 쓸쓸한 풍경으로 겹쳐진다. 따뜻하면서도 슬픈 한 시대의 자화상을 읽을 수 있는 시편이다.

시 (3)은 겨울에 고구마를 저장해두는 토굴에 대한 인상을 쓴 시이다. 적당한 저장고가 없었던 시절, 무는 땅 속에 파묻어 두고, 고구마는 흙으로 만든 토굴에 보관했다. 이 시는 가난한 어린 시절 고구마를 저장하던 토굴에 대한 회상이다. 그 "곰팡내 나는 습기 찬 어둠은" 그의 어린 시절의 가난한 생활에 다름 아니다. 나병 환자들이 사는 시골집 토굴이 그리운 까닭은 그 처절했던 삶도 따뜻한 인정이 넘치던 시절이었기 때문일 것이다. 그 시골집의 풍광은 이제 잊혀져가고 있는 추억의 하나이지만, 이 체험은 그의 자의식 속에 깊이 자리잡은 그늘이라 할 수 있다.

그의 공간 체험은 가난한 농촌뿐만 아니라, 도시 빈민층으로까지 확대된다. 시집 『벽화』에 실려있는 시편들은 남동공단, 홍등가, 도시의 빌딩 속에 있는 소외된 사람들, 혹은 벽에 갇힌 자아의 모습이다. 이들의 불우하고 소외된 삶을 확인하면서 그는 죽음과도 같은 세계와 조우(遭遇)하고 있다.

아버지와 장님 아이가 와 있었다
아이의 손길이 닿을 때마다
물이 보글보글 끓었다
(…중략…)
아들이 때를 밀어줄 때 보니,
아이의 등에 아버지의 눈먼 눈길이 머물러 있었다

—「벽화 6」 부분

이 시는 눈 먼 아이와 함께 있는 장님 아버지의 삶을 신산하게 묘사하고 있다. 장님 아들과 장님 아버지, 이 비극의 관계를 목격하는 화자의 시선은 매우 담담하다. 세 살 배기 아이는 태어나면서부터 인큐베이터 속에서 눈이 멀었다. 운명의 신은 아이를 평생 장님으로 살게 했다. 그런데 이 운명은 아버지와 아들로 대물림되고 있다. 나병 환자들이 태어나면서 운명처럼 그 병을 안고 태어난다고 믿었듯이, 이 시의 화자는 장님 아이는 태어나면서 눈이 멀 운명을 타고 났다고 믿는다. 그의 시선에 붙잡히는 사람들은 대부분 이러한 불우한 운명을 타고난 사람들이다. 그래서 그는 고향에 돌아가면 늘 어린 시절 그 슬픈 운명과 마주선다.

> 나는 시골에 올 때마다 무엇을 떠올리느냐
> 나는 불을 끈 채 앉았다 누웠다 하며
> 이 마을 내력과 병든 사람들의 얼굴을
> 하나하나 다시금 떠올리느냐
> ―「나는 시골에 올 때마다 무엇을 보느냐」 부분

이 시의 어조는 1인칭 독백조로 되어 있다. 자신에게 하는 말로써 그가 살았던 고향 마을을 떠오르게 한다. 그러나 그의 의식에 투영된 고향마을은 병든 사람들의 얼굴과 함께 "견디기 힘든 시절을 끙끙 앓고" 있을 뿐이다. 그 마을의 내력을 떠올릴 때마다 그는 그 운명을 극복하지 못하는 사람들의 운명 때문에 괴로워한다. 그 어두운 기억 때문에 화자는 스스로 자기 세계에 유폐되고 만다. 그는 스스로 벽을 만들고, 그 벽 속에 자신을 가두어 버리고 만다. 그래서 그는 도시에 살면서도 "이미 벽에 갇혀 지내고" 있는 것이다. 그의 벽은 태어날 때부터 운명적으로 주어진 것이다.

3. 갇힌 자아를 향한 텅 빈 비명

세계와 단절된 그의 의식 세계는 최근에 발표한 시편에서도 그대로 드러난다. 최근에 발표한 그의 신작 중 다섯 편은 게임광이라는 제목으로 인터넷 게임이 몰입하여 자기 정체성을 잃어버린 현대인의 군상을 직접 비판하는 시편들이다. 몇 년 전에 발표한 김영하의 소설 「삼국지라는 이름의 천국」과 같이, 이 시편들은 게임광이 되어 자신의 존재를 잃어 버린 죽은 자아를 형상화하고 있다.

김영하의 작품은 자동차 영업사원으로 있는 주인공이 삼국지라는 컴퓨터 게임에 빠져서 현실과 사이버 세계를 착각하는 환영에 사로잡힌다는 내용이다. 결국 그는 자동차 영업사원에서 쫓겨나고, 광활한 사이버의 세계에 빠지고 만다. 김영산의 최근 시편들도 이러한 현실과 사이버 세계의 혼란이 가져오는 비극을 시화하고 있다.

그는 인터넷 게임에 빠져있는 사람들을 죽은 자아로 진단한다. 인터넷 게임은 디지털 시대를 살아가는 현대인들에게 봉착된 가장 심각한 문제일 것이다. 인터넷 게임의 폭력 장면은 현실 세계에 그대로 재현되기도 하고, 모니터를 통해서 전달되는 비인간적 대화는 인간성 상실로 이어지기도 한다. 사이버 세계의 몰입은 현실 세계의 자아를 망각하게 한다. 이것은 죽음과도 같은 현실에 다름 아니다. 그래서 그는 연작시 「게임광」에서 다른 곳에 시선을 두지 못하고, 죽어가는 인간의 군상을 말하고 있는 것이다. 이 시편들에서 그는 게임 장면을 그대로 서술하기도 하고, 현실과 뒤섞인 사이버 세계를 보여주기도 한다.

> (1)게임생, 너를 불러본다
> 고독사한 늙은 계절이 왔다 간다
> 우리는 늙지 않아 괴롭구나
> 너는 좋으냐
> 죽은 지 몇 달이 되어 구더기가 나오는
> 입을 깁는 생,
> 창밖에는 여전히
> 게임의 방을 엿보느라 죽음의 계절이 기웃거리고
> ―「게임광 1」 전문

> (2)그는 영화(映畵)를 보다 영화(榮華)를 생각했다
> 적과 동지가 언제든 뒤바뀔 수 있는 영화는 선사부터 줄곧 있었다
> 그날 계엄군과 시민군 총격전이 있은 후

　　잠시 소강상태 일 때를 기억해 내었다

　　(…중략…)

　　팔다리 덜렁거리는 마네킹들이 누워 있었다

　　그는 관을 떠메어 가는 시민군을 따랐다

　　투사는 아니었지만, 영화가 그리 끝날 줄 몰랐다

　　마음속 증오가 자라기도 전에 살인마가 넘쳤다

　　그는 자신을 향해 계속 방아쇠를 당겼다

―「게임광 9」 부분

　　인용한 시는 「게임광」 연작시 중 두 편이다. 시 (1)은 대립된 두 존재가 나온다. 하나는 게임에 빠져있는 "게임생"이라는 존재이고, 다른 하나는 "우리"라는 존재이다. 게임의 방 속에 있는 게임생과 우리가 존재하는 현실은 단절되어 있다. 그래서 게임방과 현실은 죽음의 계절이 가로놓여 있는 것이다. 이는 두 존재가 각각 서로의 세계 속에 갇혀있다는 것을 말한다. "죽은 지 몇 달이 되어 구더기가 나오는/입을 깁는 생"과 같은 처절한 존재가 게임생의 모습이다. 이는 컴퓨터 게임에 빠져서 현실을 까맣게 잃어버린 자들의 최후이기도 하다. 컴퓨터 게임을 하는 공간은 늙은 계절이 왔다 가는 환멸의 공간이다.

　　시 (2)를 읽으면, 영화 「화려한 휴가」가 떠오를 것이다. 계엄군의 살인마 같은 행위를 고발한 영화에 게임광이라는 제목을 붙였다. 게임의 폭력성과 영화의 폭력성을 나란히 놓음으로써 인간은 폭력의 구조에서 벗어나지 못한다는 사실을 고발하고 있다. 지라르가 말하는 집단과 집단의 폭력이나, 컴퓨터가 인간에게 가하는 폭력은 그 폭력의 양상으로 볼 때 다를 바가 없다. 그래서 그는 컴퓨터에 빠진 개인을 기계의 폭력에 빠져있는 인간의 모습과 동일한 시선으로 바라보고 있는 것이다. 이 때문에 "그는 자신을 향해 계속 방아쇠"를 당기고 있는 것이다. 게임에 미쳐버린 사람들은 사회의 거대한 폭력 구조 속에 매몰되어 있는 사람이나 마찬가지이다.

컴퓨터 게임에 빠져있는 사람은 자신의 세계에 빠진 채 헤어나지 못한다. 그래서 철저히 자신만의 세계에 안주한다. 시 「게임광 2」와 「게임광 7」처럼, 컴퓨터 게임을 모르면 개인과 개인은 소통불능의 상태에 빠진다. 이 두 시는 컴퓨터 게임인 "리니지 II"라는 부제가 붙어있다. 리니지(Linage)는 인터넷을 통해 즐기는 MMORPG(Multi Massively Online Role Playing Game)을 말하는데, 이 두 편의 시는 "리니지"라는 게임이 어떤 것인지 설명하고 있는 시가 아니라, 리니지의 게임 속에 있는 세계를 설명한다. 리니지는 만화가 신일숙의 동명 만화를 캐릭터로 하여 이를 인터넷 게임으로 만든 것이다. 그런데 이런 설명과는 관계없이 화자는 게임의 공간에 들어가서, 그 상황을 시로 표현하고 있을 뿐이다.

「게임광 2」는 화자가 직접 사이버의 세계인 "리니지"라는 메르헨에 들어가서 그 세계를 그리고 있다. 사이버 공간의 판타스틱한 공간은 "황무지", "개미굴", "중립지대", "화염의 늪", "실렌의 봉인", "에바의 수중정원"의 순서로 그려지고 있는데, 이곳은 현실이 아니라, 메르헨의 세계이고, 사이버의 공간이다.

「게임광 7」에 나오는 "오만의 탑"도 리니지에서 만든 하나의 사이버 공간일 뿐이다. 이 시는 이 공간에 등장하는 몬스터를 나열하고 있는데, 오만의 탑 각 층마다 나오는 몬스터의 이름들만 나열했을 뿐 다른 어떤 설명은 없다. "1층—1.5층 : 탑의 망령, 절망의 궁수, 절망의 검사, 할라트의 사냥개, 살육의 바딘(파티 몬스터) – 바딘의 기사, 바딘의 마법사"와 같은 식이다. 이 시를 이해하기 위해서는 "리니지"라는 게임을 알아야 하고, 실제 그 세계와 접속해야 한다. 그 세계를 이해하지 못하는 사람들은 이 시를 이해하지 못할 것이다. 우리는 "리니지 II"의 "오만의 탑"이라는 공간에 들어갔을 때, 비로소 그 판타스틱한 세계를 이해할 수 있을 것이다. 이러한 자기 폐쇄성은 죽음의 세계와 일정하게 교류하고 있다. 컴퓨터 게임에 매몰된 자아의 모습이나, 그 게임 속에서 잃어버린 자아의 모습은 폭력 속에 신음하는 죽은 자아일 뿐이다. 그것은 텅빈 하늘을 향해 부르짖는 비명과도 같다.

내 생은 견딜 수 없는 것들로 가득 찼어,
천지간 텅빈 비명
가득 찼어, 온통 눈뿐이야
두리번대는 눈뿐이야
내리지 못하고 서성대는 발걸음들
나는 발자욱을 남기지 않을 거야,
발목을 잘라야지

—「파편—수상한 날씨」부분

그는 아무 것도 남기지 않고 죽이려고 한다. "견딜 수 없는 것들로" 가득찬 세상 때문에 그는 텅 빈 비명을 지르고 있는 것이다. 자아의 그늘에 갇힌 우울한 자화상은 결국 자신의 발목을 자르는 착각에 빠지게 된다. 이러한 착각은 화자가 세상이 변한다는 사실을 인정하지 않으려고 하는 태도에서 기인한다. 이는 현실을 벗어나 과거로 향하려는 몸부림이라 할 수 있다. 개발이라는 미명아래 끝없이 자행되는 현실의 파괴적 상황을 그는 더 이상 바라볼 수가 없어서, 그는 자신을 스스로 자아의 그늘 속으로 유폐시키고 있는 것이다. 어느 날 갑자기 시선에서 사라지는 건물, 그 도시의 황량한 풍경은 그를 과거의 세계로 돌아가게 한다. 시「흰 배」는 이러한 화자의 심정을 잘 표현하고 있다. "흰색"은 상주가 입는 옷이다. 그것은 동시에 죽음을 상징하는 색채이미지이다. 현실은 컴퓨터 게임의 세계와 단절되어 있고, 사람들은 그 판타지의 마력에 빠져 있다.

4. 근대, 그 생성하는 공간

그러나 그 판타지의 마력은 죽은 세계이다. 다만 살아있는, 혹은 살아남을 수 있는 유일한 방법은 근대로의 귀환이다. 그는 끝없이 근대로 돌아가려고 한다. 고향을 상실한 현대인이 돌아가야 할 곳은 기계의 공간이 아니라, 근대의 공간이다. 모든 생명의 질서가 원래의 모습으로 복귀하는 과거의 시간, 그 시간으로 거슬러 올라가려고 한다. 그는 현실의 기계문명과 첨단 게임의 세계에서 더 이상 희망을 찾을 수 없었기 때문에 끝없이 과거로 복귀하려고 한다. 이번에 발표한 열 편의 시들은 사이버 세계에 빠져서 허우적대는 현대인의 일그러진 자화상을 극복하고, 근대의 문화로 돌아가려는 시인의 텅빈 비명을 확인하게 한다. 그의 비명은 자아의 세계에 갇혀있는 사람들에게 보내는 희망의 메시지라 할 수 있다.

고대로부터 지금껏 마법이 있지요
향가에도 마법이 있지만
모든 근대문학은 더더욱 마법이 있지요
보들레르 랭보 이상 김수영……김지하 황지우 박민규 두루두루 마법이 있지요
너는 채만식『탁류』의 미두장(米豆場)을 보고
나는 밤낮으로 게임의 영원한 왕국 혈투를 벌이며 만화가가 되겠다는 아들
을 보면서
마법에 걸린 듯……모든 죽음은 게임이다, 라고 중얼거린다
세계 모든 전쟁은 실재 게임이다 컴퓨터를 켜
게임을 해 보라 팔할이 전쟁이다 아니,
구할이 마법이다 그래서 근대문학을 연구하는 너와
게임을 하며 만화를 그리는 내 아들 사이에서 나는
근대문학은 마법이라는 생각을 해 보는 것이다
해묵은 거리를 걷다 나는 우연히
일본식 다다미방과 맥아더가 있는 자유공원에서
인천의 클리토리스 갑문을 내려다 본 것이다
마법에 걸린 듯……이젠
비행기가 뜨고 내리는 인천국제공항에 정조를 내주었지만
여전히 근대, 근대의, 근대를……모든

근대는 마법이 있지요
　　　　—「모든 근대문학은 魔法이 있지요 - 유봉희에게」전문

　이 시는 현실과 게임의 세계, 그리고 근대에 대한 상상력을 보여준다. 세상은 바뀌었고, 인천항은 이미 인천 국제공항에게 모든 것을 내주었지만, 여전히 그 근대의 마법은 살아있다고 한다. 리니지는 상상으로 만들어낸 고대 아덴 왕국의 이야기이다. 오크나 골렘과 같은 인간을 위협하는 몬스터들이 살아가고 있는데, 이들을 무찌르고 진정한 왕국을 세우는 것이다. 컴퓨터의 리니지도 근대 이전의 고대 왕국 이야기이고, 그가 꿈꾸고 있는 근대의 마법도 과거의 세계를 상징한다. 현대 자본주의의 위기를 극복하기 위해서는 어떤 방법으로든지 과거로 돌아가야 한다. 그 복귀의 결단이 없으면 인간 존재는 영원히 위기에서 벗어나지 못할 것이다.

　그는 갇혀진 현실의 그늘을 벗어나 새로운 희망의 비명을 지르고 있다. 그가 추구하는 근대의 진정성을 회복하는 것은 현대 산업자본주의 시대의 화두일 것이다. 단순한 과거 지향이 아니라, 구체적인 생산성을 담보로 한 근대의 지향은 물질만능주의 시대 인간의 가치가 무시되는 시대에 꼭 필요한 지향점이 될 수 있을 것이다. 그런 점에서 그의 최근 시는 중요한 의미를 가진다.

　다만, 그 근대의 화두를 풀어가는 방법과 독자와의 긴밀한 소통이 문제가 되긴 하지만 말이다. 그가 시적 방법론과 시어의 문제를 깊이 고민한다면, 보다 더 생산적인 근대 지향의 담론이 생성될 것이라 생각한다. 그의 시적 세계가 보다 깊고, 넓은 사유를 하고 있음에도 불구하고 그의 시에 탄력이 실리지 않는 까닭은 그 자아의 그늘을 확 벗어던지지 못하기 때문일 것이다. 그런 과감한 결단을 요청한다.

— ≪작가들≫, 2007년 겨울, 23호.

■제3부

시와 극(劇)의 경계

조말선 시집, 『매우 가벼운 담론』(문학세계사, 2002.04.25)

1. 시와 퍼포먼스

2004년 10월 부산에서 제7회 요산문학제가 열렸다. 이 기간 중에 색다른 하나의 행사가 치러졌다. 경성대 소강당에서 열린 '시·소설 퍼포먼스 경연대회'가 그것이다. 이 경연대회는 부산을 대표하는 문학 제전인 요산문학제 운영진들이 새롭게 기획한 행사였다. 특히, 이 퍼포먼스는 부산에서 처음으로 마련한 문학과 극의 만남이라는 점에서 의의가 컸다.

퍼포먼스(Performance)는 관중들 앞에서 실연되는 행위예술을 말하며, 자유분방한 극 전개를 강조한다. 퍼포먼스는 조형 예술가들의 행위를 일컫는 말로서 1970년대 초반에 미국에서 발생하였다. 이것은 새로운 예술장르를 말하는 것도 아니고, 정해진 내용을 지칭하는 것도 아니다. 다만, 퍼포먼스는 극의 형태와 극을 전개하는 기술이라 할 수 있다. 이러한 개방성 때문에 퍼포먼스는 미술과 연극, 때로는 음악과 무용의 결합을 시도하면서 기존의 예술 범주를 확장하기도 한다. 기본적으로 퍼포먼스는 예술의 고상함을 벗어나 열린 예술을 지향하는 것을 말한다.

퍼포먼스는 현실의 경계를 넘어서 열린 예술을 지향한다는 점에서 리얼리즘 문학을 지향한 요산의 문학 정신과는 상당히 다른 문화 운동이라 할 수 있다. 이 새로운 기획에 대해서 문화계 일각에서는 부정적 시선으로 보기도 한다. 그것은 요산의 문학정신을 분명하게 하지 못하는 세 부풀리기 기획이라든지, 행사의 규모를 늘리는 요식 행위라는 비판이 그것이다. 그러나 다른 한편으로 볼 때, 이 경연대회가 요산문학제 기간 중에 열린 것은 지극히 타당하게 보이기도 한다. 그것은 부산 지역이 제2모더니즘 시운동이 일어난 곳이고, 90년대 이후 많은 초현실주의 시인들이 등장하여 새로운 문학 운동을 주도하고 있기 때문이다. 요산문학제는 요산의 정신을 기리는 문학제전일 뿐만 아니라, 부산을 대표하는 문화제전이다. 그런 점에서 요산문학제가 요산의 정신을 살리는 일뿐만 아니라, 부산 지역 문화 운동의 선두 역할을 담당해야 하는 것은 당연한 일일 것이다. 따라서 시·소설 퍼포먼스 경연대회는 최근의 예술 동향을 포섭하는 의미 있는 시도라 할 수 있다. 이 대회는 요산문학제가 지역과 이념을 떠나서 문화 운동의 구심점을 이룰 수 있는 가능성을 보여준 사례라 할 수 있다.

그러나 이러한 가능성에도 불구하고 몇 가지 아쉬운 점이 남는다. 그 중의 하나는 기획과 연출에 있어서 엉성한 작품이 많았다는 것이고, 다른 하나는 연기자의 연기력이 일정 수준에 이르지 못했다는 것이다. 이 대회에 참가한 팀의 수준이 현격한 차이가 나고, 더러는 퍼포먼스의 개념과 의미를 적확하게 짚어내지 못한 팀들도 있었다. 문학과 극의 만남을 전제로 한 퍼포먼스는 문학을 극으로 옮기는 과정에서 그 문학의 의미를 충분히 표현하고, 이를 통해서 새로운 예술적 가능성을 도출해야 할 것이다.

2. 동체이형(同體異形)의 존재 표현 방식

이런 불만에 앞서 이 대회는 관객들에게 신산한 충격을 주었다. 그리고 실제로 이 대회에서 주목받을 만한 두 편의 퍼포먼스가 있었다. 하나는 동아대 '글패'가 공연한 「거울」 퍼포먼스였고, 다른 하나는 동서대의 '나라이후'가 공연한

「화엄광주」퍼포먼스였다. 이 두 작품은 문학과 극의 만남이라는 새로운 예술적 가능성을 보여주었다. 두 작품 모두 각각의 시를 독특한 무대의상과 몸짓으로 보여주었는데, 특히 글패의 「거울」은 조말선의 시에 지배적으로 나타나는 거울 이미지를 포착하는 능력이 돋보였다. 여기에서는 글패의 공연을 중심으로 문학 과 극의 만남이 갖는 가능성과 한계점을 살펴보기로 한다.

글패의 공연은 모두 12명의 배우가 몸의 절반을 대칭으로 채색하고, 두 줄로 나란히 서면서 거울의 대칭구조를 몸으로 표현했다. 이어지는 장면에서 여자는 의자에 앉아있는 남자의 머리에 물을 뿌리는 장면을 연출했다. 자리에 앉아 머리 위에 모종컵을 들고 있는 남자는 물을 뿌리는 여자의 동적인 몸짓과는 반대로 정적인 상황을 연출했다. 물을 뿌리는 행위와 거울의 이미지를 살린 채색한 몸, 12명의 배우가 나란히 서서 대칭으로 연출하는 무대는 단절과 만남이라는 인간의 숙명을 섬뜩하게 재현해냈다. 배우들의 움직임은 느리고 완만했으며, 그 느린 움직임 속에서 시 「거울」을 낭송했다. 격렬함과 잔잔함을 조화시킨 여성 배우의 목소리에서 죽음과 절망의 상황이 생생하게 전달되었다.

조말선의 시 「거울」은 글패의 퍼포먼스로 독자들에게 새롭게 다가왔다. 이 공연은 시 「거울」에서 나타난 인간 존재의 비틀림과 그 비틀림을 극복하는 인간의 운명을 극적으로 보여주었으며, 문학의 기호체계를 넘어서 충격, 죽음과 공포 따위의 섬뜩한 감각을 극적으로 재연했다. 문학이 상상력을 바탕으로 하고 있다면, 이 퍼포먼스는 그 상상력을 시각적 형태인 극으로 바꾸어서 예술의 새로운 영역을 확장시킨 것이다. 글패의 퍼포먼스는 조말선의 시 「거울」에서 보여준 아버지와 화자의 동체이형의 존재를 잘 소화해낸 작품이었다.

아버지가 모종컵 속에 나를 심는다 아가야, 어서어서 피어라 너를 팔아 내 눈
알을 사야지 그때서야 내 너를 볼 수 있지 나는 빛나는 아버지를 쬔다 일렬로 줄
을 선 모종컵 속으로 골고루 아버지가 비친다 아버지는 사흘 만에 핀 떡잎을 보

고 주문을 왼다 너를 팔아 새 다리를 사야지 그때서야 너를 업어주지 아가야, 어
서어서 피어라 아버지의 얼굴에 무수한 길이 난다 아버지, 나는 어디서 나를 사
나요 분무기에서 수천의 아버지가 쏟아진다 몰라, 몰라 이 길을 지워야겠어 내
가 온 길을 되돌아가야겠어 나는 찢어지는 아버지를 받아마신다 나는 쑥쑥 찢
어진다 아버지가 환해진다.
　　모종컵 속에서 아버지의 사지가 하나씩 피어난다

―「거울」 전문

　　시「거울」의 전문이다. 이 시에서 '아가'와 '아버지'는 동체이형(同體異形)의
존재이다. 아버지는 아가를 '팔아 내 눈알을 사야' 비로소 아가를 볼 수 있다. 모
종컵 속에서 자란 '나'는 빛을 받아먹고, 분무기에서 뿜어 나오는 아버지를 받
아 마시면서 자란다. 아버지는 햇빛이고, 물이다. 이 두 시어는 모두 나를 키우
는 생명의 젖줄이다. 모종컵 속에서 자라는 나는 아버지의 '눈알'과 '다리'를 사
주어야 한다. 아버지는 눈과 다리가 없는 불완전한 존재를 상징한다. 그래서 모
종컵 속에서 자란 나는 아버지를 완전한 존재로 만들어 주어야 하는 것이다.

　　모종컵 속의 나는 분무기에서 쏟아지는 아버지와 같은 몸을 가진 다른 존재
이다. 거울은 타자와 자아의 동체이형을 확인하거나, 그 확인을 통해서 하나의
몸으로 거듭나는 것이다. 이형(異形)의 자아가 하나의 완전한 동체(同體)로 합
치면서 모종컵 속의 나는 아버지가 되고, 비로소 '아버지의 사지가 하나씩' 피
어나는 것이다. 조말선의 시에서 '거울'은 나와 아버지의 동체이형을 확인하는
매개물이다. 또한, '거울'은 운명의 굴레에 놓인 자신의 존재를 확인하는 불길
한 상징물이기도 하다. 글패의 퍼포먼스는 이 불길한 자아를 극적으로 보여주
었다.

3. 비틀어진 내면과 갇힌 세계관

그러나 아쉽게도 글패의 퍼포먼스는 시 「거울」한 편에 국한한 것이었고, 조말선의 시집 속에 나타난 거울의 이미지를 모두 극화하지는 못했다. 글패의 퍼포먼스에서 「거울」은 자아와 대립된 존재에 대한 거부의 몸짓이 중심을 이루었지만, 조말선의 시집『매우 가벼운 담론』에서 「거울」은 아버지의 모습에서 자신을 투영하기도 하고, 거울에 비춰진 자아의 모습에서 비틀린 존재와 갇혀진 자아를 확인하기도 한다. 사실 글패의 퍼포먼스가 조말선의 거울 이미지를 다양하게 표현하지 못한 것은 극예술이 가진 한정된 시간과 공간의 제약 때문에 발생하는 어쩔 수 없는 틈새라 할 수 있다. 여기서 우리는 글패에서 표현하지 못한 것이 무엇이며, 문학이 극으로 재연되면서 나타나는 한계가 무엇인가라는 문제에 부닥치게 된다. 이는 조말선의 시세계를 분석해보면, 그 해답을 찾을 수 있을 것이다.

시집『매우 가벼운 담론』의 전편을 압도하는 주된 정서는 그로테스크이다. 그로테스크는 '낯설어진 혹은 소외된 세계의 표현'(카이저)이라고 정의하는데, 이는 부정과 부조화의 표현 방식이다. 조말선의 시집에서 그로테스크 방식은 비틀림이다. 따라서 조말선의 시세계는 시집 제목처럼 가벼운 담론이 아니라, 무거운 담론이며, 가지런한 의식이 아니라, 혼란스러운 의식이다. 시적 방법에 있어서도 평범하고 정제된 비유가 아니라, 낯설고 엽기적인 비유이다. 이 낯선 비유는 이 시집을 지배하는 방법론이다. 낯선 비유는 그만큼 사물을 재현하는 언어 담론이 비틀려 있다는 말이다.

> 창가에 악기 하나를 걸었네
> 빨간 부리가 창살을 쪼아대면
> 악기는 통째로 공명되었네
> 창살 하나하나가 건반이었네

―「새장」부분

　　이 시의 상황과 함께 비유를 따져보자. 이 시에서 새장은 줄이 있는 악기를 말한다. 그렇다면, '빨간 부리'는 악기를 연주하는 도구일 것이다. '빨간 부리'로 줄을 튕기면 악기는 공명되어 소리가 난다. 창살인 악기의 줄은 하나하나가 건반처럼 소리를 낸다. 기타나 혹은 어떤 현악기를 연주하는 장면을 연상할 수 있다. 그런데도 이 시의 제목은 엽기적이게도 '새장'이다. 악기의 줄이 공명하도록 비워둔 공간은 새장으로 비유되고 있다. 그래서 새장에서 나오는 악기 소리는 마치 새처럼 울리는 것이다. 악기가 울리는 소리는 새가 새장에 갇혀서 내는 소리이다. 이렇게 갇힌 의식은 아름답게 울리는 악기 소리로 변용되어 탈옥을 꿈꾸는 자의 탄식으로 비유되는 것이다. 이 낯선 비유는 사물을 바라보는 시인의 비틀어진 의식이라 할 수 있다. 이와 같이 낯선 비유는 시집의 곳곳에 나타난다.

구겨진 콘돔이 하얗게 부풀었다
독한 가난을 피임하는 막막한 터널
얇은 막이 터지도록 땀을 쏟았다
땀방울마다 해 하나씩 갇혀
시퍼런 욕망을 속성 재배하였다
····중략····
문일 열리고
허리 굽은 아버지가 태어났다
　　　　　―「비닐하우스」부분

　　이 시는 비닐하우스에 일하는 아버지의 모습을 시화한 것이다. 비닐하우스가 '콘돔'으로 비유되고, '콘돔'은 다시 성행위 장면으로 환유된다. 아버지가 비닐하우스에서 식물을 재배하는 것은 시퍼런 욕망을 실현하는 행위이고, 이 행위가 끝나자 마침내 비닐하우스의 문이 열리고 아버지가 태어난다. 이 시에서 가장 중요한 비유는 비닐하우스와 콘돔의 관계이다. 아버지가 비닐하우스에 들어가 일하는 장면이 성행위의 장면으로 비유되기까지 콘돔이라는 기발한 상상력이 놓여 있는 것이다. 이와 같이 독특하고 엽기적인 비유는 조말선 시의 중요한 기법이라 할 수 있다. 머리를 손질하는 미용사가 음식을 요리하는 요리사에 비유되기도 하고(시 「요리사」), 면도사가 꽃을 손질하는 사람으로 비유(시 「면도사」)되기도 한다. 이것은 사물과 대상을 바라보는 시인의 의식이라 할 수 있다. 이렇게 대상을 비틀고, 이로부터 낯선 비유를 끌어내는 방법이 그녀의 시를 끌고 가는 힘이다.

이러한 방법론의 근원에는 무엇이 놓여있을까. 이것은 그녀의 의식을 지배하는 시적 동인(動因)은 무엇인가라는 물음이다. 이미 날카로운 독자는 예견할 수 있듯이 이 낯선 비유의 저 편에는 끝없이 대상과 소통하지 못하는 갇힌 세계관이 자리하고 있다. 대상과 현실을 바라보는 의식이 비틀어져 있기 때문에 마침내 세계와 나란히 서있는 자아는 불안한 존재가 되고 마는 것이다.

> 나는 수양버들을 거절하고
> 구름을 거절하고
> 나를 지배한 하늘을 거절하기 위해
> 못을 박는다 쾅쾅
> 연못 위에 푸른 못 자국 돋는다
>
> ·····중략·····
>
> 오늘은 양수기가 퉁퉁 불은 익사체를 뽑아 올린다

보지 마, 못 아래 상처,
못대가리에서 터져 나오는 이 연분홍 핏물!
                                    ― 「연, 못」 부분

　이 시는 연못에 핀 연꽃잎을 소재로 하고 있다. 우선, 이 시가 기발한 까닭은 제목의 묘미에 있다. 소재인 연못이라는 시어의 중간에 쉼표를 찍음으로써 연과 못이라는 시어로 나누어지고, 이것은 연꽃의 이미지와 못의 이미지로 분리된다. 이제 연못 위의 연꽃은 못이라는 이미지로 변용되는 것이다. 이것은 이미 앞에서 본 것처럼, 조말선의 시집에서 발견할 수 있는 낯선 비유의 방법이다. 그런데 우리는 이 시의 방법론을 떠나 놓칠 수 없는 하나의 사실은 이 시의 내용에는 세상을 거절하는 화자의 갇힌 세계관이 놓여 있다는 것이다. 수양버들, 구름, 하늘을 거절하는 화자의 단호한 의지는 연못 위에 못을 박는 행위로 끝막음하고, 결국 화자는 세상으로 달아나지 못하고 자신의 생각을 내뱉을 수 없는 막막한 절망감에 빠지고 만다. 결국 나는 '퉁퉁 불은 익사체'로 발견되는 것이다. 나와 같은 처지에 있는 익사체는 다름 아닌 연근(蓮根)이다. 연근은 물속에 갇힌 화자의 또다른 모습이다. 나는 푸른 못대가리 아래에서 세상을 거부한 채 살다가 끝내 양수기에 뽑혀 올라오는 처절한 연근과 같은 존재이다. 이것은 세계를 거부하는 우울한 자아의 모습이다.

　나는 앉은 자리에서 시든다 나는 앉은 자리에서 핀다 아버지의 직업은 씨뿌리는 사람이었다 나는 의자 위에서 끄덕끄덕 존다 나는 변기 위에서 애써 뿌리는 내린다 ……중략…… 가지 마라, 가지 마 나는 커다란 열쇠구멍에 열쇠를 꽂고 몸을 가둔다 가지 마라 흰 구름, 가지 마라 염소 떼 나는 잔뜩 웅크린 채 이병을 끌어안는다 나는 앉은자리에서 결별을 듣는다
                                    ― 「섬」 부분

이 시에서 섬은 고립된 공간을 말한다. 여기서 섬은 다른 시에서 화분이나 모종컵으로 비유되기도 한다. 그리고 이 시의 화자인 나는 화분에 갇힌 식물이다. 이 식물은 앉은 자리에서 시들고 피는 존재이며, 아버지가 재배하는 식물이기도 하다. '빨간 토마토'일 수도 있고, 모종컵에 갇혀서 생장하는 어린 싹일 수도 있다. 나는 식물처럼 갇혀서 처절하게 생명을 맡기고 있는 피상적 존재일 뿐이다. 이 시집의 식물성은 아버지라는 남성 상징과 반대되는 여성 상징을 말한다. 나의 삶은 갇힌 공간에서 시들고 피면서 스스로 이별을 끌어안고, 또 다른 결별을 준비하는 것이다. 나는 식물처럼 스스로 그 자리에서 떠날 수 없으며, 갇힌 존재일 뿐이다. 모든 선택권이 아버지라는 남성에 의해 결정되고, 마음대로 재배되고 필요없는 부분은 이유도 없이 재단(裁斷)되기도 한다. 그래서 나는 고립된 섬에 사는 존재이고, 동시에 새장 속에 갇힌 존재이기도 한 것이다. 여기서 섬은 하늘과 구름을 거절하는 연못에 갇힌 자아의 모습이라 할 수 있다. 그러나 이렇게 갇힌 자아의 세계는 불우하게도 죽음과 절망의 상황에 놓여 있다.

이 자글자글 당신이 뽑아낸 이 모가지들 뭐가 걱정이에요 아버지, 저 빡빡한 유통
기한 저 코를 찌르는 죽음 꽂으세요 당신의 모종 컵에 당신의 목구멍에 뭐가 걱정이
에요 아버지, 이 반들반들, 이 생글생글, 이 산들산들, 이 파릇파릇, 이 발름발름
　　　　　　　　　　　　　　　　　　　　　　　　—「오아시스」 부분

아버지가 비닐하우스로 들어 오셨네 이런 신발이 작구나 애야 걱정스런 아
버지는 신발을 벗기고 내 발가락을 잘랐네
　　　　　　　　　　　　　　　　　　　　　　　　—「화분들」 부분

아버지는 모종컵에 식물을 재배하지만, 그것은 식물을 가두는 감옥이고, 그 감옥을 지키는 상징적 존재이다. 당신이 뽑아내는 모가지들, 그 식물들은 유통기한이 지나고 죽은 것들이다. 썩어가는 식물들은 코를 찌르는 자극과 함께 죽

어간다. 갇힌 존재는 죽은 존재이다. 아버지가 가꾸는 식물은 아버지의 자식들이고, 그것은 나이기도 하다. 나는 모종컵 속에 혹은 화분 속에 갇힌 존재이다. 그래서 시 「오아시스」에서 반들반들, 생글생글 하면서 시니컬한 미소를 짓는 것이다. 이들 의태어들은 잘려나간 식물들, 죽어버린 모가지들이 스스로 내뱉는 절망의 몸짓인 것이다.

아버지는 너무도 편안하게 식물들을 잘라내지만, 그 행위는 식물들에게 엄청난 살인행위이다. 이것은 우리 사회의 거대한 폭력 구조를 상징적으로 보여주는 것이다. 아버지가 식물에 가하는 행위는 남성 위주의 사회에서 자행되는 폭력의 파편들이다. 남성은 말없이 폭력을 행하고 있지만, 그것을 폭력으로 인식하지 않는데서 더 심각한 잔혹성이 있다. 아버지가 꽃을 잘라서 화환을 만들고, 그 화환을 바라보는 비틀린 시선은 결국 죽음과 절망, 갇힌 세계관과 같은 부정과 부조화로 이어지고 있는 것이다.

이처럼, 식물들은 처절하게 죽어가는 것이다. 아침에 잘려나간 꽃들이 화환에 걸려서 시들어 간다. 무심결에 지나칠 수 있는 꽃들의 죽음에 보내는 화자의 불운한 상상력은 생명의 소중함을 너무도 무덤덤하게 받아넘기는 현대인들의 무감각함을 풍자하는 목소리라 할 수 있다. 꽃은 사람들의 폭력에 희생이 되어 단두대의 주검처럼 처절하게 매달려 있지만, 마지막으로 이 단두대를 떠나고 싶은 소망을 표현한다. 그것은 화자의 소망이며, 동시에 시인의 소망이기도 하다.

이처럼, 조말선의 시는 폭력의 구조에 저항하고 있는 것이다. 그 시적 방법론은 낯선 비유를 택하고 있다. 그녀의 시에서 식물들은 아버지로 대표되는 남성에 저항하는 여성의 비극과 절망을 상징한다. 식물에게 가해지는 폭력이 모종 컵으로, 새장으로, 섬으로 변용되고 있다. 그녀의 시에서 거울은 그 폭력의 구조 속에서 절망한 자아의 모습을 비추는 매개물이다. 거울에 비친 자아의 모습은 처절한 절망뿐이었다. 그 절망은 비틀림의 미학으로 나타났고, 마침내 자신을 가두고, 현실을 거부하는 강한 몸짓으로 형상화된 것이다. 남성 권력이 지배하는 사회에서 여성의 의미는 무엇인가. 이 시집은 끝없이 이러한 물음을 던진다.

4. 시와 극(劇)의 소통

문학은 기존 질서와 새로운 질서가 아름답게 조화하는 자리에 존재한다. 현실을 외면하지 않은 문제적 개인도 있어야 하지만, 현실의 공간을 떠나서 자유롭게 유영하는 낭만적 개인도 있어야 한다. 문학 퍼포먼스는 현실과 상상의 공간을 넘어서 문화 예술의 새로운 장을 열었다는 점에서 의의를 갖는다.

퍼포먼스 「거울」은 남성과 여성으로 대칭되는 세계의 문제를 잘 표현하고 있으며, 강한 톤의 여성 배우의 무거운 목소리에서 죽음과 같은 긴장감을 잘 형상화하고 있다. 이 점에서 퍼포먼스 「거울」은 조말선의 시적 의미를 잘 표현해 내었다고 할 수 있다. 덧붙여, 이 퍼포먼스는 단순한 실험극의 차원을 넘어서 시적 의미를 잘 살리고, 그 의미를 새로운 예술로 끌어올리고 있다는 점에서 문화 예술의 새로운 지평을 열었다고 할 수 있다.

그럼에도 불구하고 이 퍼포먼스는 몇 가지 한계점을 갖고 있다. 우선, 이 퍼포먼스는 시 「거울」한 편의 이미지에 국한함으로써 시집 전체에 반영된 거울의 이미지를 제대로 표현하지 못했다는 점을 들 수 있다. 이 때문에 이 퍼포먼스는 연출자가 작가의 시세계를 적확하게 드러내지 못했다고 할 수 있다. 그러나 이보다 더 중요한 문제는 문학을 극으로 재연하면서 나타나는 형식상의 제약이 있다는 것이다. 문학은 언어 기호와 상상력을 중심으로 한 예술이고, 극은 대화와 행동을 중심으로 한 예술이다. 이 두 가지 상반된 형식의 틈을 메우지 못하고 있다. 이것은 어쩔 수 없는 문제로 돌릴 수도 있지만, 이 형식상의 한계점은 작가와 연출가의 상호소통 속에서 어느 정도 극복할 수 있을 것이라 생각한다. 고립된 예술 지향주의는 새로운 예술을 양산하지 못한다. 문학과 극의 만남에서 연출가는 작가의 의도를 분석하는 뛰어난 분석력이 있어야 하고, 배우는 이를 표현하는 치밀한 표현력이 있어야 한다. 그 과정에서 연출가는 작가와 작품 사이의 끊임없는 교감이 있어야 한다. 작품을 통해서 작가 정신을 분석하고, 그 정신을 새롭게 재연해야 한다. 더 나아가서 작가와 연출가가 한 자리에 만나서 논의하는 과정이 있을 때, 형식상의 한계점을 극복하고, 더 잘 다듬어진 작품이 나올 수 있으리라 생각한다. 한 편의 퍼포먼스는 예술 장르의 다양한 소통을 통하여 더 좋은 작품으로 거듭날 수 있을 것이다. 이러한 새로운 예술의 지평이 열리기를 기대한다.

— ≪함께하는 예술인≫, 2005년 가을, 10호.

질그릇의 시학

권경업 시집, 『별들이 쪽잠을 자고 간』(전망, 2004.10.30)

1. 투박한 서정

서정시가 개인의 정서를 풀어내는 것이라고 한다면, 그 정서는 개인의 체험과 성격에 따라 각기 다르게 나타날 수 있다. 기법의 다양성을 꾀하거나 정제된 시어로 풀어쓴 시들은 잘 빚어진 백자항아리에 비할 수 있다면, 기교를 부리지 않고 쉬운 시어로 쓴 시들은 편안한 질그릇에 비할 수 있다. 시인의 개성이 각기 다르고, 시작의 태도가 천차만별이듯이 시인들의 시는 각자의 개성대로 표현되기 마련이다. 백자항아리는 그것대로의 아름다움이 있다면, 질그릇은 질그릇대로의 아름다움이 있다. 그것은 서정시가 갖는 특징일 것이다. 정신의 영역을 넘어서는 환상의 공간에서 현실을 향해 뿜어내는 시향(詩香)이나, 현실의 모순을 직격탄으로 쏟아내는 폭발적인 시들이라 하더라도 서정시는 개인의 체험과 현실에 든든한 뿌리를 두고 있다. 다만, 현실을 드러내는 방법과 형상(形象)만 다를 뿐이다. 왜냐하면 서정시는 다양한 인간 정신을 구현하는 문학적 대응물이기 때문이다.

그의 시는 시작태도의 관점에서 살펴볼 때, 시어가 투박하고 거칠게 표현되어 있다. 그는 시어를 다듬거나 모양새를 내는 일이 거의 없다. 역마살이 낀 여행객이 쓴 시처럼, 가는 곳마다 느낀 것을 그대로 옮겨놓고 있다. 시의 형식을 파괴하려는 의도가 있는 것도, 시어를 다듬어서 모양을 내보려는 것도 아니다. 있는 그대로 그 자리에 본 형상을 쉬운 시어로 표현하고 있다. 사기장이 생활의 필요에 따라 즉흥적으로 흙을 갈무리하면서 그릇을 만들어내는 것과 같다. 그래서 그의 시는 멋을 부리지 않고, 쉽게 만들어내는 질그릇을 닮았다. 질그릇은 필요에 따라 만들고, 기법이 세련되지 못하고 거칠고 투박하다. 그것은 인공의 아름다움이 아니라, 자연의 아름다움이다. 질그릇은 평범한 곳에서 예술의 진정성을 발견할 수 있게 한다. 그러나 아무렇게나 만들면서 멋을 부리지 않았다고 해서 유치하다거나 보잘 것 없다는 말이 아니다. 그의 시는 자연스럽게 내적으로 승화되어 깊은 시적 경지를 드러낸다. 그의 시는 선문답처럼, 짧은 시들도 있는가 하면 이야기처럼 긴 시들도 있다. 멋스럽게 다듬어낸 시들이 있는가 하면 쓰다가 그만둔 것 같은 완결되지 못한 시들도 있다. 짧으면서도 미완결된 구성을 보이는 시는 아무렇게나 빚어졌지만, 모두 제 역할을 하는 질그릇처럼, 하나의 완결된 주제를 드러내고 있다.

　질그릇은 사용하기 편하게 만들어진 물건이다. 특별히 모양을 내거나 꾸미지 않는다. 그래서 때로는 막걸리 잔으로 사용되기도 하고, 보리밥을 꾹꾹 눌러 담는 밥그릇으로 사용되기도 한다. 이빨 빠진 질그릇은 화분이나, 개밥그릇으로도 사용된다. 빚어내는 방법도 자연스럽지만, 소용되는 곳도 자연스럽다. 그의 시는 질그릇처럼 투박하지만 거침없는 자연주의 미학을 보여준다. 그래서 그의 시는 시적 의미가 떨어지는 것이 아닌가라는 오해를 받을 수 있다. 소박함은 막힘이 없는 높은 경지를 의미하기도 하지만 더러는 어설픈 경지를 보인다고 할 수도 있기 때문이다. 그의 시는 어느 경지에 있을까. 이러한 의문을 떠올리면서 그의 시들을 읽어보면 재미있을 것이다.

2. '무하유향(無何有鄕)'의 정신세계

권경업의 초기시는 대부분 산행에서 느낀 점을 일기처럼 쓴 시들이다. 이 시들은 현장감을 풍부하게 드러내고 있어서 솔직하다. 이러한 현장성과 솔직함은 그의 시가 갖는 매력이다. 현장에서 바라본 상황과 시인의 체험이 그대로 묻어나 있다. 그런데 이러한 현장성은 보편적인 정서가 아니라 특별한 개인의 정서다. 개인의 체험을 솔직하게 표현함으로써 "산바람처럼 싱스럽다"거나(신경림), "살아있는 시"라고(강은교) 할 수 있다. 그러나 이 특별한 현장성이 언어의 조탁과 전달방법의 문제로 말미암아 독자들과 폭넓은 정서적 공감대를 갖지 못하고 있는 것 같다. 서정시가 개인의 체험을 시화하고 있지만, 독자들과 공감할 수 있는 동일시(同一視)가 필요하다. 그런 점에서 그의 초기시는 "처음 만나는 산시"라는 점에서는 호평을 받았지만, 시적 방법론과 정서적 공감대의 문제 때문에 의미전달의 한계를 보이고 말았다. 그것은 신경림이 지적한 것처럼, "말의 재간"에 서툴고, 꾸밈이 없는 그의 시작태도 때문일 것이다.

초기시의 솔직함은 그의 시세계를 지배하는 정신적 푯대로 남아있다. 그것은 서투름을 넘어서 자연스러움으로 옮아가면서 스스로 긍정적인 방법으로 육화(肉化)되었다고 할 수 있다. 이번에 묶어내는 시편들을 읽으면서 현장성과 솔직함이 내적으로 승화되는 자연스러움을 만날 수 있었다. 그의 시는 계곡의 물길처럼 자연스럽게 흐른다. 물길은 계곡을 따라 자연스럽게 흘러가지만 더러는 급경사에서 떨어지는 것처럼 요동치기도 하고 때론 차분하게 가라앉아 흐르기도 한다.

그러면 이번 시집이 어떤 시적 지평을 보여주고 있는지 살펴보기로 하자. 전체 4부로 나누어진 시들을 다시 묶어서 주제별로 나누어 보면, 두 가지 주제로 귀결된다. 그 중의 하나는 자연에 동화하거나 관조하는 인간의 모습을, 나머지 하나는 현실을 거역하는 거침없는 반역의 자세와 세상에 대한 뒤틀림을 주제로 하고 있을 것이다. 주제별로 거칠게 살펴보아도 그의 시가 무엇을 지향하고 있으며, 자연스러움과 솔직함이 추구하는 본질이 무엇인지를 간파할 수 있을 것이다. 그러면 주제별로 나누어서 그의 시적 표징(標徵)을 살펴보기로 하자. 먼저, 자연과 동화하는 화자의 모습을 시화한 작품을 읽어보자.

> 밤늦도록 반짝이는 별의 수고로움에
> 새벽잠 잠시 눈 붙이게 하는,
> 이슬방울은 4월 풀숲의 정성입니다
> 곰취, 쇠뜨기, 억새잎에 일찍 산책 나온
> 맨발의 개미는 발이 젖어도 즐겁습니다
> 별이 몸을 헹구고 간 이슬이기에
>
> 늘, 아련한 그 분의 몸향기가
> 풀숲에서 번지는 까닭도
> 지금은 은하의 별이 되신 때문이겠지요
>
> ―「별들이 쪽잠을 자고 간」 부분

이 시는 시집의 표제로 삼은 시이다. 새벽녘 산의 맑은 정기가 물씬 배여있는 시이다. 맨발의 개미가 발에 젖어도 즐겁다는 세심한 관찰은 그의 시에서 돋보이는 현장성이다. 개미와 동화된 자연, 그 자연 속에서 "그 분의 몸향기"를 느끼는 것은 자연과 동화하려는 시적 노력이 내적으로 승화되고 있다는 증거이다. 별을 통해서 자연의 본질을 바라보고, 더 나아가 "지리산 언저리의 저 잔별"을 보고 "아버지 형제들의 애처롭게 스러져 간 눈망울"(시 「위안리의 겨울밤」)임을 인식한다. 자연을 표현하는 솔직함이 내면화되면서 나타나는 새로운 생성의 의미일 것이다. 그래서 그는 어디에서나 살아있음을 확인하고, 그 살아있음을 통하여 삶과 죽음의 경계를 바라보는 것이다.

이 경계의 언저리에서 그는 자연과 동화되기를 꿈꾼다. 별은 자연과 동화하려는 그의 정신세계를 잘 보여주는 소재이다. 시집 전편에 별을 소재로 한 작품이 많은 까닭도 여기에 있다. 별은 자연 그 자체를 말하기도 하고, 자연과 동화하려는 화자의 희망과 소망의 표상이기도 하다. 별은 그가 기억하는 과거의 추억이 되기도 하고, 현실의 모순을 극복하는 표상이 되기도 한다. 또한 별은 돌아가신 어머니를 상징하기도 하고(시 「어머니의 별자리」), "별빛을 접속신호로 착각하고" 뛰어드는 정열적인 삶에 대한 다짐이 되기도 한다. 자연을 솔직하게 표현하는 그의 시적 노력이 정신적 교감으로 이어지고 있다면, 초기시에서 보여준 자연과 교감하는 "살아있는 시"들이 그 의미를 획득하고 있다고 할 수 있다. 이것은 사물에 대한 새로운 인식과 사랑, 살아있는 자연을 관조하는 자세에서 잘 드러나고 있다.

쑥갓꽃이 별이었다는 증거는
황금빛 핵 주위의 너무나 닮은
하얀 빛살무늬입니다

흔들리는 지상의
흔들리지 않는 좌표가 별이듯이
쑥갓꽃은, 흔들리는 마음들의 등대입니다
— 「쑥갓꽃 2」 전문

여름에 상추와 함께 쑥갓을 먹어 본 사람이 많을 것이지만, 그 꽃을 본 사람은 드물 것이다. 그런데 그는 쑥갓꽃의 모습을 관찰한다. 두 편의 시에서 쑥갓꽃의 이미지를 그리고 있으며, 자연물에 대한 세심한 관찰을 시화하고 있다. 그는 쑥갓꽃을 보면서 그가 꿈꾸는 별의 이미지를 연상한다. 쑥갓꽃은 한갓 자연물로 머무는 것이 아니다. 그에게 있어서 "흔들리는 마음들의 등대"인 것이다. 쑥

갓꽃은 그저 관조의 대상으로 머무는 것이 아니라, 화자의 소망으로 육화되는
것이다.

해 저물면 한가하게
먼 별 바라보며
하얀 쑥갓꽃으로 필

여린 연둣빛 물관을 타고 오르는
한 방울의 수액이 되고 싶습니다
　　　　　　　　—「다음 생에는」 전문

　　이 시의 화자는 "다음 생애는" 쑥갓꽃을 피우는 한 방울의 수액이 되고 싶다
고 고백한다. 이 시에서 드러난 쑥갓꽃의 이미지는 선명하다. 노란 쑥갓꽃도 있
지만, 하얀 쑥갓꽃을 선택한 것은 죽음의 이미지를 강조하기 위한 색채 이미지
이다. 화자는 쑥갓꽃을 통해서 자연과 동화하려는 소망을 담아내고 있다. 이 시
를 통해서 화자는 자연을 관조하는데 머무르지 않고 자연과 동화하려는 의지를
보이고 있음을 엿볼 수 있다. 산행일기처럼 썼던 투박한 자연 관조가 비로소 그
의 정신세계에까지 스며들고 있음을 알 수 있다. 이러한 인식은 영원히 사는 것
도 없지만, 영원히 죽는 것도 없다는 장자(莊子)의 사유체계에 닿아있다. 이와같
이 그의 시는 세상에 대한 초연함을 의식하면서 자연과 동화하려는 순수한 인
간의 모습을 만날 수 있다. 이러한 사실은 살아있음을 확인하면서도 끝없이 죽
음의 공간을 의식한다는 점에서도 확인할 수 있다. 다음 시를 살펴보자.

　　(1)눈 내리는 산자락
　　지상의 길들 하얗게 지워져도
　　지워지지 않는 산새의 길

뼛속까지 아린 추위에도 시를 읊는
가지고 있지 않기에
읽어버릴 길이 없는,
산새는 자유롭습니다
— 「산새」 부분

(2)차가운 꽃등불도 꺼지고
하루하루 야위어, 끝내
흙먼지 뒤집어 쓴 채 무관심 속의
한 줌의 초라한 모습으로 사라지겠지만
— 「눈사람」 부분

소유의 관념이 없는 곳에서는 잃어버릴 것도 없다. 노자가 말하는 생이불유 (生而不有)처럼, 만물은 생겨났지만 소유할 수 있는 것은 아무 것도 없다는 인식이다. 가지고 있지 않기에 잃어버릴 것이 없는 자유로움이다. 그것은 대자연의 질서 속에 존재하는 자연스러움이다. "산새"의 자유로움은 지워지지 않는 길의 이미지이고, "지상의 길들 하얗게 지워져도/지워지지 않는 산새의 길"이다. 이 자유로움은 "눈사람"처럼, 끝내 "한 줌의 초라한 모습"으로 사라질 존재들이라는 자아성찰로 이어진다. 자연을 바라보는 솔직함이 사물의 의미를 성찰하는 새로운 눈으로 옮아가고 있는 것이다. "지상의 길"은 사람이 살아가는 인생의 여정에 비할 수 있고, "산새의 길"은 시인의 정신적 공간이나, 자연의 공간이라 할 수 있다. 그의 시작태도가 자연의 질서에 따르고 있듯이 자연스럽게 생성된 눈사람도 결국에는 자연의 질서에 따라 사라지고 마는 존재로 인식하고 있는 것이다. 이러한 인식을 통해서 그는 "처녀항해"를 하는 것처럼, 다 게워내고도 정신을 못 차리는 일이지만 언젠가는 "풍랑 앞에 담담해지는 날"이 있을 것이라는 순환의 이치를 깨닫는 것이다.

초기시에 보여준 솔직한 시작업이 그의 정신적 푯대로 남아서 시의 의미를 융숭 깊게 하고 있다. 아직도 그 서투름이 다듬어지지 않고 있지만, 그것은 재간 있게 말재주를 뽐내는 시인들보다도 더 솔직하고 맑다. 단련된 숙련공의 솜씨로 그의 시적 세계를 넓혀갈 수 있을 것이지만, 그는 아직도 투박한 질그릇을 만 듯이 시를 쓰고 있는 것이다. 그는 장자가 그리워하던 '무하유향(無何有鄕)'의 정신세계를 지향하고 있는 것이다.

3. 풍자를 통한 비판정신

자연과 동화하려는 정신세계와 함께 이번 시집에 보여준 현실에 대한 관심은 또다른 관점에서 눈여겨 살펴보아야 할 것이다. 이 시들의 주제는 자본주의와 물질문명에 대한 반향(反響)이다. 이 시들은 주로 4부에 많이 실려 있는데, 이 시들은 대부분 현실에 대한 모순을 시화하고 있다. 그는 현실을 자본주의의 모순과 부질없는 욕망으로 들끓는 세상으로 바라보고 있다. 그래서 그가 표현하는 현실은 뒤틀어져 있으며, 삐딱한 풍자로 드러나고 있다. 그의 솔직함은 현실을 드러내는 방법에 있어서도 예외가 아니다. 그래서 그의 현실 풍자시는 우회적이거나 비유적이지 않고 직접적이며 노골적이다.

방 있습니까
아! 예 룸 말씀이십니까

녹차 한잔 주세요
아! 그린티 말씀이군요

아니, 우유로 바꿔주세요
아! 예 밀크로 말씀이지요

외래어가 판을 치는 세상을 풍자한 시이다. 국적이 불분명한 말들이 유행하고, 영어로 말하면 유식하게 보이는 우리 사회의 언어 질병 현상을 비판하고 있다. 미국식 사고와 서구식 합리주의가 우리 사회를 멍들게 한다. 미국호텔이라는 말을 "우사호텔"로 비꼬면서 "방"이라는 말을 "룸"으로 말해야 직성이 풀리는 우리의 언어생활을 비판하고 있다. 미국의 식민지로 전락한 한국 사회를 비판하는 그의 시적 태도는 보다 직설적이고 노골적인 공격의 방법을 택한다.

오등(吾等)은 자(玆)에 아(我) 조선(朝鮮)의 독립국(獨立國)이 아님과
조선인(朝鮮人)의 자주민(自主民)이 아님을 선언(宣言)하노라
— 「미완(未完)의 독립 선언」 전문

동두천에서 미군 장갑차에 깔려 죽은 여중학생 사건을 보고 쓴 시이다. 이 부당한 현실의 구조를 보고는 그는 "미완의 독립선언서"를 쓴다. 기미독립선언서의 한 구절을 패러디한 이 시에서 그는 미국의 식민지인 우리나라의 현주소를 직접적으로 풍자하고 있다. 이처럼, 그의 현실 풍자는 우회적이지 않고 솔직하면서도 직접적이다. 깨어져도 문제가 되지 않는 질그릇처럼, 자유분방한 비판을 서슴지 않는 것이다.

로또라고 소리내지만
오리지널 발음은 좆또입니다

우리는 지금 잘못 읽고 있습니다
— 「LOTTO」 전문

욕설은 민중의 정서를 드러내는 방법이다. 김열규에 따르면, "시가 세상의

부조리에 뛰어들었을 때, 그것은 욕이 되기도 한다"고 한다. 그래서 "시는 욕이다"라는 진술이 가능한 것이다. "시는 흥에 받쳐서도 쓰지만, 악에 받쳐서도 쓴다"고 한다. 시 「LOTTO」를 읽으면서 우리 사회에 만연한 한탕주의의 병폐를 읽을 수 있다. 이러한 병적인 로또의 열풍을 그는 "좆또"라는 한마디의 욕설로서 일갈하고 있다. 욕설은 약자가 강자에게 할 수 있는 솔직한 자기표현 방법이다. 욕설은 개인과 사회의 갈등에서뿐만 아니라, 개인과 국가의 문제에서도 똑같이 나타난다. 욕설은 민중의 정서를 정화하는 "카타르시스의 미학"이라 할 수 있다.

(1)미국놈들, 이라크에다 쏜 대포가
씨팔, 터지기는 왜 이 땅에 터지냐며
오늘도 노가다 막일 끊긴 잡부 최씨
막소주 낮술에 곤드레가 되어
경기는 곤두박질 직격탄, 일거리는 불발탄
고2 아들놈 하나에 중3, 중1 계집에 둘
개금3동 달동네에 물가는 치솟는 지대공 미사일
숏던말던, 21층 반도아파트 뒷산
비곗살 팅팅불은 아파트 아줌마들 수다 속에
왕벚꽃 꽃비 무심히 지는
좆 같이 화사한 봄날이란다
— 「오폭」 전문

(2)요즘 우리 아파트 담장에 개나리들이 막 피고 있다
동네 빈둥대는 노총각들 장가는 들겠지만
장가만 들면 뭐하냐? 일거리 없는 백수들인데
아마, 다음달 중순쯤 여의도 국회의사당 담장에도
노랗게 피겠지만 이승에 와서 보니, 괜스레

저 꽃들에게 미안하다는 생각만 졸라드는 봄날이다
—「어느 봄날의 이야기」 부분

시 (1)은 미국과 이라크의 전쟁으로 경제 위기에 닥친 우리의 현실을 비판하고 있다. 노가다의 막일을 하는 최씨는 우리 시대의 고통 받는 민중을 대표한다. 막일까지 끊긴 최씨는 막소주를 한 잔 하고는 "경기는 곤두박질 직격탄, 일거리는 불발탄"이라고 푸념을 늘어놓는다. 우리 시대 서민들의 한 모습을 적나라하게 보여주고 있다. 개금3동 달동네에 사는 최씨의 현실적 가난은 "비곗살 팅팅 불은 아파트 아줌마들 수다"와 대비된다. 최씨의 가난과 아줌마들의 수다는 극단적인 장면의 대조로 비극을 심화시키고 있다. 그래서 왕벚꽃이 꽃비가 되어 내리는 날, 최씨는 "좆 같은" 봄날을 보내고 있는 것이다. 그의 시선에 비친 봄날은 "새학기 등록금 달달 긁어낸 춘궁기/반 지하 젖을 것도 없는 살림에/못질이라도 하고 싶"(시 「밀레니엄 춘궁기」)은 것처럼 처절한 것이다. 이와 같이 이 시는 우리 사회의 대다수 서민들이 겪고 있는 고통을 잘 보여주고 있는 것이다.

시 (2)는 천석꾼 집안의 머슴으로 살았던 "나"를 내세워, 그 집 할아버지 때부터 재산을 모은 이력을 밝히고 있다. 할아버지는 평안도 의주와 초량 왜관에서 밀무역으로 모은 돈으로 춘양 현감을 지낸다. 춘양 현감을 하면서 "기상천외한 방법"으로 전답을 모은다. 이러한 할아버지의 은덕으로 살아가는 주인은 머슴으로 살고 있는 내게 새경을 주지 않고 일만 시킨다. 나중에는 새경으로 내놓은 것이 "콩 한 톨 박을 수 없는, 큰물에 쓸려 간 강변 자갈밭"이었다. 그때 읍내 노스님에게 얻은 꽃을 심었는데, 다음 해 꽃이 피었다. 주인 나리가 그 꽃이 무엇이냐고 묻길래 "개나리"라고 대답해서 개나리꽃이 되었다고 한다. 개나리가 피는 봄날인데, 일거리도 없는 동네 백수들은 빈둥대고 있다. 이 시에서 "개나리"는 국회의원들을 풍자하는 시어이다. 친일을 한 사람과 백성의 고혈을 빨아먹은 사람이 정치를 하고 있는 타락한 우리 사회를 통렬히 비판하고 있다. 짧은 한

도막의 이야기 속에 우리의 근대사가 여지없이 폭로되고 있는 것이다. 그는 "다리미"로 "구겨진 세상"을 펴고 싶은 것이다(시 「한번 뜨거워지면」). 이처럼 왜곡된 세상을 향한 직접적인 풍자는 그의 시가 지향하는 또 다른 지평이다.

4. 호접지몽(胡蝶之夢)의 자연관

끝으로 짧은 시 형식에 대해서 살펴보기로 하자. 생긴 대로 만들어내는 질그릇처럼, 조각난 시편들을 읽는 것은 이 시집의 또 다른 재미이다. 긴 산문으로 그 정서를 풀어내는 시들이 있는가 하면, 짧은 시를 통해서 압축된 주제를 드러내는 시들이 있다. 짧은 시들은 지금까지의 시적 방법론에서 벗어나서 살펴야 할 필요가 있다. 이 시들은 그의 정신적 깊이와 함께 살펴보아야 할 시들이다. 자유시는 비교적 형식의 구애를 받지 않지만, 지나치게 짧은 시 형식은 주제를 얼마나 효과적으로 전달할 수 있는가에 대해서 한번쯤 생각해보아야 할 일이다. 이번에 발표한 시들 중에서 짧은 시 형식은 대충 헤아려보아도 40여 편 정도가 있다. 전체 100여 편의 시들 중에서 절반 정도의 분량을 차지한다. 짧은 서정시가 주는 고도의 언어절제는 주제, 이미지, 비유 등에서 시적 의미를 획득해야 할 것이다. 이들 작품 중에서 돋보이는 몇 편을 살펴보기로 하자.

(1)4월도 되기 전에, 벌써
흰 손수건 내던지며 이별이라니
아! 봄날이 부질없음을
너도 알고 있었구나
　　　　　　　　　— 「목련」 전문

(2)산이 춥다고, 마냥
함박눈 내리덮으면

산토끼는 밤새워, 한 땀 한 땀
목화꽃 무늬 박음질로
누비이불 만들고 갔습니다
                    ─「눈 덮인 써레봉의 아침」 전문

(3)바람 속의 삶(生)에서
잠자리를 찾고 있는 너는
늘, 푸른 상소를 꿈꾸는
청빈하여 자유롭던 조선 선비의 화신

온 세상이 한 점 벼랑끝인
잠자리의 잠자리
                        ─「잠자리」 전문

(4)섹시라는 스스럼없는 말

꼴린다면, 천박하게 느끼는
내 안의 천박한 사대주의
                      ─「섹시」 전문

　　인용한 시는 각각 하나의 특징을 갖고 있다. 시 (1)은 목련꽃을 "흰 손수건"에
비유하면서 영원하지 않는 봄날의 유한성을 잘 표현하고 있다. 짧은 시형식에
짧은 탄식으로 끝맺는 감탄형 종결어미는 인생의 유한함을 느끼도록 장치되어
있다. 시 (2)는 함박눈이 내린 써레봉의 아침, 눈 덮인 곳에서 본 토끼발자국을
선명한 비유와 이미지로 표현하고 있다. 토끼발자국을 목화꽃에 비유하면서 눈
위에 남겨진 발자국을 누비이불로 표현하는 이중의 비유가 재미있다. 간단한
비유에 선명한 이미지가 돋보이는 작품이다. 시 (3)은 좀더 세심한 분석이 필요

하다. 이 시의 제목은 "잠자리"인데, 바람 속의 삶에서 잠자리를 찾는다는 부분에서 볼 때 '잠을 자기 위한 자리'라고 해석할 수 있다. 그런데 "푸른 상소를 꿈꾸는"이라는 부분과 끝 부분의 "잠자리의 잠자리"라고 할 때 잠자리는 가을날 하늘을 나는 '고추잠자리'로 해석할 수 있다. 이러한 중의성을 염두에 두고 끝 부분을 읽으면, 앞의 "잠자리"는 '이부자리'를 말하고, 뒤의 "잠자리"는 곤충을 말한다는 것을 알 수 있을 것이다. 벼랑 끝에 몰린 세상에서 "잠자리"에 들자, 꿈에 "잠자리"를 만나는 상황을 설정하고 있다. 『장자』의 '제물론'에 나오는 호접지몽(胡蝶之夢)의 상황이다. 짧은 시형식과 시어의 이중성은 시적 호기심을 증폭시키고 있다. 이러한 이중성은 의도적이든 의도적이 아니든, 기교가 뛰어난 시로 볼 수 있다. 시 (4)는 "섹시하다"라는 말이 고급스런 말로 인정되고, "꼴린다"라는 말이 천박하게 느껴지는 언어적 사대주의 근성을 비판하고 있다. 자신도 모르게 세상의 질서의 편승되어 있는 자신을 반성하고 있다. 이들 작품들을 읽으면 하나하나가 재미있는 상상력과 선명한 이미지, 시어 선택과 표현기법에서 일정한 의미를 획득하고 있음을 알 수 있다.

권경업의 시는 질그릇처럼 투박하다. 그 질그릇 같은 시들은 묵은 된장처럼, 은근한 아름다움이 있다. 투박하지만, 평범한 일상의 아름다움이 있고, 그 일상 속에서 자연과 동화되는 정신적 사유체계가 들어 있다. 그의 시가 출발하는 공간이 자연이듯이 꾸미지 않는 솔직함에서 그의 시는 시적 의미를 갖는다. 자연 그대로의 순수함이 시를 빚어내는 힘이라면, 그것은 질그릇처럼 푸근할 것이다. 그의 시는 질그릇의 시학을 닮았다. 다만, 그의 시가 질그릇의 투박함에 빠진 채 새로워지지 않을 수도 있다는 점을 경계했으면 한다.

현실의 경계를 넘어서

조의홍 시집, 『현실적』(해성, 2004.08.25)

1. 현실의 가상적 재현

조의홍의 네 번째 시집 『현실적』은 현실의 성격을 띠고 있지만, 현실의 경계를 넘어선 무의식의 세계를 지향하고 있다. 이 시집의 표제인 '현실적'이라는 말은 현실의 성격을 띠고 있다는 말이지 현실 그 자체라는 말은 아니다. "현실적"이라는 말은 현실의 성격을 띠고 있지만 현실이 아니라는 말이며, 바꾸어 말하면, 비이성적이고 비논리적이라는 말이다. 이 시집에서 "현실적"이라는 말은 "초현실"이라는 말과 유사하다. 이와 같이 "현실적"이라는 말은 중의성을 갖고 있다. 이것은 현실을 초월해서 세상을 바라보려는 작가의 의도일 것이다.

초현실주의 시가 시어 선택에 있어서 개방성을 특징으로 하고 있기 때문에 어떤 시어를 사용하든지 문제 삼을 일은 아니다. 그러나 이 시집의 제목은 독자의 혼란을 가중시킨다는 점에서 한번쯤 짚고 넘어가야 할 문제라고 본다. "현실적"이라는 제목에서 '－적(的)'이라는 접미사는 주로 한자말에 붙어 그 성격을 띠거나, 그런 상태로 되거나, 그에 관계되거나 하는 뜻을 나타내는 말이다. '－적(的)'이 붙어서 이루어진 어휘는 관형사와 명사로 쓰인다. '－적(的)'은 일본 어휘의 영향으로 붙여진 접미사인데, 가능한 사용하지 않는 것이 좋으며, 꼭 사용하려고 한다면 연결된 문장 속에서 그 의미가 명확하게 전달될 수 있을 때 쓰는 것이 좋다. 이러한 어휘를 시집의 표제로 사용하는 것은 문제가 있다.

다음은 시집 전체의 구성 문제이다. 이 시집에는 "현실적"이라는 제목으로 80여 편의 연작시가 실려 있다. 그런데 여기서 문제가 되는 것은 전체 3부로 짜여진 구성이 문제라는 것이다. 이 시집의 전체 구성은 「현실적·1」에서부터 「현실적·80」까지 연작시가 있으며, 이들 시를 크게 세 부분으로 묶어 놓았다. 제1부는 「현실적·51」외 25편, 제2부는 「현실적·62」외 26편, 제3부는 「현실적·5」외 28편이 실려 있다. 그런데 제1부, 제2부, 제3부의 연작시에서 차례가 숫자의 순서대로 구성되어 있지 않다. 이를테면, 제1부 연작시의 순서가 51, 4, 66, 9, 10, 75……로 실려 있는데, 이것은 내용의 상관성을 염두에 두고 배열한 것도 아니고, 전체 줄거리를 염두에 두고 배열한 것도 아니다. 연작시가 아니라면 내용과 성격에 따라 시를 분류하고 묶을 수 있을 것이다. 그런데 연작시라고 한다면 순서대로 싣는 것이 옳은 일이 아닐까. 이 시집의 연작시 중에서 48이 없는 까닭은 구성의 혼란 때문에 일어난 일이라고 할 수 있다. 이와 같이 이 시집의 전체 구성은 문제가 있다.

2. 현실과 초현실의 경계

조의홍의 시집 『현실적』은 초현실주의 기법을 따르고 있다. 제목에서부터 시집의 구성에 이르기까지 기존의 체제와 형식에 구속되어 있지 않다. 초현실주의 시는 시어 선택의 개방성, 조화와 통일의 거부, 비현실적 세계의 지향을 특징으로 하고 있다. 그의 시는 숫자의 사용, 꿈과 환상의 비현실 세계 묘사, 의식의 흐름을 자유연상 기법으로 표현하였다는 점에서 초현실주의 기법을 보이고 있다. 그의 시에서 초현실주의 기법을 가장 단적으로 보여주는 것은 숫자와 도형을 시어로 쓴 점이다. 시어에서 숫자와 도형이 사용된 것에 대해서는 여러 가지 분석이 필요하지만 여기서는 생략하기로 하고 시어 선택의 개방성만 살펴보기로 한다. 그의 시는 언어만을 시어로 사용하는 것이 아니라, 숫자와 도형을 많이 쓰고 있는데, 이것은 단순한 날짜와 시간의 표시로부터 숫자의 유희에 이르기까지 다양하다.

> 가령 294가 72를 넘을 수 없다면 37이 1437650을 가엽게 여기는 것과 같은 현실이다 불쌍히 여겨 주소서 6의 말씀은 00027의 거만함을 인정하던지 또 44의 통로를 열어버리는 현실이 된다
>
> —「현실적·66」 전문

여기에 나오는 숫자들의 의미는 무엇일까. 이 숫자의 상징성을 찾아내는 것이 관건이다. 이 숫자들은 간단한 숫자의 나열로써 숫자 유희의 일종을 보여주고 있다. 숫자 유희는 이상(李箱)의 시에서 단적으로 나타나는데, 소설「날개」의 첫 부분에 "33번지 18가구가 있는 집"이라든가, 시「且 8씨의 외출」은 숫자유희의 좋은 예가 된다. "33번지"는 삼삼한 동네라는 말이고, "18가구"는 창녀촌을 상징한다. "且 8"씨는 두 사람의 외출을 말한다. 이 시에 나오는 숫자들도 가벼운 숫자 유희의 한 부분이다. 유희는 논리와 이성의 판단으로 이루어지는 것이 아니라, 감성의 차원에서 이루어진다. 이 시에서 주목해야 할 것은 이 시의 제목인「현실적·66」에 있다. 연작시 66번은 무작위로 매겨졌을 수도 있지만, "6의 말씀"이 "00027의 거만함"을 판단하고, "44의 통로"를 열 수 있다. 여기서 숫자 6의 의미는 증폭된다. 그의 시에서 숫자 6이 가장 많이 쓰이는 숫자라고 한다면, 이 시에서 숫자 6은 의미를 부여한 숫자 유희라 할 수 있다.

그렇다고 무작정 숫자 6의 의문을 풀기 위해 매달릴 필요는 없다. 왜냐하면 여기에 쓰인 숫자들은 무작위로 선택되었을 가능성이 높기 때문이다. 그의 시에서 숫자는 가능성과 불가능의 세계, 의식과 무의식의 세계를 동시에 나타내는 상징체계이다. 이것은 초현실주의에서 말하는 언어 선택의 비결정성이라 할 수 있다. 그의 시에 쓰인 숫자의 다른 부분을 살펴보자.

4시 0분은 벌써 4시 64분이 되어 있었고 – 「현실적·73」 부분

낮 6시 28분의 새 한 마리 날아오르다 – 「현실적·32」 부분

6월 28일 비가 내리다 – 「현실적·72」 부분

3월 4일이 바람에 떠간다 – 「현실적·47」 부분

인용한 부분 말고도 많이 있는데, 비결정성으로 사용된 시어인 숫자의 의미를 밝히는 것은 그리 중요하지 않다. 다만, 인용한 부분을 중심으로 살펴볼 때, "현실적"으로 가능한 시간이 있는가 하면 "현실적"으로 불가능한 시간이 있다는 것을 알 수 있다. "4시 0분"은 가능한 시간이지만, "4시 64분"은 불가능한 시간이다. 시간 개념과 함께 사용하는 분 개념은 60분이 넘어서지 않는 것이 일반적인 개념이다. "4시 64분"은 5시 4분이라는 보편적 인식을 벗어나 있다. 또한 "낮 6시 28분"이라는 시간 개념도 없다. 아침이나 저녁 시간이 보편적인 인식이고, "낮 6시 28분"은 보편적 인식이 아니다. 그리고 "6월 28일 비가 내리다"는 것은 현실적으로 받아들여지는 가능성의 세계이지만, "3월 4일이 바람에 떠간다"는 것은 현실적으로 받아들여질 수 없는 불가능성의 세계이다. 이처럼, 그의 시에서 숫자는 불가능성과 가능성을 동시에 내포하는 "비결정성의 요소"이며, 무의미한 언어 선택이 아니라, 초현실주의 시적 기법의 하나로 무작위로 선택된 것이다.

그의 시에는 도형을 시각화하지는 않았지만, 도형의 원리를 끌어들인 시가 있다. 이것은 절망으로 가득 찬 현대인의 불안한 자화상을 의미하는 것이다. 관념과 회의 속에서 탈출하지 못하는 현대인들은 비극의 상황 속에 놓여 있다. 그래서 "현실적"이지 못한 가능성과 불가능성의 혼돈, 모순된 현실과 가치관의 혼란을 보여주고 있는 것이다. 그는 현실을 답답한 도형에 갇힌 세계로 묘사하고 있다.

정육각형은 직사각형의 불가능꼴이다 또 원뿔 도형은 땀으로 이루어진다 그

러나 60도 각과 90도 각은 절대로 고집을 꺾지 않는다 그러므로 불가능과 가능
의 사이에는 항상 직립형 도형이 존재되는 원리가 성립 한다

—「현실적·36」 전문

정사각형은 무한 우주다 4개의 면은 동일 관념의 무한세계에 닿아 있다 탈출
불가능구조다

—「현실적·41」 전문

시에서 도형을 끌어오는 것은 초현실주의 방법론의 하나라고 할 수 있다. 이
두 시에서 "도형"은 답답하고 닫혀진 현실 세계를 상징한다. 기하학에서 도형
은 직선 위의 도형, 평면 위의 도형, 3차원 공간 위의 도형으로 정의한다. 도형
의 정의에 따를 때, 정육각형과 정사각형은 '평면 위의 도형'이다. 반면에 원뿔
도형은 '3차원 위의 도형'이다. 이들은 하나의 독립된 도형으로 이루어져 있다.
"정육각형"은 "직사각형"과는 다른 도형이고, "직사각형"은 평면 위의 모든 도
형이 그려진다. 직사각형 안에는 정사각형, 사다리꼴, 마름모, 정육각형도 만들
어진다. 정육각형은 직사각형 속에 만들어지는 가능성의 도형이다. 그런데 그
는 "정육각형은 직사각형의 불가능꼴"이라고 말한다. 이것은 "현실적"인 상황
에서 이해될 수 있는 것이 아니고, "무한우주"의 무의식 세계에서 가능한 인식
체계이다.

그의 의식은 "동일 관념의 무한세계" 속에서 현실의 절망을 극복하려고 하지
만, 그 절망은 결국 "탈출 불가능구조"에 막히고 만다. 그래서 도형을 이루는
"60도와 90도 각은" 서로 자신의 각을 그대로 유지하고 있는 것이다. 이것은 고
정된 관념이 바뀌지 않고 하나의 원리를 고집하는 현대인의 매몰된 자화상을
상징한다. 이 시에서 우리는 현실의 닫힌 구조 속에서 신음하고 있는 현대인의
자화상을 목격할 수 있다. 그가 살아가는 시간은 한정되어 있고, 그 한정된 공간
에서 질식할 것 같은 자아가 존재한다.

초현실주의 시인 아라공(L. Aragon)이 적시(摘示)하고 있듯이, 초현실주의는 무의식의 세계에서 만나는 '환상적인 풍경'을 추적해 가는 것이다. 초현실주의는 자신의 능력으로 제어하기 힘든 현실의 상황에서 그 현실을 극복하는 방어기제로 발생한다. 초현실주의에서 척박한 현실은 환상적인 풍경을 드러내는 고취작용과 촉매작용을 한다. 그의 시는 이러한 무의식의 세계를 자유연상 기법으로 보여주고 있다. 초현실주의 기법에서 많이 쓰이는 묘사 방법은 무의식의 세계에서 붙잡히는 풍경을 있는 그대로 묘사한다. 여기서 "현실적"이라는 말은 척박한 현실의 경계를 넘어서는 무의식의 세계를 반어적으로 상징화한 것이라 할 수 있다. 따라서 연작시 「현실적」은 현실에 절망한 현대인의 자화상이라 할 수 있다.

> 살아있다는 현실은 반가운 일이다. 허나 생각해보면 살아있음의 현실은 반가움보다 더 깊은 절망이다. 나는 이 절망으로부터 탈출하기 위하여 「현실적」 연작시를 계속했다.
>
> ―「自序」 부분

그가 살아가는 현실은 "반가움보다 더 깊은 절망"이라는 것이다. 이와 같이 깊은 절망의 현실을 탈출하기 위해서 그는 현실을 거부하는 방법을 택한다. 그러나 현실을 거부하면 할수록 또 다른 절망이 다가온다. 현실은 모순으로 가득차 있고, 절망과 모순이 연속될 뿐이다. 이상(李箱)이 말한 것처럼, "부정이 부정을 낳고, 절망이 또 다른 절망을 낳는다"는 비극이 「현실적」 연작시에 나타나 있다. 그는 "현실적"이지 못한 모순된 상황을 바라보면서 절망으로부터 탈출하기 위하여 무의식의 세계에 빠져 들고 마는 것이다.

> 꿈을 꾸고 난 다음은 항상 배가 고프다 그래서 나는 타국의 햇빛 반짝이는 오렌지를 생각한다 그러면 더욱 배가 고파 나는 또 배고프지 않는 꿈을 꾼다
>
> ―「현실적·9」 전문

초현실주의 시는 대개 두 가지 중심 원칙에 의존하고 있는데, 그것은 "임의로 선택되는 비논리성과 예측 불가능한 비합리성"이다. 이러한 두 가지 방법론은 대개 꿈이라는 무의식 세계를 자유연상 기법으로 기술하고 있다. 이러한 무의식 세계의 기술은 초현실주의 시에서 가장 흔하게 쓰이고 있는 방법이다. 인용한 시는 "꿈"을 꾸고 난 뒤의 배고픔을 견디어내기 위해서 "또 배고프지 않는 꿈"을 꾼다는 것이다. 꿈에서 꿈으로 이어지는 몽상의 세계는 무의식의 상황이 이어지고 있다는 것을 말한다. 여기서 꿈은 무의식의 세계를 말한다. 현실의 절망과 모순의 상황을 깨달은 자아는 현실을 벗어나 무의식의 세계로 향하고 있다.

그는 현실을 "현실적"으로 인식하고 있으면서도, 그의 정신세계는 무의식 세계로 향하고 있다. 그의 시는 인간의 의식이 넘어서는 자리, 혹은 현실의 경계를 넘어서는 자리에 존재한다. 그는 현실을 벗어나려고 하면서도 결국 현실을 벗어나지 못하고 있는 것이다. 그는 현실의 모순된 상황을 극복하기 위한 방법론으로 자유연상 기법과 의식의 흐름을 쓰고 있는 것이다.

그의 시에서 무의식 세계는 대개 세 가지 상황으로 나타난다. 그것은 의식과 무의식의 혼돈, 척박한 현실을 상징하는 사막과 낙타의 공간, 혼돈의 상황을 극복하는 상징의 공간이다. 이 공간들은 모두 현실을 극복하려는 데서 출발하고 있다. 이러한 현실 인식 때문에 그는 "현실적"인 무의식의 세계에서 현실을 철저히 거부하게 된다. 이 거부의 몸짓은 죽음이라는 절망의 상황으로 묘사되고 있다.

검정색 모자를 쓴 사내가 벨을 눌렀다 리벌버 권총 한 자루가 보이고 문은 열리지 않는다 곧 총성이 들리고 검정색 사내가 문을 열었다는 소식은 듣지 못했다
— 「현실적·49」 전문

벨이 울리고 엔진이 걸린다 닫힌 문쪽엔 권총을 든 방문객이 있고 권총은 검정색이다 나는 말하지 않는다 또 벨이 울리고 검정색 총이 한 자루 있고 나는 닫힌 먼 문을 보며 생각한다 총성이 울릴까 흰 눈이 내릴까

유사한 두 편의 시에는 죽음의 상황에 내 몰린 화자의 절망이 나타나 있다. 이 시에 나오는 "권총"은 죽음의 상황에 직면한 두려움과 공포 분위기를 나타내는 시어이다. 자아는 "권총"의 위협으로 죽음의 상황에 내몰리고 있다. 자신을 찾아오는 "검정색 모자를 쓴 사내"는 죽음의 상황을 상징하는 존재이다. 검정색의 이미지는 무채색으로 죽음의 세계를 상징한다. 이와 같이 어두운 색채 이미지에서 죽음의 공포에 내몰린 화자의 상황을 인식할 수 있을 것이다.

이 시의 화자는 죽음의 공포 앞에서 문은 열리지 않았고, "닫힌 먼 문"을 바라보면서 "총성이 울릴까 흰 눈이 내릴까"라는 불안한 생각으로 가득 차 있다. 죽음은 인간의 의식이 도달할 수 없는 무한우주의 공간이다. 이처럼 보이지 않는 심연의 세계는 "현실적" 절망을 상징하는 것이다. "문"은 죽음과 삶이 소통하는 공간인데, 이 소통의 공간마저도 닫혀진 채로 있다. "문"은 현실과 초현실 사이에 놓여 있는 무의식의 세계이다. 이러한 의식부재의 공간에서 열리지 않는 문을 붙잡고 오들오들 떨고 있는 불안한 화자가 있다. 문의 바깥에서는 죽음을 알리는 총성이 들리지만, 검정색 사내는 문을 열고 들어오지 않았다. 죽음의 순간에 직면한 상황을 묘사하고 있으면서 무의식의 세계에 놓여진 화자의 불안감을 상징적으로 보여주고 있는 것이다.

이처럼, 그의 시에서 현실은 절망과 죽음으로 상징되어 있다. 무의식의 세계는 '현실적'으로 일어날 수 있는 가능성과 불가능성이 동시에 존재하는 공간이다. 이러한 의식의 혼란 속에서 섬뜩한 죽음의 세계가 묘사되고 있다. 현실에 대한 절망이 단절된 세계와 만나면서 모순된 현실은 죽음의 심연에 빠져들고 있다. 인용한 시는 현실에 부닥치는 자아의 절망이 무의식의 세계에서 이어지고 있음을 보여준다. 그런 점에서 그의 시에 투영된 세계는 현실의 상태에 놓여있는 "현실적" 공간일 뿐이다. 그는 모순된 현실 앞에 절망하고 있는 것이다. 이러한 절망의 "현실적" 상황 속에서 그는 "적막한 섬"에 놓인 외로운 자아를 만난다. 그는 현실과 유리(遊離)된 곳에 존재하며, 고독한 존재로 남아 있는 것이다.

> 늦은 후부터는 새벽잠이 깨이면 물소리를 듣는다 어쩌면 안개 같기도 어쩌면 비 같기도 또 어떤 날은 새들이 떼를 지어 날아가는 것도 본다 그것들은 산 너머 먼일이기도 또 지척의 일 같기도 하다
>
> ─「현실적·79」 전문

의식과 무의식의 혼란과 질식할 것 같은 답답한 현실 속에서 그는 철저한 고독 속에 빠진다. "새벽잠에서 깨어나 물소리를 들으며" 세상을 관망하지만, 여전히 세상은 안개처럼 불투명하다. 닫힌 도형의 구조 속에서 질식할 것같은 자아를 만나듯이 그는 "무한 우주"를 갈망하지만, 여전히 불안한 자아는 "현실적" 굴레 속에 놓여있는 것이다. 그는 안개처럼, 답답하고 비가 내리는 일상과 새가 날아가는 반복되는 일상 속에서 "먼일이기도 또 지척의 일이" 되기도 하는 의식의 혼란을 겪고 있다.

그는 의식의 혼란과 답답한 일상을 극복하기 위해서 끝없는 희망의 공간을 찾아간다. 그 공간은 "사막"과 같은 치열한 삶의 공간이기도 하고, "두서리"와 같은 일상의 공간이기도 하다. 사막은 생명의 존재여부를 결정짓는 치열한 삶의 현장이고, 척박한 현실의 공간이다. 이 공간에서 그는 "낙타"라는 생명의 존재를 발견한다. 열사의 끝에서 삶을 찾듯이 그는 "현실적"으로 "탈출 불가능"한 곳에서 낙타를 발견한다. 낙타는 절망의 현실을 벗어나 새로운 "현실적" 공간으로 안내하는 상징이다.

> (1)낙타를 보았다 밤 12시쯤 아니면 새벽 어느 시간쯤 달빛 밝은 바다를 건너는 낙타는 푸른빛이었다 굽은 등 가득 미른풀을 진 낙타는 혼자였다 그러나 그의 긴 눈썹은 보이지 않았다

— 「현실적·56」 전문

(2)여름이 가고 겨울이 오면 두서리 새들이 돌아올까 나는 두서리 늙은 바람 나무들이 겨울을 견디는 언덕에서 날마다 새들을 기다리네 새들이여 푸른 날개를 단 새들이여 두서리 바람 나무 가지 마다 앉은 새들이여 내 언제쯤 두서리 푸른 새 한 마리 볼까

— 「현실적·63」 전문

시 (1)에서 "낙타"라는 시어에 주목할 필요가 있다. 낙타를 만난 밤 12시는 적막한 시간이다. 이 때 바다를 건너는 낙타를 만난다. 적막한 시간 속에서 생명의 본질을 발견하는 것이다. 이 시에서 낙타의 "푸른빛"은 생명과 희망을 상징한다. 그러나 "푸른 낙타"는 "현실적"으로 존재하지 않는다. 바다의 푸른빛이 반사된 낙타의 모습일 것이다. "현실적" 상황을 거부하고 환상의 공간에서 만나는 "낙타"의 모습은 고독하다. 고독한 모습으로 바다를 건너오는 "낙타"는 현실의 절망을 극복하려는 화자의 자화상이다. 그 "낙타"의 모습에서 삶의 활력을 찾고 현실의 절망을 극복하려고 한다. 그러나 "마른풀을 진 낙타는 혼자"였고, "그의 긴 눈썹"은 보이지 않는다. 치열한 삶의 공간에서, 혹은 적막한 고독의 순간에서 자아의 모습을 찾고 있지만, 그 자아는 적막한 고독에 사로잡혀 있다.

시 (2)는 낙타 대신 "두서리"라는 "현실적" 공간이 설정되어 있다. 이 공간은 "만리동", "서천리 벌판", "조천리", "두문리 바다"이기도 하다. 이들 공간은 화자가 꿈꾸는 공간이다. "푸른 날개"의 이미지는 희망의 이미지이다. 이 이미지는 낙타가 건너오는 바다의 푸른색이며, "만리동의 푸른 나무"이며, 서천리 벌판의 "붉은 꽃"이며, "조천리의 푸른 언덕"이다. 이들은 모두 "현실적" 공간이다. 이 현실의 공간은 그가 지향하는 희망의 세계이다. 이 공간은 현실의 절망을 견디는 언덕에서 새들을 기다리는 화자의 간절한 소망이 실현되는 곳이기도 한다. 이 시에서 "푸른 새"는 절망의 현실을 극복하려는 희망을 상징한다.

3. 절망과 희망의 변증법

그의 시집 곳곳에는 "현실적" 희망의 공간을 제시하고 있지만, 여전히 그 공간은 절망으로 가득하다. 그는 절망의 현실을 넘어서 무의식의 세계에서 희망을 찾고 있으면서 "현실적" 가능성을 포기하지 않는다. 이 가능성을 향한 희망은 그의 시가 지향하는 공간이다.

그의 시는 불가능한 현실 속에 남겨진 고독한 자아만 있을 뿐이다. 그 고독한 자아의 처절한 몸부림 속에서 그가 넘어서려는 무의식의 세계를 만날 수 있다. 그는 끝없이 현실의 경계를 넘어서 살아있는 자아를 찾아간다. 연작시 「현실적」은 불안한 자아가 희망의 공간을 찾아가고, 그 공간에서 살아있는 자아를 확인하는 시편들이다. 그 공간에서 화자는 불안한 현실을 극복하고 삶의 진정한 가치를 발견한다. 그는 현실의 경계를 넘어서 끝없이 희망의 세계를 지향하고 있다. 그러나 이 시집에서는 그 희망의 공간이 제시되지 않았다. 그의 말처럼, 아직도 현실의 절망 속에 머물러 있기 때문이다. 난해하고 고단한 무의식의 세계를 묘사하면서도 그는 끝내 현실의 문제에 자유롭지 못하다. 따져서 읽어야 할 시들을 읽고 나서도 절망의 현실에 질식해야 하는 답답함은 이 시집을 읽으면서 느끼는 배반감이다. 그가 "현실적" 절망을 극복하고 마지막으로 도착하려는 희망의 공간은 어디일까. 그것은 여전히 풀리지 않는 하나의 의문으로 남아 있다.

— ≪부산시인≫, 2004년 겨울, 45호.

세상을 감싸는 따뜻한 언어들

임종성, 권정일 시집

1. 따뜻한 사랑의 시선

임종성의 세 번째 시집 『주머니 속의 生』(현대시, 2004.09.20)은 아픈 과거의 상처를 치료하는 따뜻한 사랑이 있다. 그가 돌아보는 세상은 과거의 어두운 기억으로부터 시작하고 있다. 이 기억은 어린 시절의 추억, 어머니에 대한 사랑, 누이에 대한 그리움들이다. 이들 소재들은 이미 시집 해설에서도 지적한 바와 같이 "전통 서정시의 맥락"에 닿아 있다. 이 전통성은 이 시집을 읽는 독자들이 한번쯤 생각 보아야 할 문제이다.

그의 시집 전편에는 "전통 서정성"을 담아내고 있지만, 구체적 현실을 담아내지 못하고 있다. 작고 가벼운 일상에 대한 깊은 성찰은 있지만, 개인을 넘어서는 현실의 문제는 없다. 개인의 일상이 전통적 서정성과 결합할 때, 현실문제는 도외시될 수밖에 없다. 그런 점에서 개인의 문제를 적확하게 드러내는 것은 그의 시가 갖는 장점이기도 하고, 동시에 단점이기도 하다. 서정시가 보다 넓은 공감대를 얻기 위해서는 개인의 정서에 뿌리로 두면서도 보다 구체적인 현실을 드러낼 수 있어야 한다. 대개의 서정시는 개인의 문제에 머무는 한계를 보이는데, 그의 시도 이러한 한계에 자유롭지 못하다. 연륜으로 보나, 시적 편력으로 보나 중견시인의 역량을 갖춘 그가 일관되게 개인의 존재 문제를 탐구하는데 있다는 것은 분명한 한계라 할 수 있다.

　그가 추구하는 시적 세계관이 자연과 그리움, 사랑이라면, 그의 시적 지평은 개인의 서정성과 감성의 세계를 향하고 있다는 말이다. 이 시집 전반을 지배하고 있는 정서는 가벼운 신변의 문제에서 출발하고 있다. 작고 가벼운 일상은 그의 시를 지배하는 소재가 된다.

> 그럼에도 난 마치
> 산이라도 안고 물위를 달릴 것처럼
> 숱한 말들을 쏟아 놓으니
> 내 죄가 가볍지 않지만
>
> 그대 찾아 나서는
> 내 한마디 말은
> 그대 마음 속 꺼지지 않는 불빛이 되고 싶네
> —「한마디 말」 부분

> 참 기인 세월 동안
> 숱한 사람들이 수없이 꺾어도
> 뿌리 채 사라지지 않고
> 이듬해 새로 피어나
> 뜨거운 향기와 빛깔을
> 바람 거슬러
> 우리에게 건네주는 속살 눈부신
> 그 꽃을 사랑이라 하자
> —「별과 꽃」 부분

　자연에 대한 세심한 배려와 대상에 대한 그리움을 잘 표현한 두 편의 시를 읽으면서, 그의 시적 지평을 발견할 수 있다. 시 「한마디 말」은 "파랭이꽃의 고운 향기"를 바람에게 전해주지 못하면서 숱한 말들을 쏟아냈던 자신을 반성하고 있다. 산, 물, 파랭이 꽃 등의 자연을 소재로 "그대"를 향한 그리움을 표현하고 있다. 그의 사랑은 "그대 마음 속 꺼지지 않는 불빛"처럼 감성적이다. 이 따뜻한 감성은 시인의 가슴속에 내재한 풍부한 사랑을 바탕으로 한다. 말없는 사랑, 즉 묵언(黙言)이 주는 진언(眞言)의 의미를 알 수 있게 한다. 꽃과 바람의 이야기에 귀 기울이는 자연주의가 잘 나타나 있다. 시「별과 꽃」에서는 해가 거듭되고 그렇게 긴 세월을 지나면서도 뜨거운 향기와 빛깔을 간직한 채, 남아있는 별과 꽃에서 영원하고 깊은 사랑의 의미를 발견하고 있다. 사랑의 참된 의미가 무엇인지 깨닫게 한다. 그의 사랑은 "뿌리 채 사라지지 않고" 바람을 거슬러서 전하는 영원성을 갈구한다. 사랑이 가벼운 말장난처럼, 유행에 편승해 있는 최근의 연시(戀詩)와는 근본적으로 다르다. 그의 시는 연시이면서도 깊은 철학적 사유가 나타나 있다. 그 사유의 대상은 어머니와 누이이다. 그러나 이들에 대한 기억은 그리움과 상처라는 이율배반적인 정서와 결합되어 있다.

> 해마다 뙤약볕 속
> 김매시다가
> 이제 한 줌 흙으로 누워 계신 어머니
> 산길 아래
> 저 홀로 깊어 가는 냇물소리에 귀 귀울이며
> 제 마음 속 밭 가장자리에
> 영영 시들지 않는
> 붉은 감자 꽃을 피우시겠지요
> — 「어머니의 밭」 부분

그의 시에서 어머니는 고통의 세월과 상처난 영혼으로 남아 있다. "해마다 뙤약볕 속"에서 고생한 어머니의 사랑은 모든 사랑의 근원이다. 그 어머니의 사랑은 "영영 시들지 않는 /붉은 감자 꽃"으로 피어난다. 어머니의 사랑은 이 세상의 어떤 사랑보다도 숭고하고 아름답다. 이 아름다운 어머니의 사랑을 잃어버렸을 때, 그는 사랑의 결핍을 느낀다. 어머니에 대한 간절한 그리움은 근원을 상실한데서 비롯한다. 그는 "제 마음 속 밭 자장자리"에 비어있는 상처를 통해서 대상을 더 따뜻하게 감싼다. 이 따뜻한 감성은 상처난 존재들에 대한 사랑으로 이어지고 있다. 그의 시는 상처난 존재들과 버려진 것들, 작고 하찮은 것들에 대한 사랑을 보여준다.

찢기고 흙에 묻힌 채
색은 허옇게 벗겨져 나간 구두가
오늘도 이른 아침부터
무거운 내 몸을 끌고 다닌다
―「구두」 부분

몸에 지닌 것 아낌없이 다 주고도
더 내어주지 못하여
허리춤을 뒤지는 어머니는
내 마음 속의 뿌리 깊은 한 그루 나무이다
―「나무」 부분

저무는 고샅길에 새어 나오는
초롱 불빛의 환한 그늘이
들녘에서 이삭을 줍다 돌아온 지친 사람에게
안락한 의자이듯

멀리 길을 나선 힘든 누군가에게
나도 작은 의자가 되고 싶다

　구두, 나무, 의자는 모두 사람들의 소용에 따라 존재의 방식이 결정된다. 구겨지고 상처난 존재들이지만, 그의 눈에는 사랑의 대상으로 거듭난다. 일상 속에서 흩어진 모든 사물에 대한 애정은 따뜻한 마음에서 우러난다. 시「구두」에서 걸어 다닐 때부터 함께 한 구두에 대한 관심 만에 그치는 것이 아니라, 찢기고, 흙에 묻힌 채, 자신을 버티어내는데서 진정한 존재의 의미를 발견한다. 시「나무」에서 "몸에 지닌 것 아낌없이 다 주고도" 더 내어주고 싶은 어머니의 사랑을 발견한다. 어머니의 사랑은 그의 마음 속에 자리 잡은 "뿌리 깊은 한 그루 나무"인 것이다. 시「의자」에서 "저무는 고샅길"의 초롱등불처럼, 지친 사람들에게 따뜻한 위안이 되려고 한다. 그는 "힘든 누군가에게" 사랑을 주는 "작은 의자"가 되고 싶은 것이다. 이것은 상처난 것들에 대한 진정한 사랑이다. 자신은 어머니를 잃은 상실로 얼룩져 있지만, 대상을 바라보는 그의 시선은 따뜻하다.

> 우리도 이와 같아서
> 이 세상에 사글세 내어 산 뒤
> 빌려 쓴 것들 아낌없이 돌려주고
> 어느 날
> 한 줄기 연초록 바람에 이끌려
> 보이지 않는 머나먼 길
> 훌쩍 떠나는 것이 아니랴
> 　　　　　　　　　　　－「그늘」 부분

　모든 존재는 자기 자리가 있고, 그 존재가 사라질 때에는 다시 자연으로 돌아간다. 자연의 이치는 "세상에 사글세를 내어 산 뒤" 돌려주는 것이다. 그렇게 비워주고 난 뒤에 바람처럼, 머나먼 길을 떠나는 것이다. 이러한 자연의 순리를 인식하는 자리에 그의 시는 놓여 있다. "보이지 않은 머나먼 길"을 떠날 줄 아는 사람은 아름다운 것이다. 그의 시는 상처 난 존재를 위무하는데서 출발하였지만, 그 끝에는 존재에 대한 끝없는 사랑이 놓여 있다.

비탈에 올라 불어오는 바람에
흔들리는 것은 나무가 아니라
그다지 뿌리 깊지 못한
내 시 속의 아픈 생이다
　　　　　　　　— 「나무에 기대어 시를 읽으면」 부분

깊고 따뜻한 고요 속
이런 저녁의 산정에는
기왓장도 별 하나에게 미소를 보내겠고
바위들도 환한 꽃을 피우겠다
　　　　　　　　— 「정적 2」 부분

저기 저 산과 들에 피는
꽃만을 보지 말고 기다려
아직 피지 못한 꽃들도 보라고
소리 없이 말하고 있었네
　　　　　　　　— 「강」 부분

　시 「나무에 기대어 시를 읽으면서」에서 "뿌리 깊지 못한" 자신의 아픈 삶을 바라보고, 그 따뜻한 시선으로 세상을 바라본다. "뿌리"는 아픈 상처의 흔적으로 남아 있다. 그 상처를 딛고 "깊고 따뜻한 고요 속"에서 환한 꽃을 피우는 존재를 갈망한다. 그는 정적 속에서 세상의 모든 사물과 은밀하게 소통한다. 시 「강」에서 "저기 저 산과 들에 피는" 꽃처럼 아직 피지 못한 꽃과 "소리 없이" 소통하고 싶은 희망을 꿈꾼다. 이 시에서 바쁜 일상을 살아가는 숱한 사람들의 사물을 바라보는 눈과 사물에 대한 사랑을 깨닫게 한다. 피어있는 현상적인 꽃만 바라보지 않고, 아직 피지 못한 꽃들에게도 시선을 돌릴 줄 아는 여유를 갖게 한다.

이번 시집에서 가장 많이 나오는 주제는 사랑과 그리움이다. 사랑과 그리움은 근본적으로 대상을 향해 열려 있다. 일반적으로 사랑은 실재(實在)의 대상으로 향하고, 그리움은 부재(不在)의 대상으로 향한다. 그의 사랑과 그리움은 실재와 부재, 어머니와 누이, 잠재된 기억, 자연으로 구체화된다.

멀리 가려는 자만이
자신을 낮추어
낮은 곳으로 갈 줄을 알며
자신을 낮춘다는 것은
비굴한 일이 아니라
다소곳한 몸짓인 것이니

(…중략…)

내려가고 더 내려가서
연초록 새벽 바다에 가슴 닿아
비로소 가장 맑고 깨끗이 자리잡은
눈부신 하늘을 건져 올리고 싶다
          ─「비」 부분

그대 생각에
물 한 점 젖지 않고
강을 건널 수 있으며

그대 생각에 안개를 헤쳐 나오거나
높이 치솟은 벼랑을 오르기도 하면서

나를 불러낸 길이 결국
내 발목을 묶어 당기는 질긴 끈이었던가
                  ─「바람」 부분

피라미 떼는
비늘 번쩍이며 굽이쳐 들고
눈감고도
아, 시퍼런 물결 거슬러 오르며
강 건너는 사랑을 보았네
                  ─「저녁강」 부분

　세 편의 시를 읽어보면, 그가 지향하는 사랑의 본질을 확인할 수 있다. 자신을 끝없이 낮추어서 대상을 향하는 "비"를 통해서 사랑의 본질을 확인한다. 자신을 낮추는 일이 "비굴한 일이 아니라"는 사실을 깨닫는 순간 사랑은 실현된다. 자신을 높이고 남을 이기려는 행위는 폭력을 만들지만, 자신을 낮추되 그것이 "다소곳한 몸짓"임을 알게 될 때, 대상을 사랑하는 마음이 생긴다. "비"의 특성이 끝없이 아래로 떨어지면서 만물을 길어내듯이 그의 사랑도 자신을 낮추면서 "눈부신 하늘을 건져 올리고" 있다. 이처럼, 그는 자연의 질서에서 사랑의 진정한 의미를 깨닫고 있다. "바람"처럼, "물 한 점 젖지 않고 강을 건널 수" 있는 무형의 존재이지만, 그것에 이끌려 묶여있는 사랑이다. 이것은 아름다운 "저녁강"에서 확인하는 "사랑"의 순수함이다.

　그의 사랑은 자신을 낮추는 인자함과 무형의 만남이고, 순수 자연의 실체이다. 놓여진 그 자리가 사랑의 본질이다. 자연이 그 자리에 머물러 있듯이 사랑은 그 자리에서 놓여있다. 그 자연의 이치 속에서 사랑의 진정함이 있다. 그는 자신의 상처를 꿰매면서 진정한 사랑의 본질을 실현하고 있다.

숨은 꽃 하나 피우고 싶다
남 몰래 나 홀로 가서 찾는
외딴 곳에
숨 가쁘게 꽃 하나 피워두고 싶다
나만이 황홀히 이끌려
붉고 뜨거운 빛깔에 온통
속살까지 데이고 마는
그런 꽃 하나 피워두고 싶다
　　　　　　　　　　─「숨은 꽃」 부분

그가 생각하는 모든 아픔과 그리움을 간직하는 공간에서 속살까지 데이고 마
는 "숨은 꽃"을 하나 간직하려고 한다. "숨은 꽃"은 "남 몰래 나 홀로 가서 찾
는" 비밀스러운 공간에 숨겨둔 존재이기도 하고, "외딴 곳"에서 나누는 사랑을
상징하기도 한다. 여기서 "숨은 꽃"은 비밀스러운 공간에서 감추어 둔 과거의
흔적과 아픔, 슬픔 따위의 상처를 말한다. 잊어야만 할 상처들은 어머니의 상실,
요절한 아들의 기억들이다. 이들은 모두 "붉고 뜨거운 빛깔"로 남아있는 상처
들이다.

이렇게 많은 잎들을 피워 둔 것은
내게 남은 상처의 그늘
그대에게 숨기고 싶어서이고
갈 곳 없어 오랜 동안
내게 머문 깊은 슬픔
그대에게 보이기 싫어서 입니다
　　　　　　　　　　　─「편지」 부분

"내게 남은 상처의 그늘"은 "숨은 꽃"을 상징한다. 사랑하는 사람들에게 "내게 머문 슬픔"을 "그대에게 보이기 싫어서" 상처를 숨겨두는 것이다. 그대에게는 아름다운 세상만 남겨두고 자신은 숨은 공간에서 그늘과 상처, 슬픔을 껴안으려고 한다. 그것은 상처 난 존재들과 세상을 향한 사랑의 깊이를 보여주는 행위다. 진정한 사랑은 상처를 껴안는 것이고, 다른 존재를 위한 배려에서 출발한다. 그것은 대가를 바라지 않는 것이고 순수한 것이다. 오랜 동안 자신의 내면에 머물고 있는 상처를 "숨기고" 싶은 것은 희생적 사랑을 의미한다. 이것은 그가 꿈꾸는 사랑의 실체이다. 그의 사랑은 대타적이고, 자연적이다. 이 사랑의 근원에 상처 난 자신이 존재한다. 상처를 통해서 세상의 이치를 깨닫고, 이를 통해서 사랑의 진실을 깨닫는다. 그의 사랑은 존재의 실체와 삶의 의미까지도 새롭게 인식하게 한다.

나는 지금까지 휩쓸려 오면서도
너무 모르고 있었다
생은 내가 뭔가 지불하지 않으면
아무 것도 되돌려주지 않는다는 것을
—「주머니 속의 生」 부분

아직 높이에 대한 선망에서
자유롭지 못한 내게
산은 더 높이 오르는 데만 있지 않고
깊이 들어가는 데
그 뜻이 깃들어 있다는 것을 어렴풋이 깨달으니
—「길」 부분

시 「주머니 속의 生」은 시집의 표제작이기도 하다. 평범한 일상 속에서 깨달은 진리를 표현하고 있다. 어느 날 문득 남겨진 주머니 속의 동전을 만지면서 지불하지 않으면 아무 것도 되돌려 받을 수 없다는 삶의 진리를 깨닫는다. 세상을

"너무도 모르고" 있었던 자신을 뼈저리게 반성한다. 베풀어 준만큼 주어지고, 그만큼 다시 돌아온다는 인과응보의 의미를 발견한다. 시 「길」에서는 높은 곳만 바라보면서 살고 있는 사람에게 삶의 깊이를 생각하게 한다. 이와 같은 깨달음은 상처 난 옹이가 더욱 단단하게 여물듯이 비바람에 시달린 감자를 통해서 삶의 본질을 터득하게 한다(시 「감자알을 캐며」). 그에게 있어서 상처란 "새로 숨쉬는 자리"이기도 하고, "시퍼런 심줄 풀어" 만들어 놓은 길이기도 하다. 시집의 해설에 "상처로 피어난 '숨은 꽃'"은 상처를 새롭게 인식하는 삶의 의미를 적절하게 지적한 말이다. 그는 상처를 통해서 삶의 본질을 인식한다.

돌을 던져도 멀리 높이
날아가지 않고 그 돌이
다시 나를 찾아오는 것은
아직 내게서 아파해야 할 게 있기 때문이다
—「돌」 부분

흐르는 냇물을 굽어보며
나는 뼈저리도록 반성해 보네
여기 이 디딤돌처럼 누구에게
언제 한 번 물을 건네주기나 했는가를
—「디딤돌」 부분

　시 「운주사 가는 길」과 「외투」에서 화자는 끝없는 반성과 성찰의 자세를 보여주고 있다. 삶에 대한 반성과 성찰은 어린 시절의 추억과 어머니에 대한 그리움, 먼저 보낸 큰아들에 대한 상처에 뿌리를 두고 있다. 돌을 던지면 다시 자기를 찾아오는 것처럼, 그의 내면에는 뿌리 깊은 상처가 자리 잡고 있다. 이 상처난 삶의 바탕에는 "뼈저리도록 반성"하려는 각성이 있다. 겨울의 혹한을 이겨내고 피어나는 꽃들처럼, 상처를 딛고 일어서는 아름다운 삶의 모습이 있다. 그의 시는 삶을 깊이 인식하게 하고, 보다 진지한 삶을 생각하게 한다. 이 시집을 읽으면서 아픈 상처를 치료하는 따뜻한 사랑의 깊이를 느낄 것이다. 아울러 시간에 쫓기며 놓쳐버린 자기의 삶을 반성하는 시간을 가질 수 있을 것이다. 가슴이 따뜻한 시집에서 새로운 사랑의 의미를 발견할 수도 있을 것이다.

2. 기억의 저편을 감싸는 언어

권정일의 시집 『마지막 주유소』(현대시, 2004.09.20)는 우울한 자화상을 엿보는 것 같다. 이 시집을 읽는 순간, 섬뜩한 냉기가 느껴진다. 정착하지 못하고 살아가는 시대의 부정적 속성이 먼 기억의 저편에서 내면화되면서 서늘한 냉기를 느끼게 한다. 특히, 이 시집에 많이 쓰인 피, 욕망, 절망, 죽음, 뿌리와 같은 시어들은 부정적인 이미지를 단적으로 보여준다. 먼 기억의 저편에 잠재해 있는 피해의식은 봉건적인 질서와 아버지 상실의 비극으로 출발하고 있다. 이 시집에는 상실에서 발생하는 의식의 결핍이 많다.

시집의 전편에 흐르는 냉기와 우울은 상처 난 자신을 추스르는 반어적 방법론이고, 닫힌 세계와 소통하려는 몸부림이다. 그런 점에서 이번 시집에서 시어의 상징성은 그녀의 시를 이해하는 중요한 단초가 된다. 그녀의 시에서 시어와 행갈이는 세계와의 단절 때문이며, 부정적 속성은 먼 기억 속에 잠재된 피해의식 때문이다. 이 상실과 결핍의 근원은 우울한 가족사에서 비롯한다. 그녀의 시에서 아버지 상실은 기억 속에 잠재한 피해의식이고, 이것은 자신을 세계 속에 은폐시키는 계기가 된다.

한두 사람씩 떠나가면 헐렁해져 몸 안에 거푸집을 짓는 그녀, 기억력 떠난 낡
은 구두들만 산다 새 구두 한 켤레만 선반에 올려놓는다 그 구두, 가끔 새들새들
죽어가는 희망을 가져다준다 그녀는 그 구두를 마지막 주유소라 부른다.

비는 그저 오는 게 아니다
가버린 이름과 남은 몇 개의 이름 사이로 온다

헛바닥만 남은 욕망
파도 속에 갇힌다
―「마지막 주유소」 부분

이 시에서 "마지막"이라는 시어가 주는 극한의 상황은 매우 의미 깊다. 이것은 절망의 끝에서 길어 올리는 새로운 삶의 의욕이며, 욕망의 끝에서 발견하는 생명력이다. 또한, 상처의 끝에서 발견하는 또 다른 깊은 상처이다. 따라서 "마지막 주유소"는 결핍된 세상을 상징하는 공간이다. 이 결핍을 벗어나려는 몸부림이 그녀의 시가 출발하는 공간이다. "주유소"는 죽어 가는 희망에서 새로운 삶의 의욕을 찾아가는 곳이다. 갇힌 욕망의 늪에서 갈망하는 것은 모두 사라진다. 그 사라지고 없는 공허한 자리에서 죽어가는 자아를 만난다. 그 막다른 골목길의 절망을 그녀는 "마지막 주유소"에서 발견한다. "주유소"는 기름(에너지)을 채우는 곳이다. 에너지가 충만하지 못한 한계 상황에서 "마지막 주유소"는 욕망의 끝자락에서 에너지를 채우는 공간이다. 주유소는 절망을 넘어서 희망으로 나가는 공간이며, 사람들이 떠나고 빈 공간에서 혼자서 남아있을 때, 그 공허를 벗어나는 공간이기도 하다. 끝없는 갱신(更新)의 몸부림은 슬픈 기억으로부터 벗어나려는 화자의 노력이다. 그녀의 의식에 잠재한 먼 기억은 무엇일까.

연못이 내 몸에 들였다

(…중략…)
내 몸과 영혼의 무게, 연못을 흐르는 구름에 매달아 놓고 어머니를 매단다 술집에 매달아 놓은 아버지, 녹물이 흐른 녹물을 뿌리며 껍질을 벗는다 뼈를 벗고

어머니를 벗고 아버지를 벗고 남은 것 모두 벗고
　다시, 연못을 본다
　헝클어진 매듭의 허물,

─「다시, 연못을 본다」 부분

　죽은 삼촌만이 비밀스럽게 보고만 저 바닥의 깊이, 천천히 스며들어가며 세
상의 힘줄 끊고 아래로 솟구치던 저 깊이, 죽은 자와 상통하는 말없는 저 깊이
밤마다 귀신들이 몰려와 느껴 울던 저수지, 잔물결이 아플까봐 돌멩이 함부로
던지지 못했던, 모든 저수지가 공포이던 밤길, 먼 길 돌아서 가던 저수지 끝 상
수리나무, 광폭한 세워 굽어본 늙은 눈빛이 힘겹게 당도하여 헛딛는 내 보폭만
큼 깊다

　깊다는 것, 상처가 고요해진다는 것이다
─「저수지」 부분

　시 「다시, 연못을 본다」에서 "다시"라는 부사에 초점을 맞추어 읽어보자. 연
못은 생성과 재생을 뜻한다. 대지가 여성의 몸을 상징하는 것이라면, 연못은 여
성을 상징한다. 여기에 "다시"라는 부사를 생각하면서 "벗다"라는 동사를 살펴
보면, 과거의 어두운 기억들을 매달고 껍질을 벗고 남은 것 모두를 벗는다는 것
은 새롭게 태어나는 것을 말한다. 이것은 재생과 생성을 향한 몸부림이다. 그러
나 "다시" 연못을 보면 여전히 "헝클어진 매듭"이 남아 있다. 이 끝없는 생성과
소멸의 공간에서 그녀는 고민한다. 끝없이 반복되는 어두운 일상에서 벗어나는
일은 근원적인 슬픔으로부터 벗어나는 일이기도 하다. 먼 기억 속의 자아를 버
리고 다시 출발하지만, 여전히 족쇄에 갇힌 단절된 자아가 놓여있다. 그녀의 잠
재의식은 그래서 비극적이다. 이 비극은 먼 기억의 저편에 잠재해 있는 결핍 때
문이기도 하다.
　시 「저수지」는 비극적 가족의 이야기이다. 이데올로기의 상처를 받은 삼촌

제3부 255

이 빠져 죽은 저수지는 아버지의 한이 서린 곳이다. 삼촌의 죽음은 "비밀스럽게 보고만 저 바닥의 깊이"로 비유되면서 죽은 자와 소통하는 쓸쓸한 체험으로 형상화되어 있다. 그 기억은 잊고 싶은 기억이고, 깊은 상처의 기억이다. 슬픈 기억 속에서 남아있는 은폐된 자아는 잊고 싶은 존재이다. 그러나 그 먼 기억의 저편에 남아있는 기억의 언저리는 "다시" 돌아와 내면에 깊이 자리 잡는다. 기억의 저편에 깊이 자리 잡은 자신의 모습은 저수지에 늘 슬픈 한으로 남아있다.

이 시집에서 가족사의 문제는 중요하다. "아버지,/아버지, 아버지들이 줄고 있다/아버지들이 지하도 벽화를 이룬다"(시 「포스트모던, 신문 읽기」)라는 시대적 탄식으로 이어지기도 하고, "밤으로 숨은 해 속에서 추운 아버지, 건졌다"(시 「붉은 항아리」)라는 부성 상실로 표현되기도 한다. 그녀의 시에서 아버지의 상실은 현실을 냉혹하게 바라보게 한다. 뭉턱 무너져 내리는 동백꽃처럼 죽은 아버지는 그녀의 의식에 깊은 상처로 남아있다. 근원적 상실은 죽음보다 깊은 잠으로 침잠해 있다. 이 근원의 상실에서 탈출하려는 화자의 욕망은 "뿌리"로 남아있다.

우포늪에 와서야
제각각 소리들이
중심으로 모이면 한 뿌리를 내린다는 것을
얻었다
                    ─「소리 하나를 얻었다」 부분

혼자
조용히 제 속의
어둠을 터트리기까지
뿌리는
얼마나 많은 화염을 받아 냈는지

세상 밖으로
숏구쳐 있다
―「과녁」 부분

수북이 겹쳐 뿌리를 데우고 있었다
다 비움이다 하지 말자
다시 오기 위해
새 몸을 얻기 위해
왜 고통이 없었겠는가
―「겨울 잎들」 부분

이 세 편의 시를 읽으면서 근원적 삶에 대한 극복으로 "뿌리"를 찾아가고 있음을 알 수 있게 한다. 시 「소리 하나를 얻었다」에서 "뿌리"는 기억의 저편을 넘어서 새로운 삶의 의미를 발견하려는 의지이다. 그녀는 "중심으로 모이면 한 뿌리를 내린다"는 사실을 깨닫는다. 뿌리는 근원적인 생명력이다. "뿌리"는 자신의 내면에 잠재해 있는 모성자질이다. 그 생명력은 대지에 "뿌리"를 내리면서 생명의 소중한 부분을 채워주고 있다. 시 「과녁」에서 "화염"은 시련과 고통, 과거의 어두운 기억들이다. 어두운 "화염"같은 기억은 그녀의 의식을 새로운 생명의 공간으로 끌어올리고 있다. "뿌리"는 먼 기억의 저편에 있는 어두운 삶의 근원이고, 고통을 극복하는 몸짓이다. 이렇게 생명이 충만한 공간이 "뿌리"의 본질이다. 「겨울 잎들」에서처럼, "다시 오기 위해/새 몸을 얻기 위해" 뿌리는 고통을 견디어 낸다. 이러한 새로운 생명의 사유체계는 여성에 대한 피해의식을 극복하는 방어기제이기도 하고, 단절의 상황에 놓인 자신을 돌아보는 계기가 되기도 한다.

(다람쥐는 일부다처제라지요. 그 중 꼭 눈먼 놈만 아내로 맞이한다지요. 죽어

라 가을 내내 도토리를 모아 집에 쌓아 놓게 한곤 겨울이 오면 눈먼 아내를 밖으
로 내쫓는다지요.)
　　(…중략…)

거리엔 온통 눈먼 다람쥐들로 붐볐습니다
　　　　　　　　　　　　　－「월장」 부분

달고기와 어머니는
한 그물에 올라오는 식구였다
포를 떠 달지짐을 부치는 날에는
보름달이 대책 없이 떠
어머니를 다시 저며 내야 한다
　　　　　　　　　　　　　－「달고기」 부분

　이 두 시는 여성의 피해의식을 고발한 시이다. 시「월장」은 "다람쥐"에 비유
된 인간사회의 단면을 제시하고 있다. "웃자란 바람의 업"으로 피해를 입는 여
성은 "눈먼 다람쥐"로 비유되고 있다. 이 시는 남성의 폭력성을 은유적으로 드
러내고 있다. 이 세상에는 "눈먼 다람쥐"들로 붐비는 것이다. 시「달고기」는
"달고기"의 삶처럼 저미어진 어머니의 삶을 조망하고 있다. 말할 것도 없이 시
어 "달"은 여성을 상징한다. 이 원형의 공간이 허물어진다는 것은 근원을 상실
한다는 말이다. "달고기"는 여성의 한이고, 어머니의 한을 상징하는 비극적 소
재이다. 그녀의 비극적 상황은 도처에 산재해 있으며, 삶을 바라보는 시선이 모
두 음울한 죽음의 체험에 맞추어져 있다.

죽은 나무에는 비가 내리지 않았다
몇 개의 상투적인 이미지와
은유 그리고 완벽한 닫힘

캄캄하다
                    ─「깊은 잠」 부분

물컹, 청동물고기 피눈물이 번진다
해 다 떨어질 때까지 혀를 물고
비늘비늘
죽어서도 뎅, 그, 랑,
눈을 뜨고
뼈를 삭여
                    ─「노을을 듣다」 부분

　　죽은 나무에 비가 내리지 않는 것은 우울한 일이다. 세상은 소통 불능의 캄캄
한 절벽처럼 을씨년스럽다. 여기에서 깊은 잠의 본질이 있다. 뼈를 깎는 아픔 속
에서 "피눈물"를 쏟아내는 "청동물고기"는 음울한 죽음의 세계를 상징한다. 이
도저한 적막감이 그녀의 시에 흐르는 서늘한 냉기이다. 그녀의 시가 태생적으
로 따뜻한 세계를 거부하는 것이 아니라, 그녀의 기억 속에 잠재해 있는 근원적
인 "상처" 때문에 차가운 것이다.

상처에 상처, 상처를 끼워 맞추면
싹이 나고 잎이 나고
저렇게 뜨거워져서
붉고 노란 독을 내뿜는 것인가
                    ─「살肉에 스민 독」 부분

　　그녀가 안고 있는 상처는 무엇일까. 그것은 과거의 기억 속에 잠재해 있는 슬
픈 자화상 때문이다. 지우고 싶은 은폐된 자아는 세상의 모순과 만나게 된다. 그
녀가 만나는 세상은 단절되어 있고, 그 단절 때문에 상처를 받는다. 이 반복되는

모순 때문에 "상처에 상처, 상처를 끼워 맞추면" 새로운 싹이 나고 잎이 난다. 상처가 상처를 치료해 줄 수 있다는 이 아이러니는 상처를 깊이 느껴보지 못한 사람은 모를 것이다. 그녀의 의식세계는 차단되고 단절되어 있다. 이것은 삶 속에 내재되어 있는 피해의식의 한 부분이라 할 수 있다.

> 외부의 빛을 차단한 흰 커튼,
> 여자를 엿보는 건 여자
> 한번도 창 밖 불빛들에 관심을 두지 않았다
> — 「불빛들」 부분

> 옥상으로 나가는 철문은 녹슨 채 잠겨 있다
> — 「암흑시대」 부분

> 그와 나는
> 강 가운데서 만나지 못한다
> — 「언더라인」 부분

> 벌거벗은 동굴의 침묵
> 처절하게 덧난 벽의 상처에 나를 바른다
> 은폐된 벽이 알리바이
>
> 너와 나 사이, 벽은 살아간다
> — 「사이 – 도배」 부분

시 「불빛들」에서 외부로 차단한 흰 커튼 속에서 엿보는 여자는 누구일까. 그것은 또 다른 자아의 모습이다. 자신을 은폐시키지만, 그 의식 속에는 먼 기억의 저편에 서있는 자신을 만난다. 엿보는 여자는 그녀의 잠재의식에 있는 자아이다.

그런데 두 자아는 만나지 못한 채, "녹슨 채 잠겨"있다. 창 밖의 불빛에 관심을 두지 않은 여성의 삶은 보편적인 여성의 억압구조이다. 이 억압에서 벗어나려고 하지만, 한계 상황에 직면하고 만다. 더러는 "그와 나는" 강을 사이에 두고 늘 평행선을 긋고 있듯이 단절된 상황이다. 두 대상이 서로 만나지 못하는 것은 그녀가 세상을 거울의 이미지로 바라보기 때문이다. 의식의 이편과 저편에 놓여진 각기 다른 자아는 단절될 수밖에 없다. 라캉이 말하는 현상계와 실재계 사이의 혼돈 이라고 할 수 있다. 이 비극적 상황은 "덧난 벽의 상처"처럼 남아있는 흔적이다.

소통 불능의 상황에서 나타나는 현실 대응은 도발적이고, 의식의 해체 현상으로 나타난다. 현실이 "암흑시대"로 존재하고, 그 암흑의 시대에 살면서 소통을 꿈꾸고 있다. 그러나 현실은 벽과 상처로 말미암아 단절되어 있다. 모순된 현실은 소통되지 않는 채 닫혀 있다. 단절된 의식의 구조 속에는 억압된 자신의 삶이 있으며, 죽음의 그림자처럼, 드리워진 "검은 고양이의 울음"이 있다.

완강하게 굳어버린 오른 쪽 다리가 된 목발
그 사이를 서성대는 지친 사랑
한 발 멀리 가는 사랑아 이만치서 나는 주저앉는다
—「渡河歌 1」 부분

우리의 삶도 가끔은
더 높은 절정에 닿기 위해
절망을 배워야 할 때가 있다
—「딱 오 분간」 부분

사막으로 내려가는 계단에 언제부턴가 살고 있는 암코양이
모든 불이 꺼지면 애기울음을 우는 고양이와 나는
교감한다

—「交感」 부분

—「장작불을 지피며」 부분

인용한 부분은 모두 불완전하고, 일그러진 모습의 삶의 모습들이다. "완강하
게 굳어진 오른 쪽 다리가 된 목발", "절망", "암코양이"의 음울한 울음, "버림
받은 말"들은 모두 부정적이고 우울한 삶의 단면이다. 그녀의 의식이 바깥으로
열리는 순간 세상은 절뚝이는 바람과 불구의 시선으로 다가온다. 그래서 그녀
의 시는 현실에 대해서 신랄하고 냉혹하게 반응한다. 현실에 버림받은 것이 아
니라, 세상을 거부하는 몸짓이다. 순행하는 의식의 아니라, 거슬러 오르는 의식
이다. 절망을 배우려는 행위는 위태로운 삶의 곡예에 자신을 맡긴다는 말과도
같다. 더 높은 곳을 향할 때 절망을 배우듯이 끝없이 절망하면서 새로운 것을 찾
아낸다. 그것은 그녀의 의식에 내재한 삶의 조건이다. 소통되지 않는 상황에서
절망하지만, 그 소통을 넘어서는 자리에서 새로운 출발을 꿈꾼다.

시 「交感」에서 "암코양이"는 서늘하고 냉기가 흐른다. 애기울음을 우는 고
양이의 발정을 생각하면서 화자는 고양이와 은밀하게 교감한다. 사방은 벽으로
둘러싸여 있다. 이 거대한 단절의 상황에서 그녀의 의식은 살아난다. 현실은 죽
음의 상황이 연속되고 모순된 상황으로 이어진다. 의식이 파괴되고, 단절되는
자리에서 삶은 불꽃처럼 사위어 간다. 이처럼, 결핍은 때로 사회적 억압구조로
이어지기도 하고(시 「하얀 고무신」), 버림받은 자신에 대한 한탄으로 나타나기
도 한다(시 「검은 혀」).

이런 자기 폐쇄적 의식은 봄의 이미지마저도 음울하게 만든다. 봄은 생성과 충만
의 이미지가 강한데도 그녀의 의식에 투영되는 봄은 "날"이 서고, "봉인"되어 있고
연체(延滯)되어 있다. 그녀에게서 봄은 "악랄하게" 피어있는 부정적 이미지일 뿐이

다. 이 때문에 먼 기억 속의 저편에 남아있는 피해의식은 끝없이 자신을 괴롭히지만, 그곳을 탈출하려는 욕망은 좌절되고 만다. 그래서 그녀는 미완의 자신을 벗어나기 위해 몸부림치고 있다. 그녀의 시는 이 의식의 혼재를 벗어나야 할 것이다.

> 모처럼 내 안의 서랍을 열었네
> 아교풀 같은 시간들이 우울하게 떨고 있었네
> 나를 헤매다 꿈을 꾸는 미완의 내가 거기 있었네
>
> ―「서랍 뒤지기」 부분

이 시처럼, 그녀는 미완의 자아로 있는 자신을 발견하지만, 그 자아로부터 새롭게 깨어나려고 한다. 그녀의 시가 새로운 세상을 위해 몸부림을 치고 있는 한, 새로운 시적 의미를 획득할 수 있을 것이라고 생각한다. 그러나 문제는 의식의 생경함이 시어의 생경함에 그대로 이어지고 있다든지, 의식의 해체가 형식의 난해함으로 이어진다면 시적 건강성을 잃을 수 있다. 그녀의 시를 조심스럽게 관찰하는 까닭은 아직은 "미완"인 채로 남아있는 자신을 끝없이 탐구하기 때문이다. 먼 기억의 저편에 남은 상처로부터 더 깊은 시적 의미를 길어 올릴 수 있기를 바란다.

― ≪작가와 사회≫, 2004년 겨울, 17호.

언어의 틈에 펼쳐진 상상의 심연(深淵)

박재도 시집, 『자동점멸등』(현대시, 2006.08.05)

1. 자아와 대상과의 부정적 거리감

폴드만(Paul de Man)은 자아와 대상과의 사이에 거리가 있다는 사실을 전제하고, 그 거리의 빈 틈 속에 언어가 개입한다고 한다. 이는 수사학(修辭學, rhetoric)에서 말하는 대상의 본질과 그 대상을 표현하는 자아와의 거리개념인데, 이 거리를 소통하게 하는 것이 시적 담론이다. 따라서 시적 담론에서 가장 중요한 것은 언어라는 기호체계를 바탕으로 대상과 소통하는 것이다.

시적 소통을 위해서 대상과 자아, 언어와 표현, 의식과 무의식 사이의 무수한 틈을 객관적으로 이해해야 한다. 이 틈은 의식과 표현 사이에 발생하는 끊임없는 긴장관계를 조성하기도 한다. 이러한 긴장관계는 '상반성의 균형'(리처즈)이기도 하고, '내적 균형'(엘리어트)이기도 하다. 이 때문에 시는 언어를 매개로 하여 대상과 자아와의 긴장관계 속에 풀어헤쳐진 분열된 자의식의 표현이라고도 한다. 대개의 서정시는 대상을 자기화하지만, 최근의 시들은 대상과 자아를 배타적으로 놓으면서 서로 이질화하고 있다. 이에 더하여 자의식과 무의식의 경계까지 놓여 있으니 서정시의 소통구조는 더 많은 장애물에 봉착되어 있다.

박재도의 시에서 소통장애가 일어나는 까닭은 자아와 대상과의 부정적 거리감 때문이다. 그것은 주어진 시간 속에 살아가는 자아가 유한존재임을 인식하면서 시작하고, 이 유한존재의 인식은 결국 삶과 죽음이라는 실존적 문제로 귀결된다. 그의 시는 시간의 경계에 놓인 존재를 인식하고, 이를 통해서 유한존재의 절망에 착근(着根)한다. 이 절망의 심연이 깊어지는 자리에서 그는 삶의 진정성을 찾아낸다. 절망과 허무의 감정은 누구나 체험하는 보편적 인식이지만, 유독 그의 시집에는 이것이 심화되어 나타난다. 시간 속에 놓여있는 존재의 절망, 또한 이로부터 연상되는 죽음의 인식에 이르기까지 그의 시에 나타나는 부정의 진폭은 사뭇 깊고 넓다. 특히 이번 시집에서 지배적으로 나타나는 부정이미지는 주로 허무와 죽음의 체현으로 이 부정이미지를 극복하는데 무게중심이 있다. 이처럼 이번 시집은 원형의 공간을 상실한 존재가 절망으로부터 벗어나 일상에서 길 찾기 과정으로 나아가는 여정에 있다고 할 수 있다. 이러한 일상의 길 찾기는 허무와 죽음의 심연에서 벗어나는 방법론이기도 하며 동시에 자연스러운 길을 택하는 도교적 사유체계이기도 하다.

2. 원형공간의 상실과 비극적 자아

박재도의 시가 본질적으로 자아와 대상과의 부정적 거리감에 있다는 정황은 이번 시집의 여러 시편에서 확인할 수 있다. 이러한 거리감은 자의식에 투영된 대상에 대한 회의에서 비롯한다. 이 회의는 본질적으로 죽음과 같은 존재의 심연(深淵)으로 나타난다. 그의 시에서 대상과 자아의 거리감이 발생하는 요인은 무엇인가. 이는 존재가 시간의 경계에 놓여 있다는 자각 때문이다. 그는 끊임없이 '죽음이란 무엇인가', '삶과 죽음의 경계에 놓인 인간의 실존은 무엇인가'라는 물음을 던진다. 여기서 시간의 영원성은 존재의 유한성을 더욱 뚜렷하게 인식한다. 이 대립 속에서 놓여있는 자아는 결국 절망하고 만다.

시간은 유한한 존재를 깨닫게 하는 소재가 되고, 이 자각은 자의식에 착종(錯綜)하여 그의 시를 통어(統御)한다. 이번 시집에 실린 시들의 태작(駄作)이 시간과 존재 문제에 천착하고 있는 것도 이 때문이다. 예컨대, 시「형광등」「탁상용

카렌다」「시계」 연작시,「어떤 기억들」은 시간과 존재의 문제를 다룬 대표적 작품들이다. 이들 시에서 시간은 구속된 인간 존재의 비극을 상징하기도 하고, 별과 별 사이를 방황하는 우주적 사고로 나타나기도 한다. 또한, 시간은 불이 커지고 꺼지듯 자연스러운 인과율의 인식으로 나타나기도 하며, 시「어떤 기억들」에서처럼 과거로 거슬러 올라가서 유년기의 무서운 기억을 환기시키기도 한다. 이처럼 그의 시에서 시간은 시의 근원을 형성하는 중요한 소재가 된다.

> 시계로 가득 찬 방이다
> 목숨이 절반의 절반으로 섬뜩하게 접어진 채
> 사정없이 버려지고 있다
> 수십 개의 시계는 목숨을 잘라 한 토막씩 들고
> 한꺼번에 시간을 계산하려 한다
> 수십 배로 줄어드는 목숨을 보고 나는
> 소스라쳐 방을 뛰쳐나온다
>   — 「시계1」 부분

> 테가 굵고
> 유리가 두꺼운 안경너머
>
> 골똘한
> 자정너머
>
> 저
> 난해한 시간들의
> 파도를 넘어
>
> 지금은 또
> 육중한

천년을 넘어야 할
　　　　　—「싸르트르에게」 전문

　이 두 편의 시는 싸르트르의 실존주의 사유체계를 보여준다. 시 「시계1」에서 시간은 의식에 갇힌 화자의 두려움을 불러일으키고, 목숨이 경각에 달려있다는 절망감을 환기시킨다. 이 시는 시간이라는 대상 속에서 절망하는 화자의 내면 의식을 투영하고 있다. 그는 자연이나 일상의 소재주의에 머물지 않고, 화자의 내면 속에 잠들어 있는 무의식 세계에 착근하고 있다. 존재와 시간의 대립은 스스로의 한계를 인식하는 계기가 되고, 시계로 가득찬 방에서 한꺼번에 그 시간을 끌어안아야 하는 상황에까지 이르게 된다. 그래서 화자는 시 「싸르트르에게」에서 '난해한 시간들의 파도'를 감당하지 못하고, 또 다시 천년의 시간 속에 짓눌리고 마는 것이다. 이 시간의 강박관념은 유년기의 슬픈 추억과 아버지를 잃은 슬픔에 그 근원을 두고 있다. 이러한 슬픔은 결국 화자의 내면에 자리잡은 고질병처럼 남아있다.

　　오래 전에
　　나를 경이롭게 했던 이런 기억은
　　해질녘 라디오 속의 잡음처럼
　　지금도 내 기억 속에
　　은밀히 터를 잡고 살고 있다

　　언제나
　　허약을 기다리는 잔인한 기억들
　　　　　　—「어떤 기억들」 부분

　그의 의식 속에 있는 이 '잔인한 기억'은 존재를 절망의 늪 속으로 몰아간다.

언젠가는 죽음을 맞이해야 하는 존재이지만, 이 죽음을 미리 체현하고 일상 속에서 늘 염두에 두고 있다면, 자아는 심각한 자기 유폐의 세계에 빠지고 말 것이다. 그의 시는 곳곳에 이처럼 자기 유폐에 빠진 채, 어린 시절의 우울한 기억과 아버지 상실에 따른 슬픔의 과정을 기술하고 있다. 그는 잔인한 기억을 재생하고, 그 재생에 갇혀서 신음하고 있는 자아의 모습을 시화한다. 그는 원형적 공간을 상실한 비극적 상황을 인식하면서 이 슬픈 운명을 빠져나오지 못하는 존재의 문제를 탐색하고 있는 것이다.

3. 존재의 문제와 죽음의 체현(體現)

그의 시에서 탐색하고 있는 존재의 문제는 죽음의 인식으로 체현(體現)된다. 이 죽음의 체현은 유년기의 아픈 추억과 일상생활에서 만나는 대상들을 우울하게 바라보는 시인의 인식태도에서 비롯한다. 그 근원에는 유년기의 추억과 아버지 부재가 놓여있다.

비록 죽음의 체현이 자아를 절망의 늪 속에 놓이게도 하지만, 반대로 존재의 의미를 깨닫게 하고, 자아 성찰의 과정과 존재의 확인과정으로 나아가는 기제가 되기도 한다. 그는 나이 오십을 넘기면서 세상의 풍파를 알게 되고, 아버지의 죽음을 통해서 유한자라는 지각이 싹트게 된다. 이번 시집에서 많이 쓰이는 시어들을 살펴보더라도 그 정황은 확연하다. 예컨대, '겨울', '해거름의 저녁', '가을', '서쪽', '차디찬/맨발의 고무신'과 같은 시어와 시구들인데, 이들은 주로 죽음, 절망 이별의 정서과 같은 부정적 정서를 상징한다. 그밖에도 죽음의 체현을 시화한 시들로 「겨울이야기」「개들에게2」「겨울 숲 – 한계령」「구름에게」「구름의 거짓말」「그 길은」「선운사」「가을, 어상천리」등이 있다.

　　햇살 한줌

인적 없는 산사
볕바른 양지에 쭈그린 앳 띈 비구니
파란 머리에 앉았다 가고

햇살 한줌
아버지 무덤 비석 돌 틈
간신히 기력 일깨우는 땅벌 한 마리
파르르 전율하는 나래 깃에 들었다 가고
　　　　　　　　　　　　　　　　　－「겨울이야기」 부분

겨울
선운사에는

입이 봉해진 나무와
침묵하는 의견들

깊이
잠이든
시간들
　　　　　　　　　　　　　　　－「선운사」 부분

　시 「겨울이야기」에서 햇살 한줌에 포착된 풍경은 고요함이다. 인적이 끊어진 산사에서 만난 비구니와 아버지의 무덤에서 발견한 땅벌은 겨울이미지에 포착된 물상들이다. 그런데 이들 비구니와 땅벌을 통해서 화자는 죽음을 상상한다. 이 상상은 그의 정신적 심연에 자리잡은 우울한 기억과 상실을 근원으로 하고 있다. 흔히, 상상력은 이마고(imago)와 이미토르(imitor)에 어원을 두고 있는 말인데, 이 말은 '표상을 모방하는 것'을 말하기도 한다. 이는 심리적 현실뿐만 아니라 정신적 진리가 반영되어 있는 것으로 그의 시에서 겨울이미지는 침묵의 세계이며, 이 침묵의 세계는 죽음의 또 다른 말과 같다. 이 상상은 결국 아버지 무덤 돌 틈에 끼어있는 미물(微物)도 아버지의 환영으로 인식하는 바탕이 된다.

시 「선운사」도 죽음의 체현이라는 시인의 정신적 인식체계를 그대로 보여준다. 화자는 선운사에서 입이 봉해진 나무의 침묵과 깊이 잠든 영속의 시간을 깨닫는다. 침묵의 공간과 깊이 잠든 시간은 시공간을 초월한 자리에 놓여있는 상상력의 세계이다. 그런데 이 상상력이 발동하는 공간인 선운사는 결국 죽음을 인식하는 공간이 되고 만다. 이처럼, 화자가 대상을 바라보는 시선은 부정적 사유체계를 바탕으로 한다. 이 부정적 사유체계의 근원에 아버지의 죽음이 놓여 있다.

> 아버지를 태운 꽃상여는
> 성큼성큼 가시덤불을 헤치며
> 산을 올랐다
> 사람들은 죽음 그 뒷면의
> 끄나풀이나 잡고 야단이었다
>
> 어젯밤
> 못질하지 않은 관에 누운 아버지께
> 못난 자식은
> 아버지 긴 파람 뒤에 남았습니다.
> 마지막 인사를 받던 육신은
> 스르르 끈 저쪽으로
> 미끄러져 나갔다.
>
> — 「어느 유월」 부분
>
> 누구든지
> 내 앞을 지날 때는

단정하게
한 사람씩만 통과하시오.
　　　　　　　　　　－「죽음1」 전문

　시 「어느 유월」은 아버지의 죽음을 묘사한 시이고, 시 「죽음1」은 죽음의 운
명을 벗어나지 못하는 존재의 비극을 반영한 시이다. 죽음은 누구도 거부할 수
없는 산 자와 죽은 자의 경계이다. 그러나 그는 이미 아버지가 상여를 타고 끈
저쪽으로 갔지만, 집에 돌아와서 사랑방 문을 열자 아버지가 먼저 와서 하얗게
가부좌 틀고 앉아 반갑게 나를 맞이하는 상상을 한다. 이는 죽음과 삶의 영역에
경계가 있다는 것이 아니라, 상상력의 공간에서 존재가 영원하다는 것을 말한
다. 시간 속의 존재는 죽음과 함께 사라지고 말지만, 상상 속에 존재는 영원하다
는 것이다. 그렇기에 죽은 아버지가 다시 사랑방에 앉아있는 아버지로 돌아오
는 것이다.
　시 「죽음1」은 죽음의 상황을 보다 구체적이면서도 명징하게 포착한다. 누구
나 한 번은 죽을 수밖에 없는 인간은 결코 죽음을 거부할 수 없다. 죽음을 말하
는데, 군더더기의 상황이 필요하지 않듯이 죽음도 반드시 거쳐야 하는 숙명적
통과의례인 것이다. 이렇게 거부할 수 없는 통과의례에 대해서 화자는 '단정하
게 한 사람씩 통과하라'는 운명으로 받아들인다.
　죽음에 대한 두려움은 결국 죽음에 대한 화자의 인식을 그대로 반영한다. 그
의 시가 어둡고 우울한 정서를 바탕으로 하는 것은 아버지의 죽음이라는 원형
적 공간의 상실 때문이다. 그는 아버지의 죽음을 목도함으로써 죽음도 숙명처
럼 받아들여야 한다는 사실을 깨닫는다.

복사꽃 피네
복사꽃이 하얗게 죽었네
환한 세마포 입고 길에 넘어졌네

　　겨울에서 봄 쪽으로 넘어졌네

　　메마른 가지에서 꽃망울로
　　꽃망울에서 꽃으로 죽어가네
　　죽음의 그 환하게 열린 길을 따라
　　사람들이 붐비네
　　잔치를 하네
— 「복사꽃 피네」 부분

　　이 시는 복사꽃이 핀 아름다운 봄의 풍경을 묘사한 시인데 '복사꽃 피네'라 상승이미지와 '복사꽃이 하얗게 죽었네'라는 하강이미지가 교차하면서 결국 죽음의 환한 꽃길로 이어지고 있다. 화려한 복사꽃은 곧 꽃잎이 떨어질 것이라는 하강이미지로 바뀌고 있다. 이는 화자의 시선이 삶보다는 죽음의 인식에 가까이 다가가 있다는 것을 말한다. 삶과 죽음은 동시에 존재할 수 없는 것이지만, 그는 화려함 뒤에 놓인 죽음의 상황을 동시에 목격한다.

　　이와 같은 모순은 이 시집 전체를 지배하는 구조이다. 꽃은 메마른 가지에서 꽃망울로 피어나서 아름답게 장식하지만, 그 꽃망울은 곧 죽음의 상징으로 바뀌고 만다. 그렇게 꽃들이 죽어가는 길을 따라 사람들은 꽃 잔치를 한다. 그의 시가 화려한 세상을 그대로 보지 못하고 죽음의 상황으로 인식하는 까닭은 아버지의 죽음이라는 원형을 상실했기 때문이다.

4. 새로운 삶의 길 찾기

　　그렇다면 그의 시는 부정적이고 우울한 정서밖에 없는 것일까. 그렇지 않다. 그는 존재의 죽음을 체현하면서 새로운 삶의 길 찾기를 시도한다. 원형적 공간을 상실한 자아는 절망에 빠지기도 하지만, 그 절망 앞에서도 끝없는 길 찾기를 시도한다. 그는 일상의 삶에서 진정한 삶을 찾아내고 있다. 자칫 이들 일상시는 최근 서정시에 나타나는 일반적 경향이라고 가볍게 돌려버릴 수도 있지만, 그의 경우는 새로운 삶의 가치를 비끌어매는 사유체계를 보인다는 점에서 다르게 받아들여진다. 그는 일상에서 만나는 아이들의 순수함을 통해서 진정한 삶의 의미를 끌어내기도 한다. 그것은 일상의 삶에서 발견하는 자연스러움이라 할 수 있다. 예컨대 물이 끓어 넘치는 장면을 관찰하면서 인간들의 다양한 감정을 발견하기도 하고(「주전자에는 물이 끓는다」), 아름다운 섬에서 과거에 대한 그리움을 회상하기도 한다(「아름다운 섬」). 이처럼, 일상의 삶에서 진정한 삶의 가치를 꿈꾸는 작품들로는 「시인의 주소」「귀여운 아기」「옷걸이의 옷」「코스모스 두 송이」 등이 있다.

초등학교 앞
하교 길에 비가 내린다

빨강, 노랑, 파랑,
예쁜 비옷과 우산들
챙이 달린 커다란 모자
활짝 핀 해바라기

아름다운 피켓을
하나씩 들고 간다

빗속으로 해가 뜬다
무지개가 뜬다
지금은 가장무도회를 하는 중이다

하나님이 명령하신

이 지상에서 가장 아름다운
시위를 하는 중이다
                          ─「비가 오는 풍경 1」전문

　이 시는 비가 오는 날 초등학교 앞에서 바라본 풍경을 묘사한 시로써 선명한
회화적 이미지가 지배적이다. 이 시는 앞에서 살펴본 허무와 죽음 같은 부정이
미지는 보이지 않는다. 다만, 화자의 시선에 포착된 일상의 삶을 그대로 기술하
면서 그 상황이 가장 아름다운 장면임을 끌어낸다. 그는 자연스러운 일상에서
삶의 진리를 발견하고 있다. 이것은 삶과 죽음의 문제도 결국 자연스러움에 진
정성이 있다는 것을 말한다. 그에게 있어서 일상의 삶은 곧 진리를 발견하는 공
간인 것이다. 삶의 진정한 아름다움은 자연스러움에 있다는 평범한 진리를 깨
달은 것이다. 예컨대 시「땀으로 표현되는」에서 아기의 천진난만한 미소를 '지
구를 돌리는 하나님'으로 표현하고 있다는 데서 일상의 삶이 주는 의미를 발견
할 수 있다. 이러한 일상의 깨달음은 이번 시집의 표제로 삼고 있는「자동점멸
등」에서도 잘 나타난다.

　　캄캄한 지하 계단
　　조심스레 발을 들여 놓는다
　　어둠 속에서 기다리던 자동 점멸등은
　　환하게 밝은 불을 켜 준다
　　그러나 몇 발자국 지나면 곧 불빛은 사라지고
　　다시 어둠이 제자리를 찾는다
　　짧은 환영과 환송 사이로
　　점멸기가 또 한 번 계수기를 누른 것이다
　　아무 도움도 위로도 소용없는
　　쓸쓸한 계수기 아래
　　내가 잠시 노출된 것이다

—「자동점멸등」전문

　　화자가 추구하는 삶의 진정성은 '자동점멸등'처럼 자연스럽게 바뀌는 세상
의 이치에 있다. 현실은 더러 캄캄한 지하 계단과 같은 삶이지만, 그 삶의 길을
밝혀주는 빛은 스스로 켜지고 꺼지는 것이다. 인생의 모습도 자동점멸등처럼
왔다가 사라지는 존재들이다. 죽음의 인식으로부터 시작한 그의 사유체계가
'자연'의 인식체계까지 다다른 것이다. 인간이란 결국 '아무 도움도 위로도 소
용없는' 계수기 아래 잠시 놓여 있다가 사라지는 존재일 뿐인 것이다. 자동점멸
등의 짧은 환영 사이에 어둠과 밝음이 교차하듯이 인간이란 잠시 머물다가 사
라지는 존재들이다. 따라서 삶의 진정한 가치는 자연스러운 일상 속에 있으며,
이 일상은 존재가 절망하고 그 절망을 극복하는 마지막 공간이 되는 셈이다.

5. 이미지의 상상적 변조(變調)

　　이제 그의 시가 어떤 가능성을 향해 열려 있는가를 살펴볼 차례다. 서정시에
서 화자의 시선에 포착되는 객관적 상관물은 제각각 다른 언어로 표현되고, 그
사유의 방법도 제각각 다르게 나타난다. 때로는 사물이 놓여있는 현상에 초점
을 두면서 그 현상을 언어로 표현하기도 하고, 어떤 때는 사물이 존재하는 의미
에 초점을 두면서 그 존재의 깊은 상상력에 천착하기도 한다. 앞의 시가 주로 이
미지를 강조하는 서정시의 영역이라면, 뒤의 시는 주로 정서를 강조하는 서정
시의 영역에 속한다. 이처럼 서정시가 이미지와 정서의 표출이라는 두 가지 방
법론에 있다면, 이들은 서로 교합관계에 있거나 혹은 함의관계에 있다. 서정시
가 언어의 미끄러짐을 통해서 이미지와 정서를 구체화한다면, 이미지와 정서는
서정시의 근원을 탐색하는 가장 중요한 시적 요소일 것이다. 이는 저간(這間)의
시적 판도를 살펴보더라도 충분히 짐작할 수 있다. 최근의 서정시는 이미지와

정서라는 두 가지 시적 기율을 바탕으로 다양한 시적 방법론을 시도하고 있다. 이들 서정시는 일종의 자각 의식과 비자각 무의식의 아슬아슬한 경계에 놓여서 위험한 줄다리기를 하고 있는 것이다. 이런 정황 속에서 나름대로 독자적인 시 세계를 구축하고, 혼돈의 갈피를 제대로 챙기면서 시인의 길을 찾아가는 것은 매우 힘든 일이다. 그러나 이처럼 다양한 시적 방법론이 시도되고 있는 시대일 수록 사물을 새롭게 자각하고 이를 자기화하는 부단한 작업이 무엇보다 절실하다. 각기 다른 여러 가지 시적 방법론이 시도되는 시대에 독특한 개성을 표출하는 일이란 결코 만만한 일이 아니다.

그렇다면 박재도의 시는 어떤 가능성을 향해 열려있는가. 그의 시는 시단의 흐름에 떨어져 있어서 일상성에 매몰된 최근의 유행에 비교적 자유롭다. 그는 소재의 상징성을 통해서 그 의미를 포착하는 독특한 시선이 있다. 그의 첫 시집 『직립을 위하여』(빛남, 1998)는 사물을 상징화하는 시선이 날카롭고, 이를 드러내는 방법도 특이하다. 첫 시집은 이미지의 섬세한 전달과 풍성한 언어표현을 통하여 이미지의 상상적 변조(變調)를 보인다.

(1)이백만년 전 아프리카 사반나에서
오스트랄로피테쿠스로 명명되는
의연하고도 위태로운 직립을 시작하던
기억을 한다. 사람들은 총총히
휴식의 미등 아래로 묻혀 들어가고
헐렁해진 거리를 약간의 취기와 함께
흔들거리며 가는 사람 있다
하루를 버틴다는 말은
세 끼의 생존 그 너머에서
기웃거리는 덫을 피하는 일
앞서가는 여인의 미끈한 흔들림에 머리 흔들고

일용할 양식 그 이상에서도 언제나 미흡한
호주머니를 기억하는 일과
어깨 부딪는 작은 만남들 그 때마다
번번이 보여야 할 미소의 남은 분량을
생각해야 하는 그래서 언제부터인가
비틀거리는 습성을 지닌 직립의 슬픈 짐승들!
잠잘 때나 죽을 때는 쓰러진다.
오늘밤 간신히라도 돌아가면 문 밖에 나를
힘겹게 세워두고 잠깐만 휴식하리라
작고 사소하지만 의연하고도
필요한 직립은 위하여
                    —「직립을 위하여」 전문

(2)한적한 냇가 방죽 위에
암캐 한 마리 나오고
이어 수캐 한 마리 따라 온다

교미가 시작 된다

수고로운
라메트리의 성실은 끝이 나고
둘은 각각의 길을 따라
총총히 사라진다

성단(星團)과 성단사이를 거쳐
면면히 이어온
노역의
슬픈 발자국
                    —「호모사피엔스 1」 전문

이 두 시는 첫 시집과 이번 시집 사이의 간극을 잘 보여준다. 시 (1)은 첫 시집의 표제시이기도 하고, 그의 시적 출발점이기도 하다. 태초에 인류가 직립보행을 하면서 슬픈 운명을 맞이한다는 인식이 현대인의 생활 속에 그대로 투영되어 있다. 문득 살아간다는 의미를 상실해버렸을 때, 사람들은 본질의 문제를 생각하게 된다. 직립보행을 하면서 비로소 비틀거리는 슬픈 운명을 갖게 된 인간의 고뇌는 결국 원형의 상실로 비롯하는 고뇌라고 할 수 있다. 거리를 흔들거리며 약간의 취기 속에서 걸어가는 화자는 근근이 버티며 살아가는 현대인의 모습에 다름없다. 언제부터인가 비틀거릴 수밖에 없는 이 존재의 미숙함은 태초의 공간까지 거슬러 올라간다. 인간이 직립보행을 하지 않았다면 애초에 비틀거리는 일이 없을 것이다. 이는 원죄의식처럼 씻을 수 없는 인간의 슬픈 운명이다. 가벼운 일상 속에서 문득 체현한 삶의 원형적 고뇌는 그의 시가 출발하는 사유체계이다.

시 (2)에서 제목으로 삼고 있는 '호모사피엔스'는 결국 그의 고뇌의 출발점이 인류의 발생론적 기원에 해당한다는 것을 보여준다. 이 시는 이번 시집에 실린 시인데도 여전히 그는 인류의 근원적 태생의 문제에 집착하고 있음을 보여준다. 사실 이 시는 길거리에서 개들이 교미를 하는 일상적인 장면을 포착한 것인데, 그들의 평범한 행위 속에서 인간의 슬픈 운명이 클로즈업되고 있다. 의학자 라메트리처럼 성실하게 유전인자를 연구(研究)하던 개들의 교미가 끝나고 나면 각각의 길을 따라 떠나간다. 이들의 길은 결국 인간이 태어나서 사는 운명과 다름없다. 개들이 길거리에서 성스러운 교미를 하는 것은 성단과 성단을 거쳐서 이어온 인간 역사의 여정이며, 이는 결국 '노역의 슬픈 발자국'이다. 개들의 교미는 존재가 성립하는 원형의 공간이며, 이 원형 공간을 잊고 사는 인간은 슬픈 운명의 존재라는 인식으로 나아가는 것이다. 이처럼 그의 시는 처음부터 지금까지 줄곧 원형을 상실한 존재의 문제에 집착하고 있으며, 인간의 슬픈 운명을 시화하고 있는 것이다.

첫 시집이 이미지의 구체화를 통한 언어 표현에 있다면, 이번 시집은 사물에 천착하고 그 사물을 내면화하는 반성적 성찰에 있다. 이는 그의 시적 전략이 사물에 대한 몽롱한 상상력에서 현실의 성찰로 바뀌었다는 말과도 같다. 시어의 상징으로 표현하려는 시적 가벼움에서 사물의 내면을 통찰하려는 매서운 시선으로 옮겨왔다고 할 수 있다. 그의 두 시집에 나타난 간극은 어찌 보면 대수롭지 않은 일이라고 생각할 수도 있지만, 사실 이 간극은 매우 중요하다. 왜냐하면 첫 시집에서 보여준 이미지의 구체화는 현상학적 접근이라고 한다면, 두 번째 시집에서 보여준 사물의 내면화는 인식론적 접근이라 할 수 있기 때문이다. 사물을 단순히 바라보는 관점에서 사물의 궁극에 파고드는 방법론으로 바뀌었다는 말은 시적 방법론의 깊이를 더해간다는 말이다. 이는 엘리어트가 말하는 '통시적 누적(diachronic accumulations)에서 의식의 통합(synchronic unity)'으로 나아가는 과정이라고 할 수 있다.

첫 시집과 이번 시집에서 나타난 시적 방법론의 변화는 눈여겨 살펴야 할 일이다. 첫 시집이 이미지의 풍성한 잔치를 보여주었다면, 두 번째 시집은 깊은 사유의 세계를 보여주었다. 이는 이번 시집이 첫 시집에서 보여주었던 다소 어려운 현상학적 소통구조를 벗어던지고, 인식의 틀을 확장시키면서도 가볍고 쉬운 일상의 문제로 전환하고 있다는 것이다. 첫 시집이 성숙하지 않은 이미지를 언어적 상상력으로 끌어들이고 있었다면, 이번 시집은 일상의 도학적 경지를 추구하는 깊은 언어적 상상력으로 보여주고 있다고 할 수 있다. 어느 것이 올바른 시적 방향인가라는 것은 섣부르게 결정지을 수 없는 일이지만, 시인이 스스로 시적 변화를 꾀하고 있다는 사실은 긍정적으로 받아들여야 할 것이다.

결핍을 끌어안는 모성의 시학

한창옥 시집, 『빗금이 풀어지고 있다』(현대시, 2007.11.30)

1. 모성본능과 페미니즘

좀 거창한 말이겠지만, 한창옥의 시집에는 모성본능과 페미니즘 시학이 잘 나타나 있다고 할 수 있다. 모성본능이란, 모성의 따뜻함과 생명의 본질을 말하고, 페미니즘 시학이란, 여성의 몸과 같은 성담론과 여성의 삶을 포함한다. 이 시집을 읽으면서, 모성본능과 페미니즘 시학의 의미를 찾아보는 것은 흥미로운 일이다.

다음은 이 시집의 형식적 측면을 살펴야 한다. 시의 표현방법은 비유이고, 이는 시의 본질이다. 이런 이유 때문에 비유는 좋은 시를 결정짓는 중요한 요소가 되기도 한다. 그런데 그녀의 시에는 비유가 직접 나타나 있지 않다. 그만큼 시가 평이하고, 꾸밈이 없다는 말이다. 이 때문에 시적 성취도가 부족하다는 비판을 받을 수도 있다. 그러나 그녀의 시는 시적 표현방법과 같은 형식적 측면보다 인간의 순정한 감정과 같은 내용적 측면을 강조하고 있다. 기교를 부리지 않았기 때문에 평이하고, 전체 내용을 감춤으로써 비유의 효과를 얻고 있다. 이 시집은 꼼꼼히 읽을수록 시의 내면에 흐르는 시적 진실성을 발견할 수 있다.

이 시집에 일관되게 흐르는 정서는 모성의 시학이다. 이 시집을 읽으면서 독자들은 모성의 본질이 무엇인지를 깨달을 것이다. 이것은 시인의 의식세계와 소통하는 길이다. 무엇보다 이번 시집은 여류시인만이 지닌 대상에 대한 섬세한 관찰과 이를 끌어안는 모성의 힘을 발견할 수 있다. 세상을 향해 드리운 따뜻한 시선과 결핍을 끌어안는 모성의 시학이야말로 이 시집에서 만날 수 있는 아름다운 덕목이다.

2. 결핍을 끌어안는 모성

조세핀 도너번에 따르면, 여성은 인간들 사이에 일어나는 모든 삶의 형태들 사이에 존재하는 미묘한 관계를 이해할 수 있는, 이성을 능가하는 직관적 지각력을 소유하고 있다고 한다.[1] 여성은 사물을 바라볼 때, 섬세한 직관에 의존하고 있다는 말이다. 이성이 논리에 따르는 사고과정이라면, 감성은 직관에 따르는 감각작용이다. 도너번의 말은 여성은 이성보다는 감성에 충실하다는 것이다. 이러한 여성의 직관력은 시인의 가져야할 기본정서와 상통한다. 시에서 감성의 중요성은 일찍이 시경에서 밝히고 있다. 공자는 "시경(詩經)에 실린 시 300여 편이 사악함이 없다"[2]고 말하고 있는데, 이것은 시의 본질이 순정한 인간의 감성에 있다는 것을 강조하는 말이다. 시는 순정한 인간의 감성을 솔직하게 표현한 것이며, 여성은 그 직관의 감성에 민감하다는 것이다. 그런 점에서 모성의 시학은 시의 본질이라고 할 수 있을 것이다. 모성의 시학은 인간의 기본감성에 충실하면서 여성만이 가진 세심한 관찰과 여기에 포착된 세상을 순수하고도 따뜻한 감성으로 형상화한 것이다. 이 시집에는 이러한 모성의 시학이 따뜻하게, 혹은 풍성하게 나타나 있다.

이 시집은 전체 3부로 짜여 있다. 제1부는 여성 화자가 세상을 바라보는 섬세

---

1) 조세핀 도노번 지음, 김익두·이월영 옮김, 『페미니즘 이론』, 문예출판사, 1993. 73쪽.

2) 공자께서 말씀하셨다. "『시경』삼백 편은 한 마디로 표현하면 '생각에 사악함이 없는 것'이라 하겠다." 子曰 ; 詩三百, 一言以 蔽之, 曰思無邪 －『論語』, 爲政篇 (김학주, 『논어』, 서울대학교 출판부, 1985, 115쪽.

한 관찰이 잘 나타나 있다. "어린 생명"이나, "어머니의 품속" 같은 모성본능을 드러내는 시들이 많다. 작고 결핍된 사물들에 대한 사랑을 보여주고 있다. 제2 부는 평범한 일상에서 드러난 여성들의 삶을 시화하고 있다. 여기에 나오는 대부분의 여성들은 세상의 풍파를 견디어 내고, 묵은 생에서 새로운 삶의 의미를 발견하는 존재로 그려지고 있다. 제3부는 여성의 삶과 그 삶에서 찾을 수 있는 관능의 세계를 보여주고 있다. 죽어가는 영혼을 감싸는 사랑과 상처받은 여성의 삶을 치유하기도 한다. 한창옥의 시를 두고 "세상을 보는 따뜻한 시선"(권정우)이 있다고 하는데, 이는 모성본능으로 세상을 감싸려는 태도 때문이라 할 수있다. 이처럼, 이 시집에는 여성 특유의 삶이 총체적으로 형상화되어 있다. 그것은 소외되거나 일상의 관심 밖에 있는 것들에 대한 따뜻한 사랑을 바탕으로 하고 있어서 더욱 더 흥미롭게 읽힌다.

> 자연이나 사랑, 또는 그리움을 권태롭게 풀어놓은 시도 아닌, 인간의 소외된 삶을 보듬어 그 존재의 목소리를 내주고 싶은 것이다. 남들이 보는 눈에는 평범한 일상의 관심이 관심밖의 모습일 수 있지만 서민들의 애환이나 일상생활 중에 뭔가 찡하게 가슴에 와 닿아, 나름대로 감정을 자극할 때가 있다.[3]

인용한 부분은 그녀가 밝히고 있는 짧은 시론이다. 이 글을 통해서 우리는 그녀가 평소에 어떤 생각을 하고 있으며, 어떤 곳에 시선을 두고 있는지 알 수 있을 것이다. 그녀는 평범한 일상과 일상의 관심 밖에 있는 서민들의 애환에 관심을 두고 있다. 그녀가 관심을 가지는 존재들은 세상의 관심 속에 있는 것들이 아니라, 세상과 결별하고 있는 것들이다. 풍족하고 만족스러운 것이 아니라, 결핍된 것들이다. 이렇게 소외되고 결핍된 것들에 대한 관심과 사랑은 모성본능이 아니면 불가능할 것이다. 그런 점에서 그녀의 시론은 동양고전 시론에서 말하

---

3) 한창옥, 「온몸, 팽팽히 들어와 박히는 햇살에도 아찔하는 가슴의 흔들림」, ≪주변인과 시≫ 2007년 가을, 통권36호, 53—54쪽.

는 동기감응(同氣感應)에 닿아 있다.

동양의 고전시론에 따르면, "사람은 본래 일곱 가지 감정을 지니고 있어서 외계의 사물에 감응이 발생하게 되는데 감응이 있게 되면 그 마음의 뜻을 읊조리게 되는 것이 자연스러운 현상이다(詩稟七情, 應物斯感, 感物吟志, 莫非自然)"[4]라고 한다. 시는 본질적으로 사물과 교감하는 것이다. 따라서 시는 이성적 사고가 아니라, 감성적 정서가 바탕을 이루는 것이다. 인간이 가진 일곱 가지 감정은 인간의 모든 욕망을 조장하는 것이며, 이 욕망의 근원에 모성이 자리 잡고 있다. 그녀의 시는 대상과 소통하는 동기감응을 본질로 하고 있으며, 이는 모성의 시학이라고 할 수 있다.

인간의 감성을 순화하는 것이 동양 고전시론의 요체(要諦)라면, 이러한 감성을 진솔하게 표현하는 것이 서정시의 본질이다. 그녀의 시는 대상과 감응하면서도 대상을 세심하게 관찰하는 눈이 있는데, 그것은 세상을 감싸려는 따뜻한 모성의 눈이다. 이 모성은 대상과 동기감응함으로써 결핍된 사물에게 생명의 본질이 무엇인지를 자각(自覺)하게 한다.

숨겨진 결핍의 상처를 내며
자신들이 매달았던 석류
푸석푸석 마른버짐 피던 얼굴에는
바알간 꽃망울 튀어 오르고 살이 오른 눈동자엔
정제된 알갱이들 쏟아지기 시작했다
환해지는 표피로 샘물이 길을 튼다
질척이던 삼일간의 여정, 울컥 몸속을 통과해
마일리지로 얻은 새로운 잉태
리플레이 되는……

늑골 사이 푸른 살들 스멀스멀 부풀어 오른다

---

4) 유협 저, 김민나 옮김, 『문심조룡(文心雕龍)』, 살림, 2005, 208쪽.

곡선으로 겹쳐지는 긴 호흡의 파장, 이 아찔함

— 「애드벌룬」 부분

이 시를 읽으면, 우리는 "새로운 잉태"라는 말이 무엇인지를 깨달을 수 있을 것이다. 이 시에서 대상을 바라보는 화자의 시선은 대상과 감응하려는 따뜻한 모성의 시선이다. 잉태(孕胎)는 생명을 가지고, 또한 생명을 키워내는 행위이다. 이 세상에서 가장 소중한 가치가 새로운 생명을 길러내는 것일 터인데, 이 숭고하고 소중한 일을 해내는 것이 모성이다. 여성의 몸 속에서 길러지는 새로운 생명은 어떤 가치보다도 아름답다. 이는 세상의 곳곳에 흩어진 "숨겨진 결핍의 상처"와 "푸석푸석 마름버짐 피던 얼굴"에 새로운 꽃망울이 피어오르게 하고, 그곳에서 생명의 물길이 일어나게 한다. 이러한 생명의 물길이야말로 모성의 본질이고, 이 모성은 경건한 생명의 자각으로부터 나온다. 또한, 이것은 아찔한 탄생의 순간을 맛보는 감응(感應)의 과정이기도 하다. 이 시는 결핍된 것들을 끌어안는 모성본능을 통해서 새로운 생명의 자각을 불러일으키고 있다. 대지의 상상력이 수많은 만유물상을 길러내는 바탕이 되듯이, 이 시는 대상을 화자의 내면으로 끌어들이면서 새로운 생명을 잉태하고 있는 것이다.

시가 대상에 대한 사랑, 그리움을 바탕으로 서민들의 일상을 그리고 있다는 말은 모성의 따뜻함으로 대상을 바라보고 있다는 말이기도 하다. 모성본능은 대상을 측은지심(惻隱之心)으로 바라보게 한다. 결핍된 것, 소외된 것들을 향한 무한한 사랑, 이기적이지 않고, 이타적인 사랑이 모성의 본질이다. 어린 동백나무를 보면서 연민의 정을 느끼고, 군대에 가는 아들의 모습을 보면서 모성본능이 일어난다. 애기고양이와 마주치면서 그 고양이가 어미를 잃고 힘들어 할 것이라고 생각한다든지(「애기 고양이를 밀어내다」), 유모차를 탄 아기를 엘리베이터에서 만났을 때 그 아이가 자라서 성장할 때의 힘겨움을 생각한다든지(「입석과 좌석」) 하는 것이다. 그녀의 시는 작은 생명과 소외된 것들에 대한 관심과 사랑이라는 모성본능으로부터 출발한다.

결핍을 바라보는 모성본능은 세상에 대한 관심만으로 그치지 않는다. 그것은 여성으로 살아가야 했던 한과 고통으로 이어지고 있다. 이는 여성의 억척스런 삶을 조망한 시들에서 그 예를 찾아볼 수 있다. 이 시들은 모성의 따뜻함 속에 내포된 강인함을 보여준다. 서민들의 일상이 풀들처럼 끈질긴 생명을 가진 존재를 상징하듯이, 여성들의 일상이란, 이러한 고통의 삶을 이겨내는 강인한 생명력을 상징한다.

<blockquote>

사방 구멍을 내고
다 비우고 부서지는 어둠 속에서
말랑말랑한 또 다른 생명체를 느낀 걸

이제 쓸개 빠진 여자로 허허 하고 살라하네

미친 척하며 가볍게 살라하네
　　　　　―「상처쯤 생기면 어때」 부분

</blockquote>

인용한 시는 상처받은 존재들이 그들의 삶을 이겨내는 과정을 형상화하고 있다. "사방 구멍을 내고 다 비우고, 부서지는 어둠 속에서" 살아가는 사람들이 여성들이다. 그래서 여성은 세상의 모든 풍파를 견디어내야 하고, 그러면서도 힘겹게 살아가야 한다. 여성들은 거대한 폭력 구조 속에서 안으로 한을 삭이면서 살아가야 한다. 그래서 그들은 "쓸개 빠진 여자"로, 혹은 "미친 척"하면서 살아가야 하는 것이다. 여성들의 삶이 사실 이렇게 힘들지만, 그들은 그 사실을 "상처쯤 생기면 어때"라는 식으로 가볍게 넘기고 있다. 이는 여성의 고통과 한의 기저에는 따뜻한 모성이 자리잡고 있기 때문이며, 이를 통해서 여성의 상처를 내면으로 끌어안고 있기 때문이다.

이처럼, 그녀의 시는 그리움과는 다른 측면에서 모성의 본능을 보여주고 있다. 그것은 절망과 같은 비극의 세계관을 보여주는 것이 아니라, 힘겹고 고통스런 세월의 무게를 이겨내려는 강한 여성의 이미지이다. 페미니즘은 여성의 삶을 사회라는 구조 속에서 이해하고, 그 사회에서 여성의 역할이 무엇인지를 인식하는 것이다. 이 시집에는 거대한 사회적 담론은 없지만, 평범한 삶을 살았던 여성을 통해서 사회에서 여성의 역할이 무엇인지를 짚어내고 있다. 이 시집에서 소재로 삼고 있는 여성들은 대부분 거친 삶을 살았거나, 혹은 자신의 세계에 갇혀진 사람들이다. 서부시장에서 김밥 파는 아주머니, "얼룩진 성애(性愛)의 행렬"에 지친 산달네라는 여인, 자갈치 시장에서 물건을 파는 아주머니와 같은 밑바닥 인생을 살았던 여성들이다. 이 시집에서 여성의 거친 삶을 투영함으로써 그들의 삶을 새롭게 보게 하고, 사회의 구조 속에서 여성의 진정성이 무엇인지를 깨닫게 한다. 「지문을 지우는 그녀」「어느 순간 나도 종량제」「물리치료실」「채석강」「택시, 코로나」와 같은 시들에서 페미니즘의 본질이 무엇인지를 묻고 있다.

결핍을 끌어안은 따뜻한 감성은 모성의 시학이다. 이 때문에 자갈치 시장 바닥의 억척스럽고, 질긴 여인의 삶이나(「자갈치는 저물지 않는다」), 찌그러진 빈 나팔과 망가진 드럼을 들고 거리를 헤매는 악사들의 삶에 시선을 두고 있는 것이다(「거리의 악사」). 힘들고 지친 삶을 살아가는 여성들이지만, 그 여성들은 이러한 끈질긴 삶 속에서 새로운 부활을 꿈꾼다. 어린 시절 친구의 죽음을 안타까워하면서 늘 내게 있는 것처럼 생각하고(「수첩을 펼치다」), 해 저문 타향에서 새로운 세상을 꿈꾸고 있다(「해 저물고, 타향에서」).

세상을 바라보는 따뜻한 모성은 때로 촉각을 곤두세우는 날카로움도 보인다. 그것은 세상에 대한 치열한 저항이 아니라, 따뜻한 감응이다. 이 때문에 그녀의 시는 어두운 공간에서도 따뜻한 모성이 살아나고 있는 것이다. 우두를 맞았던 어린 시절의 기억을 떠올리면서 어머니의 따뜻한 품속을 떠올리고, 일상의 삶들을 세심하게 관찰함으로써 또 다른 모성본능을 불러일으킨다. 식빵을 보면서 측은한 감정을 느끼기도 하는데(「식빵」), 이는 대상에 대한 무한한 사랑의 감성이 없으면 불가능할 것이다.

> (1)하는 짓거리를 보니 가관이다 거대한 냉장고를 기웃대며 문을 열어보겠다는 놈, 암벽타기를 하며 온갖 묘기 다 부리는 놈, 탱탱한 몸으로 씨름하다 나둥그러져 바둥대는 놈, 문 속으로 다시 집중하는 순간 웬걸 요놈들이 또 모여 공론을 하다가 잽싸게 벽지 틈새로 쏙쏙 들어 가버린다 겁도 없이 단단한 벽과 천정사이에 틈을 만들어 놓다니 그 틈 속에 저희들 세상을 만들어 활개를 치다니
>
> ― 「틈」 부분

> (2)잽싸게 따라 들어온 물체를 느끼는 순간
> 오싹해진 내 공화국은 이방인의 침입으로
> 초긴장 상태로 들어간다
> 비상 25시, 두 귀의 감지기는 쉬지 않고 빙빙 돈다
> 째깍째깍 숨소리만 겨우 내며 침묵하던
> 시계의 뒤통수를 치고 비상벨이 울린다
>
> ― 「쥐덫」 부분

시 (1)은 세상의 곳곳에 나있는 틈에 대한 시인데, 사실은 틈 속으로 빠져 들어가서 그곳에서 생활하는 바퀴벌레를 소재로 하고 있다. 보통 사람들은 바퀴벌레를 보고는 불결하다고 여길 것인데, 화자는 바퀴벌레를 세밀하게 관찰함으로써 그 생명에 소중한 가치인식으로 나아가고 있다. 바퀴벌레가 만든 틈을 보면서 활개치는 "짓거리를 보니 가관이다"라고 말하는 것은 작은 생명에 대한 애정의 표현이다. 바퀴벌레는 없고 틈만 있지만, 그 틈 속에서 살아가는 바퀴벌레를 형상화하는 시선은 날카롭다. 이러한 날카로운 관찰은 화자의 예민한 감각이라 할 수 있다. 이 섬세한 관찰은 여성화자가 가진 직관적 지각능력이라 할

수 있다. 이러한 지각능력은 대상과 소통하려는 모성본능에서 발현하고 있다.

3. 관능의 모성

끝으로 이 시집에는 여성 특유의 관능미와 에로틱한 장면이 보인다. 이런 유형의 시들은 주로 제3부에 실려 있는데, 이를테면 섹스 장면을 연상하게 하는 시가 있는가 하면(「세균」), 단풍을 관능에 찬 여성의 이미지로 포착하기도 한다(「단풍」). 여름날의 풍경을 여성의 육체에 비유한다든지(「여름은」), 여성의 아름다움이 사라진 세월을 한탄하는 시도 있다(「달집을 태우면서」). 물론 여성의 이미지가 모두 육체적 관능미를 상징하는 것은 아니지만, 여성의 이미지는 생명을 잉태하는 과정인 성행위와 무관할 수가 없다. 이런 관점에서 여성의 이미지는 관능과 성의 상징으로 인식되기도 하는 것이다. 만물을 길러내는 근원으로서 여성의 몸은 모성의 따뜻함과 함께 육체적 관능의 아름다움을 무시할 없는 까닭은 여기에 있다.

> 여성의 진정한 언어는 유기적이고 에로틱하고 총체적이다. 그것의 원천은 전오이디푸스 단계의 모친이다. 비록 남근숭배의 신비화가 대부분의 바람직한 관계를 타락시켜왔다 할지라도, 여성은 결코 <모친>과 동떨어져 있지 않다.[5]

프로이트가 말하는 페미니즘의 관점에서 볼 때, 여성의 몸은 유기적이고 에로틱한 총체성을 벗어날 수가 없다. 여성은 생명을 잉태하는 원형 상징이 있다는 말이다. 이러한 원형의 생명력은 여성의 육체에서 발현된다. 여성의 몸을 에로틱한 성으로만 국한시켜 말하는 것은 여성들의 심층에 자리잡은 남근숭배만을 생각하기 때문인데, 이것은 잘못된 생각이다. 여성과 성은 다른 차원에서 이해해야 하고, 왜곡된 성담론에서 벗어나 총체적 관계에서 이해해야 한다. 여성

____
5) 조세핀 도노번, 앞의 책, 215쪽.

언어가 "유기적이고 에로틱하다"는 말은 생명을 잉태하는 과정으로 성인식을
말하는 것이지, 유희의 측면에서 본 성인식을 말하는 것은 아니기 때문이다.

(1)세상을
자꾸 발가벗겨 놓네요
번들거리다 못해
맨살이 지글지글 익어요

기죽은
바람 앞에서 천지사방 부풀어 절정이고요

수 천 개의 불감증들이
서로의 음부를 꾹꾹 눌러줘요

—「여름은」 전문

(2)지퍼가 내려지고 시꺼멓게 때가 긴 사지가 보인다
단추는 너무 많고 지퍼는 너무 길다
풀지 못한 갈증은 감당 못할 폐기물이 된다

—「세균」 부분

(3)무르익은 여인 되어 농염한 자태가 여유만만 하네요

—「단풍」 부분

(4)옆자리에 잠든 아가씨
방울 귀고리가 뺨을 누르며 보조개를 만든다
뽀송한 꽃잎이 누르면 튕겨질 것만 같다

—「그날」 부분

　인용한 부분을 보면, 여성의 몸은 농염한 육체의 상징으로 표현되어 있으며, 또한, 그 몸을 관능적으로 묘사하고 있다. 시 (1)은 여름날 해변을 거닐고 있는 여성이라 해도 좋겠고, 무더위에 옷을 벗고 있는 여성이라 해도 좋을 것이다. 어떻든 이 시에서 여성의 발가벗은 몸은 관능미를 드러내는 행위이다. 그런 여성의 몸을 바라보는 화자는 절정의 순간을 생각하고, 이는 불감증을 일깨우면서 성을 자각하게 한다. 그래서 서로의 음부를 눌러주는 성행위로 이어지고 있는 것이다.

　시 (2), (3), (4)도 여성의 몸을 관능적으로 묘사한 부분이다. 시 (2)는 지퍼를 내리고 사지를 보이고, 단추를 풀고 있는 장면이다. 인용한 앞부분은 한 남자가 농을 걸고, 두 여자가 농을 받는 장면이 나온다. 인용한 부분은 그 다음 상황인데, 구체적 성행위 장면이 없는데도 이 시는 관능적으로 읽힌다. 이 시는 지나치게 상징이 들어가서 어렵게 읽히기는 하지만, 그 속에는 "풀지 못하는 갈증"이 있고, 누런 개가 지지직 소리를 내는 욕망이 세균처럼 들끓고 있다. 시 (3)에서 단풍은 "농염한 자태"를 보이는 여인에 비유되고 있는데, 단풍은 기죽은 세상을 애무하는 여성의 다정다감한 손짓이 되기도 하고, 갈대밭에 들어가 머리를 푸는 여인이 되기도 한다. 시 (4)는 서울로 가는 기차 안에서 젊은 아가씨를 만난 이야기인데, 인용한 부분은 그 아가씨를 만나는 장면이다. 여기에서 우리는 "뽀송한 꽃잎"의 관능미에 주목할 필요가 있다. 그녀의 시는 여성 특유의 에로틱한 장면과 관능미를 통해서 모성의 본질을 추구하고 있다. 그 바탕에는 물론 사물에 대한 사랑과 그리움이라는 따뜻함이 스며있다. 한창옥의 시는 관능의 미학을 통해서 모성의 진정성이 무엇인지를 잘 보여주고 있다.

길을 위한 변론
황길엽 시집, 『비문을 읽다』(전망, 2007.12.20)

1. 자아와 타자의 소통

서정시는 여타의 문학 장르와는 다르게 인간의 본성을 가장 진솔하게 드러내는 장르이기 때문에 그것이 현실에 맞서 있든지, 현실을 초월해 있든지 간에 일인칭 화자의 주관적 체험을 넘어서지 않는다. 그런 점에서 서정시는 사물과 인간의 소통, 우주의 한 구성원으로서 개인과 외부 세계와의 은밀한 교감 속에서 이루어진다. 서정시는 본질적으로 화자의 내면에 잠재해 있는 자아가 외부세계와 소통하는 과정이라 할 수 있다. 서정시의 화자가 자기만의 세계에 갇혀 있을 때, 소통부재의 시가 양산될 것이고, 자기의 세계에서 벗어나 대상과 교감하는 보편성을 획득할 때, 독자와 소통하는 시가 나올 것이다. 서정시는 소통부재의 시가 아니라, 소통의 시이다. 그것은 만물의 생성이치와 같다. 만물이 끝없는 유기체로써 조정되고 화합하고 생성하듯이, 대상과 소통을 전제로 하는 서정시는 자아와 타자의 관계 속에서 새로운 소통의 구조가 생성된다.

황길엽의 시는 독자들과 소통하기 쉬운 시들이기 때문에 평이한 시들이 많다. 이러한 이유 때문에 그녀의 시를 시적 비유와 표현을 살리지 못한 시라고 속단할 수도 있을 것이다. 그러나 다른 측면으로 볼 때, 그녀의 시는 쉬운 만큼 독자와의 소통이 용이하다는 장점이 있다. 그녀의 시는 자아와 대상과의 접점에서 끊임없이 소통하려고 한다. 그것이 푸념이든 독백이든 그녀는 끝없이 누군가에게 말을 건네려고 한다. 그녀의 시는 개인의 체험을 다양한 방법으로 보여주고 있다는 점에서 서정시의 본질에 충실하고 있다고 할 수 있다.

2. 사라진 것들에 대한 사랑

황길엽 시의 내면을 좀 유심히 들여다보면 '길'의 이미지가 지배하고 있음을 확인할 수 있다. 이 길은 두말할 것도 없이 사람이 살아가는 여정을 상징한다. 이미 상재한 세 권의 시집도 이러한 길의 이미지가 지배적이고, 이번에 발표하는 시집도 예의 길의 이미지가 지배적이다. 앞서 발표한 두 권의 시집은 일상적인 삶의 흔적들이 도처에 깔려 있는데, 그것은 삶에 대한 깊은 애정을 갖고 있다는 말이기도 하다. 그녀는 삶의 여정에서 만나는 모든 것들에 대한 따뜻한 애정을 보인다. 이 애정의 손길은 현재 살아있는 존재뿐만 아니라, 사라진 존재에까지 미치고 있다. '그대'는 떠나갔지만, '그대'를 영원히 잊지 않으려는 역설의 미학이 자리잡고 있다.

첫 시집 『도회에서 띄우는 편지』(한국시사, 1992)는 평범한 일상을 스케치한 시편들이다. 이 시집을 읽으면 그녀가 왜 길의 구속에서 벗어나지 못하고 있는지를 어느 정도 짐작할 수 있게 한다. 그것은 삶의 한과 슬픔 때문이 아니라, 떠나간 '그대'에 대한 그리움 때문인 듯싶다. 그대를 향한 그리움 속에 자아를 묻음으로써 길의 이미지에 빠져들고 있는 것이다.

가슴 깊이 출렁이던 당신의 햇살이
하루해 저물녘 찾아드는 어둠으로
이렇게 허전한 빈자리 만들어 두고
어쩌면 그렇게 쉽게 말씀도 없이 떠나십니까

(…중략…)

저녁이면 등잔불 내다걸고
날이 밝히시던 그 뜨거운 사랑이
아직은 가로등과 함께 서성이는데
당신이 이제는
영혼으로 그 넉넉한 사랑을 뿌리시리라 믿습니다
—「사모곡」 부분

첫 시집에 실린 이 시 한편은 그녀의 시가 어떤 공간에서 출발하고 있는지 확인할 수 있게 한다. 너무 쉽게 떠나간 '그대'는 늘 화자의 가슴에 남아서 시적 동인(動因)을 제공하고 있다. 가장 소중한 '그대'를 잃었을 때의 아픔은 그녀의 시 곳곳에 남아 있다. 이러한 상처 때문에 그녀는 늘 외로움에 빠져 있다. 그래서 그녀의 시에는 유독 '그대'를 향한 그리움의 시편들이 많다. 첫 시집에는 사랑하는 '그대'를 떠나보낸 뒤 느낀 외로움과 그리움을 형상화했다. 이러한 외로움을 잊기 위해 화자는 세상의 곳곳으로 유랑한다. 더러는 닫힌 공간에서 외로움을 달래고, 더러는 산과 바다에서 외로움을 달래기도 한다.

두 번 째 시집 『길은 멀지만 닿을 곳이 있다』(전망, 1997)는 그 쓸쓸한 도회의 공간에서 벗어나 새로운 삶의 공간을 향하고 있다. 이 시집에는 절망이 깊어지면 절망이 무엇인지를 잊어버린다는 사실, 원한이 너무 깊어지면 사랑으로 변한다는 사실과 같은 역설의 미학을 보여주고 있다. 길이 끝나는 지점에서 새로운 길이 열리고, "길은 멀지만 언젠가는 닿을 곳이 있다"는 긍정적 인식의 전환이 두 번 째 시집의 무게 중심을 이룬다. 여전히 떠나간 '그대'를 향한 아픈 기억의 시편들은 남아있지만(「비맞는 꽃상여」), 대부분의 시편들은 '그대'를 벗어나 자아의 정체성을 회복하는 방향으로 나아가고 있다.

너와 나의 끈질긴 운명에 이끌려 절망은 끝없는 길로 동행해오지만
발자국마다 너를 걷어차는 것에 바빠야 한다
—「사는 법 4」 부분

풀벌레 맑은 물소리
다시 우리 가슴에 노래소리로
파아랗게 웃는
맑은 그대와 마주 서리라
—「낙동강1」 부분

또 어둠이 오고
너의 두 손이 쭈그리고 앉은
침묵을 갈라놓으면
수많은 언어들이 교차되어
또 다른 시간을 만난다
—「시간」 부분

두 번째 시집 중에서 몇 편을 골라본 것이다. 절망의 끝에서 절망을 걷어내고, 새로운 삶을 찾으려는 화자의 노력이 군데군데 나타나 있다. 화자는 낙동강에서, 금정산에서, 상주 해수욕장에서, 작은 섬에서, 그리고 많은 삶의 여정을 통해서 다양한 세상과 만나고 있다. 갇혀있던 도회의 심상에서 벗어나 세상을 향해 열린 가슴으로 서있다. 첫 번째 시집이 우울한 자화상을 그대로 노출시켰다면, 두 번째 시집은 그 우울을 걷어내고 새로운 희망의 세계로 나아가고 있다. 산행 중에서 만나는 생물들, 서민들이 붐비는 시장에서 만나는 사람들, 이러한 모든 대상을 또 다른 시선으로 바라보고 있다. 그래서 화자는 이제 "비상을 꿈꾸는 새의 가슴"을 닮으려고 한다. 이처럼, 두 번째 시집은 사라진 것들에 대한 그리움으로부터 그들에 대한 따뜻한 사랑으로 변주하고 있다. 떠나간 '그대'로

해서 외로움과 절망을 얻었지만, 이제 그녀는 세상을 향한 "달콤한 언어들을 읽어"낼 수 있게 된 것이다.

3. 길의 시학과 이미지의 변화

이번에 상재하는 네 번째 시집에는 열린 세상을 향하는 건강한 시편들이 실려 있다. 그리움이라는 오래된 관념에서 벗어나 세상을 감싸는 사랑이라는 보편적 감성으로 나아가고 있다. 떠난 '그대'가 남긴 깊은 상처는 자아를 치유하는 방향으로 나아갔고, 삶의 길에서 만나는 수많은 일상과 대상으로부터 새로운 희망을 발견한 것이다. 앞의 두 시집에서 보여주었던 슬픔의 이미지나, 절망의 늪에 빠져있는 우울한 자화상은 말끔히 사라졌다. 사라진 것들에 대한 아쉬움은 표현하고 있지만, 그 대상에 대한 상처에 매몰되지 않는다. 산행 도중에 만나는 수많은 풍경들을 그리고 있으면서도, 그 풍경을 바라보는 시선은 밝고 건강하다. 이러한 건강한 시선 때문에 풍경을 묘사하는 방법도 선명하다.

> (1)꽃잎마다 눈물 담은 꽃
> 천상으로 향한 그리움만
> 활짝 피우고
> 바람, 그 작은 스침에도
> 꿀꺽 마른침 삼킨
> 화사한 웃음 보내는 너는
> 그리움
>
> —「천상초」 전문

> (2)어둠이 밟히는 소리
> 뽀드득 뽀드득
> 환경미화원을 따라가고

어젯밤 내다걸었던
등불 하나
누가 내렸는지
창밖 목련나무에 초승달로 앉았다
─「새벽」 전문

　시 (1)은 '그리움'이라는 정서를 대표하는 시이고, 시 (2)는 새벽 이미지를 잘 살린 시이다. 두 시는 짧으면서 전하는 메시지가 강하다. 시 (1)은 회한에 젖은 슬픔으로 일어나는 우울한 정서와는 일정한 거리가 있다. 천상으로 향한 그리움이 슬픔을 넘어서고 있다. 천상과 지상의 경계를 벗어나 화사한 웃음을 보낼 수 있는 그리움으로 변용된 것이다. 앞의 시들에서 보았던 그리움의 정서와는 진폭이 다르다. 어둡고 우울한 정서에서 밝고 건강한 그리움의 정서로 돌아온 것이다.

　시 (2)는 색다르게 읽힌다. 이 시는 짧은 시행 속에서 선명한 이미지를 살리고 있는 가작(佳作)이다. 우선, 이 시는 시 제목 '새벽'을 눈여겨 살펴볼 필요가 있다. 시집 전체의 시편들을 찬찬히 읽어보면 새벽이라는 시어가 많다는 사실을 발견할 수 있을 것이다. 새벽은 아침이 시작되는 전조(前兆)다. 새벽은 아침이 밝아오는 희망의 징조이고, 건강한 삶을 준비하는 시간이다. 이는 화자의 시선이 절망의 시선에서 희망의 시선으로 바뀌었다는 것을 말한다.

　어두운 이미지에서 밝은 이미지로 바뀌었다는 것은 이번 시집의 가장 중요한 성과일 것이다. 이는 그만큼 삶이 깊이가 깊어졌다는 것이다. 그리움의 정서를 표현하더라도 상실한 것에 대한 슬픔을 말하지 않고, 그리운 대상에 대한 건강한 삶의 모습으로 변주되어 있다. 이러한 시들은 인용한 시 말고도 「죽순」「길 위의 길 9」「가을1, 2」「가을여행」과 같은 시편들에서 찾을 수 있다. 그리움은 과거에 대한 회한과 상실한 것에 대한 아쉬움이 주된 정서일 터인데, 이번 시집에서 만날 수 있는 그리움은 과거에 대한 아쉬움과는 달리 그리움을 넘어선 새로운 희망의 세계를 지향하고 있다는 점에서 다르게 받아들여진다.

　　　연어만 강으로 거슬러 오르는 것이 아니다

　　　바람이 가득 담긴 얕은 솔숲 아래

　　　긴 세월 떠나있다 돌아온

　　　아직도 마르지 않은 세월을

　　　낡은 도포자락에 싸안고

　　　하얗게 닳은 고무신 두 짝으로

　　　동해물과 백두산이 마르고 닳도록

　　　목청 높게 부르는 수십 수백 세월들이

　　　북으로 오르는 철로 위에

　　　일렬종대 줄을 섰다
　　　　　　　　　　　　　—「비문을 읽다」 전문

　　시집의 표제작이기도 한 이 시는 의미심장하게 읽힌다. 이 시는 표현방법과 정서의 전달방법이 탁월하다. 연어만이 거슬러 올라가는 회귀본능이 있는 것이 아니라, 북송행렬에 끼어 있는 사람들도 연어와 같은 회귀본능이 있다. 이 시에서 그리움은 개인의 정서가 아니라, 인간의 보편적 정서로 나타나고 있다. "아직도 마르지 않은 세월"은 그리움의 비유적 표현이고, "낡은 도포자락"과 "하얇게 닳은 고무신 두 짝"은 그리움으로 살았던 세월을 상징한다. 이 시는 그리움의 변주를 잘 살린 시이다. 이 시의 제목에서 '비문'은 과거의 기억을 상징한다. 그리고 '비문을 읽는' 행위는 과거의 기억을 회상하는 행위다. 이 기억의 회상은 고향을 찾아가는 북송행렬로 나타난 것이다. 각기 다른 기억들을 가진 사람들이 북으로 향하는 것은 그들이 태어난 고향을 향하는 연어의 회귀본능과 다르지 않다. 그들은 비문에 새겨진 글귀를 기억해내듯 고향을 찾아가는 것이다. 개인의 그리움에 침잠했던 시적 세계가 인간의 보편적 정서로 나아가고 있는 것이다.

이러한 보편적 정서를 표현하는 방법에도 많은 변주를 보인다. 그것은 다양한 이미지의 차용이다. 이는 평이하게 보였던 그녀의 시가 새로운 방법론에 고심했다는 증좌다.

   (1)창밖으로 언제 와 앉았는지 하얗게 내린 달빛마저
   졸린 눈으로 새벽을 맞이하고 있다
                     —「불면증」 부분

   (2)한 번도 지나간 적 없는 길에
   새들이 흘리고 간 메시지들
   등불처럼 걸려
   자작나무 숲
   자작자작
   어둠을 들고
   하얗게 길을 걷는다
                    —「자작나무 숲」 부분

   (3)무대에 남은 배우는 어둠에 묻히고
   하늘에 폭죽처럼 번지고 있는 별빛 쫓아

멀리 개 짓는 소리
골 깊은 산자락 휘돌아
노부부 문지방을 넘고 있다

— 「노을」 부분

인용한 세 편의 시는 시각적 이미지를 잘 살린 시편들이다. 시 (1)처럼, 새벽의 이미지를 하얗게 탈색된 달빛에 비유하고 있다든지, 시 (2)와 같이 자작나무의 숲에 들어서 "자작자작" 걸어 들어가는 청각의 이미지를 포착해낸다든지, 시 (3)과 같이 노을이 지는 장면을 무대 위의 무희(舞姬)로 비유해내는 것은 이미지의 변주를 잘 보여준 사례들이다. 이러한 시적 이미지를 잘 살린 시편들로는 시 「봄이 오는 소리」「민들레꽃을 보며」「화왕산에서」 등을 들 수 있다.

4. 길에서 만난 존재들에 대한 사랑

인간의 보편적 정서인 그리움은 화자의 의식세계를 지배하는 심상인데, 이는 '그대'를 잃어버린 슬픔에서 출발한다. 그러나 그것이 내면의 한과 슬픔으로 자리잡지 않고, 그 한을 극복하고 세상을 향한 사랑으로 이어지고 있다. 시의 힘이 위대하다고 말하는 것은 자신의 슬픔을 스스로 정화해서 더 높은 정신의 세계로 나아가게 하는 원동력을 제공한다는데 있다. 황길엽 시집의 변모 양상을 살펴보면, 시의 힘이 지닌 그 파장을 만날 수 있다. '그대'를 잃은 슬픔에 빠진 화자가 또다른 세상을 향해 길을 떠나는데, 그 길에서 만나는 삶의 편린을 통해서 보다 고양된 자의식으로 나아가고 있다.

이는 그리움으로부터 생명을 사랑하는 마음으로 나아간다든지, 대상을 바라보면서 마음의 평정을 찾아가는 것은 의식의 변화를 의미하는 것들이다. 따라서 그녀의 시에서 길의 시학이란, 자아의 정체성을 찾아가는 긴 여정의 하나이다. 이러한 자아 정체성의 확인은 세상을 따뜻한 시선으로 바라보는 동기가 되는데, 이는 화자의 의식에 잠재해있는 따뜻한 모성의 발로라 할 수 있다.

> (1)불빛대신 붉은 깃발 높이 세워
> 어부의 손에 표박되어 만삭으로 돌아온 어선
> 숨을 헐떡일 때마다
> 그물을 툭툭 털고 나온 저 어린 자식들
> 대변항이 들썩이는 날
> 봄 햇살은 유난히 펄럭이고
> 등 뒤를 덮어가는 물보라 눈부시다
>
> ―「바다의 아침」 부분

> (2)빗방울이 은행잎에 콕콕 구멍을 뚫는 소리
> 창문 열어젖히고 허공으로 내달리는 바람소리
> 아침을 깨우는 어둠이 쫓겨 가는 소리
> 아가의 초롱한 눈으로 세상 보는 소리
> 빨간 장미꽃이 마지막 인사로 낙하하는 소리
> 가을비는 그렇게 모두를 흔들고
> 바닥에서 그리움이 튀어 오르는 소릴 듣게 한다
>
> ―「소리, 경이로운 것에 대하여」 전문

생명의 장엄한 울림에 귀 기울이는 행위는 자연의 숭고함을 배우는 행위이다. 시「장생포」에서 수평선을 넘어 몰려오는 고래의 생동감을 통해서 생명의 본질을 발견하듯이, 인용한 두 편의 시에서는 자연의 경이로움에서 생명의 숭고함을 발견한다. 시 (1)은 바다의 아침을 만삭이 되어 돌아온 여성에 비유하면서 눈부시게 아름다운 해산의 이미지를 끌어낸다. 바다의 아침이 주는 이미지도 밝게 묘사하고 있지만, 만선이 되어 돌아온 어부의 마음을 읽어내는 화자의 시선도 건강하다. 그런가 하면 봄의 햇살이 주는 따뜻함과 더불어 어선에서 쏟아지는 치어(稚魚)들에서 건강한 생명의식을 읽어낸다. 이 시는 바다의 건강한 삶의 모습이 가득 담겨진 시편이다.

시 (2)는 자연의 소리에 귀를 기울이는 화자의 섬세한 감각이 잘 드러난 시편이다. 빗방울이 은행잎에 콕콕 구멍을 내는 소리와 같은 청각적 이미지뿐만 아니라, 어둠이 쫓겨가는 소리와 같은 비청각적 이미지까지 끌어내고 있다. 더 나아가 아가의 초롱한 눈으로 세상을 보는 영혼의 소리까지 읽어낸다. 여기서 우리는 자연과 교감하고 있는 화자의 의식을 읽을 수 있다. 이러한 섬세한 의식 때문에 화자는 태풍이 몰려오는 것을 살아있는 생명처럼 인식하고, 금정산 고단봉에 피어있는 꽃을 여인의 붉은 입술로 인식하는 것이다. 이번 시집에 많이 보이는 시어 '봄'과 '새벽'은 이러한 생명의식과 평화의 세계를 상징한다.

(1)빈집 울타리에 반쯤 걸터앉은 지붕 아래
골 깊은 주름을 타고
땀방울이 보석처럼 빛나는
노부부 하얀 모시한복이 하늘거린다

마루 끝에 턱을 괴고 누운 강아지 한 마리
달게 잠들어 있는 모습 평화롭다
　　　　　─「빈집─낡은 지붕 위의 평화」 부분

(2)법당마당 가득
하얗게 피어나는 그리움
합장하고 앉은 그녀는 말이 없다
저녁예불 목탁소리 무심의 길 찾아
왔던 길을 돌아가고
어머니는 저 길을 얼마나 걸었을까
길이 하얗게 닳아 거울처럼 빛난다

	―「운대암 가는 길」 부분

　　(3)나는 그 안에 첨벙첨벙 잠수하고 있는데
　　아무도 그곳으로 들어오지 않는다
　　들락거리는 것은
　　무심한 바람뿐

　　　　　　　　　―「무심」 부분

　전체 시집 중에서 시 「창가에 앉아」 「천성산 계곡」 「8월 한실에서」 「기도」 「봄을 말한다」 「꿈」 등의 시편들은 비어있음과 무심(無心)의 경지를 추구하고 있다. 인용한 세 편의 시는 이러한 경향을 보이는 시들이다. 시 (1)은 빈집에서 노부부와 강아지 한 마리가 잠들어 있는 모습을 형상화하고 있다. 얼핏 보기에도 그 풍경은 한가롭게 보인다. 그런데 이 시는 한가롭고 평화로운 세계만 있는 것이 아니다. 이 시의 내면에 자리 잡은 '비어있음'의 의미를 눈여겨 살펴야 한다. 그것은 시 (2), (3)에서 지향하는 무심의 세계와 같은 존재의 비움과 닿아있는 사유이다. '비어있음'은 불교적 사유체계에서 볼 때, 없음의 자리이다. 여기서 말하는 없음이란, 있음과 함께 존재하는 것으로 반야심경의 핵심주제인 '색즉시공(色卽是空)'의 인식체계를 말한다.

　시 (2)에서 법당에 앉아서 유년의 기억을 떠올리던 화자의 기억 속에 공교롭게도 '어머니'의 형상이 자리 잡고 있다. 유년의 기억이란, 본래의 모습으로 돌아가는 것을 말하는데, 그 원초의 공간에 어머니가 있다. 그 어머니의 상은 하얗게 닳은 "거울"에 비유되고 있는데, 이는 '비어있음'의 자리이고, 생명의 본질이 자리 잡은 공간이다. 여기서 어머니의 자리는 본래의 자아를 말한다. 어머니와 동일한 자리에 놓인 자아의 세계는 있음과 없음의 세계를 통합하는 생명의 세계라 할 수 있다.

　시 (3)에서 화자는 세상의 모든 것이 현란하게 변화하고 있음에도 불구하고,

자신의 자리에 아무도 들여놓지 않는다. 이는 자아의 내면에 또 다른 세계가 존재하고 있다는 인식이다. 이처럼, 화자는 세상을 자신의 내면으로 끌어들이고 있는데, 이는 자아정체성을 확인해가는 과정이라 할 수 있다.

이러한 시들뿐만 아니라, 이번 시집에는 화자의 다양한 의식을 담아낸 시편들이 눈에 띈다. 사라지는 것들에 대한 아쉬움을 표현한 「골목길」「고향」「아버지」「뜨거운 이별」「수평」과 같은 시편들도 있고, 여성의 한을 담은 「무녀」「풀꽃 닮은 여자」「사는 법」과 같은 시편들도 있지만, 이러한 한의 곡절을 끌어안을 수 있었던 것은 무심(無心)을 통한 정체성의 확인과정 때문이라 할 수 있다.

> 멀리 수평선 끝자락은
> 또 하루를 만나고
> 조금씩 일어서는 거대한 불기둥
> 내안에도
> 밤사이 그리움만 가득 채운 배
> 만선으로 정박 중이다
> — 「내안에 바다 · 3」 부분

> 그건 절망이 아니다
> 그 깊이에는 언제나 바닥이 있다
>
> 텅 비어 있던 마음 안에
> 꼼지락거리는 붉은 햇살
> 따뜻해
> — 「바닥은 절망이 아니다」 부분

화자의 의식 속에 대상에 대한 사랑은 그리움으로 가득하다. 그렇기 때문에 절망을 보는 화자의 시선은 바닥까지 확인하는 철저함으로 이어진다. 세상의 끝자락이 절망이라면, 절망의 끝에는 무엇이 있을까. 그 텅 빈 절망의 끝에는 "붉은 햇살"과 같은 희망이 있다. 그래서 바닥은 절망이 아니고, 또 다른 희망인 것이다. 자아의 존재를 확인하고, 그 존재의 정체성을 발견했을 때, 더 이상 세상은 어둠으로 쌓여 있지 않다. 그 어둠에서 벗어날 때, 생명을 길러내는 모성을 발견하게 되는 것이다.

5. 길을 위한 변론

이번 시집에서 길은 과연 어떤 모습으로 변주되어 있을까. 그 변주과정을 잘 보여주는 시 한 편을 살펴보기로 하자.

포장마차 밑으로 길 하나 걸어 간다

매일 같은 시간

등이 굽은 노인 휘어진 길을 돌아

가로등 불빛마저 잘려나간

어둡고 시린 벽을 따라

느린 걸음으로 절룩거리고 가는

발밑으로 그림자 하나 머물다 사라 진다
—「길의 변론」 전문

길이 끝나는 곳, 길이 시작되는 곳, 거쳐 왔던 길의 이미지는 대상에 대한 따뜻한 사랑으로 이어지고 있다. 그것은 처음부터 화자의 의식세계에서 그림자처럼 존재했던 것이다. 그녀가 말하는 길의 변론은 반복되는 일상 속에서 참된 자아를 발견하는 것이다. 세상은 아직 어둡고 시리지만, 그 어두운 길을 따라 느린 걸음으로 걸어가는 그림자와 같이 머물다 사라지는 존재가 자아의 진정한 모습인 것이다.

이처럼, 길의 시학은 소외되거나 버려진 사람들에 대한 남다른 애정으로 형상화된다. 이것은 길에서 만난 많은 일상 속에서 발견한 참된 자아의 모습이다. 세상에서 버림받는 사람들에 대한 사랑은 거리의 노숙자들에 대한 관심(「노숙자」), 자식들로부터 버림받는 노인들(「노인병동 108호」), 건강한 일상의 삶을 살아가는 사람들(「자갈치 사람들」)을 형상화한 시편에서 잘 나타나 있다. 그녀의 시가 지향할 세계는 이러한 세상에 대한 따뜻한 사랑일 것이다. 그것은 모성을 바탕으로 한 생명의식과 비어있음으로 가득 채우는 역설의 미학이라 할 수 있다.

그녀의 시적 변모에서 알 수 있듯이, 길의 시학은 '그대'를 잃은 우울한 자화상에서 벗어나 '그대'를 향한 사랑의 노래로 변주하는 자리에 놓여 있다. "길 위의 길"에서 만나는 숱한 사람살이의 모습이 사물과 존재에 대한 사랑으로 이어지는 시적 변모를 지켜보면서 길의 시학이 변주해내는 새로운 세계를 기대해본다.

사랑, 그 존재의 변증법

이인우 시집, 『풀밭잠』(신생, 2008.02.15)

1. 시적 근원

서정시는 시인의 정서를 주관적으로 드러내는 방식이다. 그래서 시는 지성보다는 감성에 의존하는 경우가 많다. 그렇다고 무작정 서정시가 주관에 빠져 있다는 말은 아니다. 서정시의 화자는 타자와 대상에 대한 긴밀한 관계를 형성하면서도 타자와 대상에 대해 일정한 거리를 두고 있어야 한다. 시인의 의식은 관념에 빠지지 않고 그 관념을 뛰어넘어 존재할 수 있어야 한다. 인간은 항상 세계와 대립하거나 동화하지만, 시인의 의식은 세계와 팽팽한 긴장관계를 형성해야 한다. 그것은 자아의 세계에서 타자의 세계를 바라보는 하나의 조건이 될 수 있을 것이다.

이인우의 서정시는 인간의 문제로부터 출발한다. 수많은 인간의 문제 중에서도 그는 '사랑'이라는 문제에 천착하고 있다. 소외된 사람들에 대한 사랑으로부터 시작하여 자연에 대한 사랑으로 확대되고, 잃어버린 과거에 대한 사랑, 그리고 역사 속에 사라진 것들에 대한 사랑으로 환원한다. 그는 레즈비언 집단과 같이 사회로부터 소외된 사람들에 대한 관심을 보인다. 그는 이러한 사랑을 시원(始原)으로 해서 "아름다운 세상의 슬픔"을 따뜻하게 감싸고 있다. 첫 시집에서 보여 준 레즈비언에 대한 관심이 소외된 계층에 대한 건강한 사랑으로 확대되고 있다. 그의 시는 세계를 바라보는 주관적 정서에서 보편적 정서로 나아가고 있는 것이다. 이러한 일련의 변화 과정 속에서도 일관적으로 흐르는 정서는 사랑이다. 그의 시는 끝없는 사랑의 변증법이라 할 수 있다.

2. 레즈비언, 낯선 사랑의 문법

이인우의 첫 시집 『레즈비언은 모자를 쓴다』(열린시, 2000.02.01)는 사회적 굴레에 묶인 레즈비언의 사랑을 다루고 있다. 주지하다시피 레즈비언은 여성동성애자들을 말한다. 19세기 이후에 나타나기 시작한 레즈비언이라는 용어는 남성 지배 상황에서 벗어나기 위한 일종의 성해방운동이었다. 그러나 사회구조에 맞서는 이들의 행위는 결국 거대한 사회구조 속에 갇히고 말았다. 레즈비어니즘은 남성을 위한 여성의 존재에서 해방하기 위한 동기에서 출발했지만, 사회는 이들의 존재를 인정하지 않았다. 이런 까닭으로 최근의 레즈비어니즘은 동성애를 유전적 요인으로 해석하는 경향이 생기기도 하였다. 동성애가 사회적 요인에서 발생했든지, 유전적으로 발생했든지 간에 레즈비어니즘의 등장은 동성애를 하나의 성담론으로 인식하는 계기를 마련하였다. 최근에 커밍아웃을 선언하는 동성애자들이 늘어나고 있다는 사실만으로도 우리 사회는 동성애를 인정하고 있음을 알 수 있다. 이인우의 첫 시집은 이러한 사회 변화의 전방위에 서서 레즈비언들의 사회적 굴레와 소외의 문제를 풀어나가고 있다.

그의 시에서 레즈비언들의 삶이란 운명적으로 결정된 것이다. 이 때문에 첫 시집 전반에 흐르는 정서는 욕망의 굴레 속에 빠져있는 사람들의 슬픈 운명이 지배하고 있다. 동성애자들은 사회적 편견이라는 굴레를 쓰고 살아가고 있으며, 그 굴레를 벗어나지 못한 채 사회에서 소외되어 있다. 그들은 그들만의 세계에 갇힌 채 신음하고 있다. 이인우의 첫 시집은 이들의 신산한 삶을 시화하고 있다. 레즈비언에 대한 편견이 지배하고 있는 사회에서 이들의 생활을 과감하게 드러냄으로써 그의 시는 특별하게 읽힌다. 거대한 사회 구조 속에서 소외된 레즈비언들의 우울한 운명을 감싸려는 따뜻한 시선이야말로 그의 시가 출발하는 공간지형이다. 이는 시인으로서는 새로운 도전이다. 이러한 이유 때문에 첫 시집의 대담한 행보는 새로운 시적 지평을 보여주기에 충분하다.

뜨겁다
동물학과 인간학의 충돌로
자주 $E=MC^2$로 핵분열한다

감성의 꽃다발 깊이
맺힌 물방울은
가설과 증명을 필요로 하지 않으므로
어떤 이론도 이름도 알지 못한다

그래서 모자를 쓴다

수많은 레즈 위사품들이
봉숭아 꽃빛으로 예쁘게 눈을 그린 후
포르노 영화를 들여다보고 있을 때

그 온갖 어지러움을 씻어내기 위하여
속눈썹이 덮힐 때까지 깊은
모자를 쓴다
— 「新레즈학 – LEZ보고서 38」 부분

레즈비언에 대한 보고서 연작 중의 하나이다. 이 시집의 제목이기도 한 '레즈비언은 모자를 쓴다'라는 말의 의미를 알 수 있는 부분이다. 레즈비언에 대한 동물학적 접근과 인간학적 접근을 시도하더라도 레즈비언의 존재를 밝히지 못한다. 그것은 학문적 접근보다도 현실적 접근이 더 우선하기 때문이다. 모자를 써야 하는 것은 사회의 관심으로부터 피하는 행위이다. 그야말로 "온갖 어지러움을 씻어내기" 위한 것이다.

그는 레즈비언에 관심을 가지면서 그들의 억압된 성과 사회적 소외를 발견했다. 그것은 평범한 사람들의 일상이 아니라, 특별한 사람들의 일상이었다. 스스로 갇힐 수밖에 없는 운명이고, 그 운명을 벗어나지 못하는 사람들이다. 그래서 그는 여행을 할 때도(「경주여행」), 겨울 도시를 바라볼 때도(「겨울도시」) 그들의 신산한 삶을 생각한다. 억압된 성을 분출하지 못하는 그들의 욕망을 그는 따뜻한 시선으로 감싸고 있다. 그들도 다른 사람들과 똑같은 사람들이지만, 세상의 시선은 냉혹하기만 하다. 그래서 그들은 '모자'를 쓰고 살아갈 수밖에 없는 것이다. 모자로 상징되는 억눌린 그들의 삶을 감싸는 시인의 시선은 그래서 더욱 따뜻하게 다가온다.

동성애는 모든 사람들의 무의식 속에 존재하는 욕망의 또 다른 이름이다. 그것은 금기시되어야 할 것이 아니며, 그렇다고 왜곡되어야 할 것도 아니다. 사람이 사람을 사랑하는 것은 남성이나, 여성이나 마찬가지이다. 그런데 이성간의 사랑은 정상이고, 동성간의 사랑은 비정상이라고 생각한다. 우리 사회의 오래된 관념이 원초적인 욕망을 거세하고 있는 것이다. 동성애에 대한 편견도 일종의 사회적 억압이다. 성적인 억압일 뿐만 아니라, 거대한 사회 구조의 억압이다.

욕망의 특징은 꿈꾸는 대상을 실현하려는 의지이다. 욕망은 끊임없이 질서상태로 돌아가려는 기호이다. 욕망은 결핍에서 생기는 것이 아니라, 욕망의 대상은 결핍 그 자체이다. 인간은 때로 자신이 존재한다는 것을 잊고서 다른 사람에게 결핍된 것이 되려고 한다. 욕망은 인간 속에 존재하며, 이것은 어떤 행동으로 나타난다. 라깡은 욕망의 주체를 통일된 주체나 압축된 존재가 아니라, 대상에 의해 야기된 주체의 분열에 대한 존재의 열망이라고 하였다. 분열된 존재가 질서의 상태로 돌아가려는 데서 욕망의 근원이 놓여있다. 레즈비언들이 꿈꾸는 욕망이나, 평범한 사람들이 꿈꾸는 욕망이나, 그 욕망의 근원은 다르지 않다. 그런 점에서 그는 인간 존재의 근원을 탐구하고 있는 것이다.

> 아름다운 여인숙의 잠 속에서
> 하나님도 숨을 쉬었다
> 숨쉬는 신비를 사랑하게 된 나는
> 내 잠 속에 하나님의 소중한 욕망을 적었다
> 그의 입술을 빠져나온 샴푸의 거품이
> 내뱉는 숨결을 따라 부풀다가 훨훨
> 풀밭을 불태웠다
> 불붙어 나뒹구는 욕망이 걱정되어 나는
> 뜨거운 풀밭 위에 선로를 깔았다
> 그의 살갗을 태우지 않기 위한 긴,
> 너무도 긴 선로를 이레의 주야로 깔았다
>
> 잠에서 깨어난 그가 화를 내었다
> 불에 달구어진 욕망이 빠알갛게 흔들리는 건널목에 서서
> 화난 그가 뜨거운 선로 위에 내 알몸을 얹었다
> 그가 어질러놓은 사랑으로 나는
> 울먹였지만 용서를 모르는 그는
> 기차에 오르라, 소리를 질렀다
> 힘센 팔뚝에 걸린 내 울음 몇 가닥으로는
> 그의 음성을 낮출 수 없었다
> 그의 신비를 풀 수 없었다
>
> 빨갛게 흔들리는 신호등을 떼어내고 건널목 높이
> 나는 내 몸을 매달았다

> 사과 한 알은 그의 심장 속에 그대로 두고
> 기차를 탔다 먼 풀밭을 지나가기 시작했다
> 나를 떼어낸 여인숙의 풀밭 위에는
> 그가 뱉아놓은 체액이 흘러 나무를 키우고
> 새로운 풀이 자라 새를 날리고 있었다
>   — 「풀밭 위의 잠-LEZ보고서·3」 부분

풀밭은 욕망의 상징이다. 풀밭에는 화자가 뱉어놓은 체액이 있으며, 그 체액은 나무를 키운다. 풀밭은 원초적 공간이다. 이 공간은 생명이 살아나는 공간이고, 태초에 존재하는 욕망의 그늘이다. 그곳은 인간이라는 존재를 만든 공간이다. 하나님의 소중한 소망을 품은 채 화자는 풀밭을 불태운다. 이는 소멸의 과정이다. '풀밭 위의 선로'는 새로운 길을 상징한다. 그 길은 욕망과 욕망이 합일하는 길이다. '화난 그가 뜨거운 선로 위에 내 알몸을' 얹어놓음으로써 육체의 교합이 이루어진다. 그런 육체의 욕망이 이루어지면서 새로운 생명의 나무가 자라고 있는 것이다. 그래서 그는 이 시의 끝부분에서 '내 죄는/ 사과가 아니라 풀밭이었다'고 고백한다. 레즈비언은 원초적으로 운명 지워진 사람들이다. 그것은 원죄와 다름없다. 그들의 욕망이란 인간이 가진 원죄의식이 아니라, 풀밭이라는 생명에 대한 원죄의식이다. 태어나면서 어쩔 수 없이 주어진 동성애자의 운명은 그들 스스로가 벗을 수 없는 굴레요, 비애인 것이다.

3. 사랑, 그 존재의 변증법

이인우의 두 번째 시집 『풀밭잠』(신생, 2008.02.15)은 첫 번째 시집과는 사뭇 다르다. 그것은 내용과 형식의 측면에서 그렇다. 첫 시집이 레즈비언의 은어와 그들의 세계를 표현하다보니 어려운 시어들이 많이 쓰였다. 그런데 이번 시집에는 첫 시집의 난해한 시어들과 해체된 형식이 사라졌다. 화자의 의식도 특별

한 세계에서 평범한 세계로 나아가고 있다. 특별하고도 도발적인 시에서 일상의 시로 돌아온 것이다. 낯선 언어체계에서 일상의 언어체계로 돌아오면서 시의 패턴도 바뀌었다. 특별하고 생경한 인간의 문제에서 평범한 인간의 문제로 돌아온 셈이다. 이 때문에 첫 시집에서 보여준 시인의 따뜻한 감수성이 한 걸음 물러선 것이 아닌가라고 생각할 수도 있다.

그러나 이런 염려와는 다르게 그는 이번 시집에서 그 사랑의 진폭을 확장하고 있다. 소외된 사람들에 대한 사랑은 여전히 간직하고 있으면서도 그 대상을 확대하고 있다. 전체 5부로 짜여진 이번 시집에는 1부는 주로 지나간 과거, 그 과거 속에 존재하는 사람들에 대한 그리움과 사랑의 메씨지가 나타나 있다. 2부는 자연과 일상에 대한 사랑, 그리고 생명의 소중함에 대한 깨달음이 주된 정서를 이루고 있다. 3부는 가족에 대한 사랑, 4부는 세상에 대한 따뜻한 사랑, 그리고 마지막 5부는 역사 속에 사라진 존재에 대한 사랑을 담고 있다. 이처럼 이 시집의 전체를 관류하는 정서는 사랑이다. 그의 시집에 흐르는 사랑은 육체적 욕망의 과정을 거쳐서 시간과 자연, 세계에 대한 사랑으로 변화하고 있다.

> 그런데 웬 일이지
> 너무 커서 못 살겠다던 그 쓸쓸했던 집이
> 네 그리 훌쩍 가고나니 왜 더 적막하지
> 숲 가득 새 매일 찾아드는 큰 동산 되었는데
> 네 걸어가던 그 길은 점점 더 좁아져서
> 내 손바닥 오솔길로 들어앉더라
> —「내 손바닥 속에 네 손금」 부분

> 풀이 서서
> 나무로 남으면
> 쓰러졌던 내 몸의 뿌리가 하늘을 익히면

섬은 가고 나만 남아 옛날을 본다
내 몸엔 철썩철썩 파도만 남는다
시끄럽던 바다도 떠나고 없다
                                        — 「섬 앞에서」 부분

네 얼굴 주름살은 내가 가지고
내 가진 기다림은 네가 지운 뒤
흩어져 간 우리 사랑 모두 불러 모아
너무 컸던 세월 차이 참 미웠노라,
참 미웠노라, 말해준 뒤에
우리 사랑 똑같은 높이로 흐르는 강물 되어서
사랑하던 그 시절로 되돌아 흐르리
세월보다 더, 더, 더디게 흐르고 흘러
미웠던 그 세월마저 우리 사랑하고 말리
                                        — 「세월이 모두」 부분

이 시들은 모두 지나간 세월에 대한 그리움과 추억에 대한 회상이다. 매일 찾 아들었던 숲이 어느날 커다란 동산이 되었고, 지나다니던 길은 갑자기 좁은 오 솔길로 변해있다. 누구나 한 번쯤은 겪었던 성장의 경험이다. 그 성장의 경험들 은 옛날보다 성큼 성장한 자신의 모습을 발견할 때 허무와 절망은 배가된다. "섬은 가고 나만 남아"서 옛날을 회고한다. 그렇게 천진난만하게 모든 것을 사 랑하던 때도 있었지만, 세월은 끝없이 흘러가는 강물과도 같다. 그 시절로 돌아 가서 흐르고 싶지만, 다시는 흘러갈 수가 없다. 그래서 그 미운 세월마저도 사랑 하려고 한다.

그는 해묵은 과거의 기억으로 돌아가고 있다. 그것은 더러는 아픈 기억일 수 도 있고, "고뇌를 사랑했던 나무"의 모습일 수도 있다. 그가 바라보는 대부분의 사물들은 이러한 과거의 아름다운 추억에 대한 그리움과 사랑으로 연결되어 있다. 그러나 그 사랑은 절망과 고통만으로 점철된 것이 아니다. 슬픔과 고통의 비애를 딛고 안으로 자신을 삭이면서 새로운 희망을 꿈꾼다. 그것은 "푸른 파도"의 울음과도 같은 희망이다.

지나간 시간의 고통과 비애는 그에게 있어서 매우 소중한 체험이 된 듯하다. 레즈비언들의 고통과 삶의 비애는 자연에 대한 사랑과 일상에서 소외된 사람들에게까지 확장된다.

우리 집 이팝나무 위에 까치가 앉아서
키 낮은 딸기 하는 꼴을 내려다보고 있다
딸기는 올망졸망 땅바닥에 붙어서
잘 익은 빨간 몸 뽐내고 살지만
개미떼 줄지어 지나가는 한낮이 되면
혹시 제 살갗이 찔릴까
잎사귀 뒤로 몸 감추느라 정신이 없다
까치가 그 꼴 쳐다보느라
기웃거리며 가지 않으니까
이팝나무 흰 꽃봉투 하나 얻어 와서
조금씩 조금씩 서로의 몸에서 부스럼 딱지를 뜯어 모아
까치밥 하라고 내어 놓는다
　　　　　　　　　　　　　 ―「까치의 질문」 부분

이팝나무와 딸기, 개미떼, 까치, 그리고 이들을 바라보는 화자의 시선은 하나로 묶여있다. 이들은 화자와 동일시되고 있다. 이팝나무 위의 까치와 빨갛게 잘 익은 딸기가 뽐내는 장면이 익살스럽게 그려지고 있다. 개미떼가 지나가는 한낮이면 잎사귀 뒤로 몸을 감추는 딸기의 모습을 세심하게 관찰하고 있다. 이 시의 소재가 된 자연물들은 모두 의인대상이다. 한 폭의 풍경처럼 잔잔하게 다가오면서도 이들의 관계는 여간 익살스럽지 않다. 자연과 화자가 동화되는 순간이다. 대상과 동일시되는 서정시의 본령이 잘 나타난 시이다.

　이런 자연교감의 시들은 주목할 만하다. 그는 나무에 말라붙은 매미의 허물, 도토리나무, 야생화 한 송이를 종이컵에 담는 아이의 정성을 통해서 자연과 교감하고 있다. 이러한 자연에 대한 사랑은 일상에서 소외된 사람들에 대한 사랑과 가족에 대한 사랑으로 이어지고 있다.

저녁녘만 되면 벌통에 드는 벌떼같이
배고픈 손님들이 그 집에 드는 것은
서른다섯 미자 엄마의 생선 써는 솜씨 때문이다
치매 시어머니 똥오줌 받아내는 손으로
주정뱅이 매질 남편 매일 밤 견뎌내는 손으로
인건비 다 떼어먹는 시누이 욕설 번개처럼 썰어
접시 가득 회를 올리는
화명동 125번지에 사는 그리운 미자 엄마
─「벌통」부분

고르게 편 박스 속에 그가 담는 것은
사랑하는 세월과 그리운 아내다
수술비 오백만원 모우자고 산처럼 쌓았던 폐지 속으로
검은콩 같은 아내는 떠나갔지만
홀홀 혈육 하나 남은 딸이
아버지 옷도 사오고 로션도 사오고 고기도 사와서
밥상을 내놓아도
김씨가 그 밥상을 매번 밀어내는 것은
옷가지도 고기국도 너무 부끄러워 그런다 했다
오십 평 아파트로 이사 가는 아줌마가
─「재활용수집소 김씨」부분

이 시들은 모두 가난하거나 소외된 우리 이웃들이다. 화명동 125번지에서 횟집을 하는 미자 엄마, 수술비 오백만원을 위해 폐지를 산더미처럼 모아야 했던 재활용수집소 김씨 아저씨, 관광지로 붐비는 제주도 동문 하천가에서 몸을 파는 귀머거리 창녀 서희와 같은 사람들이다. 서른다섯의 미자 엄마는 "늘 비린 몸뻬를 입고" 횟집에서 생선을 썬다. 그녀는 치매 시어머니의 똥오줌도 받아내고, 남편의 매질도 견디면서 살아간다. 재활용품을 수집하는 김씨 아저씨는 아내를 떠나보낸 죄책감으로 딸이 사온 옷과 로션, 고기도 부끄러워서 먹지 못하는 사람이다. "육곳간 불빛을 닮은 뺨 붉은 서희"의 삶도 미자 엄마나 김씨 아저씨의 삶은 다르지 않다.

이들의 신산한 삶이 아리게 다가온다. 그는 이들을 관찰한다. 그가 관찰하는 대상은 이처럼 가난하고 고단한 삶을 사는 사람들이다. 그는 이들에 대한 따뜻한 연민의 정을 보인다. 그런데 이들 시에는 두 집단의 날카로운 대립이 숨겨져 있다. 서른다섯의 미자 엄마는 쉰여덟의 미자 고모와 매질하는 남편, 그리고 치매를 앓고 있는 시어머니와 대립되어 있다. 재활용품 김씨 아저씨는 "오십 평 아파트로 이사 가는 아줌마"와 대립되어 있다. 창녀 서희는 "징역 갔던 손님"들과 맞서고 있다. 이처럼 두 집단을 대립시킨 것은 시인이 세계를 바라보는 관점이다. 그의 시는 자본주의 사회의 구조적 모순을 드러내고 있다.

이러한 대응관계는 가족을 바라보는 화자의 시선에서도 드러난다. 이를테면, 그동안 까맣게 잊고 있었던 형에 대한 기억, 평생 돈돈을 외치면서도 가난을 벗어나지 못한 아버지의 쓸쓸한 그림자를 통해서 가족들의 슬픔을 떠올린다.

> 평생 돈돈 하시다가 돈 한 푼 못 남긴 아버지 언덕에 서 있어보면 산비둘기도 가끔씩 날아와 구구구구 외쳐댄다 돈돈돈돈 그리 외쳐대었어도 그 돈들 다 어디 갔을까 쓸쓸함도 무섭고 안쓰러움도 속상해서 언덕 내려와 바다에 서서 보면 어쩌면 그 이치 알 것도 같다
>
> —「아버지 바다」 부분

붕어빵에는
아내가 있다
붉게 얼굴 데우던 만남이 있고
늦은 귀가를 나무라던 치뜬 눈초리가 있다
외박을 용서 못해 울던 목소리 저 편에
신발 말쑥이 닦아두고 뒷등을 껴안던 양팔이 있다
—「들꽃이 핀다」 부분

한 쪽 가슴도 없는 아내가 나무를 때리고
나는 나무 아래 눈물을 줍는다
메스 끝보다 더, 빤짝빤짝 웃는 아내 매질에
우수수 우수수 눈물방울을 떨구는 나무
눈물이 그토록 새카만 색깔인 줄
처음 알았다
—「오디 따기」 전문

이 시들에서 우리는 그의 가족사 일부를 엿볼 수 있다. 돈 한 푼 못 남긴 아버지, 평생 가난에 찌들어 살았던 아버지이지만, 그는 그 아버지에 대한 연민의 정으로 가득하다. 아내에 대한 기억도 마찬가지다. 붕어빵에 남아있는 아내의 얼굴, 그러면서도 뒷등을 껴안아 주던 아내의 따뜻한 손길을 사랑한다. 그는 한 쪽 가슴이 없는 아내의 눈물 속에서 새로운 삶의 의미를 깨닫는다. 이처럼 그의 시 곳곳에는 가족들에 대한 사랑이 애틋하게 그려지고 있다. 태아 상태로 사망한 형, 정신분열증을 일으킨 동생, 병원에 있는 아내, 평생 돈돈하면서도 돈도 벌지 못하고 세상을 떠난 아버지, 이들은 시집 곳곳에서 환영처럼 떠오르는 가족들이다. 시 「이발소 산책」 연작에서도 이러한 가족공동체의 삶에 대한 따뜻한 추억들이 새겨져 있다. 소외된 사람들, 불행한 가족들은 그가 끝까지 가슴에 품고 살아야 하는 사람들이다.

4. 시의 변화, 그 가능성과 한계점

소외된 사람들의 이야기들이나, 불행한 가족의 이야기들은 대부분 하나의 서사 구조 속에 놓여 있다. 그것은 시의 다양성을 말하는 것이고, 동시에 그의 시가 지향하는 하나의 시세계를 말하는 것이기도 하다. 이발소 연작이나, 형에 대한 기억 연작들은 이야기의 구조로 되어있다. 불행한 가족사, 사회에서 소외된 사람들의 일상사들은 큰 이야기 속에 있는 작은 이야기들이다. 이제 그는 작은 이야기에서 큰 이야기로 옮아가고 있다. 그것은 시집의 끝 부분에 실린 고려사 읽기 연작이다. 고려사 읽기 연작은 역사 속에 있었던 이야기들을 풀어쓰면서 그들의 삶을 상상력으로 재구성한다. 이는 그의 시가 지향하는 관심의 극점에 놓인 시편들이다. 사라진 역사의 기억을 촘촘히 꿰매고 그 역사에 대한 시인의 상상력은 새로운 시적 지평을 향하고 있음을 보여준다.

> 모든 희망이 모든 절망을 만든 아침길에 앉아
> 나는 또 먹지 못할 풀섶을 뒤적일 것이고
> 울음 우는 일 외에는 그 어떤 것도 할 수 없었던
> 내 간절함의 까닭을 찾다가, 찾다가,
> 이윽고 나도 풀밭이 되어 쓰러질 것이다
> 그리고는 그 푸른 풀밭아래
> 잠이 되어 묻힐 것이다
> ─「풀밭잠─고려사 읽기 16」 부분

이 시에서 주목해야 할 시어는 풀밭이다. 첫 시집에서 보인 풀밭의 이미지가 원죄의식에 사로잡힌 공간이라고 한다면, 이 시에서 풀밭은 절망의 공간에서 푸른 풀밭의 희망을 찾고 있는 공간이다.

이런 맥락에서 두 번째 시집에서 그는 절망에서 희망을 찾아가고 있다. 이 시는 고려사에 얽힌 이야기들을 상상력으로 풀어쓰고 있다. 지나간 과거의 기억들은 풀밭의 잠처럼 아득한 시간들이다. 그 풀밭의 기억을 찾기 위해 "모든 희망을 절망으로 만든 아침 길"에서 풀섶을 뒤적이고 있다. 이 시는 몽환의 이미지를 통해서 상상의 세계를 꿈꾼다. 이 상상은 밝고 건강한 긍정의 미학을 추구한다. 그는 세상의 한 켠에서 새로운 세계를 추구하기 위해서 끝없이 다른 세계를 열어가고 있다. 그것이 그의 시에서 보여주는 풀밭의 이미지이다. 그의 시가 부정의 시학에서 긍정의 시학으로 나아간다는 것은 세계를 바라보는 이러한 시선 때문이다. 그런 점에서 그의 시에서 풀밭의 이미지는 매우 중요한 의미가 있다. 끝없이 펼쳐진 풀밭의 이미지는 원죄의식에 사로잡힌 사람들의 굴레를 걷어내고 새로운 희망의 세계를 펼쳐나갈 수 있는 공간이다. 첫 시집의 우울한 비애를 벗어나 새로운 세계를 열어갈 수 있는 바탕은 이러한 푸른 희망의 세계를 지향하고 있기 때문이다. 운명의 굴레를 벗어나지 못한 인간의 문제를 끌어안은 그의 시 세계는 이제 일상의 사람들에 대한 사랑으로부터 역사 속의 존재들에 대한 사랑으로 확대되고 있다.

그러나 이러한 장점에도 불구하고 그의 시는 일정한 한계가 있다. 그것은 자연을 보는 관점의 차이다. 그의 시는 자연에 대한 풍부한 사랑을 노래하고 있으면서도 생명의 본질을 제대로 읽어내지 못한 시들도 있기 때문이다.

> 잠자리가 날아와 내 어깨에 앉았다
> 나는 살그머니 유리빛 몸통을 잡아
> 내 손등에 올려 놓는다
> 잠옷 같은 날개가 너무 탐스러워
> 파닥거리는 그 부드러움을 가만가만 뜯어보았다
>
> 넉 장의 고운 날개를 잃고
> 여섯의 길고 가녀린 다리를 빼앗기고

떠나가는 잠자리야
그래도 힘차게 살아야 하느니라
나는 미소 지으며
죄 없는 그 잠자리 풀잎 사이에 고이 놓는다
                    ―「잠자리 사랑」부분

칡넝쿨을 보면 그 뿌리가 불쌍하고
뻐꾸기를 떠올리면 그 둥지 속
알들이 불쌍해진다
푸른 잎 끝에 어떤 독毒을 숨겼는지
잘라도, 잘라도 다시
시퍼런 줄기에 생살을 이어내어
싱싱한 꽃가지를 한사코 틀어 안는 칡
수풀에 들면 칡에 감긴 꽃들도 불쌍해진다
                ―「수풀에 들면 꽃들이 불쌍하다」부분

이 두 시는 서로 상반되어 있다. 앞의 시는 잠자리를 날개를 뜯어내는 잔인함
이 있다면, 뒤의 시는 작고 하찮은 것들에 대한 사랑과 연민의 감정이 잘 나타나
있다. 이 두 시를 동시에 읽을 때, 우리는 미물에 대한 사랑이 다르다는 사실을
발견할 수 있을 것이다. 박형진의 시 「사랑」을 떠올려 보자. 이 시에서 풀 여치
한 마리는 화자와 동일시되는 소재이다. 그 풀 여치 한 마리 때문에 화자는 풀이
되는 상상에 빠진다. 그때 진정한 사랑의 의미를 깨닫는다. 자연과 합일하는 이
런 시들과는 달리 그의 시 「잠자리 사랑」은 잠자리의 날개를 뜯고, 그것도 부족
하여 여섯 개의 다리까지 뜯는다. 옆에서 이 광경을 지켜보던 아내가 "끔찍하
다", "변태"라고 말하는데도 그는 아랑곳하지 않는다. 아이들의 장난처럼 잠자
리의 날개와 다리를 뜯는다. 그리고는 잠자리를 풀잎에 놓는다.
    이 시와 함께 두 번째 시를 읽어보자. 이 시는 자연에 섬세한 관찰과 생명의

소중함이 잘 나타나 있다. 칡넝쿨을 보면 뿌리가 불쌍하게 보이고, 뻐꾸기를 보면 뻐꾸기의 알이 불쌍해 보인다고 한다. 잘라도 잘라도 살아나는 칡넝쿨을 보면서 생명에 대한 경외감을 느낀다. 이 시는 앞의 시와는 다르다. 이런 차이는 자연을 바라보는 인식의 차이라 할 수 있다. 그의 시는 이런 한계점을 극복하고 더 폭넓은 사랑의 정서를 확보해나갈 필요가 있을 것이다.

— ≪동보월례문학토론회 발제문≫, 2008년 4월 11일.